十八史略詳解（上）

―新装版―

文学博士 辛島　驍
多久弘一　共著

明治書院

新装版発行について

本書は『新十八史略詳解㊤・㊦』として、昭和三十四年の初版刊行以来、三十を超える版を重ね、ご好評を頂いてまいりました。その間、合本になったりいたしましたが、携帯にも便利なように、本来の二冊本に戻し、装いを新たにして再登場することにいたしました。『十八史略』は十八種の史書のダイジェスト版の意。〝鼓腹撃壌〟や〝四面楚歌〟など、中国数千年の歴史と、そこに散りばめられた名言の数々をお楽しみください。

平成十六年七月

編集部

＊本書は辛島驍・多久弘一共著『新十八史略詳解』を、上・下二冊本にし、装丁を新たにしたものである。初版は上・下二冊本で、その後合本として発行された。

凡例

一、この本は、「十八史略」の中から、重要な小段を抜き出して、歴史の流れを**【説話】**しながら、原文に**【訓読】【語釈】【注意】【通釈】**を加えたものである。

二、現行の各高等学校漢文教科書または大学用のテキストなどに含まれている部分は、もれなくこの中に収めておいたから、どの教科書・テキストの参考にも役立ち得るであろう。そのうえ、教科書の文学部門や思想部門に関係のある記事は、従来のこの種の抄解本が採っていない部分も載せておいたから、広く漢文教科書・テキスト全体の参考として役立つであろう。

三、だいたい「十八史略」は、歴史の書であるにもかかわらず、従来はこれを主として漢文の領域であつかい、抄解本も単に字句の解釈にとどまっていたが、この本では、前後周囲の事情をできるだけ**【説話】**しているから、漢文を学びながら、同時に東洋史の参考書としても役立つであろう。もし最初から通読されたら、少なくとも宋末（第十三世紀）までは、はっきりした東洋史の知識を、興味深く自分のものにすることができよう。

四、また本文に関係のある詩や文章を、適宜引用し、かつその大意を示したのも、従来の抄解本にない試みで、それによって内容の理解を深め、記憶をかためられれば、しあわせである。

五、いうまでもなく、漢文は全部漢字であるから、漢字に対する知識が必要である。また外国文であるから、独自な文法の知識も心得ていなければならぬ。【注意】の項をもうけて、基礎的な文字の用法や文法について注意しておいたのはそのためで、それによって漢文読解の実力はつくことと思う。

六、【語釈】【通釈】は、今日の学生の実力を考えて、できるだけ平易にし、【説話】の文の中でも、フリガナをふって読みやすくした。【訓読】のわきのルビは、現代仮名づかいにより、原文の送り仮名以外は、【通釈】も【説話】の文もすべて現代仮名づかいによった。

七、地図・年表・世系(せいけい)表を関係のあるところに挿入し、巻末には索引をつけておいたから、故事熟語辞典や、中国史の人名事典としても役立たせてほしい。

目次　上巻（太古より西漢まで）

*頁は上・下巻通しの頁とし、下巻の語句索引などと呼応させた。

凡例 …… 三

十八史略解題 …… 一〇

上篇　先秦時代

太古

〔一〕天皇氏・有巣氏・燧人氏 …… 一

三皇

〔一〕太昊伏羲氏 …… 三

〔二〕炎帝神農氏 …… 五

〔三〕黄帝軒轅氏 …… 五

(一)指南車 …… 五

(二)華胥之國 …… 六

五帝

〔一〕少昊金天氏 …… 九

〔二〕顓頊高陽氏 …… 九

〔三〕帝嚳高辛氏 …… 一〇

〔四〕帝堯陶唐氏 …… 一一

(一)鼓腹撃壌 …… 一一

(二)華封三祝 …… 一三

〔五〕帝舜有虞氏 …… 一五

(一)盡孝悌之道 …… 一五

(二)南風卿雲歌 …… 一八

夏

〔一〕禹王 …… 二〇

(一)治洪水 …… 二〇

(二)一饋十起 …… 二三

(三)執玉帛者萬國 …… 二三

〔二〕桀王 …… 二四

(一)肉山酒池 …… 二四

殷（商）

〔一〕殷王成湯 …… 二七

(一)張網四面 …… 二七

〔二〕紂王 …… 二九
(一) 玉杯・象箸 …… 二九
(二) 炮烙之刑 …… 三〇
(三) 聖人之心有七竅 …… 三一
(四) 麥秀之歌 …… 三三

周（西周）

〔一〕文・武創業 …… 三五
(一) 仁人也、不可失 …… 三五
(二) 虞・芮爭田 …… 三八
(三) 太公望 …… 三九
(四) 伯夷・叔齊 …… 四〇
(五) 采薇歌 …… 四三
〔二〕周公攝政 …… 四四
(一) 握髪吐哺 …… 四四
〔三〕西周衰微 …… 四五
(一) 褒姒大笑 …… 四五

春秋・戰國（東周）

吳 …… 四九
〔一〕季札懸劍 …… 五一
〔二〕臥薪嘗膽 …… 五三
〔三〕抉吾目懸東門 …… 五三
〔四〕陶朱・猗頓 …… 五六

蔡・曹 …… 五八

宋 …… 五九
〔一〕宋襄之仁 …… 六〇

魯 …… 六一
〔一〕夾谷之會 …… 六三
〔二〕孔子去魯 …… 六四
〔三〕禱尼山而生孔子 …… 六六
〔四〕嬉戲陳俎豆 …… 六七
〔五〕若喪家之狗 …… 六八
〔六〕陳蔡之阨 …… 七〇
〔七〕韋編三絶 …… 七三
〔八〕孟母三遷 …… 七四
〔九〕老莊諸子 …… 七五

衞
〔一〕君子死冠不免 …… 七七
〔二〕以二卵棄干城之將 …… 七九
〔三〕誰知烏之雌雄 …… 八〇

鄭 …… 八一
晉 …… 八二
（一）晉文霸業 …… 八二
陳 …… 八五
齊 …… 八五
（一）齊桓霸業 …… 八六
（二）管鮑之交 …… 八七
（三）一狐裘三十年 …… 八九
（四）髠仰天大笑 …… 九一
（五）卽墨大夫 …… 九二
（六）此四臣者、將照千里 …… 九三
（七）龐涓死此樹下 …… 九五
（八）孟嘗君好客 …… 九八
㈠雞鳴狗盜 …… 九八
㈡長鋏歸來乎 …… 一〇〇
趙 …… 一〇三
（一）千羊之皮、不如一狐之腋 …… 一〇三
（二）無恤誦其辭甚習 …… 一〇四
（三）以爲繭糸乎、以爲保障乎 …… 一〇四
（四）豫讓報仇 …… 一〇六
㈠國士報之 …… 一〇六
㈡何乃自苦如此 …… 一〇八
（五）蘇秦合從 …… 一〇九
㈠雞口牛後 …… 一〇九
㈡豈能佩六國相印乎 …… 一一〇
（六）廉頗・藺相如 …… 一一三
㈠完璧而歸 …… 一一三
㈡澠池之會 …… 一一四
㈢刎頸之交 …… 一一五
（七）平原君使楚 …… 一一七
㈠毛遂自薦 …… 一一七
㈡使趙重於九鼎大呂 …… 一一九
魏 …… 一二一
（一）貧賤者驕人耳 …… 一二一
（二）家貧思良妻 …… 一二三
（三）吳起爲將 …… 一二五
㈠今又吮其子 …… 一二五
㈡舟中人皆敵國也 …… 一二五
（四）張儀連橫 …… 一二六

〔五〕踏二東海一而死耳……一一九
韓……一二三
楚……一二三
〔一〕三年不レ蜚不レ鳴……一二三
燕……一二四
〔一〕燕齊交戰……一二四
(一) 先從レ隗始……一二四
(二) 下二齊七十餘城一……一二六
(三) 田單火牛……一二八
〔二〕荊軻入レ秦……一二九
(一) 願得二將軍之首一、以獻二秦王一……一三九
(二) 風蕭蕭兮易水寒……一四一
(三) 圖窮而匕首見……一四三
秦……一四三
〔一〕孝公定レ令……一四四
(一) 商鞅變レ法……一四四
(二) 能徙者、豫二五十金一……一四四
〔二〕車裂以徇……一四八
〔三〕遠交近攻……一四九
〔四〕綈袍戀戀……一五一

中篇　秦・漢・南北朝時代

秦……一五四
〔一〕始皇統一……一五五
(一) 逐客令……一五五
(二) 號二皇帝一……一五八
(三) 置二郡縣一……一五九
(四) 築二長城一……一六一
(五) 焚書……一六三
(六) 坑儒……一六四
(七) 阿房宮……一六六
〔二〕群雄蜂起……一六八
(一) 燕雀安知二鴻鵠之志一哉……一六八
(二) 書足三以記二姓名一而已……一七一
(三) 定二關中一者王レ之……一七三
西漢（前漢）……一七五
〔一〕沛公定レ秦……一七六
(一) 大丈夫當レ如レ此……一七六

(二) 約二法三章一 …… 一七八

〔二〕 鴻門之會 …… 一七九

(一) 其志不レ在レ小 …… 一七九
(二) 有レ急亡 不義 …… 一八一
(三) 留二沛公一與飲 …… 一八三
(四) 臣死 且不レ避 …… 一八五
(五) 豎子不レ足レ謀 …… 一八六
(六) 沐猴而冠 …… 一八九

〔三〕 漢・楚爭覇 …… 一九〇

(一) 俛出二胯下一 …… 一九一
(二) 四面楚歌 …… 一九三
(三) 非二戰之罪一 …… 一九五
(四) 何面目 復見 …… 一九六

〔四〕 創業功臣 …… 一九八

(一) 評二三傑一（張良・蕭何・韓信） …… 一九八
(二) 孺子可レ教 …… 二〇〇
(三) 發縱指示 者人也 …… 二〇四
(四) 多多益〻辯 …… 二〇五
(五) 狡兎死 走狗烹 …… 二〇六
(六) 秦失二其鹿一、天下共逐 …… 二〇八

(七) 大風歌 …… 二一〇

〔五〕 文帝・景帝之治 …… 二一一

(一) 廷尉天下之平也 …… 二一三
(二) 示レ朴爲二天下先一 …… 二一四
(三) 人〻給家〻足 …… 二一五

〔六〕 武帝外征 …… 二一七

(一) 雄材大略 …… 二一七
(二) 羝乳乃得レ歸 …… 二二〇
(三) 蘇武守レ節 …… 二二一

〔七〕 武帝之治 …… 二二五

(一) 有二三代之風一 …… 二二五
(二) 幾 不レ免レ爲レ 秦 …… 二二六
(三) 董仲舒對策 …… 二二八
(四) 公孫弘對策 …… 二三〇
(五) 汲黯以レ嚴見レ憚 …… 二三二

〔八〕 宣帝中興 …… 二三三

(一) 良二千石 …… 二三四

〔九〕 王莽簒レ漢 …… 二三六

(一) 朱雲直諫 …… 二三六
(二) 謙恭下レ士 …… 二三八

十八史略解題

【著者】「十八史略」は、宋末元初（第十三世紀末）の人である曾先之が著わしたものである。彼は、字を従野といい、廬陵の人である。廬陵は、いまの江西省の吉安県で、欧陽脩の故郷でもある。「前の進士」とみずから書いているほか、何もわからない。官吏になったこともないようで、郷里に埋もれた学者であったらしい。宋末元初というきびしい時代が、そうさせたのであろう。

【書名】「十八史略」とは、十八の歴史書のあらすじをまとめたもの、という意味である。現存のいちばん古い刊本は、元の至治年間（一三二一～一三二三）に出版されたもので、それには「古今歴代十八史略」となっている。彼が拠りどころにした十八史は、

一、司馬遷の「史記」　二、班固の「前漢書」　三、范曄の「後漢書」
四、陳寿の「三国志」　五、唐の太宗の「晋書」　六、沈約の「宋書」
七、蕭子顕の「南斉書」　八、姚思廉の「梁書」　九、同人の「陳書」
一〇、魏収の「後魏書」　一一、李百薬の「北斉書」　一二、崔仁師の「後周書」
一三、魏徴の「隋書」　一四、李延寿の「南史」　一五、同人の「北史」
一六、欧陽脩・宋祁の「唐書」　一七、欧陽脩の「五代史」　十八、李燾・劉時挙の「宋鑑」

で、最後の「宋鑑」は、李燾の「続宋編年資治通鑑」（続資治通鑑長編ともいう）と、劉時挙の「続宋中

興編年資治通鑑」をさし、前者は北宋の史実を記し、後者は南宋の事蹟を記したもので二書であるが、合わせて宋一代のことを記したことになるので、一史に計算したのである。

【体裁内容】 太古から南宋の滅亡までの歴代の治乱のあらましを、時代の順を追って記したもので、編年体の歴史である。もとになった十八史の巻数を合わせると、二千巻を越えるものを、たった二巻に、要領よくまとめあげたものであるから、たいへんな苦労であったろうが、これには、彼よりも少し前に呂祖謙（四五一頁）の「十七史詳節」があったから、多少の案内にはなったであろう。元の至治刊本は二巻であったが、明初に陳殷が音釈をつけて七巻に改め、明の中頃の劉剡は、さらにその内容体裁を一部分改変している。すなわち、曾先之は、三国時代で、魏を正統としてあつかったが、劉剡は、蜀を正統に組み変えているし（二九〇頁）、その他にも若干の改変をおこなっている。宋の滅亡が、原刊本では臨安の陥落で終っているのを、続けて、文天祥や陸秀夫・張世傑ら勤王家の動きを詳述し、厓山の敗北を鬼気せまるまでに記しているのは、元末の人のひそかなレジスタンスか、明初の人の民族主義精神による追加であろう。

【流伝】 著者の存命中に、この本が刊行されたかどうかはわからないが、現存のものでは、前述の元の至治刊本が最も古く、明の中頃には、何景春という人が、官吏としての俸給をさいて、劉剡補正の七巻本を出版している。だいたい江西・浙江方面で読まれていたものと思われる。わが国には、足利時代の中頃には渡来し、至治刊本は、足利学校に入り、七巻の通行本は、徳川時代に入って、各藩の漢学塾の教科書となり、その簡略で、故事熟語を知るうえに有用な点が愛好され、明治に入ってもその流行は衰えなかった。中村敬宇は、「十八史略とパーレーの万国史を、暗誦するほど熟読すれば、英漢学の基礎がりっぱにできる。」と言ったという。全体の書き下し本としては、久保天随のものと公田連太郎のものがある。注釈書は枚挙にいとまがない。

【評価】漢文の中国史としては、最も手ごろなものであるが、今日の史眼をもってすれば、史書としてはもの足りない点が多い。英雄の活躍や、戦争の記事が多く、文化史的な注意が、はらわれていないし、社会史的な面も同様である。しかし日本の学生が、漢文の読解力をつけ、故事熟語をおぼえ、だいたいの歴史を知るには、なおやはり便利な本である。

十八史略詳解 上

上篇 先秦時代

太古

【説話】「十八史略」は、太古にまず、天皇氏・地皇氏・人皇氏・有巣氏・燧人氏があったという。そして天皇氏の統治期間が一万八千年で、十二人の兄弟が順々に統治したというのであるから、全部では二十一万六千年になる。まったくの神話であることを示す以外、何ものでもない。しかもこの神話は、五行説（宇宙が、木・火・土・金・水の五つの元素のようなものからできているという考え）がおこなわれるようになってから書かれたものと思わねばならないから、およそ周の末、紀元前四世紀ごろに作為されたものであろう。地皇氏以下も、この程度のかんたんな記述で、有巣氏は住居の法を教え、燧人氏は火で物を焼いて食べる方法を教えたとある。要するに、原始時代における人類文化発展の段階を、これらの帝王の名によって象徴しようとしたものである。

〔一〕 天皇氏・有巣氏・燧人氏

天皇氏以木徳王。歳起攝提。無爲而化。兄弟十二人。各〻一萬八千歳。地皇氏以火徳王。兄弟十一人。亦各〻一萬八千歳。人皇氏兄弟九

【訓読】天皇氏木徳を以て王たり。歳摂提より起る。無為にして化す。兄弟十二人。各々一万八千歳。地皇氏、火徳を以て王たり。兄弟十一人。亦各々一万八千歳。人皇氏兄弟九人。分れて九州に長たり。凡て一百五十世。合せて四

人。分レテ長タリ二九州一。凡一百五十世。合セテ四萬五千六百年。人皇以後、有リレ曰フモノ二有巣氏一。構ヘテレ木ヲ爲リレ巣ヲ食フ二木實ヲ一。至リテ二燧人氏一ニ始メテ鑽ツテレ燧ヲ教フ二人ニ火食ヲ一。在リテ二書契以前ニ一、年代國都不レ可カラレ攷フ。

万五千六百年なり。人皇氏以後有巣氏と曰ふもの有り。木を構へて巣を為り、木実を食ふ。燧人氏に至つて始めて燧を鑽つて、人に火食を教ふ。書契以前に在りて、年代国都攷ふべからず。

【語釈】〔天皇氏〕天は天地の天であり、皇は人君をいう。氏は美称。天のような偉大な君という意味で、天皇氏といった。〔以二木德一王〕五行説にもとづいた語で、五行とは木・火・土・金・水をいい、この五つの気が宇宙を構成し万物を育成する。木は火を生じ、火は土を生じ、土は金を生じ、金は水を生ずると考えた。これが五行の生ずる順序である。天皇氏は最初にこの世に現われて天下を治めたから、五行の第一位の木の徳を身に備えていたと考えたのである。〔歳起二攝提一〕歳は木星のこと。この星は十二年で天を一周するから、その運行と十二支とを配合して年まわりを定める。そして木星が寅の方に宿る年を摂提格という。つまり摂提とは寅の年をいい、ここでは寅の年をもって紀元としたというのである。〔無爲而化〕命令や法律などを用いることなく、無言のうちに徳で感化した。〔火德〕天皇氏の次は地皇氏で、第二番めの君であるから、木の次の火徳を身に備えていたとする。〔九州〕いろいろ説があるが、全国と考えてよい。〔有巣氏〕有は添えことばで、語調をととのえる字。巣はその人の事業——住いを作った——によってつけたものである。次の燧人氏も同様である。〔鑽レ燧〕檜のような木片をこすり合せて火をだすことをいう。〔書契〕文字を木に記して約束のしるしとした手形で、太古の文字をいう。〔攷〕考の古い字。

【通釈】中国最初の統治者である天皇氏は、五行の第一の木の徳を身に備えていて王者となった。寅の年をもって紀元とする。なに一つ命令するでもなく、無言のうちに徳をもって民を感化し、国がよく治まった。兄弟が十二人あったが、それぞれ一万八千年も長生きして天下を統治したという。次の地皇氏は火の徳を身に備えて王者となった。兄弟それぞれ一万八千年も長生きして天下を治めたという。次は人皇氏で、兄弟九人あったが、それぞれわかれて全国の君となった。子孫があいついで百五十代、四万五千六百年の長きにわたって天下を治めたという。人皇氏以後に有巣氏という者があって、いままで穴に住んでいた人に、木をくみ合せて鳥の巣のようなものを作り、初めて人々に家に住むことを教えたが、食物は木の実であった。ところが燧人氏が現われて、初めて木をすり合せて火を作り、これで煮たり焼いたりして食べることを教えた。しかし文字の発明以前のことであるから、その年代も、どこに都を定めたかも、考え知ることができない。

三皇

【説話】 太古の次には、三皇の時代が設定されている。もちろんこれも神話であって、三皇とは、伏羲氏・神農氏・軒轅氏（黄帝）という三人の統治者をいう。

伏羲氏（包犠氏・庖犧氏とも書く）はひじょうに賢明で、いまも易者が用いている☰乾 ☱兌 ☲離 ☳震 ☴巽 ☵坎 ☶艮 ☷坤の八つの符号は、彼の創案したものであり、また書契、すなわち文字も、この王の創案にかかるもので、それによって、従来縄の結び方で意志の伝達をしていたのにとりかえたという。

しかし古代の字書である「説文」によれば、黄帝の臣の倉頡の発案ということになっており、その方が通説である。いずれにしても、多くの文字をあるひとりが造ったのではなく、その基幹的ないくつかの文字を創案したにとどまるであろう。われわれの現認しうる中国の最古の文字は、殷墟出土の亀甲獣骨類の上に記されているもので、ほぼ紀元前十四世紀の頃までさかのぼりうる。

〔一〕太昊伏羲氏

太昊伏羲氏、風姓。代燧人氏而王。蛇身人首。始畫八卦、造書契、以代結繩之政。制嫁娶、以儷皮爲禮、結網罟、敎佃漁。養

【訓読】 太昊伏羲氏は風姓なり。燧人氏に代つて王たり。蛇身人首なり。始めて八卦を画し、書契を造りて以て結縄の政に代ふ。嫁娶を制し、儷皮を以て礼と為し、網罟を結んで佃漁を教ふ。犧牲を養うて、以て庖廚にす。故に庖犧

犧牲、以庖廚。故曰庖犧。有龍瑞。以龍紀官、號龍師。木德王。都於陳。

と曰ふ。龍の瑞あり。龍を以て官に記し、龍師と号す。木徳の王たり。陳に都す。

【語釈】〔太昊〕太は大に同じ。昊は明らかで、その徳が大いに明らかであったから、ほめたたえていったのである。〔風姓〕風という姓。〔蛇身人首〕体は蛇で、首が人間であった。古はえらい人の風采を、こんなふうに表現したのである。〔八卦〕易の八卦。算木のうえに現われた八つのすがた。これを組み合せると六十四のすがたとなり、宇宙の現象の変化は、すべてこれによって象徴される。ゆえに森羅万象の変化や人生の消長を、この六十四のすがたによって判断し、身をつつしみおこないを正し、臨機応変の処置を講ずる教えを寓したものである。〔結縄之政〕古代文字のなかったころ、縄の結びめで物事を記憶したり、約束事を現わしたりした。このような原始的な方法を用いた政治。〔嫁娶〕よめに行く。よめをとる。結婚。〔儷皮〕儷は一対、一対の皮をゆいのうとして婚約する礼。〔網罟〕二字とも「あみ」のこと。〔佃漁〕佃は鳥獣を捕えること、漁は魚を捕える。〔犧牲〕祭のとき神前にそなえる牛・羊・豚などのいけにえ。〔庖廚〕料理場、台所。〔庖羲〕庖（料理場）で犧牲を料理して神にそなえる礼を定めたから、伏羲のことをいう。〔龍瑞〕八尺以上もある馬で、その顔つきが龍のようであるから龍馬という。そのころ龍馬が黄河から現われたが、その背にうずを巻いた毛があり、伏羲氏はその形にヒントを得て八卦を作ったという。これがいわゆる河図である。瑞は龍馬が現われたというめでたいきざし。〔龍師〕師は長官。長官を龍師といった。〔木德〕二頁に説明した。

【通釈】太昊伏羲氏は風という姓である。燧人氏にかわって王となったが、身は蛇で首は人間であったという。伏羲氏は初めて八卦を作った。また文字を作って、縄を結んで約束がわりにする原始的な政治を改めた。結婚の制度を定め、一対の皮をゆいのうの礼とし、網を作って狩漁を教えた。また牛・羊・豚などの犧牲を養い、これを料理して神を祭った。このころ龍馬が黄河から現われるというめでたいきざしがあったので、官職の名にすべて龍の字をつけ、その長官を龍師といった。木徳で王となったもので、陳に都を定めた。

〔二〕炎帝神農氏

炎帝神農氏、姜姓。人身牛首。火徳王。斲レ木爲レ耜、揉レ木爲レ耒、始敎レ畊。以二赭鞭一鞭二草木一、嘗二百草一、始有二醫藥一。敎レ人日中爲レ市、交易而退。都二於陳一、徙二曲阜一。

【語釈】〔揉レ木〕木をたわめる、まげる。〔耜〕すき。〔耒〕すきの柄。〔畊〕耕の古字。〔赭鞭〕赤色のむち。〔市〕人がおおぜい集まってあきないをする。〔交易〕物々交換をする。〔曲阜〕山東省兗州府にある。〔火徳〕二頁に説明した。

【通釈】炎帝神農氏は姜姓で、その体は人であるが、首は牛であった。火徳で王となった。木をけずってすきを作り、木をたわめて柄を作り、初めて民に農業を教えた。また赤い色のむちで草木を打ち、多くの草をなめてみて、初めて薬を作った。人々にひるまは市を開いて物と物を交換しあい、夕方家へ帰らせるというように、商業の方法を教えた。陳に都したが、のち曲阜に移った。

【説話】この話にもとづいて、漢方医はいまでも神農氏を医者の祖先として祭り、わが国では東京都文京区湯島の聖堂内に由緒ある神農氏の木像が祠られている。

〔三〕黄帝軒轅氏

㈠ 指南車

黄帝、公孫姓。又曰、姫姓。名軒轅。炎帝世衰、諸侯相侵伐。軒轅乃習レ用二干戈一、以征二不

【訓読】炎帝神農氏は、姜姓なり。人身牛首。火徳の王たり。木を斲りて耜を為り、木を揉めて耒を為り、始めて畊を教ふ。赭鞭を以て草木を鞭うち、百草を嘗めて、始めて医薬有り。人に教へて日中に市を為し、交易して退かしむ。陳に都し、曲阜に徙る。

【訓読】黄帝は公孫姓なり。又曰く、姫姓なりと。名は軒轅。炎帝の世衰へ、諸侯相侵伐す。軒轅乃ち干戈を用ふることを習ひ、以て不享を征す。諸侯咸之に帰す。炎帝と阪

享。諸侯咸歸レ之。與二炎帝一戰二于阪泉之野一克レ之。蚩尤作レ亂。其人銅鐵額、能作二大霧一。軒轅作二指南車一、與二蚩尤一戰二於涿鹿之野一、禽レ之。遂代二炎帝一爲二天子一。土德王。作二舟車一、以濟レ不レ通。得二風后一爲レ相、力牧爲レ將。

泉の野に戦ひて之に克つ。蚩尤乱を作す。其の人銅鉄の額、能く大霧を作す。軒轅指南車を作り、蚩尤と涿鹿の野に戦ひて、之を禽にす。遂に炎帝に代りて天子と為る。土徳の王たり。舟車を作りて、以て通ぜざるを済す。風后を得て相と為し、力牧を将と為す。

【語釈】〔黄帝〕火徳の炎帝の次に立ったから、土徳があったとし、土の色から黄帝といった。軒轅の丘で生れたので、名としたという。〔炎帝〕前の神農氏ではなく、その子孫である。〔侵伐〕侵入し戦う。〔干戈〕干はたて。戈はほこ、武器の総称。〔不享〕享は天子に貢物を奉ることで、ここでは諸侯が炎帝に貢物を奉り、臣下の礼をつくさなかったことをいう。〔咸〕ことごとく、みな。〔歸〕つき従う。〔指南車〕いつも南をさす器物をとりつけた車。〔禽〕生けどり。〔濟〕わたす。

【通釈】黄帝は公孫姓である。また姫姓ともいうと。名は軒轅という。炎帝の子孫の世が衰えたので、諸侯がたがいに侵略して戦った。そこで軒轅は武器を使うことを習練して、従わぬ者を征伐したので、諸侯はみなこれに帰順した。ついに炎帝と阪泉の野で戦って勝った。またその頃蚩尤という諸侯が乱をおこしたが、この人は銅や鉄のようなかたい額をもっており、よく大霧をおこしてあたりを暗くする術も心得ていた。そこで軒轅は指南車を作って方向を判断し、涿鹿の野で戦い、これを生けどりにした。こうして炎帝にかわって天子となり、土徳によって王となった。黄帝は舟や車を作って、通行のできない所をわたし、交通の便をはかり、風后という賢人を大臣とし、力牧という人を将軍に用いたので、国はよく治まった。

(二) 華胥之國

嘗晝寢、夢遊二華胥之國一、怡然自得。其後天下

【訓読】嘗て昼寝ね、夢に華胥の国に遊び、怡然として自得す。其の後天下大いに治まり、幾ど華胥の若し。世に伝

大治、幾若二華胥一。世傳、黄帝采レ銅鑄レ鼎、鼎成。有レ龍、垂二胡髯一下迎。帝騎レ龍上レ天。羣臣・後宮從者七十餘人。小臣不レ得レ上。悉持二龍髯一。髯拔。墮レ弓。抱二其弓一而號。後世名二其處一曰二鼎湖一、其弓曰二烏號一。

ふ、黄帝銅を采りて鼎を鋳、鼎成る。龍有り、胡髯を垂れて下り迎ふ。帝龍に騎りて天に上る。羣臣・後宮従ふ者七十余人。小臣上ることを得ず。悉く龍髯を持つ。髯抜く。弓を堕す。其の弓を抱きて号ぶ。後世其の処を名づけて鼎湖と曰ひ、其の弓を烏号と曰ふ。

【語釈】〔華胥之國〕この国の住民は、みな平等で人君がなく、またみな欲望がなく生死を超越し、無為自然に暮し、天下泰平であるという。これは老子の思想をくんだ列子が作った話で、「列子」黄帝篇にある。これから夢をみることを、華胥の国に遊ぶという。〔怡然自得〕楽しんで心に満足しているさま。〔鼎〕鍋の一種で食物を煮る器。祭器にも用いた。〔胡髯〕胡はあごの下にたれた肉。そこにはえたひげで、あごひげ。〔後宮〕天子の妃や女官などをいう。〔烏號〕烏は泣き声を現わす。おおと泣きさけぶ弓という意。

【通釈】 黄帝はあるとき昼寝して、夢にみた華胥の国に遊び、心うれしく満足した夢をみた。そののち帝は政治をはげんだので、天下がよく治まって、夢にみた華胥の国のようになった。世間の伝える話によると、黄帝はあるとき銅を掘って鼎を鋳た。鼎ができると、龍が長いほほひげをたれながら、天から迎えにおりて来た。帝がその龍にまたがって天へのぼろうとしたので、多くの家来や妃や女官たちで、おともをする者が七十余人もあった。しかし身分のひくい臣はのぼることができないので、みな龍のひげにぶらさがった。するとひげが抜けて龍はそのまま天にのぼった。そのとき黄帝は弓を落したので、残された臣は弓をだいて別れを惜しんで泣きさけんだ。後世、その所を鼎湖といい、（銅をとったあとが、池になっていたのであろうか。）その弓を烏号といった。

【説話】 三皇の名と順序については、多くの異説（(イ)天皇・地皇・人皇。(ロ)伏羲・神農・祝融。(ハ)伏羲・女媧・神農。(ニ)燧人・伏羲・神農。(ホ)伏羲・神農・燧人。）がある。「十八史略」は、漢の孔安国の「古文尚書序」の説をとって、(一)伏羲氏(二)神農氏(ニ)軒轅氏としたのである。すると「史記」（漢の司馬遷の著）にあって、普通におこなわれていたと思われる(イ)の天皇・地皇・人皇の三人と、燧人氏（遂人も同じ）とのやり場にこまり、彼はこれを前記のように「太古」におしあげ、また同じように、次の五帝の第一として普通におこなわれていた黄帝（軒轅氏）を、三皇の第三人めに持ちこんだので、五帝の首には、後述するように、少昊金天氏なるものを身がわりに置きかえたのである。

いずれにしても、この三皇も神話上の帝王で、そのことは、伏羲氏が蛇身人首であり、神農氏が人身牛首であり、軒轅氏（黄帝）が最後に天にのぼっていったというような記述によっても知られよう。しかし神話とはいいながらも、彼らの業績として語られている事がらは、後世の思想・文学にしばしば引用され、まことしやかに考えられている。

なお、伏羲氏は、風姓という姓だ。その死後、女媧氏が立ち、続いて共工氏・太庭氏というふうに、十五代続いたと記されているから、伏羲氏のすぐ次に、神農氏がかわったのではない。陶淵明の「五柳先生伝」に記されている葛天氏・無懐氏は、この伏羲氏からそれぞれ第十三代め・第十四代めの皇帝である。神農氏も八代続き、そして軒轅氏は一代で、次の五帝の第一の金天氏にうつっている。

以上、三皇はだいたい漢代（BC二〇六—）になってから創作された原始帝王で、右のような内容も、それに近い時代の人々の想像のうちから生れたものである。

五帝

【説話】 三皇に続くこの五帝も、やはり神話上の帝王と考えるべきもので、その創作されたのは、三皇の創作より少し前の、周の後半の頃と推察される。この五帝の数え方も、諸書によってまちまちで、(イ)黄帝・顓頊・帝嚳・唐堯・虞舜。(ロ)太皞・炎帝・黄帝・少皞・顓頊。(ハ)包犠・神農・黄帝・堯・舜。(ニ)太昊・炎帝・少昊・顓頊黄帝）であるが、一般におこなわれているのは、(ロ)の説であるにもかかわらず、「十八史略」は漢の孔安国の説をとって、少昊—顓頊—帝嚳—帝堯—帝舜—としている。

初めの三帝については、きわめて簡単に記され、顓頊が暦を初めて作り、帝嚳がいまの河南省の亳に都したことぐらいを注意すればたりるが、後の「堯」と「舜」とは、「堯舜の世」または「堯舜の治」ということばもあり、儒教の徒の考えた中国古代の理想の帝王として、その現実性とは別に、思想的には後世に大きな影響を与えている重要な帝王であることに注意したい。

〔一〕少昊金天氏

少昊金天氏、名玄囂。黄帝之子也。亦曰二青陽一。其立也、鳳鳥適〻至。以レ鳥記レ官。

【訓読】 少昊金天氏、名は玄囂。黄帝の子なり。亦青陽と曰ふ。其の立つや鳳鳥適〻至る。鳥を以て官を記す。

【語釈】 〔少昊金天氏〕太昊伏羲氏の徳をついだので、少昊といったという。土徳の黄帝の次に立ったから金天氏といった。
〔鳳鳥適々至〕鳳凰はめでたい鳥で、ちょうどそのときやって来た。〔以レ鳥記レ官〕官職に鳥の名をつけた。

【通釈】 少昊金天氏は、名を玄囂という。黄帝の子である。また青陽ともいう。彼が王の位についたとき、ちょうど鳳凰がやって来たので、これはめでたいと喜んで官職に鳥の名をつけた。

〔二〕顓頊高陽氏

顓頊高陽氏、黄帝孫也。代二少昊一而立。少昊衰、九黎亂レ德、民神雜糅、不レ可二方物一。顓頊受レ之、乃命二南正重一司レ天、以屬レ神、火正黎司レ地、以屬レ民、使レ無二相侵瀆一。始作レ曆、以二孟春一爲レ元。

【訓読】 顓頊高陽氏は、黄帝の孫なり。少昊に代りて立つ。少昊の衰ふるや、九黎徳を乱り、民神雑糅して、方物すべからず。顓頊之を受け、乃ち南正の重に命じて、天を司らしめ、以て神を属し、火正の黎に地を司らしめ、以て民を属し、相侵瀆すること無からしむ。始めて暦を作り、孟春を以て元と為す。

【語釈】〔顓頊高陽氏〕顓は専に同じ、頊は正、徳を専らにし、おこないを正しくしたので顓頊といったという。高陽に国をつくったので高陽氏という。〔九黎〕黎と名のる九人の諸侯。〔民神雑糅〕糅は入りみだれる。神と民とが区別なく雑居すること。君臣の道の乱れたことをいったともいう。〔方物〕方は別、物は類。物事を整然と区別すること。〔南正重〕南正は官名。重は名。〔属レ神〕属はゆだねる。神事をゆだねる。〔始作レ暦〕黄帝のとき、容成という人が暦を作った記事があるので、始の字は改の字にしなければならないという説がある。「通鑑綱目」には「改メテ作ル二暦象ヲ一」とある。〔以二孟春一為レ元〕孟ははじめの意。孟春は春三カ月の初めの月、すなわち正月。元もはじめの意。年の初めである。

【通釈】顓頊高陽氏は黄帝の孫である。少昊にかわって天子となった。少昊の政治が衰えたので、黎氏を名のる九人の諸侯が徳を失い人心を乱したので社会の秩序がくずれ、神と民とが雑然となり区別がなくなった。顓頊はこれを正すために、南正の官の重に命じて天に関することをつかさどらせ、神事のいっさいをゆだね、火正の官の黎に地のことをつかさどらせ、これに民政をゆだね、神は民をおかすことなく、民は神をけがすことなく、両者をはっきり区別させた。また暦を改め作って、正月を年の初めとした。

〔三〕帝嚳高辛氏

帝嚳高辛氏ハ、玄囂之子、黄帝ノ曾孫也。生レナガラニシテ而神靈ナリ。自ラ言フ二其ノ名ヲ一。代リテ二顓頊ニ一而立ツ。居ル二於亳ニ一。

【訓読】帝嚳高辛氏は、玄囂の子、黄帝の曾孫なり。生れながらにして神霊なり。自ら其の名を言ふ。顓頊に代りて立つ。亳に居る。

【語釈】〔帝嚳高辛氏〕嚳は極で、そのおこないが道徳の最高を極めたという意。高辛は地名で、これを号とした。〔玄囂之子〕世紀によると、黄帝―玄囂―蟜極―帝嚳となっているから、子ではなくて、孫が正しい。そうしなければ黄帝の曾孫にはならない。〔神靈〕ひじょうにかしこいこと。〔自言二其名一〕生れたとき、すぐにわが名をいったの意。〔亳〕いまの河南省偃師楽だという。

【通釈】帝嚳高辛氏は玄囂の子で、黄帝の曾孫である。生れながらに、ひじょうにかしこく、生れおちると同時に自分の名を名のったという。顓頊にかわって天子となり、亳に都した。

〔四〕 帝堯陶唐氏

㈠ 鼓腹撃壌

帝堯陶唐氏、伊祁姓。或曰、名放勛。帝嚳子也。其仁如天、其知如神、就之如日、望之如雲。都平陽。茆茨不剪、土階三等。』治天下五十年、不知天下治歟、不治歟、億兆願戴己歟、不願戴己歟。問左右不知。問外朝不知。問在野不知。乃微服遊於康衢、聞童謡曰、

立我烝民　莫匪爾極　不識不知　順帝之則

有老人、含哺鼓腹、撃壌而歌曰、

日出而作　日入而息　鑿井而飲　畊田而食　帝力何有於我哉。

【訓読】帝堯陶唐氏は、伊祁姓なり。或は曰く、名は放勛なりと。帝嚳の子なり。其の仁は天の如く、其の知は神の如く、之に就けば日の如く、之を望めば雲の如し。平陽に都す。茆茨剪らず、土階三等のみ。』天下を治むること五十年、天下治まるか、治まらざるか、億兆己を戴くことを願ふか、己を戴くことを願はざるかを知らず。左右に問ふに知らず。外朝に問ふに知らず。在野に問ふに知らず。乃ち微服して康衢に遊び、童謡を聞くに曰く、

我が烝民を立つる　爾の極に匪ざるなし
識らず知らず　帝の則に順ふ

と。老人有り、哺を含み腹を鼓うち、壌を撃つて歌つて曰く、

日出でて作し　日入りて息ひ
井を鑿つて飲み　田を畊して食ふ
帝力何ぞ我に有らんや

と。

【語釈】〔帝堯〕堯とか次の舜とか前の嚳とかいうのは、その帝王の死後につけられた名で、これを諡（おくり名）という。

〔陶唐氏〕堯は帝位につかぬ前に、陶（山東省の地名）におったことがあり、また唐（河北省の地名）に封ぜられたことがあるので、自ら陶唐氏と名のっていた。〔伊祁姓〕伊耆とも書く。複姓(二字の姓)の一例。司馬遷・諸葛亮・欧陽脩などと同じ。〔放勛〕放は至るの意、勛は勲に同じ。大いに功績のある人の意。〔仁〕いつくしみあわれむ心。〔如レ天〕天が万物をおおい生かしているように、人民すべての上によい政治がゆき届くこと。〔知〕智に同じ。〔就レ之如レ日〕葵（ひまわり）がたえず太陽に向っているように、人民がつねに堯につき従う。〔如レ雲〕ひでりの時に雨雲を待つように、彼の慈愛を待ち仰いだ。〔平陽〕いまの山西省の臨汾という。〔都〕帝都とした。名詞を動詞に使用したもの。次の微服も同じ。〔茆茨〕二字で茅（かや）の意。屋根をふく草。〔不レ剪〕剪は鋏（はさみ）で切る。かやでふいた屋根の先端を、切りそろえるようなことはしなかった。体裁装飾のために人民の労働力を使わなかったことをいう。〔土階三等〕土の階段が三段。宮殿の造営が簡単質素であったことをいう。〔歟〕「カ」と読む。疑問の助字。漢魏以前に多く使われている。〔億兆〕数の多いことから転じて人民。〔左右〕宮中の側近者。〔外朝〕宮中からいって外部である朝廷政府をいう。大臣たち。〔在野〕官吏でない者。朝廷に仕えず、民間にいる人民。〔微服〕しのびすがたで。動詞に読む。〔康衢〕繁華な大通り。五方に通じる大路が康、四方につながるのを衢という。いまのロータリーの処。〔烝民〕多くの民、人民大衆。〔立〕暮しが立つようにする。また粒と解し、食べさせてくれる。〔爾極〕爾はあなた、堯を指す。極は最上の愛情。〔識・知〕識は見分けができること、知は底の底まで知ること。〔則〕手本。統治の方針。〔哺〕口の中に入れた食物。〔鼓〕動詞に読む。つづみを打つように叩く。〔撃壌〕壌は地。足の裏で地面を打ちながら踊ること。一説に壌は木片の玩具というもとらぬ。〔作〕働く。起きる意にも説く。〔帝力何有二於我一哉〕反語。帝王の力がどうして自分たちに影響していようか。まったくおかげをこうむっていない。

【注意】㈠「歟」の字は疑問の「カ」である。耶・乎と同じだが、それよりも重い疑問を示す。なお「論語」や「孟子」のような古い時代には多く「与」を用い「唐宋八家文」や「十八史略」のような後世のものには「歟」を用いている。㈡「戴」は「いただク」。頭の上にのせることであるが、単に「ノセる」意ならば「載」音サイを使う。戴冠式と積載量という二つの熟語をよく覚えておいて、音と意と形の区別をはっきりさせておくこと。㈢「茆茨不レ剪」「土階三等」は堯の理想的君主としてのシンボルとして覚えておくこと。㈣前の歌は「康衢謡」といい、後の歌は「撃壌歌」という。

【通釈】 のちに帝堯とよばれた陶唐氏は、姓は伊祁といった。堯はその名でなく、名は放勛といったという説もある。帝嚳の子である。そのあわれみの心の深いことは、天が万物の上をおおい、それを育くみそだてるありさまにもたとえられ、その知識のすぐれている点は、霊妙な神にもたとえられて、人民はかの葵がいつも太陽に向っているように、彼に近づきたく思い、ひでり続きに慈雨をもたらす雲を待ち望むように、遠いところの者からもしたわれた。平陽に都をおいたが、その宮殿の屋根はかやぶきで、しかもかやのさきを切り揃えるでもなく、階も土づくりで、しかも三段という簡単さで、まことに質素なありさまであった。』かくて堯は、天下を五十年間も治めたが、はたして治まっているのか、いないのか、人民が自分を天子として上にいただくことを希望しているのか、その反対なのか、自分でもよくわからなかった。宮中の側近の者にたずねてみたが、わからない。政府の大官たちにきいてみても、わからない。民間の（有力）者にたずねても、はっきりしない。そこで、しのび姿で、繁華な大通りに出かけて、下々の人民のいつわりのない気もちをきいてみたいと思った。すると、そこで子供たちが、こんなはやり歌をうたっていた。

家の暮しが楽なのは、わが王様のおかげじゃよ。
しらずしらずに王様の、教えのとおりで、幸せじゃ。

また一人の老人が、口の中をもぐもぐさせながら、腹つづみを打ち、足拍子も面白く、

お天道さまが、顔出しゃ働き、お天道さまが　ひっこみゃ休み。水が欲しけりゃ　井戸を掘り、畑耕しゃ　食べられる。
天子さまのお力で、わしら生きてるわけじゃねえ。

こんな歌をうたって踊っていた。これは堯の徳があまりにも偉大で、かえってそれに気づかなかったのである。

㈡　華封三祝

堯観二于華一。華封人曰、「嘻、請祝二聖人一。使三聖人　壽富　多二男子一。」堯曰、「辭。多二男子一則

【訓読】 堯華に観ぶ。華の封人曰く、「嘻、請ふ聖人を祝せん。聖人をして寿富にして男子多からしめん。」と。堯曰く、「辞す。男子多ければ則ち懼多し。寿なれば則ち辱多し。」と。

多レ懼。富則多レ事。壽則多レ辱。」封人曰、「天生二萬民一、必授二之職一。多二男子一而授二之職一、何懼之有。富而使二人分一レ之、何事之有。天下有レ道、與レ物皆昌、天下無レ道、修レ徳就レ閒。千歳厭レ世、去而上僊、乘二彼白雲一、至二于帝郷一。何辱之有。」堯立七十年、有二九年之水一。使二鯀治一レ之。九載弗レ績。堯老倦二于勤一。四嶽擧レ舜、攝二行天下事一。堯子丹朱不肖。乃薦二舜於天一。堯崩、舜卽レ位。

封人曰く、「天万民を生じ、必ず之に職を授く。男子多くして之に職を授けば、何の懼か之れ有らん。富みて人をして之を分たしめば、何の事か之れ有らん。天下道有れば、物と皆昌え、天下道無ければ、徳を修めて閒に就く。千歳世を厭はば、去りて上僊し、彼の白雲に乗じて、帝郷に至らん。何の辱か之れ有らん。」と。堯立ちて七十年、九年の水有り。鯀をして之を治めしむ。九載績あらず。堯老いて勤に倦む。四嶽舜を挙げて、天下の事を摂行せしむ。堯の子丹朱不肖なり。乃ち舜を天に薦む。堯崩じ、舜位に即く。

【語釈】〔觀〕あそぶと読む。景色を眺めて遊ぶ。〔華〕華山。中国の有名な五つの山の一つ。いまの陝西省の崋山。〔封人〕国境を守る番人。〔嘻〕ああ。喜びのあまり発する感動詞。〔聖人〕堯を尊んでいったもの。〔千歳厭レ世〕千年も長生きして、世の中がいやになったら。〔帝郷〕天帝の住んでいる所。〔弗レ績〕功績がなかった。〔四嶽〕四方の諸侯の長で官名。〔攝行〕代理となって職務をおこなう。〔不肖〕肖は似る。父に似ない愚か者。〔薦二舜於天一〕舜を次の天子として天に推薦した。天子は天の命によって治めるから、天即ち民意をえて天子の位につく者を、天に報告するをいう。〔崩〕天子の死をいう。

【通釈】帝堯があるとき名山の華山に遊んだ。華の国境の番人が堯の来遊を喜んで言うには、「ああ、聖王天子の前途を祝福して、聖天子が長命で財産も豊かとなり、男子が多く生れますように、天にお祈りしましょう。」と。堯が言うには、「いや、それは辞退する。なぜなら、男の子が多いと心配ごとが多く、財産が豊かであると、それをめぐってめんどうな事件が多くなる。また長生きすれば恥辱をうけることが多くなるから。」と。国境の番人が言うには、「天は万物をこの世に生み、その繁栄を願って必ず適当な職業を授けるものです。男子が多くても、それぞれに職業を授けたならば、何の心配がありましょう。財産が多くなったら、人々に分け与えたならば、何のめんどうな事件がおきましょう。こうして天下に道がおこなわれてよく治まれば、万物とともに栄え、天下に道がなくて乱れたならば、ひとり自分の徳をおさめて、静かな所に悠々自適すればよろしいでしょう。千年も長生きされて、世の中がいやになったら、この世を去って天にのぼり、あの白雲に乗って天帝の住んでいる所へ行かれて、仙人となればよいでしょう。そうすれば、長生きしたからとて、何のはずかしめを受けることがありましょう。」と。さて堯が帝位に立って七十年、この間に九年も続いた大洪水があったので、鯀という人に命じてこれを治めさせたが、九年かかっても、成績があがらない。いっぽう堯も年老いて政務にあいてきたので、諸侯の長官である四嶽が、有徳者の舜をあげ用いて、天下の政務を代理させた。堯には子の丹朱があったが、父に似ない愚か者であったので、そこで堯は舜を次の天子に推薦したのである。やがて堯が崩じたので、舜が天子の位についた。

【説話】 次に帝舜についてすぐ原文に入る。彼はどのようにして民間から選ばれて、帝位についたか。

〔五〕帝舜有虞氏

(一) 盡二孝悌之道一

帝舜有虞氏、姚姓。或曰、名重華。瞽瞍之子也。父惑二於後妻一、愛二少子象一、常欲レ殺レ舜。舜盡二孝悌之道一、烝烝乂不レ格レ姦。』畊二歴山一、民皆譲レ畔。漁二雷澤一、人皆譲レ居。陶二河濱一、器

【訓読】 帝舜有虞氏は、姚姓なり。或は曰く、名は重華なりと。瞽瞍の子なり。父後妻に惑ひ、少子象を愛し、常に舜を殺さんと欲す。舜孝悌の道を尽し、烝烝として乂めて姦に格らざらしむ。』歴山に畊せば、民皆畔を譲る。雷沢に漁すれば、人皆居を譲る。河浜に陶すれば、器苦窳せず。居る所一年に聚を成し、二年に邑を成し、三年に都を成

不二苦窳一。所レ居一年成レ聚、二年成レ邑、三年成レ都。』堯聞二之聰明一、擧二於畎畝一、妻以二二女一。曰二娥黄・女英一。釐二降于嬀汭一。遂相レ堯攝レ政。

す。』堯之が聡明を聞き、畎畝より挙げ、妻すに二女を以てす。娥黄・女英と曰ふ。嬀汭に釐め降す。遂に堯に相として政を摂す。

【語釈】〔有虞氏〕舜の先祖が虞（いまの山西省平陸県という）にいたから有虞氏と号した。有は口調をととのえるための添え字で意味はない。舜は都を蒲阪（山西省永済県という）においた。〔瞽瞍〕目が見えぬのが瞽、眼球のないのを瞍という。舜の父が愚かで善悪のけじめがつかなかったから「めくら」にたとえて、世間でこういっていた。〔少子〕末っ子。〔象〕舜の異母弟の名。〔孝悌〕父母によく仕えるのが孝。兄弟仲よくするのが悌。〔烝烝〕進むさま。日に日に善に向わせたことをいう。〔乂〕治むる意。〔格レ姦〕格は至る。姦は悪の意、道理にもとること。〔畊〕耕に同じ。〔歴山〕山西にもあり、山東にもあるという。〔畔〕田の境界、あぜ。〔漁〕すなどる、魚を捕えること。〔雷澤〕山東にある。〔河濱〕黄河の岸。黄河の岸のある特定の一地点の名であるという説がある。〔陶〕陶器を作る動詞として読む。〔苦窳〕苦は楛に同じく、粗雑、もろいこと。窳はゆがむこと。〔聚〕聚落、村落。〔邑〕大きな村、小さな町。〔都〕都市。〔之〕舜を指す。〔聡明〕何事にもよく通じ、さといこと。〔畎畝〕畎は田間のみぞ。畝はうね。転じて田舎の意。〔妻〕めあわす。〔女〕むすめ。〔釐降〕釐は整理すること、ととのえ用意すること。嫁じたくをする。降は帝王の娘という地位から民間人の舜の嫁にやるから、降すといったわけ。〔嬀汭〕川の名、いまの山西省の南部にある。〔攝レ政〕君王にかわって政務をおこなうこと。

【通釈】帝舜有虞氏は姚という姓の人で、名は重華であるという説もある。瞽瞍の子である。父の瞽瞍が後妻の色香に迷い、その後妻の腹から生れた末っ子の象を可愛がって、機会があったら舜を殺そうと思っていた。しかし舜はあらんかぎり誠の道を尽し、父にも母（後妻）にも孝行し、腹違いの弟とも仲よくして、毎日おこたりなくその人たちの気持を解きほぐして正しい道へと心を移させ、ついに両親に間違った事をさせないようにした。』彼が歴山という処で農民にまじって、いっしょに暮していると、いつのまにか農民たちも彼の精神に感化されて、争い事など忘れて田の境を譲りあうようになったし、雷沢という処に住んで漁師に交って暮すと、漁師たちがまた感化されて釣場を譲りあうようになったし、黄河の岸辺で陶器を焼いていると、土地の者も見よう見まねで、いつのまにやら誰も粗雑ないびつ物を造らないようになった。どこでも、彼がそこにいつくと、人が集まって来て、一年もすると村ができあがり、二年もするとさらに大きな村となり、三年もたてば都会となってしまうのであった。』時の天子であった堯は、舜がこんなにも聡明な人物であるといううわさを聞いて、民間から抜きあげて、自分のふたりの娘——娥黄と女英を嫁にやることにし、婚礼のしたくをととのえて、舜の住んでいた嬀水の北に行かせたのであった。こうして舜は、堯の宰相となり、堯にかわって政治をとることになった。

【説話】 こうして舜は、衆望に推されて、堯が死ぬと、帝位についたのである。堯の実子でない舜が、民意の反映によって帝となったことは、堯からいえば異姓の者に王位を譲ったことになり、それまで続いていた世襲の制度を変えたことになる。姓がかわり、天命があらたまったのであるから、これを「易姓(えきせい)革命」といい、譲ったのであるから「禅譲(ぜんじょう)」という。同じ革命でも、これは平和的に譲ったのであるから、好ましくないことではない。孔子を初めとする儒家の徒は、大義名分を重んじ、君臣道の確立を志す者であるから、当然、王位の世襲を常道と考える。しかし、もし箸にも棒にもかからないような暴虐無道の天子が現われると、彼らは当惑することになる。そこに、この禅譲ということが認められて、民意の集まった有徳の人物に、天意が反映して天子たらしめる禅譲ということが認められれば、彼らの当惑は解消する。ここに儒家の徒が、禅譲という夢を求め、このような神話を製作した理由があり、それによって中国人の天命観にも満足があたえられたわけである。かくて堯・舜はいよいよ理想の君主となったのである。では、禅譲の物語はまったく夢が生んだ観念的なものにすぎないかというに、必ずしもそうとばかりは言えない。古代国家における元后と群后との関係を考えてみると、そのような交替もあったであろうと思われる。おそらく、それが核(かく)となって、それに夢が結晶して、このような神話をつくりあげたものであろう。

南北朝時代になると、この禅譲がしばしば繰りかえされるが、その時代の禅譲は、たんに表面的なもので、実は下からの強制的な政権奪取にすぎなかった。古代の神話と、儒家の夢が、みにくい野心家・叛徒に巧みに利用されたものにすぎなかったのである。

さて、こうして帝となった舜はどんな事をしたか。彼はまず治水工事で功績のあがらぬ鯀(こん)の責任を追求してこれを殺し、その子の禹に事業を継承させ、さらに多くの賢者を自分の政治上の補佐官としてとり立て、鋭意治をはかったので、すばらしい平和時代が生れたと書かれている。後世、堯の治世とならべて「堯舜の世」といわれた時代がそれである。

(二) 南風卿雲歌

舜弾五絃之琴、歌南風之詩、而天下治。詩曰、

南風之薫兮　可以解吾民之慍兮
南風之時兮　可以阜吾民之財兮

時景星出、卿雲興。百工相和而歌曰、

卿雲爛兮　糺縵縵兮　日月光華　旦復旦兮

舜子商均不肖。乃薦禹於天。舜南巡狩、崩於蒼梧之野。禹即位。

【訓読】 舜五絃の琴を弾じ、南風の詩を歌ひ、而して天下治まる。詩に曰く、

南風の薫ずる　以て吾が民の慍を解くべく
南風の時なる　以て吾が民の財を阜にすべしと

時に景星出で、卿雲興る。百工相和して歌って曰く、

卿雲爛たり　糺縵縵たり
日月光華あり　旦復旦と

舜の子商均不肖なり。乃ち禹を天に薦む。舜南に巡狩して、蒼梧の野に崩ず。禹位に即く。

【語釈】 〔五絃之琴〕五本の絃をはった琴。〔南風〕南から吹いて来る、温和で、万物を育てるよい風。〔薫〕風がおだやかに、そよそよと吹くこと。〔慍〕音ウン。心中の不平不満。〔時〕ほどよい時に吹く。季節をあやまらず吹く。〔阜〕ゆたか。豊富にする。〔景星〕めでたい星。〔卿雲〕卿は慶に通ず。めでたい雲。〔百工〕多くの官吏。〔和〕詩を作って応答すること。〔爛〕かがやくこと。〔糺〕糾に同じ、集まること。一本に「礼」につくる。そうすると、朝廷の儀式の盛んなさまをのべ

たことになる。〔縵縵〕長いありさま。雲のたなびいていることを指す。〔旦復旦〕旦は朝。毎朝毎朝。〔兮〕音ケイであるが、訓読では声にだして読まない。語調をととのえるにそえる助字。〔薦二於天一〕天子は天の命によって位につく。そこで天に対して禹こそ適格者であると天を祭って推薦する。〔巡狩〕天子が諸侯の領内を視察すること。〔蒼梧〕山の名。湖南省にある。九疑山ともいう。現にその地に伝説によって舜の陵がある。一説に、広西省の梧州付近ともいうが遠すぎる。

【通釈】舜はいろいろ政治上の努力をしたあとで、ある時、五絃の琴をひきながら、「南風の詩」を歌って楽しんだことがある。その詩は、「おだやかな暖かい南の風が、気持ちょく吹いて来ると、わが人民の心の不平不満は、雪の解けるように、いつか消えてしまう。南の風が、時節をあやまらなければ、わが人民の生産はあがり、生活もゆたかになる。(恩情と秩序が人民を幸福にする意)」というのであった。ちょうどその頃、めでたい星が出て、祥瑞の雲が、空一面にあつまりたなびいたので、(舜が詩を作ったのに対して)朝廷の官吏たちは一同で次のような詩を作って舜に答えうたったのであった。「めでたい雲は、きらきらと空一面にたなびき、太陽と月の光は、ひときわ照りかがやいています。毎日、毎日、永遠にそれは続きましょう。(いやさか、いやさかの意。)」というのであった。舜の子は商均といったが、親に似ず愚かであったので、そこで人民は、禹が天子になるのが適当だと天に推薦した。舜が南方の諸侯の国々をみてまわるうちに、蒼梧の野で死ぬと、民意によって禹が、天子の位についた。

【説話】「南風之詩」は「孔子家語」辨楽篇にみえている。こうして五帝の時代が終るが、この時代もまだ神話時代で、歴史時代ではない。その神話は、そのうちいくぶんかは、古くから語り伝えられてきたものであろうが、多くは周の後半(春秋戦国の時代)になってから創作されたものである。今日の考古学者は、この時代の中国は、なお新石器時代にあったものと考えている。卿雲歌は、中華民国の国歌であった。

夏

【説話】夏は伝説の国で、その存在はまだ実証されていない。中国の古い史書の伝えるところでは、禹が帝舜の譲りをうけて初代の王となり、十七代、四百余年続いて、桀王にいたって民心を失い、商の湯王によって亡ぼされたということになっている。その記録をそのままに信ずれば、BC二二〇〇年からBC一七六〇年頃の間がこの王朝の時代であったことになる。初めて国号を称したことと、王号を称したこと（それまでは皇または帝と称した）と、王位世襲の制が始まったことは注意すべきであるが、それにしても伝説である。都は安邑（いまの山西省の解州）においたという。「十八史略」は、初代の王、禹が治水工事に功があり、理想的な王であったことと、最後の王、桀が暴虐の人物であったことを主として記している。

〔一〕禹　王

㈠ 治洪水

夏后氏禹、姒姓。或曰、名文命。鯀之子也。鯀湮洪水。舜舉禹代鯀。労身焦思、居外十三年、過家門不入。陸行乗車、水行乗船、泥行乗橇、山行乗檋。開九州、通九道、陂九澤、度九山、告厥成功。舜嘉之、使率百官行天下事。舜崩、乃践位。

【訓読】 夏后氏禹は、姒姓なり。或は曰く、名は文命なりと。鯀の子なり。鯀洪水を湮ぐ。舜禹を挙げて鯀に代らしむ。身を労し思を焦し、外に居ること十三年、家門を過ぐれども入らず。陸行には車に乗り、水行には船に乗り、泥行には橇に乗り、山行には檋に乗る。九州を開き、九道を通じ、九沢に陂し、九山を度り、厥の成功を告ぐ。舜之を嘉し、百官を率ゐて天下の事を行はしむ。舜崩じ、乃ち位を践む。

【語釈】 〔夏后氏〕夏は禹が初めて封ぜられた地方の名。王となっても、ひき続き夏と号した。后は君。〔湮〕塞ぐ。〔労レ身〕骨をおる。〔焦レ思〕心をいためる。〔家門〕自分の家の門の前。〔陸行〕平地を行く意。〔泥行〕どろうみのようなところを行く。〔橇〕音キョウ。そり。〔檋〕音キョク。底にキリをつけた靴。かんじき。今日の登山靴のようなもの。〔九州〕冀州・兗州・青州・徐州・揚州・荊州・予州・梁州・雍州の九つの地方区で、当時の全中国。〔九道〕九州の道路。〔陂〕水をあふれさせぬように堤を築くこと。〔九澤〕九州の沢。沢は大きく水のたまっている所。〔度〕測量する。〔九山〕九州の山々。

〔嘉〕ほめよろこぶ。〔率二百官一〕多くの官吏を統率して。〔践レ位〕即位。

【注意】㈠「過二家門一不レ入」の過グレドモという送り仮名に注意。「家門ヲ過ギテ入ラズ」「家門ヲ過グルニ入ラズ」などと読んでもよいわけであるが、文章の流れから考えて、「過グレドモ」と読むことが一番文意にかなうことになる。㈡「使下率二百官一行中天下事上」という句では、通例その中に使役される人間が書かれるわけで、「使下禹率二百官一行中天下事上」となるが、ここは、その「禹」が略されているわけである。なお「率」の字の送り仮名は「ヰテ」である。㈢「乃」は「そこで」の意。他の「すなわチ」と読む字ではいけない。

【通釈】夏后氏の禹は、姒という姓であった。あるいは文命という名であったともいう。鯀の子である。（堯帝の時に、）鯀は洪水を防ごうとつとめたが、成功しなかった。そこで舜が王位につくと、禹を父のかわりに働かせることにした。禹はそれこそ肉体的にも精神的にも全力をあげ、その事業のために、外におること十三年、自分の家の前を通ることがあっても、わが家にはいることさえしなかった。平野を行くには車に乗り、水上を行くには、船にのり、泥だらけのところを行くにはそりにのり、山を行くにはかんじきをはくといったあんばいで、全国を開拓し、全国に道路をつけ、全国の沼沢地に堤を築き、全国の山々を測量し、いよいよ完成をみたので、その事を舜帝に報告した。舜帝はその業績をほめて、すべての官吏を統率して、彼を全国に政治をおこなう宰相の役につけた。こうして舜が死ぬと、いよいよ禹が王位についたのであった。

第一図　古代の中国

㈡ 一饋十起

聲爲律、身爲度、左準繩右規矩。一饋十起、以勞天下之民。出見罪人、下車問而泣曰、「堯・舜之人、以堯・舜之心爲心。寡人爲君、百姓各自以其心爲心。寡人痛之」。古有醴酪。至禹時、儀狄作酒。禹飲而甘之。曰、「後世必有以酒亡國者。」遂疏儀狄。

【訓読】声は律と為り、身は度と為り、準縄を左にし、規矩を右にす。一饋に十たび起ち、以て天下の民を労ふ。出でて罪人を見れば、車を下り問ひて泣いて曰く、「堯・舜の人は堯・舜の心を以て心と為す。寡人君と為りてより、百姓各々自ら其の心を以て心と為す。寡人之を痛む。」と。古醴酪有り。禹の時に至り、儀狄酒を作る。禹飲みて之を甘しとす。曰く「後世必ず酒を以て国を亡ぼす者有らん。」と。遂に儀狄を疏んず。

【語釈】〔聲〕禹のいうことば。〔爲レ律〕律は法律で、禹のことばが条理整然として、そのまま法律のようであったの意。〔準縄〕準は水準器。縄はすみなわ。〔規矩〕規はコンパス。矩は直角をはかるさしがね。〔一饋〕いちどの食事。〔勞〕ねぎらう。慰労する。〔寡人〕国君の自称。〔百姓〕人民。〔醴酪〕あま酒。〔疏〕疎と同じ。

【通釈】禹のことばは、それをそのまま法律にしてもさしつかえないほどりっぱであり、彼のおこないはそのままに人の模範で、まるで左手には水準器とすみなわを持ち、右手にはコンパスと定規を持っているように、すべてが法則にあい、寸分のすきもなく、乱れのないものであった。いちどの食事のあいだに十回もたちあがって人民をなぐさめいたわった。（一刻といえども民のことを忘れず、一生懸命に努力した。）またある時、宮殿を出て、罪人の連行されて行くのを見て、いろいろ問いただして、ついに泣きながら、「堯・舜の時代の人民は、堯・舜の心をよく理解して、それを自分の心として生活していたから、罪人になる者などなかったが、わたしが国王となってからは、人民はそれぞれ自分勝手な気持で生活するので、自然、まちがいもでき、罪人もでるようになったのである。これはわたしの誠がたりないせいにちがいない。そう考えると、わたしの胸はしめつけられるように痛む。」と言ってなげいた。またむかしから一夜づくりの薄い甘酒や、牛や羊などのちち酒といったものはあったが、今日いう酒というものはなかった。それを儀狄という人物が、初めて酒をつくった。禹が飲んでみると、いかにもうまいと感じたので、そこで彼は、「あとの時代になったら、このうまい酒のために国をほろぼすような者も現われるだろう。」と言って、それからはその酒づくりの儀狄を遠ざけたのであった。

【説話】 禹が、食事中に何度も立って人民に接したという話は、あとの周の周公旦が、「いちどの食事中に、さんども口の中のものを吐き出して、賢士に面会した。」という話（四四頁）と同じ型で、名君のあり方を示した典型で、作為のあとが著しい。また堯・舜の時代を、古代の理想的平和時代として考え、これと禹の時代とを比較しているところにも、戦国時代あたりの人の考え方が感じられる。酒の発明者儀狄を退けるについて言ったことばも、次の桀王の酒池肉林の亡国物語の伏線として書かれているような気がする。

(三) 執玉帛者萬國

會諸侯於塗山。執玉帛者萬國。南巡至會稽山而崩。』子啓賢、能繼禹道。禹嘗薦益於天。謳歌朝覲者、不之益而之啓。曰、「吾君之子也。」啓遂立。

【訓読】 諸侯を塗山に会す。玉帛を執る者万国。南巡して会稽山に至りて崩ず。』子啓賢にして、能く禹の道を継ぐ。禹嘗て益を天に薦む。謳歌朝覲する者、益に之かずして啓に之く。曰く、「吾が君の子なり。」と。啓遂に立つ。

【語釈】 〔塗山〕安徽省にある。〔玉帛〕玉は圭という宝玉。帛は絹。古は天子に謁見する時、諸侯は玉帛をみやげものとして献上するのが礼であった。〔會稽山〕浙江省にある。〔謳歌〕徳をほめたたえてうたう。〔朝覲〕臣が君に面会すること。

【通釈】 諸侯を塗山に会合させたが、徳をしたって玉帛を持ってお目どおりするものが、万国もあった。南方の国を巡幸して、会稽山で崩じた。』子の啓という人が賢明でよく禹の道をついだ。禹はまえに益という賢臣を天に薦めて天子としようとしたが、徳をほめたたえお目どおりを願う者が、みな益のところに行かず、啓のところに行って言うには、「啓はわが尊敬する君、禹の子であるから、ぜひ啓があとを継承して天子となってほしい。」と願った。そこで啓が即位した。

【説話】 これによって、堯→舜→禹と、三代にわたった禅譲（帝位を他姓の者に譲ること）は、子孫継承へと変ったことになるが、その基盤には、民意の集まった者が王位につくのが当然である、という思想が依然としてひそんでいる。こうして、夏の王位は、禹から啓、啓から太康・仲康・相というように、血縁継承を続けて、十七代めの癸（桀王）にいたった。そしてこの桀王が暴虐であったために、夏は亡びるのである。

〔二〕桀　王

㈠ 肉山酒池

王履癸號シテ為ㇾ桀ト。貪虐ナリ。力能ク伸ブ二鐵鉤索ヲ一。伐ツ二有施氏ヲ一。有施以テ二末喜ヲ一女ス焉。有ㇾ寵、所ㇾ言フ皆從フ。為ツテ二傾宮瑤臺ヲ一、殫ス二民ノ財ヲ一。肉山脯林アリ。酒池ハ可シ三以テ運ラス二船ヲ一、糟隄ハ可シ三以テ望ム二十里ヲ一。一鼓シテ而牛飲スル者三千人。末喜以テ為ㇾ樂ト。國人大イニ崩ル。湯伐ㇾ夏ヲ。桀走ツテ二鳴條ニ一而死ス。

【訓読】 王履癸号して桀と為す。貪虐なり。力能く鉄鉤索を伸ぶ。有施氏を伐つ。有施末喜を以て女す。寵有り、言ふ所皆従ふ。傾宮瑤台を為つて、民の財を殫す。肉山脯林あり。酒池は以て船を運らすべく、糟隄は以て十里を望むべし。一鼓して牛飲する者三千人。末喜以て楽みと為す。国人大いに崩る。湯夏を伐つ。桀鳴条に走つて死す。

【語釈】 〔履癸〕王の名。〔號為ㇾ桀〕あとから諡（おくり名）して桀といった。みずから桀と号したのではない。〔貪虐〕貪はむさぼる。欲ばる。虐は他をいじめること。〔鐵鉤索〕鉄で作ったかぎ。〔有施氏〕その頃の諸侯。〔女〕めあわす。娶に同じ。〔傾宮〕傾を瓊にした本もある。どちらも赤い玉。赤い宝玉で飾った宮殿。〔瑤台〕瑤は美しい玉。台はうてな。〔殫〕

とりたてつくす。〔肉山脯林〕肉は山のように、乾し肉は林のように多くあること。〔糟隄〕隄は堤（どて）。酒のかすをどてのように高く積みあげること。〔牛飲〕牛が水を飲むように酒を飲むこと。〔崩〕民心が王室をはなれて、まるで山が崩れるように、どうにもならなくなること。〔湯〕のちに殷（商）王となった子（姓）湯（名）のこと。当時河南省の亳（地図一を見よ）にいた。〔鳴條〕地名。いまの山西省安邑県という。（地図一を見よ。）

【注意】㈠貪と貧の字をはっきり区別して覚えておくこと。貪は音タンまたはドン。意味はむさぼる。㈡女は「おんな」「むすめ」「なんじ」のほかに「めあわス」という動詞にも読む。「むすめ」という概念から変化したもの。なお「女焉」の焉は之の字に同じだが、ふつうに読まない。㈢「殫」は音セン。殫滅戦という熟語から「つくス」という意がつかめよう。㈣「走」は単にはしる意でなく、遁走・敗走のようにまけて逃げる意である。

【通釈】（夏の第十七代めの）王の履癸は、あとから桀（暴虐で多くの人民を殺した人という意。）とおくり名された人である。欲ばりで、むごい人であった。しかし腕力が強く、鉄製のかぎをねじもどしたという。かつて諸侯のひとり有施氏というのを討伐したが、敗けた有施氏は、娘の末喜を献上して、王の妾とした。桀王はこれをひどくかあいがり、彼女の言うことなら何でもきくというありさまであった。ぜいたくな宮殿や楼台をつくり、そのために人民から税金を思いきり取りあげたので、人民は貧乏になった。都には肉を山のように集め、乾し肉は林のように、酒をたたえたところは、その上で船をこぐことができ、酒のかすをつみあげたどては、高くなって十里の遠くさえ見わたせるというありさまで、鼓のあいずで三千人もの人間が牛のように、酒をがぶがぶと飲んだ。そしてこれを見ているのが、末喜の楽しみというのであったから、国民の王室に対する信頼は、山くずれのように、どっとくずれてしまった。そこで当時河南省の亳にいた湯という者がたちあがって、革命軍を起こし、都に侵入したので、桀王は、都の近くの鳴条というところまで逃げ、そこで死んだのであった。

【説話】この時代に、鉄製品があったとは考えられない。中国が鉄器時代に入ったのは、戦国に入ってからであるから、その点からも、この記事をそのまま歴史的事実であるとして考えることはできない。

殷（商）

【説話】夏王朝にとってかわったものは殷王朝であるが、それを殷王朝とよぶようになったのはのちのことで、この王朝の前半では商と号していた。殷と号するようになったのは、第十七代の盤庚王からである。創業の湯王から、周に亡ぼされた紂王にいたるまで、「十八史略」によれば、三十一世、およそ六百二十九年続いたという。（BC一七六〇頃—BC一一二〇頃）別に、二十八世、六百四十四年説もある。だいたいBC一七六〇年頃からBC一一二〇年までである。この王朝の前半は、なお伝説の時代を出ないが、後半からは、初めて歴史時代に入る。それは、河南省の安陽県の西にあたる小屯村付近から、殷王の墳墓と思われるものが発掘され、精巧な銅鼎や、その他の埋葬品が現われ、それと従来その付近から発見されていた亀甲獣骨文の研究によって、史書に書かれていた話が、盤庚王の次の世代までは、さかのぼって一致することが立証されたからで、したがって殷王朝は、中国の歴史上、「実在したことが確信できる最古の王朝である。」ということになる。

考古学者のうちには、山東省の城子崖の黒陶器の発見から、殷の前半、すなわち商と称していた時代は、いまの山東省の済南付近に、この国がもっとも強力な都市国家として存在し、それが盤庚王にいたって西方（殷—河南省北部）に移ったものではあるまいかと考えている者があるが、まだ推量域を出ない。

なお、殷王朝の初代の王である湯王が理想の君主として描かれ、最後の王である紂王がきわめて悪虐な王の典型のように描かれていることは、夏王朝の禹王と桀王との記事とははなはだ類似している点が興味深く、これは殷の湯王と紂王の事蹟が、夏の伝説が作られる際に、そのまま前の方へずれて、同じような物語が成立したのであるかも知れないし、また一般に、創業の君主は有徳の人として説明されがちであり、最後の王は、これを亡ぼした側の記録が主となるから、極端な悪王として伝えられがちになるということによるとも考えられる。「十八史略」の殷についての記述は、まず湯王にいたるまでの家系的伝説から説き起こしている。すなわち湯王の祖先は五帝のひとりであった帝嚳から分れたもので、帝嚳の子に契という人があり、堯の時に、教育のことをつかさどる司徒という職につき、商という地方に封ぜられ、子という姓をもらった。そして亳という所に住んだ。湯王もまたその亳から身を起こしたというのである。では、その商はいまの何処であるかというように、これを古くは陝西省の商州に指定する説もあり、新しくは山東省を考える説もあり、亳にしても、いまの河南省帰徳府といわれながら、必ずしも確証があるわけではない。要するにまだ伝説で、契から湯王まで十余代であるというのも、これまた言い伝えにすぎない。

〔二〕殷王成湯

㈠ 張二網四面一

湯出。見レ有下張二網四面一而祝上レ之。曰、「從レ天降、從レ地出、從二四方一來者、皆罹二吾網一。」湯曰、「嘻、盡レ之矣。」乃解二其三面一、改祝曰、「欲レ左左。欲レ右右。不レ用レ命者、入二吾網一。」諸侯聞レ之曰、「湯德至矣。及二禽獸一。」伊尹相レ湯伐レ桀、放二之南巢一。諸侯尊レ湯爲二天子一。

【訓読】湯出づ。網を四面に張りて之を祝する有るを見る。曰く、「天より降り、地より出で、四方より来る者は、皆吾が網に罹れ。」と。湯曰く、「嘻、之を尽す。」と。乃ち其の三面を解き、改めて祝して曰く、「左せんと欲せば左せよ。右せんと欲せば右せよ。命を用ひざる者は、吾が網に入れ。」と。諸侯之を聞いて曰く、「湯の徳至れり。禽獣に及ぶ。」と。伊尹湯に相として桀を伐ち、之を南巣に放つ。諸侯湯を尊びて天子と為す。

【語釈】〔祝〕祈禱すること。自分の願いを天に告げること。〔嘻〕なげく声。やれやれ。〔盡レ之矣〕すっかり取りつくすぞ。〔聞〕うわさによって耳にする。〔伊尹〕伊は姓、尹は名。次の説話の項を見よ。〔桀〕夏の最後の王の桀王。〔南巣〕いまの安徽省にある地名。

【注意】㈠「從」を「より」と読む。從二東京一至二大阪一。のように、起点を意味する。㈡「罹」は音リ。罹災者という熟語は災難にかかった者という意で、罹をかかると読む。

【通釈】湯がある日外出すると、猟師が鳥類を捕える網を四方に張りめぐらして祈っている。「天からおりてくるもの、地から出てくるもの、東西南北四方からくるもの、すべての鳥はわが網にかかってしまえ、」と。それを見て湯は、「やれやれ、それではすっかり取り尽して、あまりかあいそうだ。」と言いながら、湯はその網の三方を解いて、改めて天に祈って言った。「左へ行きたいものは左へ行け、右へ行きたいものは右へ行け。それがいやで、せっかくのわたしの愛情をうけつけないものは、しかたがない、わたしの網にかかるがよい。」と。諸侯はこの話を伝え聞いて、「湯の深い愛情（いまでいうヒューマニズム）はすべてにゆきわたっている。人間のみならず、鳥けものにまでおよんでいる。」と思った。その後、伊尹が湯の宰相となると、湯をたすけて、夏の桀王を攻めて、これを南巣に追っぱらった。そこで、諸侯は、（彼の深い愛情をもった人であることを知っていたので、）尊んで天子になってもらった。

【説話】 ここで注意すべきは、「伐レ桀、放二之南巣一。」という句に見える「放伐」ということである。これまでの王朝の交代は平和的に「禅譲」の形でおこなわれた（同王朝内の王位の継承は世襲の形をとった。夏王朝がその例。これも平和的である。）がここにいたって武力による革命をとったので、禅譲と対比的な交代のあり方として問題になる。（次の周の武王発が殷の紂王を亡ぼしたのも放伐である。）禅譲にしても放伐にしても、失徳の天子は天意に適しないものとしてその交代を天がみとめるという思想が根底をなしている。そして天の意志は、すなわち民衆多数の意見と考えられている。革命とは、天命革まる意で、それはまた民衆の意志が変ったことを意味する。ただ禅譲は平和手段により、放伐は武力手段によるだけのちがいである。いずれにしても革命である。「孟子」の中に、「斉の宣王問うて曰く、『湯は桀を放ち、武王は紂を伐つと。これ有りや。』と。孟子対へて曰く、『伝に於てこれ有り。』と。（宣王）曰く、『臣その君を弑する、可なりや。』と。（孟子）曰く、『仁を賊ふ者これを賊という。義を賊ふ者これを残という。残賊の人はこれを一夫（一平民）という。一夫の紂を誅するを聞くも、未だ君を弑するを聞かざるなり。』と。」という一段がある。民意、すなわち天命（天の支持）を失ったものは、もはや君でもなく王でもなく、一平民にすぎない。しかもにくむべき悪人である。そのような者は、殺してもいっこうにかまわないという孟子の考え方である。これがその後の中国の革命思想の根本となっているところの考え方である。その意味で、この夏から殷、殷から周への交代の際の武力革命は、その最初の例として注目すべきだ。

湯王以後、歴代の王の事蹟については比較的簡単な記述があって、周に亡ぼされた最後の王紂王の悪政について、「十八史略」は、また強いライトをあてているが、この中間の諸王の時代において注意すべきは、㈠王位の継承が同列の兄弟にひきつがれる慣習が長く続き、終り頃になってやっと父子相続の制が確立したこと。㈡黄河の氾濫によってしばしば都の位置をかえていること。㈢盤庚王から三代めの武丁王の時に、傅説という名相があったという伝説。㈢盤庚王以後を今日の考古学者が「小屯期」とよんでいることなどである。

最後の王、紂王については、次の三つの悪虐ぶりが、殷を滅亡へ導いた原因として記されている。

〔二〕紂　王

㈠ 玉杯・象箸

帝辛名受、號爲紂。資辯捷疾、手格猛獸。智足以拒諫、言足以飾非。始爲象箸。箕子歎曰、「彼爲象箸、必不盛以土簋。將爲玉杯。玉杯象箸、必不羹藜藿、衣短褐、而舍茆茨之下。則錦衣九重、高臺廣室、稱此以求、天下不足矣。」

【訓読】帝辛名は受、号して紂と為す。資弁捷疾、猛獣を手格す。智は以て諫を拒ぐに足り、言は以て非を飾るに足る。始めて象箸を為る。箕子歎じて曰く、「彼象箸を為る、必ず盛るに土簋を以てせず。将に玉杯を為らんとす。玉杯象箸、必ず藜藿を羹にし、短褐を衣て、茆茨の下に舎らざらん。則ち錦衣九重、高台広室、此に称へて以て求めば、天下も足らず。」と。

【語釈】〔資辯捷疾〕うまれつき弁舌が巧みで、ふるまいがすばしこい。〔手格〕から手で打ち殺す。手うちにする。〔象箸〕象牙のはし。〔箕子〕殷の紂王の太師。殷の滅亡の時、五千人を率い、朝鮮に行って建国したと伝えられる。〔土簋〕素焼の器。粗末な食器。内円外方の形であった。〔羹〕あつもの。すいもの。〔藜藿〕あかざの葉とまめの葉。粗末な食料。〔短褐〕たけの短いあらい毛織の衣服。粗末な衣服。〔茆茨〕かやでふいた家。粗末な住居。〔錦衣九重〕錦の着物をたくさん重ねて着ること。〔高臺廣室〕ぜいたくな宮殿・邸宅。〔称〕つりあう。

【注意】㈠はしはふつう竹でつくるから竹かんむりで、「箸」という形であることに注意。著述・名著など書きあらわす意のときは草かんむりである。㈡「必不……」の形のときは、絶対にそうしないの意で、完全否定。「きっと……しない。」となる。「不必……」のときは部分否定となる。「きっと……しないとは限らない。……する場合もある。」となる。㈢「将レ為二玉杯一」の将は、「まさニ……セントス」と読む。再読文字。物事のそうなりかかることを現わす字。㈢「称」を「かなフ」と読むことに注意。

【通釈】帝辛名は受、人は号して紂（暴虐無道の意。）といった。うまれつき弁舌は人にすぐれ、動作にすばしこく、力は猛獣を手で打ち殺したほどであった。頭のはたらきはいさめる者があっても、上手にいいわけをしてごまかすのにじゅうぶんなほどのひらめきがあり、そのことばは自分のまちがったおこないをなんとかとりつくろうことができた。紂は初めて象牙の箸を作った。（まことにぜいたくのさたであった。）そこで太師の役をしていた箕子が嘆いて次のように言った。「あの人は象牙の箸を作ったが、こんどはきっと食物をもるに素焼のうつわを使わないということになろう。（象牙の箸とかわらけでは、つりあわぬから。）こんどは玉の杯を作るだろう。玉の杯と象牙の箸とを使うことになれば、その次はきっとあかざや豆の葉のような粗末な野菜をすいものにしたり、短いあらい毛織の着物を着たり、かやぶきの家に住むような貧相なことはいやになるにちがいない。そうなれば、錦の衣を何枚も重ねて着て、高いうてなや広大な邸宅に住みたいということになり、順々にぜいたくのつりあいを求めてゆくことになったら、天下の富をかき集めてみても足りないということになろう。（恐ろしいことだ。こまったことだ。）」と。

㈡　炮烙之刑

紂伐二有蘇氏一。有蘇以二妲己一女焉。有レ寵。其言、皆從。厚二賦稅一、以實二鹿臺之財一、盈二鉅橋之粟一。廣二沙丘苑臺一、以レ酒爲レ池、縣レ肉爲レ林、爲二長夜

【訓読】紂有蘇氏を伐つ。有蘇妲己を以て女す。寵有り。其の言皆従ふ。賦税を厚くして、以て鹿台の財を実し、鉅橋の粟を盈つ。沙丘の苑台を広め、酒を以て池と為し、肉を県けて林と為し、長夜の飲を為す。百姓怨望し、諸侯畔

之飲。百姓怨望、諸侯有畔者。紂乃重刑辟。為銅柱、以膏塗之、加於炭火之上、使有罪者縁之。足滑跌墜火中。與妲己観之大樂、名曰炮烙之刑。

く者有り。紂乃ち刑辟を重くす。銅柱を為り、膏を以て之に塗り、炭火の上に加へ、罪有る者をして之に縁らしむ。足滑り跌きて火中に墜つ。妲己と之を観て大いに楽しみ、名づけて炮烙の刑と曰ふ。

【語釈】〔有蘇〕ある諸侯の領有していた国名で、いまの河南省済源県という。それをとって名まえのかわりとしたもの。〔女〕配して妻とする。〔鹿臺〕うてなの名で、財宝を入れる。〔鉅橋〕倉の名で、米を入れる。〔沙丘苑臺〕沙丘という地にある。庭園や高どの。〔長夜之飲〕戸をしめ、燭をつけ、昼夜を通じて宴を続ける。〔百姓〕人民。

【通釈】紂は有蘇氏を伐った。有蘇は妲己を妃として紂にだした。妲己は寵愛をえて、その言うことにはみな聞き従った。紂は租税を多くして、鹿台の財宝をいっぱいにし、鉅橋の米をいっぱいにみたした。沙丘の庭園やうてなを広め、酒をもって池を作り、肉を木にかけ林のようにして、長夜の飲に耽った。人民たちはうらみ、諸侯にもそむくものがあった。紂はそこで刑罰を重くした。銅の円柱を作り、あぶらをこれに塗って、炭火の上にさし渡し、罪人につたい行かせた。足がすべり、ふみはずして火中に落ちた。妲妃とこれを見物して大いに楽しみ、炮烙（火あぶり）の刑と命名した。

【説話】わが「太平記」の巻四に「殷の紂王妲己に迷ふ」ということばがある。妲己はすごい悪女として考えられ、江戸時代にも、「妲己のお百」などのあだ名もあり、妲己の名はよく知られている。

㈢ 聖人之心有七竅

紂淫虐甚。庶兄微子數諫不從。去之。比干諫、三日不去。紂怒曰、「吾聞聖人心有

【訓読】紂淫虐甚し。庶兄微子数々諫むれども従はず。之を去る。比干諫めて、三日去らず。紂怒つて曰く、「吾聞く、聖人の心には七竅有りと。」剖いて其の心を観る。箕

七竅一。」剖而觀二其心一。箕子佯狂爲レ奴。紂囚レ之。殷大師、持二其樂器・祭器一奔レ周。周王發率二諸侯一伐レ紂。紂敗二于牧野一、衣二寶玉一自焚死。殷亡。

子佯り狂して奴と為る。紂之を囚ふ。殷の大師、其の楽器・祭器を持して周に奔る。周王発諸侯を率ゐて紂を伐つ。紂牧野に敗れ、宝玉を衣て自ら焚死す。殷亡ぶ。

【語釈】〔淫虐〕淫はみだら、酒色におぼれること。みだらでむごい。〔庶兄〕腹ちがいの兄。〔微子〕微の封ぜられた国の名。子は爵位。本名は開。のちに漢山后、啓という。殷亡んだのち、周王はこの人によって殷の血統を伝えさせようとして、これを宋の国に封じた。春秋戦国の宋のところを見よ。五九頁。〔比干〕紂王のおじ。〔七竅〕人の胸にあるという七つの穴。〔心〕胸の意。〔箕子〕次段を見よ。〔佯〕ふりをすること。〔大師〕宮廷の音楽の長官。

【注意】㈠「数」の字は右下に「ヽ」のサインをつけて、「しばしば」と読む。かずかずなどと読まぬこと。㈡「衣」は名詞では着物の意であるから、それを動詞にして「衣ル」となる。㈢「吾聞……」の「聞」の字はうわさにきくの意。自然に耳に入る意である。新聞・風聞などの熟語でもその意がわかろう。これに対して同じ「きく」でも「聴」は耳をかたむけてきく意。特別に注意してきくのである。聴音器・聴診器・傍聴・謹聴などの熟語がある。

【通釈】紂のみだらで酒色にふけり、むごたらしいことは、ますますはなはだしくなった。妾腹の兄の微子がしばしば諫めたが従わなかった。そういうわけで紂の所を去ったが、比干は諫めて三日間紂のそばを離れなかった。紂は怒って言うに、「自分は聖人の胸には七つの穴があると聞いている。おまえの胸をしらべてやろう。」と、その身体を切りさいて胸を見た。箕子はいつわり狂人のまねをして奴隷となった。紂はこれをとらえた。殷の大師は楽器や祭の道具を持って周に逃げた。周王発は諸侯をひきいて紂を伐った。紂は牧野でまけ、宝玉を身につけて自身火に焼け死んだ。（紂王の宝に対する執着が目に見えるように描かれている。）以上のようなわけで殷は亡んでしまった。

【説話】微子・比干・箕子を殷の三仁という。三人のりっぱな人という意。「三仁去って殷虚し。」と漢書にあり、この三人がいなくなって、殷の亡んだことをいう。殷は紂王の無道のゆえに亡んだということに「十八史略」ではなっているが、現代の史家は、紂王の悪虐は彼を亡ぼした周の側から書かれたものであるから、かなり誇張され、物語化されているものと考え、殷滅亡の真因は、むしろ次のようであろうといっている。すなわち、久しく殷王朝とは親縁の関係にあった山東省地方の諸族が、殷末になると、独立の国家を作って人方（方は邦の意）といわれていたが、これに対して殷は大兵力を動員して討伐の軍を起こし、相当の成功をおさめて凱旋したが、その戦争によって殷も経済に兵力に大きな打撃をうけ、そこへ紂王の多少の誅求も加わって、国内に不平分子が現われ、これが西方の周と連絡し、ついに周によって殷が転覆されたもので、殷が東征にあまり国力を傾けすぎた結果であろう、というのである。

殷滅亡のさいに箕氏の伝説がある。もちろん伝説に過ぎないが、後世の文学などには、しばしば引用される故事で、国が亡びてその跡がくずれてしまうことを「麦秀の嘆」という、そのことばのおこりの話である。

(四) 麦秀之歌

箕子後朝周、過故殷墟、傷宮室毀壊、生禾黍。欲哭不可。欲泣則為近婦人。乃作麦秀之歌曰、「麦秀漸漸兮。禾黍油油兮。彼狡童兮、不与我好兮。」殷民聞之、皆流涕。

【訓読】箕子後周に朝し、故の殷の墟を過ぎ、宮室毀壊し、禾黍を生ずるを傷む。哭せんと欲すれば不可なり。泣かんと欲すれば則ち為婦人に近し。乃ち麦秀之歌を作りて曰く、「麦秀でて漸漸たり。禾黍油油たり。彼の狡童我と好からず。」と。殷の民之を聞いて、皆涕を流せり。

【語釈】〔禾黍〕禾は五穀の総称。黍はきび。〔五穀〕周礼職方氏によれば稲・黍・稷（黍のねばりけのないもの）・麦・菽。
〔漸漸〕麦のよく生長するさま。〔油油〕うるわしくつやつやしたさま。

【通釈】箕子はのちに周の朝廷に参上し、もとの殷の都のあとを通りすぎ、宮殿はこわれ稲やきびがはえ茂っているのを、いたみ悲しんだ。大声をあげて泣こうとすれば、いまは周の朝廷でそれはできない事である。声をひそめて泣こうとしたが、そういうことをするのは、女がするようなことになる。そこで麦秀の歌を作った。「麦がのびて、ずんずん成長し、稲やきびは盛んに茂ってつやつやしている。（ついこのあいだまでは、ここに紂王の宮殿があったのに、その宮殿は火に焼け、殷の国は亡んで、その跡はいま目の前に見るように、麦畑となり、稲や黍の畑となってしまっている。）あのわからずやの男（紂王を指す）は、わたしと仲がよくなかった。（わたしを嫌わず、わたしの忠言をきいていてくれたら、こんな哀れなことにならずにすんだのであろうのに、考えれば考えるほど残念だ。）」もとの殷の人民たちは、この歌を聞いて、同じように残念がって、みな涙をながしたことであった。

【説話】箕子は、殷の王族で紂王の叔父。名は胥余。子爵に封ぜられた。紂王の暴虐に対して諫めたが、きかれなかったので、気がちがったふりをして奴隷の中に入り、琴をひいてわずかに憤りをなぐさめていた。武王の侵入によって解放されたが、殷の王族として周の臣となることを恥じて、遼東の地に入り朝鮮国を建てたという。（古朝鮮の始祖としていま平壌に箕子陵があるが、これは偽物である。）「十八史略」では、「周に朝す。」と書かれているから周の臣となった説をとっている。また周から朝鮮王に封ぜられたという説もある。いずれも伝説で、ただその後になって箕子の子孫と称する者が古朝鮮国を立てたということは信じてよかろう。

明の魏時亮に次の詩がある。

平壤拜二箕子墓一並訪二井田遺跡一

禹範留二西土一　　禹範西土に留め
孤臣獨向レ東　　孤臣独り東に向ふ
道無二浮海歎一　　道浮海の歎無きも
義與二采薇一同。　　義采薇と同じ

舊井存二殷畫一　　旧井殷画を存し
遺黎尚二古風一　　遺黎古風を尚ぶ
荒邸平壤外　　荒邸平壌の外
麥秀想二遺宮一　　麦秀でて遺宮を想ふ

大意――禹が天から授かったという治民の法を説いた洪範九疇の書を箕子は周の武王に与えて、そしてただ独り東の朝鮮の地へ去ったという。魯仲連（一二九頁を見よ）は、悪虐な秦王を帝として上にいただくくらいなら東海に浮んで去りたいといったが、周の武王はそのような悪虐な天子ではなかったから、箕子は魯仲連のような嘆きをするにはおよばなかったけれども、殷の血族の人として、その殷を亡ぼした周の粟を食むわけにはゆかなかった。ちょうどそれは伯夷・叔斉（四一頁を見よ）と同じ立場であったわけで、そこで周の版図外であるこの朝鮮の地に移ったものと思われる。いま遠いむかし、彼がひらいた都といわれるここ朝鮮の平壌の地に来てみれば、井田の法によって田が区切られているが、これは殷の時代からの農地整理がそのままいまに伝えられているものと思われ、彼の子孫という人民たちはむかしの風をたっとんで、いまにかわらぬ古代の風習を伝えている。すべて彼の余徳のいまに続いている証である。ただここ平壌の郊外はむかしの箕子の都であったというにもかかわらず、荒れはてた丘が望まれるばかりで、むかしの宮殿はいまに伝わらず、あたかも彼が殷の都の跡を通って麦秀の嘆を発したと同様に、わたしも眼下にみえる麦の穂の波に、人事の壊滅しやすく、箕氏朝鮮国の亡んだ跡のさびしさを嘆ずるのみである。

周（西周）

【説話】 周代は、武王から赧王まで三十七世、八百六十七年。そのうち王都が陝西省の鎬京（いまの西安付近）にあった初めの間を西周時代といい、BC七七〇年に王都が東の河南省の洛邑（いまの洛陽）に移ってからを東周時代というが、「十八史略」では、後半をとくに「春秋戦国」という名でまとめている。

　殷が東征によって国力を疲弊し、加えるに紂王が暴虐で民心を失って、周の武王（西伯の姫発）のひきいる西方の連合軍に攻め亡ぼされたのは、BC一一〇〇年頃であった。殷を亡ぼした周は、鎬京に都をおき、別に黄河下流の中原地帯に対する統一力をゆるめないために、洛邑に第二王都をおいた。前者は宗周といい、王室常住の都であり、首都であり、後者は成周といい、主として諸侯の朝貢をうける都で、従都であった。そして周公（旦）の構想によって強固な封建国家を建設し、いままでの君臣関係が群后と元后という仲間の関係にあったものを、上下の強い関係に改め、諸制度を整備して、後世の模範となり、東洋文明の基礎となるところの文化を確立した。それから約三世紀をへて幽王の時、西北方の異民族犬戎の侵入に防禦力を失って、東の第二王都であった洛邑に首都を移し、ここに平王が立った。時にBC七七〇年。まず、武王から幽王にいたるまで十二代、約三百三十年間のことを次に記す。考古学では、この間を青銅器時代と考えている。

〔周代略系〕

文王—武王（一）—成王（二）—康王（三）…厲王（一〇）—宣王（一一）—幽王（一二）—｜平王（一三）……威烈王（三二）……赧王（三七）
　└周公（旦）

西周（都鎬京）約三〇〇年間　｜（BC770）周室東遷｜　東周（都洛邑）約六〇〇年間
春秋時代　23年　戦国時代

周の祖先は帝嚳（五帝の第三番め）から出たという。すなわち嚳の第一夫人であった姜源が、郊外で大男の足跡をふんで妊娠し、男の子棄を生んだが、夫人は不吉なことと考えて、これを狭い路次の中に棄て、牛馬が踏んで事故死することを願った。しかし踏まれないので、いっそ凍死させようと氷の上に移した。すると鳥が降りて来て羽がいの下に入れて暖めた。そこでこれは神が与えたものであろうと考え、それからはたいせつに育てた。棄は成人すると土地のよしあしの判定がうまく、農業のことに精しく、堯舜の時代には農務大臣となったという。以上は周の神話で、女神と農神が物語られている。

〔一〕文・武創業

㈠ 仁人也、不レ可レ失

后稷名棄。能相二地之宜一、敎二民稼穡一。興二於陶唐・虞・夏之際一、爲二農師一、封二于邰一。號二后稷一。后稷之後、至二古公亶父一、獯鬻攻レ之。去レ豳渡二漆・沮一、踰二梁山一、邑二於岐山下一居焉。豳人曰、「仁人也、不レ可レ失。」扶レ老携レ幼以從。他旁國皆歸レ之。

【訓読】　后稷名は棄。能く地の宜しきを相して、民に稼穡を教ふ。唐・虞・夏の際に興り、農師と為り、邰に封ぜらる。后稷と号す。后稷の後、古公亶父に至り、獯鬻之を攻む。豳を去り漆・沮を渡り、梁山を踰え、岐山の下に邑して居る。豳人曰く、「仁人なり、失ふべからず。」と。老を扶け幼を携へて以て従ふ。他の旁国皆之に帰す。

【語釈】〔相二地之宜一〕土地のよしあしをよくみる。〔稼穡〕稼は穀物をうえる、穡は収穫することで、農業をいう。〔農師〕農政の長官。〔邰〕いまの陝西省武功県にある。〔古公亶父〕古公は号、亶父は名、父は地名・人名のときは音ホ。〔獯鬻〕北方の蛮族。漢以後は匈奴といった。〔豳〕いまの陝西省邠州といわれる。〔漆・沮〕ともに川の名、陝西省にある。〔岐山〕山の名、陝西省にある。

【通釈】后稷は名を棄という。よく土地のよしあしを見わけ、人民に農業を教えた。堯・舜・禹三代の間に身をおこし、農政の長官となり邰に封ぜられ諸侯となり、后稷と号した。后稷の十余代の子孫の古公亶父（武王の曾祖父）の代になって、北方の蛮族の獯鬻が攻めたので、国都の豳を去って漆・沮の河を渡り、梁をこえ、岐山のふもとに町を作って住んだ。ところが豳の人たちがみな、「古公亶父は仁君である。あのお方を豳から失ってはならぬ。」と言って、老人を助け、幼い子の手をひいてついて来た。付近の国々の民もみな古公亶父の徳をしたって、従って来た。

【説話】亶父には三人の子があった。亶父は、末っ子の季歴にあとをゆずりたい希望をもっていたので、それを察した長兄の太伯と次兄の虞仲とは、出奔して南方の異民族の間に身をかくしたので、しぜん、亶父のあとは季歴をへて孫の昌にうけつがれた。この昌は、英明で遠近の民の崇敬の的となり、西方における隠然たる勢力者となったので、殷の国家でも放置しておくわけにもゆかず、これに西伯（西方における有力な施政長官の意。）という称号を与えた。この昌こそ、のちに文王といわれた人物で、その子の発（のちに武王となる）によって、殷の国家は亡ぼされることになる。まず昌のことから本文を読む。

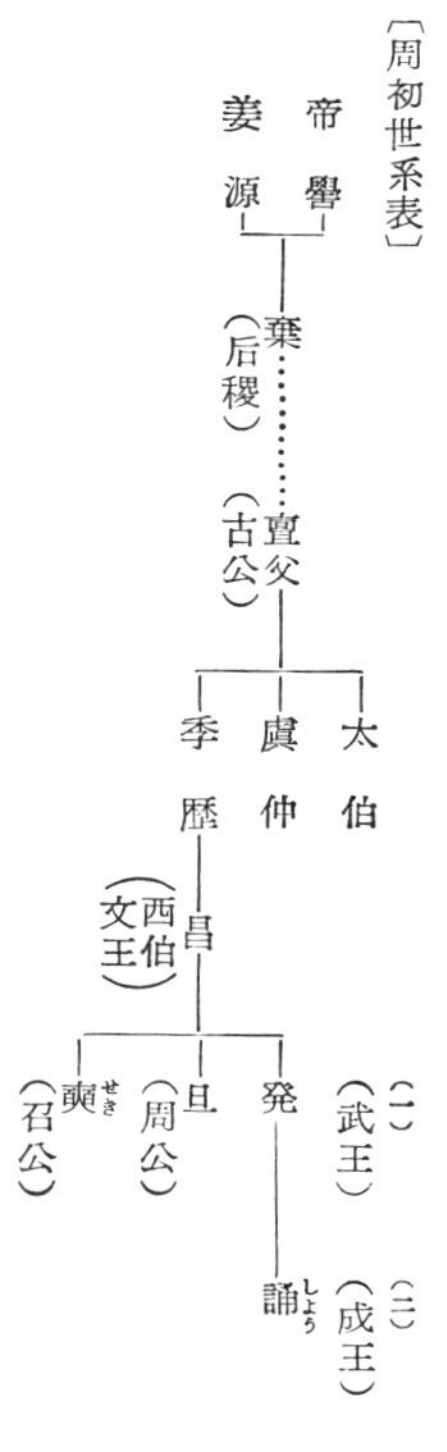

㈡ 虞芮爭田

西伯修徳。諸侯歸之。虞・芮爭田不能決。乃如周。入界見畊者、皆遜畔、民俗皆讓長。二人慙相謂曰、「吾所爭、周人所恥。」乃不見西伯而還、倶讓其田不取。漢南歸西伯者四十國。皆以爲受命之君。三分天下有其二。

【訓読】 西伯徳を修む。諸侯之に帰す。虞・芮田を争ひ決すること能はず。乃ち周に如く。界に入りて畊す者を見るに、皆畔を遜り、民の俗皆長に譲る。二人慙ぢ相い謂ひて曰く、「吾の争ふ所は、周人の恥づる所なり。」と。乃ち西伯を見ずして還り、倶に其の田を譲りて取らず。漢南西伯に帰する者四十国。皆以て受命の君と為す。天下を三分して其の二を有つ。

【語釈】 〔西伯〕のちに文王といわれた姫昌のこと。〔虞・芮〕山西省にあった小さな国の名。地図を見よ。〔漢南〕漢水の南。漢水は湖北省を貫流して揚子江に注ぐ河。〔受命之君〕天から天子となるべき命をうけているりっぱな君主。

【注意】 ㈠「如」は通例は「ごとし」と読むが、「もシ」「ゆク」と読むことがある。なお「之」も「ゆク」と読む。㈡「恥」の送り仮名は「はヅル」である。㈢「倶」を「ともニ」と読み、いっしょにの意である。㈣「慙」は慚に同じ。島と嶋が同じなのと同様。「恥」も同様に送り仮名に注意。㈤「畊」と「畔」を混同せぬこと。

【通釈】 西伯は仁徳を修めたので、諸侯はこれに帰服した。この時、虞・芮の二国が田の境界を争い決定ができなかった。そこで西伯に裁判を乞うために周に行った。周の国境にはいって田を耕している者を見ると、みな田の境界をゆずりあい、民の風俗はみな年長者にゆずりあっている。二人は恥じて、自分たちのやっていることをきまりわるく思って、「わたしたちが争っていることは、周の人々のあいだでは恥ずかしいことなんだね。」と言って、西伯には面会しないで、国へ帰り、その田の境をゆずりあってうけ取ろうとしなかった。（このように、周の国では、道徳心がゆきわたり、隣国の者までそれに感化されというありさまであったので、漢水の北はいうまでもなく、漢水の南の方で、西伯の支配下にはいってきたものは四十国もあって、みな「天命を受けて天子になる主君である。」と西伯のことを言いあった。こうしたわけで、天下の三分の二は西伯の統治下にはいった。

【説話】こうして西伯（姫昌）の時代に、周は強国となったが、この昌をたすけた人物に、太公望といわれる人があった。川柳に、「釣れますかなどと文王側により」という句があるが、昌（文王）がこの太公望を見いだしたときのことが、物語ふうに次のように記されている。

㈢ 太公望

有呂尚者、東海之上人。窮困年老、漁釣至周。西伯將獵、卜之。曰、「非龍、非彲、非熊、非羆、非虎、非貔、所獲覇王之輔。」果遇呂尚於渭水之陽。與語大悦曰、「自吾先君太公曰、『當有聖人適周。周因以興。』子眞是耶。吾太公望子久矣。」故號之曰太公望、載與倶歸、立爲師、謂之師尚父。

【訓読】呂尚といふ者あり、東海の上の人なり。窮困して年老い、漁釣して周に至る。西伯将に猟せんとし、之を卜す。曰く、「龍に非ず、彲に非ず、熊に非ず、羆に非ず、虎に非ず、貔に非ず、獲る所は覇王の輔ならん。」と。果して呂尚に渭水の陽に遇ふ。与に語り大いに悦びて曰く、「吾が先君太公より曰く、『当に聖人有りて周に適くべし。周因りて以て興らん。』と。子は真に是なるか。吾が太公子を望むこと久し。」と。故に之を号して太公望と曰ひ、載せて与に倶に帰り、立てて師と為し、之を師尚父と謂ふ。

【語釈】〔呂尚〕呂が姓、尚が名。〔東海上〕東海は東河という河。上はほとり。〔卜〕亀の甲を焼き、そのわれめを見て、吉凶を判断する。うらないのこと。〔曰〕うらないのことばである。〔彲〕みずち。龍の一種。〔羆〕ひぐま。熊の一種。熊より大きく赤褐色。〔貔〕形は虎に似て、むかし、戦争に用いられたという猛獣。〔覇王〕諸侯のはたがしら。〔輔〕輔佐。たすける人。〔陽〕山では南側。河のときは北岸。〔先君太公〕なくなられた父上。季歴をいう。〔因〕その聖人のたすけによって。〔望〕まちのぞむ。〔師尚父〕師父として尊敬する人。大先生。

【注意】㈠誰々にどこそこであうという形は、漢文では、あう相手が上にきて場所が下にくる。そして英語のatにあたる於が場所の前にくる。例、友人に東京駅であうならば、「遇二友人於東京駅一」となり、「友人に東京駅に遇ふ」と読む。於は于にしてもよい。㈡「子」を「ナンジ」（あなたの意）と読むことがある。㈢「与」も「倶」も「ともニ」と読む。㈣「耶」は耶馬溪（ヤバケイ）のように、音ヤであるが、訓で疑問のカとも読む。頼山陽の「泊二天草洋一」の詩に「雲耶山耶呉耶越」という句があるが、「雲カ山カ呉カ越カ」と読む。㈤「上」を「ほとり」と読むことがある。

【通釈】呂尚という人があった。東海のほとりの人である。貧乏し苦しんで年老い、釣をしながら周にやってきた。そのとき西伯は狩に出ようとし、獲物をうらなった。そのうらないに、「獲物は龍でもない、彲でもない、熊でもない、羆でもない、虎でもない、貔でもない。獲物は諸侯の王者となる人の輔佐たる者をうるだろう。」と。はたして渭水の北において呂尚にあった。いっしょに話をして大いによろこんで言うに、「わが先君太公が平生言われたことに、『聖人が出て周に行き、周はそれによって振い起こるであろう。』と。あなたは真にその聖人であろう。わが先君はあなたを望みまつことが久しいあいだであった。」と。そこで呂尚に太公望という号をつけ、自分の車に載せていっしょに帰り、師として師尚父といった。

㈣　伯夷・叔齊

西伯卒、子發立。是爲二武王一。武王東、觀レ兵至二於盟津一。諸侯不レ期而會者八百。皆曰、「紂可レ伐矣。」王不レ可引歸。紂不レ悛。王乃伐レ紂、載二西伯木主一以行。伯夷・叔齊叩レ馬諫曰、「父死、不レ葬、爰及二干戈一。可レ謂レ孝乎。以レ臣弑レ

【訓読】西伯卒し、子発立つ。是を武王と為す。武王東のかた兵を観して盟津に至る。諸侯期せずして会する者八百。皆曰く、「紂伐つべし。」と。王きかずして引き帰る。紂悛めず。王乃ち紂を伐たんとし、西伯の木主を載せて以て行く。伯夷・叔斉馬を叩へて諫めて曰く、「父死して葬らず、爰に干戈に及ぶ。孝と謂ふべけんや。臣を以て君を弑

君、可レ謂レ仁乎。」左右欲レ兵レ之。太公曰、「義士也。」扶而去レ之。

す、仁と謂ふべけんや。」と。左右之を兵せんと欲す。太公曰く、「義士なり。」と。扶けて之を去らしむ。

【語釈】〔東〕周は陝西省で西方にあり、殷は河南省にあったから、東へ向って武威を示したということになる。〔観レ兵〕観兵式。兵威をしめすこと。〔盟津〕河南省孟県にあって黄河のわたし場。盟は孟と通じて「もう」と読む。津が渡し場の意。〔悛〕改悛の悛で、罪あるおこないをあらためること。〔木主〕位牌。〔伯夷・叔斉〕伯叔は兄弟の順序をいったもので、夷と斉が名であるが、ふつうにその順序を頭に冠してよんでいる。ふたりとも孤竹君の公子であった。〔叩レ馬〕叩は控と同じ。引きとめる。〔干戈〕たてとほこ。武器であるから、したがって戦争を意味する。〔兵〕武器。ここはそれを動詞に使った。すなわち武器の意から転じて、武器で殺すことをいう。〔扶〕抱きかかえるようにして。さあさあと手をひっぱるようにして。〔去レ之〕之はふたりをさす。〔注意〕卒シュツ死ぬこと。ソツと読めば、しもべ、兵そつの意。

【通釈】西伯が死んで、子の発が位についた。これを武王という。武王は東方に観兵式をおこない兵威を示すために盟津にやって来た。諸侯は約束もしていないのに集まるものが八百もあった。みな言うに「紂を伐つべきである」と。王は承知しないで、兵をひき連れて帰ったが紂は心を改めなかった。王はそこで紂を伐とうとして、西伯の位牌を車に載せて進軍した。伯夷・叔斉の兄弟が馬を引きとめて諫めて言うに、「父が死んで葬式もせず、ここに戦いをする、これが孝といえようか。臣がその君を殺す、これが仁といえようか。ぜひ戦いを中止されよ。」と止めた。左右に控えている臣は、これを殺そうとした。太公望は、「義理を知った士である。」とたすけてそこを去らせた。

【説話】伯夷とは、長男の夷という意味で、夷がおくり名である。叔斉とは、三男の斉という意味で、斉がそのおくり名である。ふたりとも姓は墨。兄の方は名は允、あざなは公信、弟のほうは名は智、あざなは公達といったという。このふたりの兄弟は、孤竹君という諸侯の子であった。父が死ぬと、叔斉は兄の伯夷に家をゆずったが、兄の伯夷は、「いやだ、お父さんはおまえに家をつがせるおつもりだったんだから、わたしはつぐわけにゆかない。」と言って、逃げていってしまった。叔斉のほうも、兄さんをさしおいて、自分が家をつぐことはできない。といって、これも身をかくしてしまったので、領内の民は、まん中の子をあとに立てた。その後、伯夷と叔斉とは、いっしょに周の文王に仕えていたが、武王の世になると、父文王の喪があけないうちに、武王が殷の紂王の討伐に出発することになったので、ふたりは武王の馬のくつわを押えていさめたのである。

（五）采薇歌

王既滅レ殷為二天子一。追二尊古公一為二太王一、公季為二王季一、西伯為二文王一。天下宗レ周。伯夷・叔斉恥レ之、不レ食二周粟一、隠二於首陽山一。作レ歌曰、「登二彼西山一兮、采二其薇一矣。以レ暴易レ暴兮、不レ知二其非一矣。神農・虞・夏、忽焉没兮。我安適帰矣。于嗟徂兮。命之衰矣。」遂餓而死。

【訓読】　王既に殷を滅ぼして天子となる。古公を追尊して太王となし、公季を王季となし、西伯を文王となす。天下周を宗とす。伯夷・叔斉之を恥ぢ、周の粟を食はず、首陽山に隠る。歌を作りて曰く、「彼の西山に登り、其の薇を采る。暴を以て暴に易へ、其の非を知らず。神農・虞・夏、忽焉として没しぬ。我安くにか適帰せん。于嗟徂かん。命の衰へたるかな。」と。遂に餓ゑて死せり。

【語釈】〔追尊〕死後、死者をあがめて尊号をおくること。〔宗レ周〕周を天子とする。宗はおおもとの意。〔周粟〕粟はもとこめ。穀皮をとらない米。周の禄をいう。〔首陽山〕山西省永済県の南にある。雷首山・首山ともいう。〔薇〕ぜんまい。わらびに似て、若葉は食用になる。羊歯類の多年草。〔神農・虞夏〕神農は民に耕作を教え、医薬を作った古代の帝王。（五頁を見よ。）虞は舜帝、夏は禹王のこと。（一五頁・二〇頁を見よ。）

【通釈】　武王はすでにはや殷を亡ぼして天子となった。曾祖父の古公亶父に尊号をおくって太王とし、祖父の公季を王季とし、父の西伯を文王とした。天下の人はみな周を天子とした。伯夷と叔斉は周の臣民となることを恥じ、周の穀物を食べず、首陽山にかくれた。歌を作って言うに、「自分はかの西山（首陽山）に登って、そこのぜんまいをとって生活している。考えてみるに武王の乱暴をもって紂の乱暴に易えたばかりで、武王はその悪いことをさとらないで、あたり前のように思っている。古の神農・舜帝・禹王の聖君の時代は、たちまちに過ぎ去ってしまった。自分はどこに身をおちつけようか、おちつく場所もない。ああ、死のう。自分の運命も衰えたものである。」と。ついにふたりは、餓えて死んだ。

【説話】 孔子や孟子以後、儒家の徒はふたりを、君臣の理想を明らかにしたものとして、盛んに称賛している。唐の韓愈は、伯夷頌（頌は礼賛文の意）を書いて、「一家これを非として力行して惑はざる者は寡し。一国一州これを非として力行して惑はざるものに至っては、蓋し天下一人のみ。世を挙げてこれを非として力行して惑はざるものの如きに至っては、則ち千百年にして一人のみ。伯夷・叔斉の如きは、天地を窮め万世に亘りて顧みざるものなり。」と激賞している。わが国でも、「史記」の伯夷伝や韓愈の伯夷頌は、深く愛読され、後花園天皇が御製の一節に、「残民争うて採る首陽の薇」と仰せられて、足利義政に対せられたことは有名である。江戸時代には、中江藤樹・熊沢蕃山・山鹿素行・保科正之・浅見絅斎・藤田東湖のような伯夷崇拝者が輩出し、国学者の本居宣長・平田篤胤でさえも、伯夷・叔斉を君臣の大義をわきまえた者として賞讃している。徳川光圀は十八歳の時、「史記」の伯夷伝を読んで深くその節義に感じ、兄の頼重をこえて水戸家をついだことを悔いて、自分の次には頼重の子の綱条に家をつがせ、また後世の人に人のふむべき道を知らせるには歴史が必要であることを思って、「大日本史」の編纂を始めたのもこのためといわれ、晩年には、自分の号さえ、伯夷にちなんで西山隠士といったほどである。

武王の次には子の成王が位についたが、幼小であったので、叔父の旦（旦は名。姓は周の血縁であるから姫。周公に封ぜられたから周公旦という。）が摂政となって輔佐した。この周公旦は、周代の諸制度をととのえ、今日まで中国文化の父として尊敬され、孔子も常にこの人物を理想の人として慕った。「十八史略」は彼のたてた封建制度については一言もふれていないが、その人となりについて次のように記している。

〔二〕周公攝政

㈠ 握髮吐哺

周公誨成王、王有過、則撻伯禽。伯禽就封。公戒之曰、「我文王之子、武王弟、今王之叔父。然我一沐三握髮、一飯三吐哺、起以待士、猶恐失天下賢人。子之魯、愼無以國驕人。」

【訓読】 周公成王に誨ふるに、王過有れば、則ち伯禽を撻つ。伯禽封に就く。公之を戒めて曰く、「我は文王の子、武王の弟にして、今王の叔父なり。然れども我一沐に三たび髪を握り、一飯に三たび哺を吐き、起ちて以て士を待つも、猶ほ天下の賢人を失はんことを恐る。子魯に之かば、慎みて国を以て人に驕ること無かれ。」と。

【語釈】 〔一沐〕一たび髪を洗う。〔三〕たびたびの意。〔吐哺〕口の中の食物をはき出す。〔待士〕天下の賢士をよく待遇する。

【通釈】 周公が幼い成王を訓育するのに、もし成王に過があったときは、（王を打つわけにはゆかないから）わが子の伯禽をむち打って、暗に成王をいましめた。伯禽が諸侯に封ぜられ、任地の魯に赴任する時、いましめて言うには、「自分は文王の子であり、武王の弟であり、現在の王（成王）の叔父である。しかし、自分は一度髪を洗う間も、何回も洗いかけた髪をつかんだまま人に会い、一度の食事中でも、何回も口中の食物を吐き出し、待たせることなく、すぐに会うようにして、士を待遇した。こんなにしても天下の賢人を失いはせぬかと心配している。おまえは魯に赴任したならば、一国の君であることをじまんして、人民におごりたかぶってはならぬぞ。」と。

【説話】 この成王と次の康王の時代が、周のもっともよく治まり、周室の極盛期だったので、後世、儒家の徒は、前の「堯舜の治」とならべて「成康の治」とよんだ。

なお第四代の昭王が南方征討中に溺死してからは、周の国勢はようやく衰えをみせ、第九代の夷王のときには、王が宮殿の階段をおりて、諸侯を出迎えねばならぬほど弱体化し、第十代めの厲王の時になると、西戎（鎬京より西にいた異民族）の侵入があり、王も暴虐で、そのために民心は離れ叛乱が起って、王は都を逃げ出してしまうようなことになった。そこでその翌年から十四年（BC 八四一—八二八）間は、宰相の召公と周公（前の召公奭と周公旦の子孫）が合議体の政府をたてて、かろうじて周の統一を維持したので、この時期を周の共和時代という。

厲王の次の第十一代の宣王は、周室中興の英主といわれる。名相尹吉甫を重用して、北方の蛮族、玁狁を破らせ、さらに南方の淮夷・荊蛮（東の江蘇省や南の湖北省方面にいた異民族）なども征服して、大いに国威をあげた。こうして宣王の世は、外征に明け暮れしたが、それに無理があったうえに、第十二代の幽王が、褒姒を寵愛して無道であり、かつその生んだ伯服を後嗣に立てようとしたことから、正后の父の申侯が異民族の犬戎をまねいて王を殺し、正后の子の宜臼を平王として位につかせたが、それは東の都洛邑においてということになった（BC 七七〇）。かくて西周時代は幽王をもって終り、平王からは東周といわれ、春秋時代に入ることになる。

〔三〕西周衰微

(一) 褒姒大笑

幽王嬖二褒姒一。褒姒不レ好レ笑。王欲二其笑一、萬方不レ笑。故王與二諸侯一約、有二寇至一則擧二烽火一、召二其兵一來援。乃無レ故擧レ火。諸侯悉至。而無レ寇。褒姒大笑。』後申侯召二犬戎一攻レ王。王擧二烽火一徵レ兵。不レ至。犬戎殺二王驪山下一。

【訓読】幽王褒姒を嬖す。褒姒笑ふことを好まず。王其の笑はんことを欲し、万方すれども笑はず。故王諸侯と約す、寇の至る有らば、則ち烽火を挙げて其の兵を召き来り援はしむ。乃ち故無くして火を挙ぐ。諸侯悉く至る。而るに寇無し。褒姒大いに笑ふ。』後に申侯犬戎を召きて王を攻む。王烽火を挙げて兵を徴す。至らず。犬戎王を驪山の下に殺す。

【語釈】〔嬖〕特別に可愛がること。〔萬方〕あらゆる手段を講じる。〔故〕もと。前にの意。〔寇〕攻めて来るもの。あだ。外敵。〔烽火〕のろし。山上に薪を積んでおいて、変事のさい、これに火をつける。山から山へ、同じようにして、通信にかえたもの。〔申侯〕申は河南省の南陽。そこに封ぜられていた諸侯。むすめが幽王の后であった。通釈を見よ。〔犬戎〕周の西方にいた異民族。〔召〕招に同じ。よぶ。〔驪山〕周の都の西の郊外にある山。のちの唐の時、玄宗が楊貴妃を浴せしめた温泉のあるところ。

【通釈】幽王は、褒姒を特別に寵愛したが、この褒姒はどうしたことか、笑うことがきらいな女であった。王は、彼女の笑うところを見たいと思い、あれこれと手をつくしたが、いっこうに笑わない。（そこで最後に思いついた手段が、とんでもないことであった。）前々から、王は諸侯たちと、もし侵入軍が現われたばあいにはのろしを挙げて知らせるから、そしたらみんな援軍をひきつれて都へ来るように、――と約束していた。そこで、侵入軍が来たのでないのに、のろしを挙げたところ、それ、都がたいへんだというので諸侯たちは、（あわてて援軍をひきつれて）みんな駆けつけた。ところが、いっこうに侵入軍が来たようすはない。（みんなぽかんとしてしまった。）褒姒はそのポカンとしているようすがおかしいといって、初めて大笑いに笑った。（幽王はうまく笑わせたと思って大喜びをした。このように褒姒にうつつをぬかしていた王は、正妻の申后が鼻についてきたので、申后を后の位置からおっぱらって、その生んだいままで太子にしてあった宜臼をも殺し、褒姒を正后にして、その生んだ伯服を太子にしようと計画した。宜臼は逃れて、母の家である河南省の南陽の申侯のところへ隠れた。王は使をやって宜臼を殺せと命じた。申侯がきかないので、王は討伐軍を派遣した。）申侯は王の軍をうしろから牽制させるために、都の西方にいた犬戎族をさそって、都を攻めさせた。王は夷狄の侵入だから、諸侯の援軍を求めて、のろしを挙げた。ところが（前に褒姒を笑わせるために、だまされているので、どの諸侯も、またそうかも知れないと思って）駆けつけて来ない。わずかな留守番の親衛軍だけでは、犬戎軍に勝てず、犬戎軍は王を都の西郊の驪山のふもとで攻め殺してしまった。

【説話】王が犬戎に殺されたので、諸侯は申侯とも相談して、前の太子であった宜臼を天子に立てた。これが平王である。平王はいま河南省に来ており、かつ陝西省の都は犬戎にふみにじられたあとだし、今後も犬戎の侵入があるかも知れないので、いっそ中原の地に都をおいたほうがよかろうというので、周公が東都としていた洛邑を首都にすることにした。BC七七〇年のことで、周は東に遷った（東遷した）わけである。

こうして周の前半、すなわち陝西省の鎬に都していた西周の時代は、約三百年間で終った。洛邑が東都であったので、史家はこれ以後を東周といっている。

春秋・戰國（東周）

【説話】周室東遷以後、秦の統一までの間、約五百年を、春秋時代と戰国時代とにわける。

春秋というのは書物の名で、孔子が整理した魯の国の史書である。それは魯の隠公の元年、すなわち周の平王の四十九年から哀公の十四年、すなわち周の敬王の三十九年まで二百四十二年間のことを書いたものであるから、この春秋に書かれている間を春秋時代というのは当然のことであるが、その前後若干年を加えて、春秋時代とよんでいる。すなわち、周室が東遷した平王即位の時からの四十八年を前に加え、あとには晋の三権臣の韓・魏・趙の三氏が勝手に晋の領地を分割して諸侯となり、周がこれを認めて世態が一変した周の威烈王の二十三年（BC四〇三）まで、孔子の「春秋」の記事以後七十九年を加え、全体で三百六十七年間を、広く春秋時代といっている。

戰国時代は周の威烈王の二十三年以後、秦王の政が天下を統一して始皇帝と称した。その始皇帝の二十六年（BC二二一）までの百八十二年間をいうが、これはほぼその間のことが、「戰国策」という書物に書かれているので、春秋と同じように、書名をとって戰国というようになったものである。

春秋時代と戰国時代では、世相のうえに著しい相違が見られるが、「十八史略」ではこれを二分せず、合せて春秋戰国の時代としてまとめてあつかっている。かつ、その間の記事は有力な諸侯国別に、その終始を書くという形式をとっているので、春秋戰国の記事に入る前に、著者の曾先之は次のような論を一段入れて、この時代を大観し、その用意のあるところを示している。

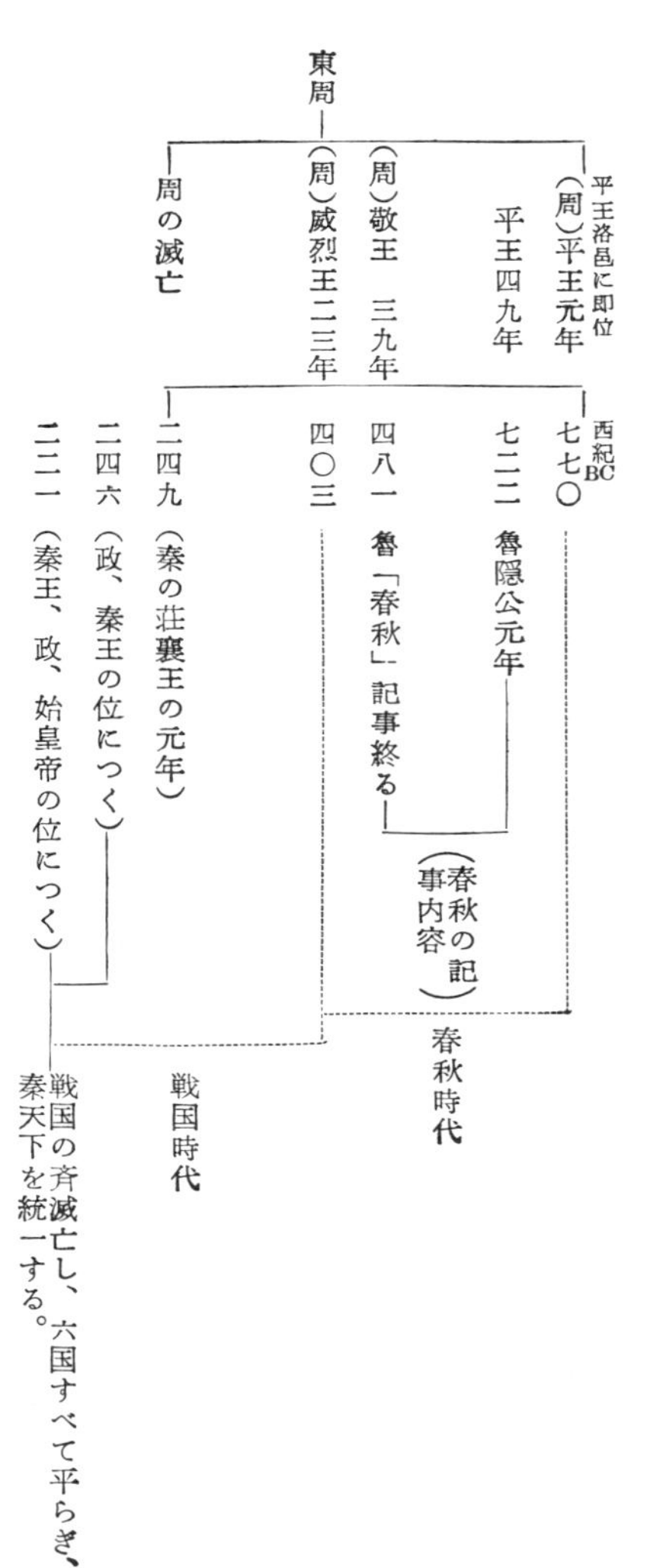

周の平王以後を春秋の世という。その時の列国の中で周と同じく姫姓の国は、魯・衛・晋・鄭・曹・蔡・燕・呉の八国で、周と姓のことなる国は、斉・宋・陳・楚・秦の五国である。以上の十三国は、春秋時代における大諸侯で、その他の小国、すなわち孔子が「春秋」の中に書いている、杞・許・滕・薛・邾・莒・江・黄などの国は、たくさんあるが、それらの国の事は、みな省くことにした。

また大諸侯、すなわち十二列国の中で、斉の桓公、宋の襄公、晋の文公、秦の穆公、楚の荘王の五人は、これを五覇といい、その事績には顕著なことがあるので、これらは詳述することにした。要するに、春秋における大小諸侯の終始、すなわち興亡のあとを論ずれば、まだ戦国とならない前に、はやくも亡んでしまったものもあり、戦国になってから亡んだ国もあるから、いまはその概略だけを記述する。

周の威烈王からあとを戦国の世というが、この時代では、十二列国のうち残っていたのは、秦・楚・燕・斉・趙・韓・魏の七大国で、他はこれらの七大国に併呑されたのである。また、この七大国においても、秦・楚・燕の三国は春秋時代からの旧国であるが、田斉や趙・韓・魏の四国は、戦国時代に勃興した新しい国である。

およそ、春秋戦国時代の列国は、みな周の諸侯という関係にあって、表面だけは周の臣であるが、当時は政令が乱れて、周の命令でこれらの諸侯を服従させることはできず、これらの諸侯は、めいめい自分の国は自分の国だけで、すきなように政治をしていたから、名は周の諸侯ということになっていても、実際は周とは関係がなく、したがってこれらの国の事績は、それをことごとく前の周のところに載せるわけにゆかない。そこで、ここから以下のように、春秋戦国という一章をもうけて、周の本来の歴史のあとに補足として示すのである。

そのうえ、そこでは、一国ごとにその顚末を記述するから、その時代には先後があって、あるいは先にあった事をあとに書いたのもある。この「十八史略」を見られる人は、よくこの点に留意して、時代の先後をあやまられないようにされたい。

以上、曾先之（著者）の前書は本書においては、ことに重要である。というのは、世間に流布している抄本の解説書は、春秋戦国の時代にかぎり、原本の順序（国別ごとに分けて書かれていること。）を考えて、事件の時間的先後によって組み変えているが、本書は「十八史略」の原本のおもかげを残すために、原本のままに、国別に分けて抄出解説しているから、読者は、原著者が述べているように、時の前後によく留意されたい。

呉

【説話】　春秋戦国の記事は、まず南方の揚子江の下流にあった呉の国のことから、書き起されている。ここには、呉の国についての記事の全文をとったが、それは、「十八史略」の原本が、このような形で、春秋戦国の時代の諸国のことをそれぞれ書きまとめていることを示すためである。
このように各国の記述は、すべてその国の王の姓と祖先の来歴について書き起し、その国が周と同姓の国であるかどうかということに注意し、それから、何代かをへて春秋の時代に入ってから、とくに現われた事跡について述べている。続いてその国の戦国時代に入ってからの事に及ぶ。こうして王の順を追って記述は進められ、最後にその滅亡の状況で結ばれるのである。

さて、呉は周の初めに、文王のふたりの叔父が一族をつれて移って来て立てた国で(伝説)、当時、揚子江の下流にいた異民族を基盤として成立したのであったが、中流地方の楚の国が強大になるにつれて、内陸国家である楚は海産物を江口地方に求めなければならなくなり、それによる貿易の利と、五湖すなわち太湖地方の水利のゆたかな平原を占めたことによる農業生産物の拡大とによって、次第に富強になり、寿夢の時代から特に勃興して、一時楚を破ってその国都をおとしいれ、山東省方面の斉・魯をおびやかし、中原諸侯の多数を味方とし、第四番めの覇者と仰がれたのである。

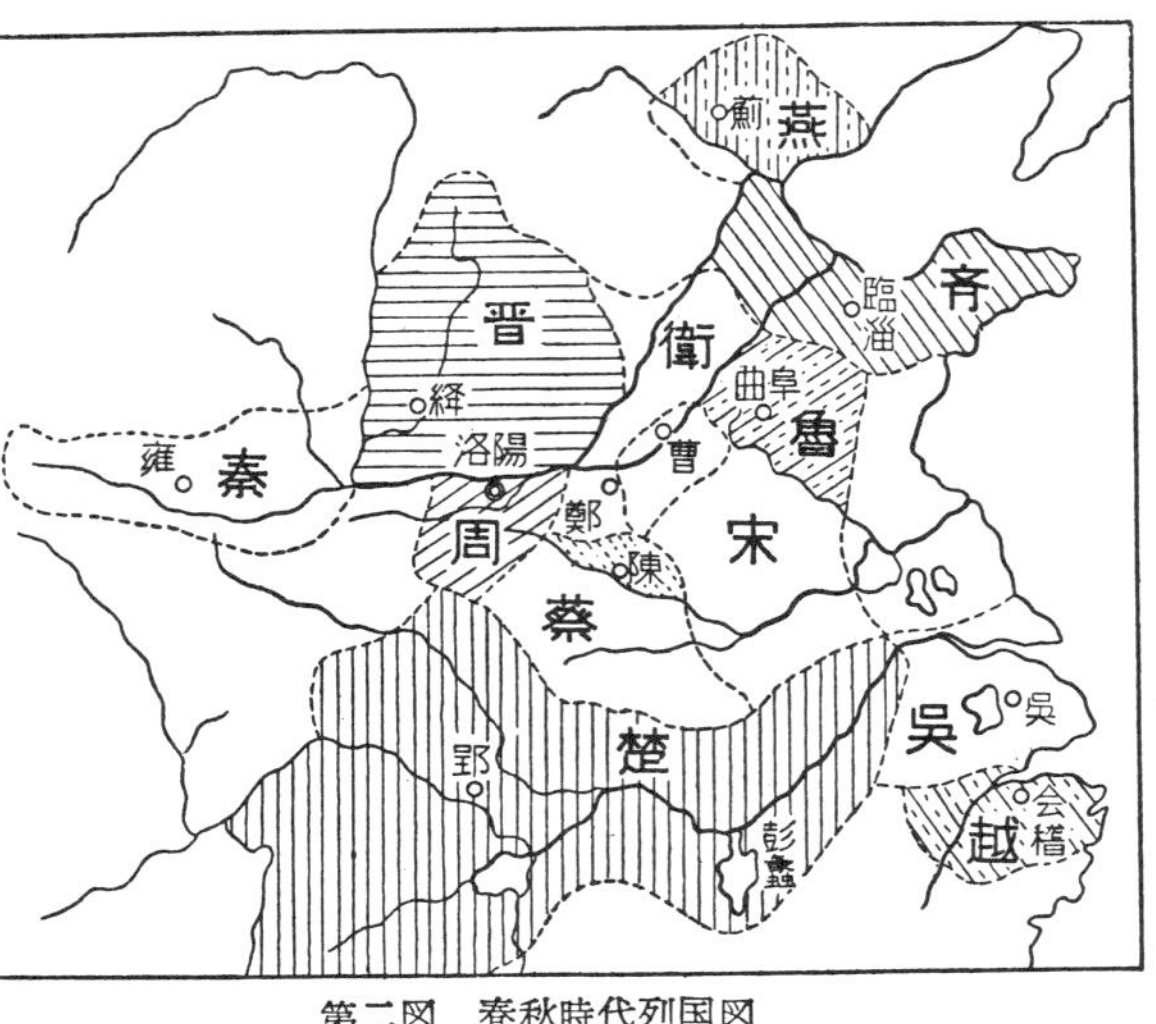

第二図　春秋時代列国図

この呉に並記されている越は、浙江省の北部にあって呉の南に位置し、呉と同時に現われ、呉が中原の経綸に没頭している隙に乗じてこれを破り、呉にかわって第五の覇者となって中原に号令した。しかし越の覇業は長続きせず、間もなく再興の楚国によって亡ぼされた。ここに「春秋の争覇」の時代が終ることとなる。

この呉と越とがあい次いで覇をとなえて中原地方を制圧していた時代こそ、孔子が魯の国に生れて、魯が彼らの侵寇に苦しんでいた時代であった。

〔一〕 季札懸レ剣

呉姫姓。太伯・仲雍之所レ封也。十九世至二壽夢一、始稱レ王。壽夢四子。幼曰二季札一。欲下使二三子相繼立一以及上レ札。札義不レ可。封二延陵一、號曰二延陵季子一。聘二上國一過レ徐、徐君愛二其寶劍一。季子心知レ之。使還、徐君已沒。遂解レ劍懸二其墓一而去。

【訓読】呉は姫姓。太伯・仲雍の封ぜられし所なり。十九世にして寿夢に至り、始めて王と称す。寿夢に四子あり。幼を季札と曰ふ。札賢なり。三子をして相継いで立たしめ、以て札に及ぼさんと欲す。札義もて可かず。延陵に封ぜられ、号して延陵の季子と曰ふ。上国に聘して徐を過ぎるや、徐君其の宝剣を愛す。季子心に之を知る。使して還れば、徐君已に没す。遂に剣を解き其の墓に懸けて去る。

【語釈】〔太伯・仲雍〕ふたりともに周の文王の伯父。太伯南方に奔って呉を立てたが、子がなかったので、弟の仲雍が受けついだ。仲雍はまた虞仲ともいう。〔四子〕諸樊・余祭・余昧・季札の四人のこども。〔義不レ可〕父子相続が道で、諸樊の次はその子に譲るべきで、兄弟があいつぐのは道でないといって承知しない。〔延陵〕江蘇省常州府。〔聘〕諸侯が大夫をやって、他の諸侯の安否をうかがわせる礼。〔上國〕辺地から都に近い国をいう。〔過レ徐〕徐国に立ちよって、徐君の安否を伺う。〔寶劍〕りっぱな剣。〔沒〕なくなる。人の死ぬこと。

【通釈】呉は周と同じく姓は姫である。周の文王のおじに当たる太伯・仲雍の封ぜられた国である。それから十九代たって、寿夢（BC五八六没）の世に王と称した。寿夢に四人のこどもがあり、末子を季札といい、賢明な人であった。父の寿夢は、末子の季札を愛し、上の三人を順次王位につかせ、最後に季札につかせようとしたが、札は道義のうえから承知しなかった（BC五六二のことである）。そこで寿夢は延陵に封ぜられて、延陵の季子と号した。ある時季子は、上国の諸侯のごきげんをうかがいに出かけたが、とちゅう徐という国に立ちよったら、徐の国君は季子の佩びていたりっぱな剣が、ひじょうに気に入った。季子は心中にこれを知っていたが、使命によって出かけているとちゅうで、贈るわけにいかない。そこで帰りに贈るつもりで、そのまま立ち去った。やがて使命を果して、帰りに徐国によってみると、徐の君はすでに死んでいた。季子は相手に口に出して言わなかったにしろ、自分の心のうちで約束したことであると思って、宝剣を腰からはずして徐君の墓にかけ、その霊にたむけた。

〔二〕臥薪嘗膽

壽夢後、四君而至闔廬。擧伍員謀國事。員字子胥、楚人伍奢之子。奢誅而奔呉、以呉兵入郢。呉伐越。闔廬傷而死。子夫差立。子胥復事之。夫差志復讎、朝夕臥薪中、出入使人呼曰、「夫差、而忘越人之殺而父邪。」周敬王二十六年、夫差敗越于夫椒。越王句踐、以餘兵棲會稽山、請爲臣、妻爲妾。子胥言、「不可。」太宰伯嚭受越賂、說夫差赦越。句踐反國、懸膽於坐臥、卽仰膽嘗之曰、「女忘會稽之恥邪。」擧國政屬大夫種、而與范蠡治兵、事謀呉。

【訓読】 寿夢の後、四君にして闔廬に至る。伍員を挙げて国事を謀る。員字は子胥、楚人伍奢の子なり。奢誅せられて呉に奔り、呉の兵を以て郢に入る。呉越を伐つ。闔廬傷きて死す。子の夫差立つ。子胥復之に事ふ。夫差讎を復せんと志し、朝夕薪中に臥し、出入するに人をして呼ばしめて曰く、「夫差、而越人の而の父を殺ししを忘れたるか。」と。周の敬王の二十六年、夫差越を夫椒に敗る。越王句践、余兵を以て会稽山に棲み、臣と為り、妻は妾と為らんと請ふ。子胥言ふ、「不可なり。」と。太宰伯嚭越の賂を受け、夫差に説きて越を赦さしむ。句践国に反り、胆を坐臥に懸け、即ち胆を仰ぎ之を嘗めて曰く、「女会稽の恥を忘れたるか。」と。国政を挙げて大夫種に属し、而して范蠡と兵を治め、呉を謀るを事とす。

【語釈】〔郢〕湖北省にある。楚の都。〔越〕国の名。浙江省にあった。〔而〕汝。〔夫椒〕山の名。江蘇省にある。〔棲〕住む。〔妾〕女の召使。〔太宰〕宰相。〔賂〕わいろ。〔膽〕獣のキモ、ひじょうににがい。そのにがさから、かたきうちを意識する。〔女〕汝と同じ。〔會稽之恥〕会稽山でうけた敗戦の恥辱。後世このことから、敗戦の不名誉の意に用いる。〔屬〕ショクと読む。委せる。〔治レ兵〕兵隊を訓練する。〔事レ謀レ呉〕呉を亡ぼす謀を仕事とした。それに専念したこと。

【通釈】寿夢ののち、四代をへて闔廬が王となった（BC五一五、呉王僚を弑して自立）。伍員を挙げ用いて、国政を相談した。員はあざなを子胥といい、楚の伍奢の子である。初め奢が楚に誅せられたので、子の員は呉に逃れたが（BC五二二）、呉王闔廬の助けを得て、呉の兵を率いて楚の都の郢に攻め入り（BC五〇六）、父の奢の仇を伐った。その後、呉が越を攻撃して、闔廬は戦傷を受けて死んだので（BC四九六、檇李の戦）、子の夫差が位につき、子胥はまたこれに仕えた。夫差は亡父のかたき伐ちをしようと志して、朝晩薪をつみ重ねた上にねて、そこに出入するたびに、人に、「夫差よ、おまえは越人がおまえの父を殺したのを忘れたか。」と叫ばせ、しばらくの間もふくしゅうのことを忘れなかった。周の敬王の二十六年（BC四九四）に、夫差は越を夫椒山の下でうち破り、父の讎をむくいた。越王の句践は、残兵をまとめひきいて会稽山に逃げこんで住み、自分は臣下となり、妻は召使となりますから許してほしいと願った。子胥は、「断じて許してはいけません。」と言ったが、宰相の伯は越からわいろをもらっていたので、夫差に説いて越王を許させた。句践は国に帰ってから、獣のにがいきもを、ねおきする場所にさげ、いつもきもをふり仰いでこれをなめて、「おまえは会稽山で呉王夫差から受けた恥を忘れたのか。」と言って志をはげました。そして政治の方は大夫の種にまかせっきりにして、自分は范蠡とともに軍隊を訓練して、呉を伐つ計画を仕事として専念した。（これより臥薪嘗胆を仇に報いるため艱難辛苦することをいう。）

〔三〕抉二吾目一懸二東門一

太宰嚭譖下子胥恥二謀不一レ用怨望上。夫差乃賜二子胥属鏤之剣一。子胥告二其家人一曰、「必樹二吾墓檟一。

【訓読】太宰嚭、子胥謀の用ひられざるを恥ぢて怨望すと譖す。夫差乃ち子胥に属鏤の剣を賜ふ。子胥其の家人に檟可レ材也。抉ニ吾目一懸ニ東門一。以觀ニ越兵之滅レ吳」。乃自頸。夫差取ニ其屍一、盛以ニ鴟夷一、投ニ之江一。吳人憐レ之、立ニ祠江上一、命曰ニ胥山一。』越十年生聚、十年教訓。周元王四年、越伐レ吳。吳三戰三北。夫差上ニ姑蘇一、亦請ニ成於越一。范蠡不レ可。夫差曰、「吾無三以見二子胥一。」爲ニ幎帽一乃死。

告げて曰く、「必ず吾が墓に檟を樹ゑよ。檟は材とすべきなり。吾が目を抉りて東門に懸けよ。以て越兵の呉を滅ぼすを観ん。」と。乃ち自頸す。夫差其の屍を取り、盛るに鴟夷を以てし、之を江に投ず。呉人之を憐れみ、祠を江上に立て、命じて胥山と曰ふ。』越十年生聚し、十年教訓す。周の元王の四年、越呉を伐つ。呉三たび戦つて三たび北ぐ。夫差姑蘇に上り、亦成を越に請ふ。范蠡可かず。夫差曰く、「吾以て子胥を見ること無けん。」と。幎帽を為りて乃ち死す。

【語釈】〔譖〕さん言する。〔怨望〕怨も望もともにうらむ。〔屬鏤之劍〕属鏤という剣。「賜レ劍」とは自殺を命ずること。〔檟可レ材也〕「檟」はヒサギの木、ヒサギの木は棺を作るによい材木である。やがて夫差は死ぬだろうから、その棺の用意に檟をうえよ、というので、呪いのことばである。〔自頸〕自らくびをはねる。自刎に同じ。〔鴟夷〕馬の皮で作った袋。むかし、酒をいれるに用いた。〔江〕揚子江。〔生聚〕民を生育し、財をあつめ国を富ませる。〔姑蘇〕呉の都にある台の名。高さ三百尺、夫差は常にこの上で酒宴を開いたという。展望台。李白に「蘇台覽古」の詩がある。〔成〕わぼく。〔幎帽〕顔をおおう布。大きさ一尺二寸平方で、四すみにひもがあって、顔をおおいかくし、うしろで結ぶ。面目なくて顔を合せられないという、気持を現わす。

【注意】㈠「樹」を動詞にして「うえる」意に使うことを覚えておくこと。「たてる」意に使うこともある。㈡「觀」の字と「看・見・視」の区別に注意。観はひろびろとみること。そこで観光という熟語がある。㈢「三タビ」という送り仮名に注意。漢文では三度とは書かない。㈣「北」を「にグ」と読む。㈤「無ケン」という読み方は、漢文流の読み方である。ないであろうの意。

【通釈】太宰の嚭は、子胥が自分の謀の用いられないのを恥じて、国君を怨んでいますと、夫差にざん言したので、夫差は怒って、子胥に属鏤の剣を与えて、自殺を命じた。子胥は死に臨んで夫差を呪って、家人に、「必ず自分の墓に檟を植えよ。やがて夫差は越に亡ぼされて、死ぬだろうから、その時の棺を作る材料になる。また自分の目をえぐって、都の東の門にかけておけ。それで越の兵隊が東から攻めのぼって来て、呉を滅ぼすのを見てやろう。」と言って、そこで自ら首をはねて死んだ。これを聞いた夫差はますます怒って、子胥の屍を馬の皮で作ったふくろに入れ、揚子江に投げ棄てた（BC四八四）。呉の人はあわれみ、揚子江のほとりに祠をたて、その霊をまつり、胥山と名づけた。越は会稽の恥をすすごうとして、まず十年の間、民を養い国を富ませ、次の十年間は、民を教育し軍事を訓練し、周の元王の四年、実は三年十一月のこと（BC四七三年）に呉に攻撃をかけた。呉は三度戦って三度とも敗北し、国君夫差は姑蘇台という展望台にのぼって、以前句践が会稽山でやったように、彼もまた和睦を願った。しかし范蠡は承知しなかった。そこで夫差は、初めて子胥のいさめを用いなかったことを恥じて、「ああ、自分は死んであの世に行っても、子胥に合せる顔がない。」と言って、幎帽を作り、顔をおおいかくして自殺した。

【説話】会稽の恥をすすぐことができた越王句践の喜び、国民の喜びはいかばかりであったろうか。千年ののちに、唐の李白は、越の都の旧址に立って、それを想像して次のように詠っている。

越中懐古

越王句踐破レ呉帰
義士還レ家盡錦衣
宮女如レ花滿二春殿一
唯今惟有二鷓鴣飛一

越王句践呉を破って帰る
義士家に還って尽く錦衣す
宮女花の如く春殿に満つ
唯今ただ鷓鴣の飛ぶ有り

大意――越王句践とともに臥薪嘗胆、敗戦の惨苦の中から自らを鍛えあげた将士たち、それがいまは、錦の着物を着て、勝ってわが家に帰って来たのである。越の都をあげて湧きかえるような喜びの表情。国王の宮殿でも、多くの宮女たちが着飾って、毎日のように王と臣下たちのために、祝宴に侍って歌い舞い踊っていたであろう。いま、その越王宮の旧趾に立てば、千余年の時の流れは、その人々の歓喜も、そこにあった豪華な宮殿も、すべておし流してしまって、ただ春の日の光ただよう中に、このあたり特産のキジが、人に驚いて飛び立つのを見るばかりである。

同じ李白は、亡ぼされた呉の宮殿の跡にもたたずんで、次の作をのこしている。

蘇臺覽古

舊苑荒臺楊柳新　　旧苑荒台楊柳 新たなり
菱歌清唱不レ勝レ春　　菱歌清唱春に勝へず
唯今惟有西江月　　唯今惟有り西江の月
曾照呉王宮裏人　　曾て照らす呉王宮裏の人

大意――前の越王台趾に立った時と同じく、これも春のことであるが、前者は、春光うららかな日中であったのに対して、これは夕陽が落ちたあとの静かな春の宵である。このあたりが、千余年の前に、呉王夫差が、美人西施を擁して時めいていた宮殿のあとであるが、いまは、石垣はくずれ、わずかに高くなっていることによって、それとしのばれるだけの旧跡にすぎない。夕もやの中に、芽をふいた楊柳の枝が、音もなく動かず垂れている。むかし、西施をのせた舟が浮べられたであろう河のほとりから、土地の乙女たちが、菱取りの歌を涼しい声で唱っているのが聞えて来る。西の河の上にのぼり始めた春の宵の月が、西施を初めとする呉王宮の女たち男たちのむかしのすがたをしのばせる。

〔四〕陶朱・猗頓

越既滅レ呉。范蠡去レ之。遺二大夫種書一曰、「越王爲レ人、長頸烏喙、可三與共二患難一、不レ可三與共二安樂一。子何不レ去。」種稱レ疾不レ朝。或讒二種且レ作レ亂。賜レ劍死。』范蠡裝二其輕寶珠玉一、與二

【訓読】越既に呉を滅ぼす。范蠡之を去る。大夫種に書を遺りて曰く、「越王の人と為り長頸烏喙、与に患難を共にすべきも、与に安楽を共にすべからず。子何ぞ去らざる。」と。種疾と称して朝せず。或ひと種且に乱を作さんとすと讒す。剣を賜りて死す。』范蠡其の軽宝珠玉を装ひ、私

私從乘舟江湖、浮海出齊、變姓名、自謂鴟夷子皮。父子治産至數千萬。齊人聞其賢、以爲相。蠡喟然曰、「居家致千金、居官致卿相。此布衣之極也。久受尊名不祥。」乃歸相印、盡散其財、懷重寶、閒行止於陶。自謂陶朱公。貲累鉅萬。』魯人猗頓往問術焉。蠡曰、「畜五牸。」乃大畜牛羊於猗氏。十年閒、富擬王公。故天下言富者、稱陶朱・猗頓。

従と舟に江湖に乗じ、海に浮びて斉に出で、姓名を変じて自ら鴟夷子皮と謂ふ。父子産を治めて数千万に至る。斉人其の賢を聞き以て相と為す。蠡喟然として曰く、「家に居りては千金を致し、官に居りては卿相を致す。此れ布衣の極なり。久しく尊名を受くるは不祥なり。」と。乃ち相の印を帰し、尽く其の財を散じ、重宝を懐き、間行して陶に止まる。自ら陶朱公と謂ふ。貲鉅万を累ぬ。』魯人猗頓往きて術を問ふ。蠡曰く、「五牸を畜へ。」と。乃ち大いに牛羊を猗氏に畜ふ。十年の間、富王公に擬す。故に天下の富を言ふ者、陶朱・猗頓を称す。

【語釈】〔范蠡〕もとは呉の人。文種と同じく越王句践に仕えた。〔種〕姓は文、種は名。〔為レ人〕人がら、性質。ここはすがた。〔長頸烏喙〕くびが長く、口が烏のように尖っている。これは残忍で欲ばりの人相であるという。〔不レ朝〕朝廷に出勤しない。〔軽宝〕軽くて持ち運びに便利な宝。〔珠玉〕珠は海からとれる宝石で、真珠など。玉は山からとれる宝石の類。〔私従〕自分の家の召使。〔江湖〕呉越の地方には、揚子江や太湖を初め川や湖が多い。また江湖は「世間」の意に用いることもある。〔鴟夷子皮〕呉王夫差が子胥の死体を鴟夷（馬の皮の袋）に入れて、揚子江に投げ棄てた故事に基づいて、自分ももう少しでこんな目にあうところであった、という意味を寓したものだという。〔浮レ海〕舟で水上を行くこと。〔喟然〕なげくさま。ため息をつくさま。〔致二卿相一〕致は得る意。卿相はともに大臣。〔布衣〕むかしは一般の人は、老人以外はみな布（木綿）の着物を着たので、平民をいう。わが国ではホイ、またはホウイと読んで、六位以下の着る無紋の狩衣をいう。

〔相印〕むかし官吏は官名を刻んだ印を持ち、官をやめればこの印を朝廷に返す。相印は宰相の印で、相印を返すとは、宰相を辞職すること。〔重寶〕貴重な宝物。〔閒行〕ぬけ道を行く。こっそりと行くの意にも用いる。〔陶〕地名。いまの山東省陶県。〔貲〕財に同じ。〔鉅萬〕巨万と同じ。〔五牸〕五頭の牝牛。牝牛をかえば、子を生んでふえる。ここは牡牛一頭につき牝牛五頭をかえと教えたものか。〔猗氏〕地名。いまの山西省猗氏県。〔擬〕くらべて同じくらいになる。

【通釈】 越はこうして呉を滅ぼした。すると第一の功臣である范蠡は、上将軍に任ぜられたが、久しくそうした地位におるべきでないと考え、さっさと官をやめて越の国をたち去った（BC四七三）。そして大夫の種に手紙をやって、「越王は首が長くて、口は鳥のように尖り、残忍な人相をしている。こんな人は、困難な時には互に助けあうことができるが、安楽になると相手を棄てて、共に幸福を楽しむことができないものである。きみはなぜ早く逃げ去らないのか、ぐずぐずしていると、きっとひどいめにあいますよ。」と言った。そこで種は病気といって朝廷へ出勤しなかった。するとある人が、種はむほんをはかっています、とざん言した。越王は怒って種に剣を与えたので、自殺した（BC四七三）。』范蠡は身の危険を感じて、持ち運びやすい珠玉を荷造りして、妻子召使などをつれて舟に乗り、河や湖を渡り海に出て、斉の国（山東省にある）に行き、姓名を変えて自分で鴟夷子皮（しいしひ）と名のった。父子で産業にはげみ、数千万の富を積むようになった。斉の人が蠡の賢明なのを知って、宰相に推薦した。蠡はため息をついて、「家にいて仕事すれば千金の富を作り、役人となれば大臣宰相になることは、平民として最高の出世である。かような幸福になれて、いつまでも名誉を受けていることは不吉である。」と言って、宰相の印を君に返して辞職し、財産を全部人々にわかち与え、貴重な宝物だけ持って、こっそりと間道を通って、陶という所に定住し、自分で陶の朱公といった。ここでもひじょうにお金をためて、財産は巨万という額に達した。』魯の猗頓という人が蠡をたずねて、金持になる方法を問うた。蠡は答えて、「五頭の牝牛をかうがよい、子牛が殖えて利益が多いから。」と言った。そこで頓は猗氏県へ行って大いに牛羊をかって、十年の間に財産が大名に比べられるほどになったので、世間の人々は、金持といえば、まず陶朱と猗頓のことをいうようになった。

【説話】 わが南朝の忠臣、児島高徳（たかのり）が、美作（みまさか）（岡山県）まで後醍醐天皇の遷幸のあとを追って来て、夜その行宮の庭に入り、桜の幹を削って題したという、

天 莫レ空二句 踐一　天句踐を空しうする莫し
時 非レ無二范 蠡一　時に范蠡無きに非ず

という対句は、この呉・越興亡の史実を踏まえて、自己を范蠡にたとえて、忠臣、天皇に仕え奉る意向を表明したものである。

越王句践が呉を破ってから、「十八史略」の記事は文種と范蠡とのことに移っていて、越がその後どうなったかについては述べていない。それは呉国の始終を書いた文章であるから、呉の亡びたことを述べればそれでこと足り、范蠡のことは、その時代の特異な事がらなので、特に余波として付記したまでである。そこで越王のその後の行動と、越の滅亡について簡単に付記しておこう。呉を亡ぼした句践は、勢いに乗って兵威を北の方で輝かそうと軍をひきいて揚子江・淮水をわたり、斉・晋などの諸侯を徐州（江蘇省北部の銅山県）によび集め、みつぎ物を周の王室へとどけ、周の元王から賜物をさずかり、伯（侯に次ぐ位階）にしてもらった。かくて徐州からひきあげ、淮上の地を楚に与え、呉が奪っていた宋の地を宋に返し、魯には泗水以東の地百里を与え、諸侯たちから祝賀をうけて覇王と称して江淮のあたりを横行したが、誰も彼の邪魔をする者はなかった。しかし范蠡が去り、文種は殺され、句践もやがて没すると、越の国勢はしだいに衰えて、再興した楚によって亡ぼされてしまった。時に、周の顕王の三十五年（BC三三四）で、句践が呉を亡ぼしてから百四十年であった。

蔡・曹

【説話】蔡も曹も、周と同姓の国で、蔡は、いまの河南省の南端に近いあたりにあった小国で、春秋の末に、楚の恵王によって亡ぼされた。曹もやはり小さな国で、いまの山東省の曹州の地にあったが、春秋のうちに、宋によって亡ぼされている。ともにとりたてていうほどの記事もない。

宋

【説話】殷の紂王の庶兄（腹ちがいの兄）が封ぜられたことから始まった国で、周とは異姓である。河南省の南部の平野に位置し、商邱（いまの河南省帰徳）を都にしていた。十六代めの襄公が、斉の桓公のあとに現われて、覇をとなえようとしたが、楚と戦って破れ（BC六三八）、戦国時代に入ってからは、辛うじて国を保っているというだけて、王偃にいたり、斉によって亡ぼされた（BC二八六）。「宋襄の仁」ということばで有名な襄公制覇の失敗のいきさつだけは読んでおきたい。

〔一〕宋襄之仁

宋子姓。商紂庶兄微子啓之所レ封也。後世至二春秋一、有二襄公茲父者一。欲レ覇二諸侯一、與レ楚戰。公子目夷、請下及二其未一レ陣擊上レ之。公曰、「君子不レ困二人於阨一。」遂爲二楚所一レ敗。世笑以爲二宋襄之仁一。

【訓読】 宋は子姓なり。商紂の庶兄微子啓の封ぜられし所なり。後世春秋に至り、襄公茲父という者有り。諸侯に覇たらんと欲し、楚と戦ふ。公子目夷、その未だ陣せざるに及びこれを撃たんと請ふ。公曰く、「君子は人を阨に困しめず。」と。遂に楚の敗る所と為る。世笑ひて以て宋襄の仁となす。

【語釈】 〔子姓〕宋の祖先は殷から出ていて、殷が子姓であったから、しぜん宋も子姓となった。〔商紂〕殷は初め国を商と号していた。そこで殷の紂王のことも商紂といった。〔庶兄〕腹ちがいの兄。妾腹の兄。〔微子啓〕微子、名は啓。〔襄公茲父〕襄公、名は茲父。〔欲レ覇二諸侯一、與レ楚戰〕春秋五覇の第一は斉の桓公で、管仲がこれをたすけたことは、斉のところを読まれたい。桓公の死後、斉では内争があって、斉の覇者としての勢力が弱まったので、宋の襄公が、斉にかわって第二の覇者となろうと志した。ところが、南方の楚の成王は黄（河南省息県）を滅ぼし、徐（江蘇省銅山県―呉の季子が立ちよった国）を伐ち、鄭も楚に朝するようなありさまであったので、まず楚の了解を得て、諸侯を集めたいと思った。楚は承諾したので、襄公は盂（河南省睢県）に諸侯を集めたところ、楚はその会場で襄公を捕えて宋に攻撃をかけた。しかしこれは間もなく講和になり、襄公は宋に帰ったが、こんどは宋が鄭を攻撃したので、楚は鄭を救うことになり、ここにふたたび宋・楚の衝突となった。「与レ楚戦」とあるのは、この戦―泓（河の名。河南省商邱県を流る）での激突をさす。〔公子〕諸侯の子をいう。〔阨〕

苦しい地位。楚がまだ陣をかまえず、困っているところをいう。

【通釈】宋は子という姓である。殷の紂王の腹ちがいの兄の微子啓が封ぜられた国で、周になっても、存続をゆるされて続いていたが、春秋の世になってから、斉の桓公が死んだのち、宋の襄公（名を玆父という）が、自分こそ第二の覇者となろうと考え、有力な南方の楚国に従属している西の鄭国に攻撃をかけたことから、鄭の救援に出兵した楚と、泓水のほとりで激突することになった。両軍河をへだてて遭遇したが、その時、襄公の子の目夷は、楚がまだ陣立をしてしまわないうちに、これに攻撃をかけましょうと父王に申し出たところ、父王は、「君子たる者は、人の困っているところを攻めて苦しめるものではない。」と言って承知しなかった。そしてとうとう楚軍のために打ち敗られてしまった。そこで世人は、これを「宋襄の仁」と言って笑った。

【説話】「つまらぬなさけ」のことを、「宋襄の仁」という故事のおこりである。この泓水の戦は、BC 六三八年のことで、宋の襄公は、それから間もなく死に、彼の覇業は完成しないでおわった。襄公の死後、宋の国勢はふたたびふるわず、景公のことがちょっと記され、次で康王の時に、斉・楚・魏と戦って少しばかりの勝利をおさめたが、かえって、それらの国からひどく恨まれることになり、加えてこの康王ははなはだ淫虐で、夏の桀王のように淫虐な王という意味で、「桀宋」と仇名されたほどであったので、国民の心も離反し、宋はまったく衰弱して、王偃の時、斉の湣王が楚と魏と連合して、前の恨みを晴らすために侵入すると、ひとたまりもなく亡びてしまったのであった。それは、周の赧王の二十九年（BC 二八六）のことで、三国は宋の領土を三分して、それぞれ自分のものとした。微子から、この王偃まで、宋は三十二世、八百五十七年の寿命であった。

魯

【説話】周と同姓の国。周公旦の子の伯禽が封ぜられたところで、彼を始祖とする。伯禽から十三代をへて隠公となり、春秋時代に入った。隠公の次に立ったのが桓公で、次には桓公の子の荘公が立った。荘公には腹ちがいの弟が三人あった。三人とも桓公の子であるから「三桓」といったが、この三桓の子孫が、その後代々魯の国の家老として政治を牛耳ることになり、正系の荘公から昭公まで、いつもこの三桓の力に押されてなやみつづけ、ついに昭公は出奔して他国で死ぬような目にあう。昭公の次には、弟の定公が立ったが、これが魯国中興の名君で、孔子を用いて、斉と夾谷に会合したり、大いに国威を張ったが、やはり三桓の勢力には押され、三桓を弱めようとして斉の謀略にかかり、孔子も魯を去らねばならなくなる。そこで、次の哀公は越の援助によって三桓を伐とうとするが、これも失敗におわる。そして八代をへて頃公の時に、楚に亡ぼされてしまった。時にBC二四九年のことである。

魯国世系表

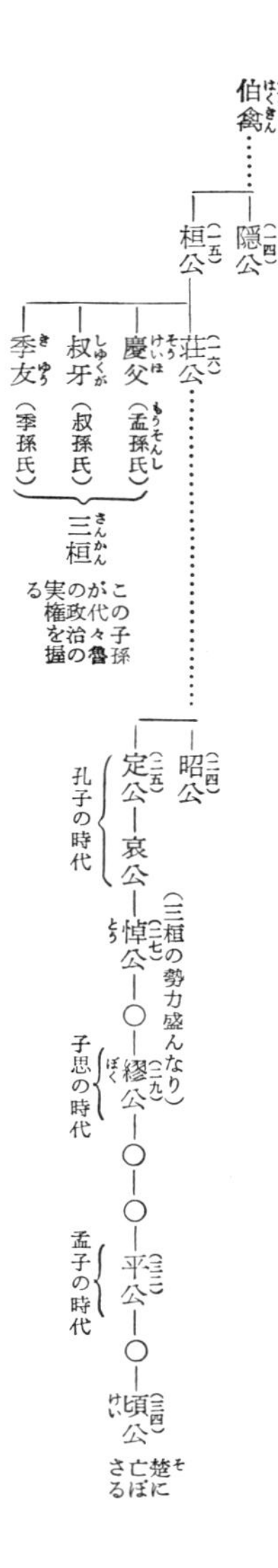

昭公が三桓に攻められて、国を出奔して異郷に死ぬと、弟の定公が立って、孔子を用いて国威を張るところから、本文に入る。

〔一〕夾谷之會

定公以㆓孔子㆒爲㆓中都宰㆒。一年四方皆則㆑之。由㆓中都㆒爲㆓司空㆒、進爲㆓大司寇㆒。相㆓定公㆒、會㆓齊景侯于夾谷㆒。孔子曰、「有㆓文事㆒者、必有㆓武

【訓読】定公孔子を以て中都の宰と為す。一年にして四方皆之に則る。中都由り司空と為り、進みて大司寇と為る。定公を相けて、斉の景侯に夾谷に会す。孔子曰く、「文事

備一。請具二左右司馬一以從。」既會。齊有司、請奏二四方之樂一。於レ是旗旄劍戟、鼓譟而至。孔子趨而進、曰、「吾兩君爲レ好。夷狄之樂、何爲於レ此。」景公心怍麾レ之。齊有司、請奏二宮中之樂一。優倡侏儒、戲而前。孔子趨而進、曰、「匹夫熒二惑諸侯一者、罪當レ誅。請、命二有司一加レ法焉。」首足異レ處。景公懼。歸語二其臣一曰、「魯以二君子之道一輔二其君一。而子獨以二夷狄之道一敎二寡人一。」於レ是齊人乃歸二所レ侵魯鄆・汶陽・龜陰之地一、以謝レ魯。

ある者は、必ず武備有り。請ふ左右の司馬を具へて以て従はん。」と。既に会す。斉の有司、請ひて四方の楽を奏す。是に於て旗旄剣戟、鼓譟して至る。孔子趨りて進みて曰く、「吾が両君好を為す。夷狄の楽、何為れぞ此に於てする。」と。景公心に怍ぢて之を麾く。斉の有司、請ひて宮中の楽を奏す。優倡侏儒、戯れて前む。孔子趨りて進みて曰く、「匹夫諸侯を熒惑する者は、罪誅に当す。請ふ、有司に命じて法を加へん。」と。首足処を異にす。景公懼る。帰りて其の臣に語げて曰く、「魯は君子の道を以て其の君を輔く。而るに子は独り夷狄の道を以て寡人に教ふ。」と。是に於て斉人乃ち侵しし所の魯の鄆・汶陽・亀陰の地を帰し、以て魯に謝す。

【語釈】〔中都宰〕中都というところの長官。中都はいまの山東省汶上県。孔子はこのとき五十二歳であった。〔則レ之〕則はてほんとする。〔司空〕土木工事などをつかさどる官。いまの建設大臣。〔大司寇〕法務・警察をつかさどる大臣。〔相〕たすける。ここでは会合のとりもちをすることをいう。〔夾谷〕魯の地でいまの山東省萊蕪県にある。〔有二文事一者必有二武備一〕文事は、ここでは政治をいう。政治をりっぱにおこなおうとするばあいは、武備をも充実させなくてはならぬ。〔左右司馬〕天子の左右を警備する武官。〔有司〕役人。〔四方之楽〕東夷・西戎・南蛮・北狄の中国以外の野蛮人の音楽。〔旗旄〕むかしは虎と熊をかいたのを旗といって、将軍のしるしとしたもの。旄はからうしの尾をつけたハタで、将軍が軍を指揮するのに用いる。〔剣戟〕剣は両方に刃のついた刀。戟はふたまたのホコ。〔鼓譟〕太鼓をならし、さわぎたてる。〔趨〕はや足で歩くこと。

中国では貴人の前を行くときには、はや足で進むのが礼であった。〔作〕はじて赤面すること。〔優倡・侏儒〕優倡は芸人、やくしゃ。侏儒は一寸ぼうしで、これも種々の芸をする。〔匹夫〕身分のいやしい男。〔熒惑〕まどわしたぶらかす。〔首足異レ処〕首や足がばらばらになる。殺されたこと。〔寡人〕諸侯の自称。徳の少ない自分の意。

【通釈】 魯の定公は孔子を用いて中都という小都市の長とした（BC五〇一。孔子五十一歳の時）。ところが孔子の政治のやり方がよかったので、一年のうちに四方の諸侯が、みなこれを模範とするようになった。それで中都の宰から進んで司空となり、さらに大司寇になった（BC五〇〇）。さて定公をたすけて、斉の景侯と夾谷で会合（BC五〇〇）することになった。出発する時、孔子は、「政治をりっぱにととのえる者は、同時に必ず武備もととのえなくてはいけません。どうかこのたびの会合には、君の守備兵をつれて行かれますように。」とすすめた。いよいよ夾谷で会合すると、斉の役人が、「余興に四方の蛮族の音楽を演奏したい。」と景公に願った。そして旗旄や剣戟をふりまわし、太鼓をうちならしながら出てきて、余興にかこつけて定公をおどかした。孔子が走りでて言うには、「わが両君が平和会議をなさっているのに、なぜけがらわしい野蛮人の音楽をやるのか。」と叱りつけた。斉の景公は赤面して、やめるようにと、手まねきして退けた。するとまた斉の役人が、「それならば、宮殿でおこなう音楽を、お目にかけたい。」と願った。やがて、芸人や一寸ぼうしなどが、ふざけたかっこうをして進んできた。孔子は走りでて言うには、「身分のいやしい者で、諸侯をまどわしたぶらかす者は、その罪は死刑にすべきである。どうか係りの役人に命じて、法律にてらして処分していただきたい。」と。それで芸人や一寸ぼうしは、首や足をばらばらに切られた。こうして、斉は魯をおどしたり恥をかかせたりすることができなかった。景公は内心ひじょうに孔子を恐れ、国に帰ってから、その臣に言うには、「魯は君子の道でその君を輔佐しているが、おまえたちは、蛮族の道でわしに教えている。」と。そこで斉では侵略した魯の鄆・汶陽・亀陰の土地をかえして、魯にわびた。

〔二〕孔子去レ魯

孔子言ニ於定公ニ、将下堕ニ三都ニ以強中公室上。叔孫氏先堕レ郈、季氏堕レ費。孟氏之臣、不レ肯レ堕レ

【訓読】 孔子定公に言ひて、将に三都を堕ちて以て公室を強くせんとす。叔孫氏先づ郈を堕ち、季氏費を堕つ。孟氏

成。圍レ之弗レ克。孔子由二大司寇一、攝二行相事一。七日而誅二亂レ政大夫少正卯一。居三月魯大治。齊人聞レ之懼、乃歸二女樂於魯一。季桓子受レ之、不レ聽レ政。郊又不レ致二膰俎於大夫一。孔子遂去レ魯。

の臣、成を堕つことを肯んぜず。之を囲みて克たず。孔子大司寇由り、相の事を摂行す。七日にして政を乱る大夫少正卯を誅す。居ること三月にして魯大いに治まる。斉人之を聞きて懼れ、乃ち女楽を魯に帰る。季桓子之を受けて、政を聴かず。郊して又膰俎を大夫に致さず。孔子遂に魯を去る。

【語釈】〔墮〕毀と同じ。コボツと読んで、こわすこと。〔三都〕魯の分家の孟孫氏・叔孫氏・季孫氏の居城をいう。周代は諸侯の一族や、卿・大夫の居城を都といった。〔公室〕魯公の家。魯の国の殿様である本家。〔郈・費・成〕みな魯の領内にあり、それぞれ分家の居城の地名。〔攝行〕兼ね行うこと。〔相事〕宰相の事務。〔歸〕贈と同じくオクルと読む。〔女樂〕女で音楽をする者。〔季桓子〕季孫氏の桓というおくり名をつけられた季孫斯という人。桓はおくりな。〔郊〕天地の神を祭ることを郊という。郊は町はずれ、郊外の意で、冬至に天の神を南の郊外に祭り、夏至に地の神を北の郊外で祭ったので、天地を祭ることを郊という。この時は、冬至の天の祭りであった。〔不レ致〕贈りとどけなかった。〔膰俎〕祭にそなえた肉のこと。祭がすめば大夫にわけ与えるのが礼である。

【通釈】孔子は魯の定公に説いて、分家の孟孫氏・叔孫氏・季孫氏の勢が強く、魯の政治を勝手に動かしているので、その居城をとりこわして、三軒の分家の力を弱め、魯の君である定公の家の主権を強くしようとした。そこで叔孫氏がまず、すなおにその居城の郈をこわし、季氏は費をこわしたが、孟氏の臣が成をとりこわすことを承知しなかった。定公はそこで成をとりかこんで攻めたが、勝つことができなかったので、この政策は成功しなかった。孔子は大司寇の職にあって、宰相の職務をかねおこなったが、わずか七日で魯の政治を乱していた大夫の少正卯を誅した。こうして三か月たつと魯は大いに治まった。斉人はこれを聞いて魯の強くなるのをおそれ、そこで女の音楽家を贈って、魯の政治をかきみだそうとした。魯の大夫の季垣氏は、そんな謀略とも知らず受けとり、遊びにふけって政治をまじめにしなくなった。郊の祭をしても、そのおさがりの肉を大夫たちに贈らなくなった。政治に筋が通らなくなり、めちゃめちゃになったので、孔子は魯をみかぎって、ついに去った（BC四九七年、孔子五十五歳の時）。

【説話】 孔子が魯の国を去ると間もなく、定公が死んで哀公が位をつぐ。それからの魯国のことは、きわめて簡単に記されている。すなわち、

定公卒して、子の哀公立つ。越をもって三桓を伐たんと欲して克たず。悼公・元公をへて、穆公に至る。子思（孔子の孫）を尊ぶを知れども、用ふるあたはず。共公・康公をへて、平公に至る。かつて孟子を見んと欲せしが果さず。文公をへて頃公に至って、楚の孝烈王に滅ぼさる。魯は、周公より頃公に至るまで、およそ三十四世。

これで魯国の一般的な歴史は終るのであるが「十八史略」は、この段にすぐ続いて、孔子・子思・孟子・老子・荘子などのことを付記している。まず、孔子のことから原文にはいろう。時間的には、ここまでの魯国の一般的な記述と相前後するところがあるから、注意して読まねばならない。

〔三〕禱ニ尼山ニ而生ニ孔子ヲー

孔子名ハ丘、字ハ仲尼。其ノ先ハ宋人也。有ニ正考父トイフ者ー、佐タリレ宋ニ。三命セラレテ滋益恭シ。其ノ鼎ノ銘ニ云フ、「一命セラレテ而僂シ、再命セラレテ而傴シ、三命セラレテ而俯シ、循ヒテレ牆ニ走ル。亦莫シニ余ヲ敢テ侮ルー。饘シニ於是ニー、粥シニ於是ニー、以テ餬スニ予ガ口ヲー。」孔氏滅ビニ於宋ニー、其ノ後適クレ魯ニ。有リニ叔梁紇トイフ者ー、與ニ顔氏ノ女ー、禱リテニ尼山ニー而生ムニ孔子ヲー。

【訓読】 孔子名は丘、字は仲尼。其の先は宋人なり。正考父といふ者有り、宋に佐たり。三命せられて滋益恭し。其の鼎の銘に云ふ、「一命せられて僂し、再命せられて傴し、三命せられて俯し、牆に循ひて走る。亦余を敢て侮る莫し。是に饘し、是に粥し、以て予が口を餬す。」と。孔氏宋に滅び、其の後魯に適く。叔梁紇といふ者有り、顔氏の女と尼山に禱って孔子を生む。

【語釈】 〔孔子〕孔は姓。子は男子の尊称。〔宋〕河南省にあった国で、斉に亡ぼされた。春秋時代の地図および、六一頁を見

よ。〔正考父〕正はおくり名。考父はあざ名。〔佐㆑宋〕佐は補佐役、宋の君の補佐役、大臣。〔三命〕三度任命せられる。周代の官吏は、卿・大夫・士の三階級にわかれて、初めに士に任命され、つぎに大夫に任命され、つぎに卿に任命される。ここでは正考父が卿にまで出世したことをいう。〔鼎銘〕鼎は三足の鍋。銘はいましめのことばを石や金属にほりつけたもの。〔僂・傴・俯〕僂は頭をさげて敬意をあらわす。傴は腰をかがめる。俯は腰を折りかがめ頭をふかく下げて敬礼をあらわす。〔循㆑牆而走〕道のまん中をいばって歩かず、かきねにそうて走り通ること。〔孔氏滅㆓於宋㆒〕正考父の子の孔父嘉が、宋で殺され、その子が魯に逃げて、孔を姓として定住した。〔叔梁紇〕叔梁はあざ名。紇は名、すなわち孔紇という人。〔顔氏女〕女はムスメ。名を徴在(ちょうざい)といった。〔尼山〕山東省の曲阜(きょくふ)の近くにある山の名。

【通釈】孔子は名は丘、あざなは仲尼という。その祖先は宋の人である。のち正考父という人があって、宋の大臣として君の輔佐役であったが、ひじょうに礼儀正しい謙そんな人で、三度任命されて位があがるにつれて、ますます態度がうやうやしかった。その鼎にきざみつけた銘にいうには、「初め任命されて士となった時は頭をさげ、やがて二度任命せられて大夫となった時は腰をおりまげ、三度任命せられて卿となった時には、さらに頭をふかくさげ、腰をおりまげて、態度をうやうやしくして、道を歩くばあいもかきねにそうて走り歩いたが、誰もじぶんを馬鹿にする者はなかった。日常生活も質素にして、この鼎でこいかゆ、うすいかゆを煮て、じぶんの口をうるおした。」と。孔氏は宋で滅び、その子孫は逃げて魯に移って住むようになった。孔紇(あざなは叔梁)という者があって、顔氏のむすめと結婚して、こどもが生れるようにと尼山にお禱りをして孔子を生んだ(これは魯の襄公(じょう)の二十一年のことで、BC五五一年に当たる)。

【説話】孔子の父の孔紇は、孔子の三歳の時に死亡したといわれる。尼山は、正しくは尼丘山といわれ、曲阜の東南にある。孔子の名の「丘」や、あざ名の「仲尼」は、この山にちなんでつけられたものである。

〔四〕嬉戲(きぎスルニ)陳(つらヌ)㆓俎豆(そとうヲ)㆒

孔子爲(リシトキ)㆑兒、嬉戲(スルニ)常(ニ)陳(ネ)㆓俎豆(ヲ)㆒、設(ク)㆓禮容(ヲ)㆒。長(ジテ)

【訓読】孔子児(こうしじ)為(た)りしとき、嬉戯(きぎ)するに常(つね)に俎豆(そとう)を陳(つら)ね、

爲季氏吏。料量平。嘗爲司樴吏。畜蕃息。適周問禮於老子。反而弟子稍益進。適齊。齊景公將待以季孟之閒。孔子反魯。定公用之而不終。

礼容を設く。長じて季氏の吏と為る。料量平らかなり。嘗て司樴の吏と為る。畜蕃息す。周に適き礼を老子に問ふ。反りて弟子稍益々進む。斉に適く。斉の景公将に待つに季孟の間を以てせんとす。孔子魯に反る。定公これを用ひて終へず。

【語釈】〔陳俎豆〕俎は神に供える犠牲の肉をのせる台。豆は野菜や塩辛をのせる台。みな神を祭る道具。〔礼容〕礼儀正しい態度。〔季氏吏〕魯の大夫の季氏の家来。史記では委吏に作る。委吏は倉庫を管理し米穀の出納をつかさどる官。このほうがよい。〔料量平〕マス目が公平で、量にごまかしがない。〔司樴吏〕樴は牛馬をつなぐクイ。牧畜の官。〔畜〕家畜のこと。名詞のときはキウと読む。〔蕃息〕どしどしふえて大きくなる。〔季・孟之閒〕季氏は魯の上卿、孟氏は下卿であったから、その中間の待遇。

【通釈】孔子が幼いころ遊び戯れるのに、いつも俎や豆を並べ礼儀作法を正しくし、神を祭るまねをして他の子供とちがっていた。長じて季氏に仕えて役人となり（米倉の管理人となり）、穀物のはかり方が公平であった（孔子二十歳の時）。また牧畜係となったが、任務に忠実で家畜がよく太りふえた（孔子三十歳の時、BC五二二）。その後、周の都へ行って礼について老子から教えをうけた。魯にかえってから弟子がしだいに多くなった。それから斉へ行った（三十五歳）。斉の景公は、魯の上席家老の季氏と次席家老の孟氏の中間の待遇で、用いようとしたが、孔子はそれをことわって魯に帰った（四十二歳）。魯では定公が孔子を用いた（前文を見よ）が、最後まで用いることはできなかった（孔子はそこで次段のように魯を去って衛へ行ったのである）。

〔五〕若喪家之狗

適衛。將適陳、過匡。匡人嘗爲陽虎所——

【訓読】衛に適く。将に陳に適かんとし、匡を過ぐ。匡人暴。孔子貌類二陽虎一。止レ之。既免 反二于衛一。醜二靈公所一レ爲去レ之。過レ曹適レ宋、與二弟子一習二禮大樹下一。桓魋伐二抜其樹一。適レ鄭。鄭人曰、「東門有レ人、其顙似レ堯、其項類二皐陶一、其肩類二子產一。自レ要以下、不レ及レ禹三寸。纍纍然 若二喪家之狗一。」適レ陳、又適レ衛、將三西 見二趙簡子一、至レ河。聞二竇鳴犢・舜華殺死一、臨レ河歎 曰、「美 哉水、洋洋乎。丘之不レ濟此命也。」反二于衛一、適レ陳、適レ蔡、如レ葉、反二于蔡一。

嘗て陽虎の為に暴せらる。孔子の貌陽虎に類す。之を止む。既に免れて衛に反る。霊公の為す所を醜として之を去る。曹を過ぎて宋に適き、弟子と礼を大樹の下に習ふ。桓魋其の樹を伐り抜く。鄭に適く。鄭人曰く、「東門に人有り、其の顙は尭に似、其の項は皐陶に類し、其の肩は子産に類す。要より以下、禹に及ばざること三寸。纍纍然として喪家の狗の若し。」と。陳に適き、又衛に適き、将に西のかた趙簡子を見んとし、河に至る。竇鳴犢・舜華の殺死せられしを聞き、河に臨み歎じて曰く、「美なるかな水、洋洋乎たり。丘の済らざるは、此れ命なり。」と。衛に反り、陳に適き、蔡に適き、葉に如き、蔡に反る。

【語釈】〔匡〕衛の邑の名。今の河北省長垣県。〔陽虎〕魯の季氏の臣。〔醜二霊公所一レ為〕霊公が外出にあたり、夫人と同じ車に乗り、孔子を次の車に乗せたので、孔子はこの霊公の行をみにくいといってきらったこと。〔桓魋〕宋の司馬の向魋。司馬は武官。〔顙〕ひたい。〔項〕うなじ。くびすじ。〔皐陶〕舜のときの獄官の長。〔子産〕公孫僑のあざな。鄭の大夫、博学で国を治むること四十年に及び、賢人のほまれが高かった。〔要〕腰と同じ。〔纍纍然〕やせおとろえたさま。〔喪家之狗〕葬式のある家では、悲しみにくれて、犬に食べさせることも忘れている。だから犬はやせおとろえる、ということから、人のやせおとろえたさまにたとえた。一説に、飼主の家をうしなった、宿なし犬のことともいう。孔子も魯をはなれて、あちらこちらの国をさまよい歩いているからというわけ。〔趙簡子〕晋の卿で、賢人の名が高かった。「趙」のところを見よ。〔竇鳴犢・舜華〕二人とも晋の賢大夫。趙簡子に殺された。〔河〕黄河。〔洋洋乎〕水があふれんばかりに流れるさま。〔蔡〕

国名。宋の西、楚の北にあった。〔葉〕楚の領内にある邑名。人名地名の時はセフ（ショウ）と読む。

【通釈】孔子は（五十五歳の時）衛に行き、さらに陳に行こうとして、匡を通りすぎた。ところが匡の人は、以前陽虎という人にひどいめにあわされたことがあり、孔子の顔つきが、この陽虎にそっくりであったので、また陽虎が来たと思って、これをとりかこんで、やらないようにした。それがまちがいとわかって、免れて衛に帰った。しかし衛の霊公の行いが、礼にはずれてみにくかったので、衛を去った。それから曹へ行き、宋に行き、放浪の旅にもかかわらず、弟子と大きな木の下で礼法を研究していたら、宋の司馬の桓魋という人が、その木を切りたおして孔子を殺そうとしたので、逃げて鄭に行った。そのみじめな姿を見て、鄭人が言うには、「都の東の門に、あやしげな人がいる。その人はひたいは古の聖天子の堯に似ており、首すじは舜の時代の皐陶という賢人に似ており、その肩は鄭の賢人子産にそっくりである。腰から下は、聖天子の禹より三寸ぐらいひくい。このように、りっぱな人々に似てはいるが、いかにも疲れはててみすぼらしく、葬式のあった家の犬のような姿をしている。」と批評した。ここから陳に行き、また衛に行き、さらに西の晋へ行って、趙簡子にあおうと思い、黄河の岸まで行った。ところが賢人竇鳴犢と舜華のふたりが、趙簡子に殺されたと聞いて行くのをやめ、黄河の流れを見て言うには、「ああ、何という美しい水の流れであろう。水はあふれんばかりに、今も昔も変りなく洋洋と流れている。じぶんはこの水の流れを渡って晋へ行こうと思ったが、やめることにしたのは、天命である。」と。それから衛に帰り、陳に行き、葉に行き、蔡に帰った。

〔六〕陳蔡之阨

楚使人聘之。陳・蔡大夫謀曰、「孔子用於楚、則陳・蔡危矣。」相與發徒、圍之於野。孔子曰、「詩云、『匪兕匪虎、率彼曠野。』吾道非邪、吾何爲於是。」子貢曰、「夫子道

【訓読】楚人をして之を聘せしむ。陳・蔡の大夫謀りて曰く、「孔子楚に用ひらるれば、則ち陳・蔡危うからん。」と。相与に徒を発して、之を野に囲む。孔子曰く、「詩に云ふ、『兕に匪ず虎に匪ず、彼の曠野に率ふ。』と。吾が道非なるか、吾何為れぞ是に於てする。」と。子貢曰く、「夫子の道

至大。天下莫二能容一。」顔回曰、「不レ容何病。然後見二君子一。」楚昭王興レ師迎レ之。乃得レ至レ楚。將三封以二書社地七百里一。令尹子西不レ可。孔子反二于衞一。季康子迎歸レ魯。

は至大なり。天下能く容るること莫し。」と。顔回曰く、「容れられざること何ぞ病へん。然る後に君子たるを見る。」と。楚の昭王師を興して之を迎ふ。乃ち楚に至るを得たり。将に封ずるに書社の地七百里を以てせんとす。令尹子西可かず。孔子衛に反る。季康子迎へて魯に帰る。

【語釈】〔聘〕礼を厚くして進物を贈り、人をまねくこと。〔發レ徒〕なかまの者をくり出す。〔詩〕詩経という書物。そのうちの小雅の何草不黄の篇にこの句がある。〔匪〕非に同じ。〔兕〕野牛で色は青く、角が一本あるという。〔率〕シタガウと読み、うろうろとさまようこと。〔曠野〕人家もないひろい野原。〔子貢〕孔子の門人。姓は端木、名は賜。子貢はあざなである。〔顔回〕孔子の門人、顔は姓、回は名。あざなは子淵という。孔子の門人三千人のうちの第一といわれる。〔何病〕病はウレエルと読み、憂と同じ。何も心配することはない。〔興レ師〕軍隊をくりだす。〔書社地七百里〕昔、二十五戸ある村を里といい、里ごとに社（土地の神を祭るほこら）をたて、人名を書いた帳簿をおさめる。それで里を書社という。書社の地七百里は、一万七千五百戸ある土地である。万戸侯より大きいわけ。〔令尹〕楚では宰相を令尹といった。〔季康子〕魯の大夫季孫氏。

【通釈】楚は使者をやって、礼を厚くし進物を贈り、孔子をまねいた。陳・蔡二国の大夫が、そうだんして、「孔子が楚に用いられると、きっとりっぱな政治をして、楚が強くなるにちがいない。そうすればわれわれ陳・蔡は、楚に亡ぼされるだろう。」と言って、なかまをくり出して、孔子が楚に行けないように、野原でとりかこんだ。孔子が言うには、「詩経に、野牛でもない、虎でもないのに、あの広い野原をうろうろとうろついている者がある、とあるが、今のじぶんのことをいったような気がする。いったいこんなめにあうのは、じぶんの説く道がいけないのであろうか。それでなくては、なんでここでこんなめにあうのだろうか。」と。門人の子貢がなぐさめて、「先生の説かれる道は、この上もなく大きく、そのために、天下の人々は受け入れることができないのであります。」と言った。顔回も言うには、「先生の道が、今の世の中に受け入れられないのを、何で心配することがありましょう。むしろ乱れているこの世の中に入れられないことで、先生がりっぱな君子であることがはっきりとわかるのであります。」と。やがて楚の昭王が軍隊を出してようやく孔子を楚に迎えた。こうして孔子は楚に来ることができたのである。楚では孔子を書社の地七百里の領地に封じて待遇しようとしたが、令尹の子西が承知しなかったので、孔子は楚から衛にひきかえした。ところが魯の大夫の季康子が迎えてくれたので、魯に帰った（時に孔子六十八歳）。

〔七〕韋編三絶

哀公問レ政。終不レ能レ用。』乃序レ書、上自二唐・虞一、下至二秦繆一。』删二古詩三千一、爲二三百五篇一、皆絃二歌之一。禮樂自レ此可レ述。』晩而喜レ易、序二彖・象・繋辭・説卦・文言一。讀レ易韋編三絶。』因二魯史記一作二春秋一。自レ隱至二哀十二公一、絶二筆於獲麟一。筆則筆、削則削。子夏之徒、不レ能レ贊二一辭一。』弟子三千人、身通二六藝一者、七十有二人。年七十三而卒。』子鯉、字伯魚。早死。孫伋、字子思。作二中庸一。

【訓読】 哀公政を問ふ。終に用ふること能はず。』乃ち書を序し、上は唐虞より、下は秦繆に至る。』古詩三千を删り、三百五編と為し、皆之を絃歌す。礼楽此より述ぶべし。』晩にして易を喜み、彖・象・繋辞・説卦・文言を序す。易を読みて韋編三たび絶つ。』魯の史記に因りて春秋を作る。隠より哀に至るまで十二公、筆を獲麟に絶つ。筆すべきは則ち筆し、削るべきは則ち削る。子夏の徒、一辞を賛する能はず。』弟子三千人、身六芸に通ずる者、七十有二人。年七十三にして卒す。』子鯉、字は伯魚。早く死す。孫伋、字は子思。中庸を作る。

【語釈】 〔序レ書〕書経が乱雑になっていたのを整理して、順序を正しくした。〔唐・虞〕唐は帝堯、虞は帝舜をいう。書経の堯典をさす。〔秦繆〕秦の繆公。書経の秦の繆公の記事のところをさす。〔古詩三千〕三千は確数ではない。おびただしく残っていた詩の数々の中からの意。〔三百五篇〕現存数。孔子は三百十一篇としたが、そのうち六篇は、今、篇名のみつたわり、内容はつたわらない。〔絃歌〕楽器に合わせて歌うこと。絃は琴の類。〔可レ述〕述とは、まえの人の言ったことを受けついで、さらにくわしく明らかにすること。〔易〕エキと読む。易経のこと。周易ともいう。天地やその間のあらゆるものの変化、および人の盛衰の原理を八卦によって説明したもの。〔彖・象・繋辞・説卦・文言〕みな易の篇名。〔韋編〕なめし皮のとじ糸。古は竹札にうるしで字を書き、これをなめし皮であんで、本としたものである。〔魯史記〕魯の史官の記録した魯の歴史。〔春秋〕孔子が魯の歴史をもととして、彼の道徳観で批判した歴史の書で、年月日順に書いたから、一年のうちの春と秋とで、書物の名とした。〔獲麟〕春秋は、哀公十四年に狩をして麒麟を得た、という句で筆をとめている。〔筆則筆〕書くべきことは、少しの遠慮もなく書いた。〔子夏之徒〕子夏は姓は卜、名は商のあざな。孔子の門人で、文学にすぐれていた。〔不レ能レ賛二一辞一〕ひとことも、たし加えることができなかった。〔六芸〕礼・楽・射・御・書・数の学芸。六はリクと読むこと。〔中庸〕書名。孔子の孫の孔伋、あざなは子思の著。孔子の学問が中正不変であることを説いたもの。もと「大学」の一篇であったものを、宋の程子以来、大学・論語・孟子と配して四書の一つとした。

【注意】㈠「易」は音エキ。書名で、易経（エキキョウ）または周易（シユウエキ）ともいう。音エキの時は、かわる。かえる意で、貿易、交易ともつづる。音イの時はたやすい意で、容易、平易などという。易という字形ではないことに注意。㈡「六芸」をロクゲイと読まないこと。「六国」もリクコクである。

【通釈】哀公は孔子に、政治のしかたをたずねたが、ついに孔子を用いることができなかった（孔子七十歳）。そこで孔子は現世にのぞみをたって、わが道を後世に伝えようと考え、まず、「書経」を整理して、上は堯典・舜典から下は秦の繆公の秦誓篇までを、順序正しくととのえた。また、たくさんの古い詩があったのを取捨撰択して三百五篇とし、みな琴にあわせて歌えるようにした。これで聖王時代からのりっぱな礼楽が明らかになり、後世に伝えることができるようになった。晩年になって「易経」を好んで読み、彖・象・繋辞・説卦・文言の順序を正しく整理した。このように「易」をくりかえし読んだので、とじ糸が三度もきれたくらいであった。また魯の歴史によって「春秋」を作った（BC四八一年）。内容は魯の隠公から哀公に至るまでの十二代の歴史で、最後は哀公の十四年（BC四八一年）の春、西のほうに狩して麒麟を得た。というところで筆をとめてある。執筆の態度はひじょうに厳正で、書きしるすべきことははっきりと書き、削除すべきことは遠慮なく削除し、門人の文学にすぐれた卜商たちも、一句もたし加え訂正することができなかった。孔子の門人は三千人もあったが、とくに礼・学・射・御・書・数の六芸に通じた者が、七十二人もいた。そして年七十三でなくなった。子の鯉はあざなを伯魚といったが、おしいことに早く死んだ。孫の伋はあざなを子思という。「中庸」を作った。

【説話】孔子の死んだのはBC四七九年で、ほとんど釈迦の死と同時である。ソクラテスは八〇年後に死んでいる。孔子の次には、孟子の伝が記されている。なお孔子の孫で「中庸」の作者の子思については、衛（七九頁）のところを読まれたい。

〔八〕孟母三遷

孟子子思門人也。名軻。魯孟孫之後。生於鄒。幼被慈母三遷之教、長受業子思之門。道既通。游斉・梁、不用。退與萬章之徒、難疑答問、作七篇。

【訓読】孟子は子思の門人なり。名は軻。魯の孟孫の後。鄒に生る。幼にして慈母三遷の教を被り、長じて業を子思の門に受く。道既に通ず。斉・梁に游び、用ひられず。退きて万章の徒と難疑答問して、七篇を作る。

【語釈】〔子思〕孔子の孫の孔伋のあざな。「中庸」を書いた人。〔孟孫〕魯の家老の孟孫氏。〔鄒〕魯国内の地名、いまの山東省の魯県。孔子の生地曲阜の近くにある。春秋時代の小国、鄒国である。〔三遷之教〕孟子幼いころ、墓の側に住んでいたが、埋葬のまねをするので、その母は町に移り住んだ。すると孟子は商売のまねをして遊んだので、学校の付近に移った。こんどは本を読み、礼儀作法のまねをするようになったので、こここそ子を育てる場所だとして、安心して住んだという。環境が幼児の生涯を支配することに気づいた孟子の母は賢母である。なお、のち孟子が学問を途中でやめて家へ帰ったとき、孟母は機を織っていたがこれを断ち切って、おまえが学問をやめるのは、この織りものを断ち切るようなもので、今までの努力もむだになる、と誡めたので、孟子は発奮して学問にはげんだという話もある。これを「孟母断機」という。〔梁〕魏の国をいう。孟子はまず魏の恵王に説いたが、用いられず、次いで斉の宣王に説いたが、やはり用いられず、宋・魯・滕・薛に行ったが、志を得なかった。ちょうど合従とか連衡とかの時代で、徳治主義に耳をかす王はいなかったのである。〔難疑答問〕むずかしくわからないところを、互に議論し研究する。〔七篇〕「孟子」（書名）は七篇ある。七篇の名は、梁恵王・公孫丑・滕文公・離婁・万章・告子・尽心。

【通釈】孟子は子思の門人である。名は軻という。魯の家老の孟孫氏の子孫で、孔子の生地曲阜の近くの鄒に生れた（BC三七二―二八九）。幼いときから、慈愛深い母が三度も住居を移すという行き届いた教育を受け、長じてから子思の門に入って学問を学んだ。こうして道に通じたので、斉や梁に游説して、（はじめは梁の恵王に説き恵王の説き、後斉へ行った。）わが道をおこなおうと努力したが、当時は戦国時代で、ただ武力によって天下を征服しようとする時代であったので、孟子の説くところは用いられなかった。そこで郷里に引退して、門人の万章などの人たちと、学問のむずかしい点を互に議論研究して、それを七篇の書にまとめた。（BC三二のことである。）それがいわゆる「孟子」という本である。

【説話】次は、老子・列禦寇・荘子の三人について記している。三人とも魯の人ではないが、孔子の学問と関係があるので、「十八史略」の著者は彼らをここに付述したわけである。

〔九〕老荘諸子

老子者、楚苦縣人也。姓李、名耳、字伯陽。又曰、「字聃。」為二周守藏吏一。孔子問レ焉。老子告レ之曰、「良賈深藏若レ虛、君子盛德、容貌若レ愚。」孔子去謂二弟子一曰、「鳥吾知二其能飛一。魚吾知二其能游一。獸吾知二其能走一。走者可二以為一レ網、游

【訓読】老子は、楚の苦県の人なり。姓は李、名は耳、字は伯陽。又曰く、「字は聃」と。周の守蔵の吏と為る。孔子焉に問ふ。老子之に告げて曰く、「良賈は深く蔵して虚しきが若く、君子は盛徳ありて、容貌愚なるが若し。」と。孔子去りて弟子に謂ひて曰く、「鳥は吾其の能く飛ぶを知る。魚は吾其の能く游ぐを知る。獣は吾其の能く走るを知る。走る

者可以爲綸、飛者可以爲矰。至於龍、吾不能知。其乘風雲而上天也。今見老子、其猶龍乎。」老子見周衰、去至關。關令、尹喜曰、「子將隱矣。爲我著書。」乃著道德五千餘言而去。莫知其所終。』其後有鄭人列禦寇・蒙人莊周。亦爲老子之學。莊周著書、侮孔子、而誚諸子焉。

者は以て綸を為すべく、游ぐ者は以て綸を為すべく、飛ぶ者は以て矰を為すべし。龍に至りては、吾知ること能はず。其れ風雲に乗じて天に上る。今老子を見るに、其れ猶ほ龍の若きか。」と。老子周の衰ふるを見て去りて関に至る。関の令、尹喜曰く、「子将に隠れんとす。我が為に書を著はせ。」と。乃ち道徳五千言を著はして去る。其の終る所を知るもの莫し。』其の後鄭人列禦寇・蒙人荘周有り。亦老子の学を為む。荘周書を著はして、孔子を侮り、而して諸子を誚る。

【語釈】〔苦縣〕苦はコと読む。河南省にある。今の鹿邑県。〔守藏吏〕司書。政府の書庫の役人。〔良賈〕商売じょうずな商人。〔綸〕釣り糸。〔矰〕いぐるみ。なわのはしに糸をつけ、鳥にあたるとその糸が鳥にからみつくようになっている。〔關令〕函谷関（陝西省にある）の長官。玉門関という説もある。〔尹喜〕尹は姓、喜は名。〔道德五千餘言〕五千字余りからなる「道德經」という老子の著書。後世ではふつう「老子」といっている本。八十一章からなる。言は句をいうこともあり字をいうこともある。ここは後者。〔列禦寇〕列が姓。禦寇が名。列子。著書に「列子」（八巻、—BC四六七なる）がある。〔蒙〕宋の村の名まえ。今の河南省蒙県。〔莊周〕荘が姓、周が名。荘子。孟子と同時代あるいは少し後に活躍。著書に「荘子」三十三篇がある。〔爲〕オサムと読む。学んだこと。〔誚〕ソシル。けなしたこと。〔諸子〕孔子の多くの門弟子。

【通釈】　老子（生年不明、ほぼ孔子と同時代で孔子より先輩。）は河南省苦県の人で姓は李、名は耳、あざなは伯陽という。またあざなは聃ともいう。周に仕えて書庫の役人となった。孔子が老子を訪ねて（BC五三一年）礼について問うと、老子が教えて言うには、「商売じょうずな商人は、商品を店の奥におさめて、店先には何もないようにしているものであり、君子はりっぱな徳を持っていても、表面に表わさず謙遜しているので、ちょっと見るとその顔つきは愚人のように見えるものである。

このように礼の要素は、謙遜というところにある。」と。孔子は老子のもとを去って、弟子に対して話した。「鳥は大空を巧みに飛びまわり、魚は水中を自由に游ぎまわり、獣は野山をよく走りまわることを自分は知っている。しかし、走る獣も網でからめて捕ることができるし、自由に泳ぎまわる魚も、釣り糸で釣りあげることができるし、大空を飛ぶ鳥も、いぐるみで射とることができる。ただ霊獣といわれる龍だけは、じぶんはその本性を見きわめることができない。龍は風や雲に乗って天に上るというが、これは捕える方法がない。いま、じぶんは老子に会ったが、全く偉い人物で計り知ることができない。たとえてみれば、あの龍のようなものであろうか。」と。老子は周が衰えるのを見て、役人をやめて都を去って函谷関に来たとき、関の長官の尹喜が言うには、「先生は世を棄ててかくれようとしていられるが、どうかわたしの為に、書物を書きのこして下さい。」と願った。そこで五千余字からなる道徳経を著述してたち去ったが、老子がどこでその生涯を終えたか、誰も知る者がない。』そののち鄭の人に列禦寇、蒙の人に荘周という者があった。どちらも老子の学問を学んだ。そしてその荘周は「荘子」という書を著わして、孔子を侮り、孔子の学を奉ずる多くの門人たちをそしった。

衛

【説話】 衛(えい)は、周の初めに、武王の弟の康叔(こうしゅく)が封ぜられた国で、したがって周と同姓。はじめ朝歌(河南省の淇(き)県)に都したが、後にはしばしば都を変えている。域内はほとんど平野で、文化は開けていたが、国力は弱く、晋(しん)と楚(そ)との間に介在して、つねにそのどちらに就くかに迷い、他国の兵をうけることが多く、春秋十二列侯のうちの一つではあったが、二流の国で、戦国時代には七雄国のまん中にあって苦しんだ。しかし各国の間の勢力均衡(きんこう)のためにかえって久しく存続することもできて、秦の二世皇帝の時までも命脈を保った。

この国の記事では、春秋の末に、孔子の弟子の子路が関係した事件と、戦国に入って、孔子の孫の子思(中庸の作者)が関係した事件が主となっている。

〔一〕 君子ハ死ストモ冠ヲバ不レ免ガぬ

衛姫姓、武王之母弟康叔封之所レ封也。後世至二春秋一、有二靈公夫人南子之亂一。子蒯聵欲レ殺二南子一、不レ果出奔。公卒。立二蒯聵之子輒一。蒯聵入。輒拒レ之。子路與二其難一。太子之臣、以レ戈撃二子路一斷レ纓。子路曰、「君子死 冠不レ免。」結レ纓而死。衛人醢二子路一。孔子聞レ之、命 覆レ醢。

【訓読】 衛は姫姓、武王の母弟康叔封の封ぜられし所なり。後世春秋に至り、霊公の夫人南子の乱有り。子蒯聵南子を殺さんと欲し、果さずして出奔す。公卒す。蒯聵の子輒を立つ。蒯聵入る。輒之を拒ぐ。子路其の難に与かる。太子の臣、戈を以て子路を撃ち纓を断つ。子路曰く、「君子は死すとも冠をば免がず。」と。纓を結んで死す。衛人子路を醢にす。孔子之を聞き、命じて醢を覆さしむ。

【語釈】 〔南子之亂〕南子はもと宋侯のむすめで、衛の霊侯の夫人となったのであるが、以前から宋の公子の宋朝と醜聞があったので、衛の国民ははやり歌を作ったりして非難した。太子の蒯聵（南子は継母に当たる）がこれを恥じて殺そうとしたのである。〔子路與二其亂一〕子路は孔子の門人で武勇をもって知られた仲由のこと。子路はあざな。与かるとは、南子の乱の事件に関係したの意。子路は衛の大夫の孔悝につかえていたが、南子を殺そうとした蒯聵は孔悝を味方にしようとして脅迫してつれていった。子路は主人の孔悝を奪いかえそうとして蒯聵の住宅に火を放とうとしたが、かえってその家来の石乞・孟黶ふたりのために殺された。〔太子之臣〕太子とは蒯聵をいう。〔纓〕冠のあごに結ぶひも。〔君子死冠不レ免〕君子たる者は死に際しても、冠はぬがぬものである。さすがに孔子の門人だけあって、礼儀を重んじた毅然たる意気を示したものである。〔醢〕しおから。子路をにくんで、その死肉をしおからの刑に処したのである。〔覆レ醢〕孔子は愛弟子の子路が、しおからの刑に処せられたのを悲しんで、しおからを食べるのに忍びず、家にあったしおからをぶちまけて棄てた。覆は容器をひっくりかえすこと。

【通釈】 衛は姫姓で、周の武王の弟の康叔封の封ぜられた国である。後世春秋の世になって、霊公の夫人の南子の不品行のために乱が起こった。それは太子の蒯聵が継母の不品行を恥じて殺そうとしたのであるが、失敗して国外に逃げ出した。まもなく霊公が死んだので、蒯聵の子の輒が位をついだ。これが出公である。ところが亡命していた蒯聵が帰って来たので、輒はこれを防ぎ、親子で争うことになった。(蒯聵は味方を多くしようとして子路の主人で衛の大夫の孔悝を脅迫してつれだしたので。)子路はこれを奪いかえそうとし、はからずも騒動に関係し、まきこまれてしまった。そこで蒯聵の臣の石乞・盂黶の二人が戈で子路に斬りつけ、その冠のひもを断ち切った。子路は、「君子は死んでも冠をぬがぬ。」と叫けんで、ひもを結び悠然と死についた。(この争いは蒯聵が勝ち、位について荘公という。)衛の民(荘公の臣)は子路の死体を刻んで、しおからの刑に処した。孔子はこれを聞いて、愛弟子の死を悲しみ、家にあったしおからをみな容器ごとひっくりかえして棄て、以後しおからを食べなかったという。

〔二〕以㆓二卵㆒棄㆓干城之將㆒

戰國時、子思居㆓於衛㆒。言㆓苟變可㆒㆑將。衛侯曰、「變嘗爲㆑吏、賦㆓於民㆒食㆓人二雞子㆒。故弗㆑用。」子思曰、「聖人用㆑人、猶㆓匠用㆒㆑木。取㆓其所㆒㆑長、棄㆓其所㆒㆑短。故杞梓連抱而有㆓數尺之朽㆒、良工不㆑棄。今君處㆓戰國之世㆒、而以㆓二卵㆒棄㆓干城之將㆒。此不㆑可㆑使㆑聞㆓於鄰國㆒也。」

【訓読】 戦国の時、子思衛に居る。苟変を将とすべしと言ふ。衛侯曰く、「変は曾て吏たりしとき民に賦して人ごとに二雞子を食へり。故に用ひず。」と。子思曰く、「聖人の人を用ふるは、猶は匠の木を用ふるがごとし。其の長き所を取りて、其の短き所を棄つ。故に杞梓連抱にして数尺の朽有りとも、良工は棄てず。今君戦国の世に処り、而して二卵を以て、干城の将を棄つ。此れ鄰国に聞えしむべからざるなり。」と。

【語釈】 〔賦〕人民に租税などを、一人いくらと割りあてて取ること。〔食㆓人二雞子㆒〕雞子は雞の卵。一人について卵を二個ずつ割りつけてとり、食べたのである。〔匠〕大工。また広く技術家などにもいう。〔所㆑長所㆑短〕木にも長いところ、短いところがあるように、人にも長所があり短所がある。そのよいところを用い、悪いところを棄てればよいのである。〔杞・梓〕

ともに良木。〔連抱〕連は、ひとかかえ。抱はいくにんもしてかかえるような大木。〔干城〕干はタテ、城はシロ。転じて国家を守る重要な武人。〔不レ可レ使レ聞二於鄰國一也〕こんな不見識な恥ずかしいことを鄰国に聞かれたらたいへんである。

【通釈】戦国時代に孔子の孫の子思は、衛につかえていたとき、「苟変を大将に任用するがよい。」と推薦したところ、衛侯の慎公が言うには、「苟変はまえに役人であったとき、人民に割りあてて、一人あたり雞卵、二個ずつも取りたてて食べたことがある。そんなことをする男だから、だから用いないのだ。」と。子思が言うには、「聖人が人を用いるやり方は、ちょうど大工が材木を用いるようなものである。大工は材木の長い役にたつところを取り用い、短い役にたたぬところを棄てる。だからいくかかえもある杞や梓の大木は、数尺くらいの朽ちたところがあっても、りっぱな大工は棄てないで、朽ちたところだけを除いて用るのである。（同様に人も長所短所はあるものだから、短所を棄てて長所を用いればよいのである。）いま、わが君には人材を必要とする戦国の世にいながら、わずか雞卵二個のことで、国を守る大事な武将を棄てようとしている。こんなばかげた不見識なことは、鄰国に絶対に知られないようにしなくてはならぬ。」と。

〔三〕誰知二烏之雌雄一

衛侯言レ計非レ是。而羣臣和者如レ出二一口一。子思曰、「君之國事、將二日非一矣。君出レ言、自以爲レ是、而卿大夫莫三敢矯二其非一。卿大夫出レ言、自以爲レ是、而士庶人莫三敢矯二其非一。詩曰、『具曰二予聖一。誰知二烏之雌雄一。』」

【訓読】衛侯計を言ひて是に非ず。而も羣臣和する者一口に出づるが如し。子思曰く、「君の国事、将に日に非ならんとす。君言を出して、自ら以て是と為し、而して卿大夫敢て其の非を矯むるもの莫し。卿大夫言を出し、自ら以て是と為し、而して士庶人敢て其の非を矯むる者莫し。詩に曰く、『具に予を聖なりと曰ふ。誰か烏の雌雄を知らんや。』」と。

【語釈】〔子思〕孔伋のあざな。孔子の孫。「中庸」をつくる。魯国の孔子の記事の末尾七二頁を見よ。〔和者如レ出二一口一〕みな同意することが、ちょうどひとりの口から出るようだ。〔卿大夫士庶人〕上から卿・大夫・士・庶人という階級の順になる。〔矯〕欠点をためなおす。〔詩曰〕詩経の小雅正月篇にある。〔具曰二予聖一〕人はみな自分を聖人だといっている。〔誰知二烏雌雄一〕烏はまっ黒くて、どれが雌やら雄やら区別がつかないように、誰がほんとうに聖人であるかないかを、はっきりと区別するものがあろうか。

【通釈】 衛侯が政治について、いろいろ計画を立てていられるが、どれも間違っていて正しくない。ところが、多くの臣下たちはいけないと思っても、いつも結構でございますと、ちょうどひとりの口から出るように全員賛成して、誰ひとり自分の考えを主張して、いけませんと諫める者はなかった。そこで子思は衛侯を諫めて言うには、「わが君の国の政治は日に日に悪くなりましょう。わが君がご自分の考えを言い出されて、ご自分ではそれがよいと思いこまれ、臣下の卿や大夫は誰ひとりそのいけない点を諫めて、正しくしようとする者がありません。また卿大夫がなにか言って、自分でよいと思いこみますと、その下の士庶人は誰ひとりその間違いを諫める者がありません。詩経の小雅正月篇に、「人はうぬぼれがあるもので、みな自分を聖人だと思っている。これでは誰がほんとうの聖人かわからない。ちょうど、誰も烏の雌雄の区別がつかないようなものである。」とありますが、わが衛国も、上の人が自分を正しいと思いこみ、下の人がこびへつらっているようなことでは、国の是非が乱れて、国運は衰えると思います。」と。

【説話】 衛の記事は、次のような短い記述があってすべてが終っている。

周の諸侯、ただ衛のみ最も後れて亡び、秦が天下を併せて帝となるに至り、二世（秦の二世皇帝）初めて（衛の）君角を廃して、庶人（平民）となす。

すなわち、衛の滅亡は、秦の二世皇帝の時であったのである。康叔から君角まで四十三世であった。

鄭

【説話】 周の宣王の庶弟が封ぜられた国で、周と同姓。詩経に、「鄭声は淫なり」とある国で、いまの河南省の新鄭州を中心にした地域を領土とし、沃野で豊かだったので文化も開け、したがってその爛熟的傾向も見られたわけである。春秋時代には、晋と楚の争覇の接触点に位置して、年々兵をこうむったが、名相の子産（名は僑、鄭の公族）がおって、巧みにその間に処した。戦国の初め、周の烈王の時（BC三七五）、韓によって亡ぼされた。

晉

【説話】周の成王の弟の唐叔虞が封ぜられた国で、周と同姓。山西省の絳に都した。唐叔虞十五世の孫に当たる文公（名は重耳）にいたって覇業をなし、その後百余年の久しい間、強国としての立場を維持した。その領土は山西省を主として河北省・河南省の一部にもわたっていたが、内に権臣の専横が始まり、韓・魏・趙のいわゆる三晋に分裂して亡んだ。時は周の威烈王二十三年（BC四〇三）で、それ以後は戦国時代になるから、晋は、春秋時代だけの命脈であったわけである。晋の地は蒙古に近く、軍馬を産することが多かったので、戦車によって決戦を行う当時においては、もっとも地の利を占めていたので、これが晋の文公をして、中原諸侯の保護者となり、楚の侵入を撃退して、斉の桓公の死後、第二の覇者として雄飛させた原因であった。今日でも、山西省地方を晋という名で呼んでいることは、そこが晋の故地であるからである。

重耳が、文公として現われるまでの経緯と、それに関連して、介子推の悲惨な死について読もう。

〔一〕晉文覇業

晉至文公、覇諸侯。文公、名重耳、献公之次子也。献公嬖於驪姫、殺太子申生、而伐重耳於蒲。重耳出奔、十九年後而反國。』嘗餓於曹。介子推割股以食之。及歸、賞從亡者狐偃・趙衰・顚頡・魏犨、而不及子推。子推之從者、懸書宮門曰、「有龍矯矯。頃失其

【訓読】晋は文公に至り諸侯に覇たり。文公名は重耳、献公の次子なり。献公驪姫を嬖して、太子申生を殺し、而して重耳を蒲に伐つ。重耳出奔し、十九年にして後国に反る。』嘗て曹に餓ゆ。介子推股を割きて以て之に食はしむ。帰るに及び、従亡の者狐偃・趙衰・顚頡・魏犨を賞し、而して子推に及ばず。子推の従者、書を宮門に懸けて曰く、「龍あ

所。五蛇従之、周流天下。龍餓乏食。一蛇刲股、龍返於淵、安其壌土。四蛇入穴。皆有處處。一蛇無穴、號于中野。」公曰、「噫寡人之過也。」使人求之。不得。隠綿上山中。焚其山。子推死焉。後人爲之寒食。文公環綿上田封之、號曰介山。』文公卒。其後遂世爲覇。

り矯矯たり。頃く其の所を失ふ。五蛇これに従ひ、天下に周流す。龍餓ゑて食に乏し。一蛇股を刲き、龍淵に返り、其の壌土に安んず。四蛇穴に入る。皆処るべき処有り。一蛇穴なく、中野に号ぶ。」と。公曰く、「噫、寡人の過なり。」と。人をしてこれを求めしむ。得ず。綿上の山中に隠る。其の山を焚く。子推死す。後人これが為に寒食す。文公綿上の田を環らして、これを封じ、号して介山と曰ふ。』文公卒す。其後遂に世々覇たり。

【語釈】〔覇〕武力・権力を用いて、諸侯を統一し、その長となった者を覇者といい、その道を王道に対して覇道という。諸侯のはたがしら。〔驪姫〕驪という蛮族の女。〔嬖〕気にいってかわいがる。〔蒲〕重耳の領地。いまの山東省蒲県。〔曹〕いまの山東省曹県。〔刲股〕刲は割。ももの肉を切りとる。〔従亡者〕いっしょに逃げた人。〔矯矯〕勇ましいさま。〔周流〕あちらこちらをさまよい歩く。〔中野〕野中に同じ。田野の中。〔壌土〕土地、領地。国。〔有處處〕上の処はオルと読み、二字でオルトコロ。住む所がある。〔號〕泣きさけぶ、号泣。〔寒食〕火で煮焼きしたものを食べないで、つめたいものを食べること。中国で清明節（四月の初め頃）の三日前に火ものだちする年中行事は、子推の焼け死んだのを悲しんで、つめたいものを食べることから始まったという。〔綿上〕山西省にある。

【通釈】晋は文公の代になって、諸侯のはたがしらとなった。文公は名は重耳、献公の次男である。献公は驪という蛮族の女を愛し、そのざん言を用いて、太子の申生を殺し、重耳を蒲という所に伐った。重耳は蒲を逃げだして、十九年たって国に帰って、位について文公となったのであるが、流浪していた頃、曹の国でうえた時、臣の介子推がももの肉を切りそいで重子に食べさせた。さて、国へ帰ってから、いっしょに流浪して苦難をなめた臣のうち、狐偃・趙衰・魏犨には恩賞を与えたが、介子推には何のさたもなかった。子推の従者が残念に思い、宮門にはり紙をして言うには、「ここに龍がいて、いかにも勇ましく勢いを得ていたが、しばらくして、追われて住家を失った。そこで五匹の蛇がおともをして天下を放浪し、ある時、龍がうえたので、一匹の蛇は自分のももの肉を切りさいて龍に食べさせた。その後、龍は住家の淵へ帰り、その土地に安住するようになり、四匹の蛇も、それぞれ自分の穴に入ることができた。しかるに主人のためにももの肉を切った蛇だけが、はいるべき穴がなく、野原のまんなかで泣きさけんでいる。」と。重耳の文公がこれを見て、「ああ、自分の過ちであった。」と言って、人をやって介子推を探したが、いなかった。しかし文公は、綿上という山にかくれていると聞いて、山を焼いたら子推が出て来るだろうと思って、その山を焼いたが、ついに子推は出て来ないで、焼け死んでしまった。後世の人が哀れに思って、彼の死んだ日は火ものだちしてその霊をなぐさめた。文公は綿上山の周囲の田を、介子推の領地として与え、（介子推の祭りの料に当てるわけである。）綿上を介山といった。やがて文公が死に、その後も晋は世々覇者であった。

【説話】重耳（文公）が十九年の難苦流浪ののち、晋の都（山西省の絳）に帰ることができたのは、秦の穆公の援助であった。位についた時は六十二歳で、狐偃・趙衰・賈佗・先軫らの賢士を用い、宋を救おうとして、楚の大軍と城濮（山東省の衛の領内。）に戦って勝ち、（春秋五大戦の一つ）ここに斉の桓公にかわって覇業をなすことになったのである。在位九年（BC 六三六―六二八）であったが、その後約百年にわたって晋は中原に覇をとなえ続けた。襄公・霊公・成公・景公・厲公をへて悼公の世になると、その国力は一段と飛躍し、春秋時代の大半は、晋が雄飛し続けた。

ところが、その後、平公・昭公・頃公と移ってゆくうちに、六卿（六人の大臣――范氏・知氏・中行氏・趙氏・魏氏・韓氏の勢力のほうが次第に強くなり、定公をへて出公の時になると、六卿の間の勢力争いが生じ、ついに韓・魏・趙三氏は主家の晋の領地を分奪して三晋と号し、のち独立して諸侯となった。史家は、この時以後を戦国時代とよぶのである。

わずかに、絳と曲沃の二都市に余命を保っていた春秋の晋国（もはや国とはいえないありさまであった）は、孝公をへて静公になると、韓・魏・趙では相談して、静公を廃して家人とし、その地を分けあってしまったので、晋の命脈は、そこでまったく絶えた。時に周の安王の二十六年（BC 三七六）で、叔虞から三十八世、七百三十三年で亡んだ。

陳

【説話】周よりも古い国で、舜ののち、胡公満の封ぜられたところで、嬀という姓である。周の武王も、その封土をみとめて諸侯のうちに入れ、ずっと戦国時代まで、細々ながら続き、楚の恵王によって、ついに亡ぼされた。春秋の末に、厲公の子の完が、出奔して斉に仕えたが、その子孫がのちに斉の国を奪って「田斉―戦国時代の斉」を立てた。

齊

【説話】周の初めに太公望呂尚が封ぜられた国で、姜姓。山東省の臨淄に都をおき、山東省の全部を領土としていた。周の東遷から八十五年をへて、太公望の十五世の孫の桓公が位につくと、管仲を用いて諸制度を改革し、国力にわかに強大となり、諸国と会盟（国際会議を開くこと）して、ついに春秋時代最初の覇者となった。管仲が死に、ついで桓公も死ぬと、（BC 六四三）斉の覇業はおとろえ、それから八代をへた景公の時に、晏嬰を用いてまた一時国威を回復しそうに見えたが、間もなくまたおとろえ、臣下の田氏が権をもっぱらにして、とうとう国を奪ってしまった（BC 三八六）。古い斉はこれで亡んだわけで、それ以後の斉（戦国の斉）は田氏の斉であるから、前と

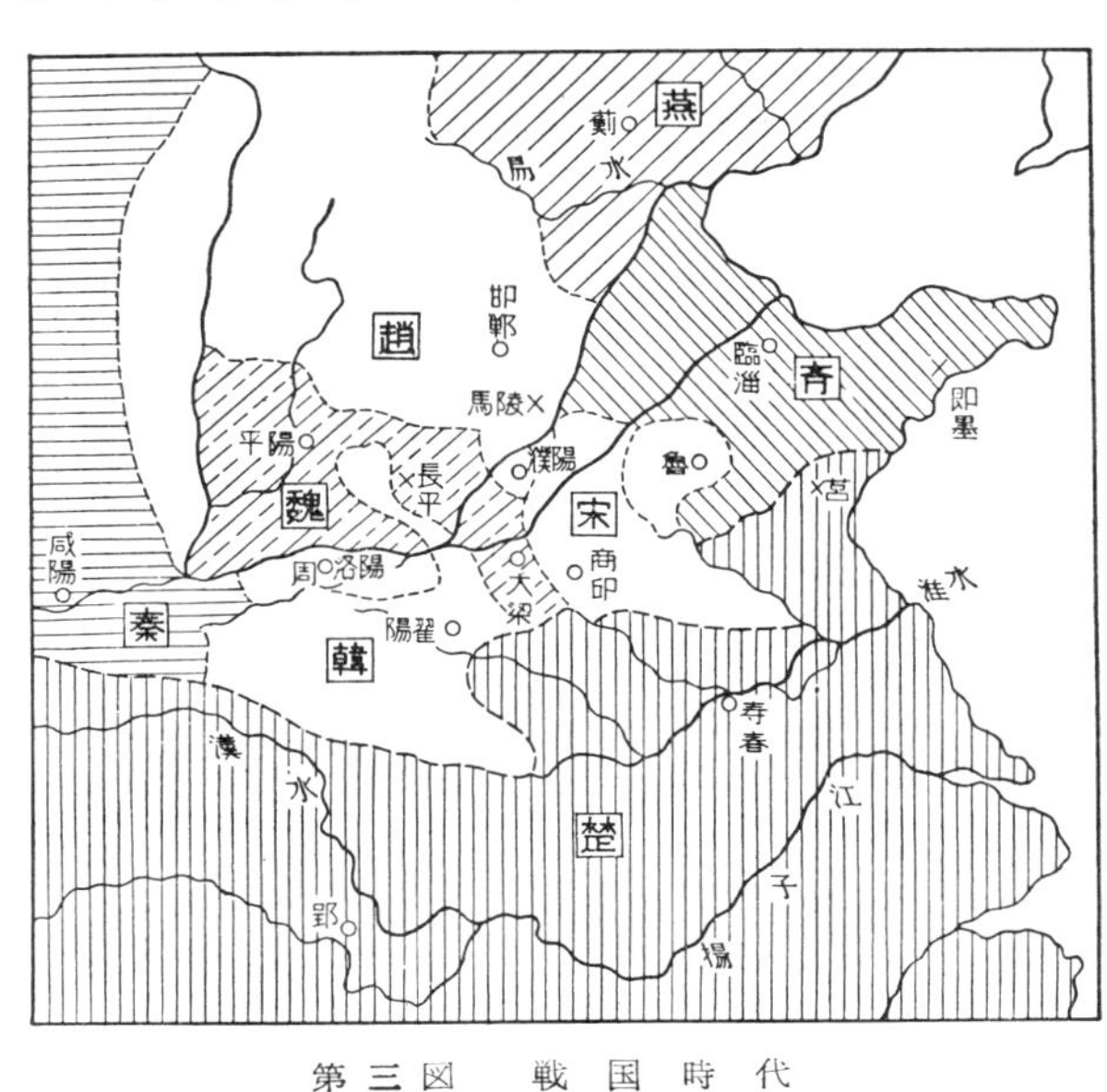

第三図　戦国時代

区別してとくに田斉ともいう。

この後の斉は、戦国七雄国の一つとなり、田和（太公）の孫の威王にいたって諸侯に雄飛した。次の宣王の時には、魏を破ってますます強盛となったが、次の湣王は、宋を亡ぼして驕ったので、燕軍の侵入をうけて首都の臨淄も陥落し、自分は燕と連合して、侵入した楚の兵のために殺されてしまった。この時、斉の領土でなお籠城を続けていたのは、莒と即墨の二城であったが、田単の出現によって勢いをもりかえし、燕を破り、襄王が迎えられて斉王の位につき、一門の田文（孟嘗君）の独立して立てた薛の国とも友好をたもち、一時ながら平和の時を見ることになった。しかし襄王の子の建の時代になると、秦の謀略にかかって秦に侵入の口実を与え、秦軍は長駆して攻め入り、臨淄をおとしいれ、建は降って、斉は滅亡した。時に秦の始皇帝の二十六年（BC二二一）であった。

いま、まず前（春秋時代）の斉の記事から読んでゆく。

〔一〕齊桓覇業

齊姜姓。太公望呂尚之所封也。後世至桓公、覇諸侯。五覇桓公爲始。名小白。兄襄公無道。羣弟恐禍及、子糾奔魯。管仲傅之。小白奔莒。鮑叔傅之。襄公爲弟無知所弑、無知亦爲人所殺。齊人召小白於莒。而魯亦發兵送糾。管仲嘗遮莒道、射小白、中帯鉤。小白先至齊而立。鮑叔牙薦管仲爲政。

【訓読】 斉は姜姓なり。太公望呂尚の封ぜられし所なり。後世桓公に至りて諸侯に覇たり。五覇は桓公を始と為す。名は小白。兄の襄公無道なり。羣弟 禍の及ばんことを恐れ、子糾は魯に奔る。管仲之に傅たり。小白は莒に奔る。鮑叔之に傅たり。襄公 弟 無知の弑する所となり、無知も亦人の殺す所となる。斉人小白を莒より召す。而して魯も亦兵を発して糾を送る。管仲嘗て莒の道を遮り、小白を射て、帯鉤に中つ。小白先づ斉に至って立つ。鮑叔牙管仲を公置レ怨而用レ之。

―薦めて政を為さしむ。公怨を置きて之を用ふ。

【語釈】〔五覇。〕覇とは、ハタガシラ。武力で諸侯の首長となったもの。五覇は後漢の趙岐によれば、斉の桓公、宋の襄公、晋の文公・秦の穆公・楚の荘王となっているが、戦国末の荀子は、穆・荘を除き、呉王闔閭と越王句践をあげている。後者のほうが適当と思われる。〔傳〕補佐役。〔帯鉤〕おびがね。帯を締めるため、かけ合せる金具。〔置レ怨〕怨みを問わない。

【通釈】斉は姜という姓である。太公望呂尚が封ぜられたところである。後世（十六代めに）桓公に至って諸侯のはたがしらとなった。春秋の五覇といわれる者の中では、桓公がその最初であった。名は小白といった。兄の襄公は道にはずれた悪者であったので、多くの弟たちは、災難が自分の身にふりかかって来ることを恐れて、子糾は魯の国へ逃げた。管仲がこれの補佐役となった。小白は山東の莒国に逃げ去った。鮑叔がこの補佐役となった。さて無道な襄公は弟の無知から殺され、無知もまた他人から殺されて、斉は君がなくなったので、斉の人民は小白を莒からよびよせて、君としようとした。そして魯の国もまた軍隊を発して糾を送ってきた。即ち二人で入国の争がおきた。管仲は子糾を早く入国させるために、莒から斉へ入る道に待ち伏せして、小白を射殺そうとしたが、矢は小白の帯ガネに命中して、小白はあやうく命を失わないですんだ。こうして小白は先に斉に入って主君となった。補佐役の鮑叔牙は管仲を推薦して、政をとらせるようにすすめた。そこで桓公も前に自分の命をねらった怨をすてて管仲を重く用いた。

〔二〕管鮑之交

仲字夷吾。嘗與二鮑叔一賈。分レ利多自與。鮑叔不三以爲二貪。知二仲貧一也。嘗謀レ事窮困。鮑叔不三以爲二愚。知三時有二利不利一也。嘗三戰三走。鮑叔不三以爲二怯。知三仲有二老母一也。

【訓読】仲字は夷吾。嘗て鮑叔と賈す。利を分つに多く自ら与ふ。鮑叔以て貪と為さず。仲の貧なるを知ればなり。嘗て事を謀りて窮困す。鮑叔以て愚と為さず。時に利と不利と有るを知ればなり。嘗て三たび戦って三たび走る。鮑叔以て怯と為さず。仲に老母有るを知ればなり。仲

仲曰、「生レ我者父母、知レ我者鮑子也。」桓公九二合諸侯一、一二匡天下一、皆仲之謀。一則仲父、二則仲父。

曰く、「吾を生む者は父母、我を知る者は鮑子なり。」と。桓公諸侯を九合し、天下を一匡せしは、皆仲の謀なり。一にも則ち仲父二にも則ち仲父といへり。

【語釈】〔字〕「あざな」と読み、実名のほかにつける名称で、君父以外のものはあざなをいう。夷吾は本名で、著者があざなというのは誤り。〔九合〕糾合。正し集める。まとめる。〔鮑子〕子は男子の敬称。〔一匡〕統一して正しくする。

【通釈】管仲は字を夷吾といった。ある時、鮑叔と商売をした。利益を分ける時は、多く自分が取った。鮑叔は管仲を貪欲とは思わなかった。それは管仲が貧乏なことを知っているからである。ある時事業を計画し、失敗してたいへん苦しみ困ったが、鮑叔は管仲を愚人とは思わなかった。それは時勢にいい時と悪い時とがあることを知っていたからである。また管仲は、三度戦に出たが三度とも逃げ走った。しかし鮑叔は管仲を卑怯者とはしなかった。それは仲に老母がいて、彼が戦死すると養う者がないことを知っていたからである。管仲は鮑叔の友情に感謝して常に言うには、「私を生んでくれたのは父母であるが、私をよく理解してくれたる者は鮑子である」と。桓公が諸侯をまとめ、天下を統一したのは、みな管仲の計画であった。そこで桓公は、一にも仲父（父同様という敬称）、二にも仲父といって尊んだ。

【説話】唐の杜甫に「貧交行」と題する七言古詩がある。

翻レ手作レ雲覆レ手雨　　手を翻せば雲と作り手を覆せば雨
紛々輕薄何須レ數　　紛々たる軽薄何ぞ数ふるを須ひん
君不レ見管鮑貧時交　　君見ずや管鮑貧時の交
此道今人棄如レ土　　此の道今人棄てて土の如し

大意――てのひらを上にむけると雲となり、下にむけると雨となるというように、人情の移りかわりは、いともかんたんに、まことに軽薄の限りであり、そうした連中がいまの世にはうようよしている。管仲と鮑叔牙との貧しい時代の心をちぎった交際など、いまの世の人には、土くれにもひとしく、かえりみる者もない。なげかわしい次第だ。

杜甫が、都で苦労した頃の作であるが、それはここ日本のいまの世でも変りあるまい。
さて桓公は、管仲のたすけによって強国を築き、諸侯を領内の鄄に会合させて、覇者となり、北は異民族の侵入を退け、南は楚が周に朝貢しないことを責め、いかにも春秋時代らしく周の王室をたてて号令した。しかし彼が死ぬと、子どもたちが相続を争い、そのために彼の屍は二カ月も放置されて、棺桶からうじ虫が這い出すようなことになった。そのために、斉の覇業は、桓公一代で終ってしまった。

〔三〕 一狐裘三十年

自桓公八世至景公。有晏子者、事之。名嬰、字平仲。以節儉力行重於齊。一狐裘三十年、豚肩不掩豆。齊國之士、待以擧火者、七十餘家。』晏子出。其御之妻、從門閒窺、其夫擁大蓋、策駟馬、意氣揚揚自得。既而歸。妻請去曰、「晏子身相齊國、名顯諸侯。觀其志、嘗有以自下。子爲人僕御、自以爲足。妾是以求去也。」御者乃自抑損。晏子怪而問之。以實對。薦爲大夫。

【訓読】 桓公より八世にして景公に至る。晏子といふ者有り、之に事ふ。名は嬰、字は平仲。節倹力行を以て斉に重んぜらる。一狐裘三十年、豚肩豆を掩はず。斉国の士、待ちて以て火を挙ぐる者七十余家あり。晏子出づ。其の御の妻、門間より窺へば、其の夫大蓋を擁し、駟馬に策ち、意気揚々として自得す。既にして帰る。妻去らんことを請ひて曰く、「晏子は身斉国に相として、名諸侯に顕はる。其の志を観るに、嘗に以て自ら下ること有り。子は人の僕御となりて、自ら以て足れりとなす。妾是を以て去らんことを求むるなり」と。御者乃ち自ら抑損す。晏子怪んで之を問い、実を以て対ふ。薦めて大夫となせり。

【語釈】 〔節倹力行〕倹約で職務によくつとめる。〔重二於斉一〕斉の国で重んぜられた。重シではなく重ンゼラルと受身に読むことに注意。〔一狐裘三十年〕一枚の狐の皮衣を三十年も着続けた。倹約であったことをいう。〔豚肩不レ掩レ豆〕豆はがんらい野菜をもって神に供える木製の台であって、肉は俎にのせるべきものであるが、ここでは肉が小さくて、かりに豆にのせてもいっぱいにならないだろう、といったのである。肩の肉は上肉である。晏子が倹約で、祭りに神前に供える豚の肩の肉が小さくて、豆の上にのせてもいっぱいにならなかった。〔待以擧レ火者〕晏子のおかげで生計をたてる者。待はおかげによっての意。火は炊事の火で、生活すること。〔御〕馬車の御者。御は思うように使いこなすの意で、馬を自在にあつかうこと。〔大蓋〕馬車の上の大きな日がさ。〔駟馬〕四頭だてのりっぱな馬車。〔揚揚〕得意のさま。〔自得〕みずから満足するさま。〔請レ去〕離縁したいと願った。〔自下〕自分で謙遜した。〔抑損〕おさえつける。自制。〔大夫〕士の上に位する。

【通釈】桓公から八代たって景公の時代にいたった。この時晏子という賢人がいて仕えた。名は嬰といい、あざなは平仲という。質素倹約で、しかも職務にはげんだので、斉の人々に重んぜられた。(質素倹約の例として)一枚の狐の皮衣を三十年も着続け、神前に供える豚の肩の肉も小さくて、豆の上いっぱいにならぬほどであった。しかし、人のめんどうはよくみて斉の士で晏子のおかげで生計をたてる者が七十余軒もあったという。』ある時晏子が外出したが、その御者の妻が門の間からひそかにのぞき見ると、夫は大きな日がさをさしかけ四頭だての馬に鞭うち、大いにじまんげに満足していた。やがて夫が帰ってきたので、妻は、「どうか今日かぎり離縁していただきたい。あなたの主人の晏子は、身は斉国の宰相として、その名は諸侯の間に有名であるのに、その志をみてみると、常に自分で人に謙遜で、少しもいばったところがありません。あなたは人に使われて御者となりながら、いかにもえらそうにじまんして、満足していますが、まことに情ないことです。わたしはそれゆえ離縁をお願いするのです。」と言った。御者はなるほどと思い、それからのちは、たかぶりの心をおさえ、ひかえめになった。晏子はふしぎに思い、そのわけをたずねたので、御者は事実を答えた。晏子はその心がけに感心して、推薦して大夫とした。(大夫は士の上、卿の下に位する。夫は扶の意。又官位ある者。また他人の尊称にも用いる。)

【説話】桓公から十四代めの康公の時に、家老の田和が康公を殺して、国を奪った。彼は周の安王の許しをうけて、諸侯になったので、ここに田氏の斉、すなわち田斉が始まった。それは戦国時代に入って十七年めのことであったから、以後の斉を「戦国の斉」ともいう。

田和から二代をへて威王（名は因斉。この時はもう王と称している。）の時に、新しい斉が発展するのである。

〔四〕 髠仰レ天大笑

威王因齊立。初不レ治。諸侯皆來伐。八年楚大發レ兵加レ齊。齊使三淳于髠請二救于趙一、齎二金百斤・車馬十駟一。髠仰レ天大笑。王曰、「先生少レ之乎。」髠曰、「臣見三道傍有二禳レ田者一、操二一豚蹄・酒一壺一、祝曰、『甌窶滿レ篝、汙邪滿レ車、五穀蕃熟、穰穰滿レ家。』臣見二其所レ持者狹、所レ欲者奢一。故笑レ之。」王乃益二黃金千鎰・白璧十雙・車馬百駟一。髠乃行。

【訓読】 威王因斉立つ。初め治まらず。諸侯皆来り伐つ。八年楚大いに兵を発して斉に加ふ。斉淳于髠をして救を趙に請はしめ、金百斤・車馬十駟を齎らしむ。髠天を仰いで大いに笑ふ。王曰く、「先生之を少しとするか。」と。髠曰く、「臣道傍に田を禳ふ者有るを見るに、一豚蹄・酒一壺を操りて、祝して曰く、『甌窶満篝、汙邪満車、五穀蕃熟し、穰穰として家に満て。』と。臣其の持する所の者狭くして、欲する所の者奢なるを見る。故に之を笑ふ。」と。王乃ち黄金千鎰・白璧十雙・車馬百駟を益す。髠乃ち行く。

【語釈】 〔威王〕諸侯であるから、本来なら威公というべきところを、周の衰微に乗じ王といった。〔車馬十駟〕駟は馬四頭だての馬車であるから、馬車に用いる馬四十頭。〔禳レ田〕禳は神に祈って災厄をハラウこと。田畑の災いをはらって豊作を祈る。〔一豚蹄〕豚の片足一本。〔甌窶〕地勢の高い耕作地。畑。〔満篝〕篝はカゴ。かごいっぱいに収穫のあること。〔汙邪〕地勢のひくい耕作地。田。〔五穀〕穀とは稲・黍・稷・麦・菽の五種の穀物のことであるが、一般に穀物と解している。〔穰穰〕穀物のよくみのるさま。〔千鎰〕鎰は二十四両をいう。十六両が一斤。ここでは大金。〔白璧十雙〕白い環状の玉。雙は一対。

【通釈】 威王の因斉が位についた。初めの間は国内がよく治まらず、それにつけこんでしきりに諸侯が四方からやって来て攻めた。威王の即位八年に、楚が大挙して兵をくりだし斉に攻めこんだ。斉では弁論家淳于髡を趙にやり、助けを求めさせることにして、進物として黄金百斤と馬車に用いる馬四十頭持ってやらせようとした。すると髡は天を仰いで、からからと大いに笑った。威王は怪しんで言うには、「先生は進物が少ないと思うのですか。」と。髡が言うには、「わたしは今日、道ばたで田畑の災難よけの祈禱をしている人を見ましたが、その人は、たった豚の片足一本と一壺の酒を持ってきて、神に供えて祈って言うには、畑の作物が車に山と積むようにとれますように、五穀が豊作で家に満ちあふれますように。」と。わずかなお供物で、たいそれた願いをしているのを見て、何という欲の深い奴だろうと思いましたが、いまそれを思い出して、つい笑ったのです。」と、暗に威王のケチなことを皮肉った。そこで威王は、黄金千鎰に白璧十対、馬車に用いる馬四百頭を追加したので、髡は趙に行った。（そして趙王を説いて精兵十万と兵車千乗の救援を得たので、楚は退却した。）

〔五〕即墨大夫

時齊國幾不レ振。王乃召二即墨大夫一、語レ之曰、「自三子之居二即墨一也、毀言日至。然吾使三人視二即墨一、田野辟、人民給、官無レ事、東方寧。是子不下事二吾左右一以求上レ助也。」封二之萬家一。召二阿大夫一、語レ之曰、「自二子之守一レ阿、譽言日至。吾使二人視一レ阿、田野不レ辟、人民貧餒。趙攻レ鄄、子不レ救。衛取二薛陵一、子不レ知。是子厚レ幣、事二吾左右一、以求レ譽也。」

【訓読】時に斉国幾んど振はず。王乃ち即墨の大夫を召し、之に語げて曰く、「子の即墨に居りしより、毀言日に至る。然れども吾人をして即墨を視しむるに、田野辟け、人民給し、官事無く、東方寧し。是れ子吾が左右に事へて以て助を求めざればなり。」と。之を万家に封ず。阿の大夫を召し、之に語げて曰く、「子の阿を守りしより、誉言日に至る。吾人をして阿を視しむるに、田野辟けず、人民貧餒す。趙鄄を攻むれども、子救はず。衛薛陵を取れども、子知らず。是れ子幣を厚くし、吾が左右に事へて、以て誉を求むればなり。」と。是の日阿の大夫と嘗て誉めし者とを烹

是日烹三阿大夫與二嘗譽者一。群臣聳懼、莫二敢飾詐一。諸侯不二敢復致一レ兵。

る。群臣聳懼し、敢て飾詐する莫し。諸侯敢て復た兵を致さず。

【語釈】〔即墨〕いまの山東省平陽県の東南の地。〔毀言〕悪口。〔田野辟〕田野がよく開けて耕されていた。〔人民給〕人民は豊かに生活している。〔阿〕いまの山東省陽穀県の東北の地。〔貧餒〕餒は飢える、貧乏で食べることも出来ない。〔鄄・薛陵〕地名、阿の地に近い。〔幣〕進物、ここではわいろ。〔烹〕釜で煮殺す。〔聳懼〕身ぶるいしておそれる。〔飾詐〕人前をかざっていつわる。〔不レ致レ兵〕兵を送り、攻めこまなくなった。

【通釈】当時の斉の国は、さっぱり勢いがふるわなかった。そこで威王は（綱紀を粛正し、国運を挽回しようと考え）ある時即墨の長官を召し、「きみが即墨に赴任してから、きみの悪口が毎日のように聞えてきた。しかし、自分が人をやって即墨を視察させたところが、うわさとは反対に田野はよく開けて作物も豊かに実り、人民は不自由なく生活しているし、したがって役所の仕事もひまで、わが国の東方は無事に治まっている。これはきみがわが左右の臣にへつらって、よくいってもらおうとしないからだ。感心である。」と言って、一万戸の領地を与えてほめた。また、阿の長官を召して、「きみが阿の地方を治めてから、よい評判が毎日のようにやってくる。自分が人をやって阿を視察させたところが、田畑は開墾されず荒れはてており、人民は貧しくてその日の生活にも困っている。また趙が鄄を攻めても、きみは助けもしなかったし、衛が薛陵を攻めとっても、きみは知らぬ顔をしている。それにもかかわらずよい評判がわしの耳に入るのは、これはきみが進物をたくさんわが近臣におくり、よい評判のたつようにへつらったからである。にくい奴である。」と言って、その日じゅうに、阿の大夫と、いつもこれをほめていた者を釜うでの刑に処した。多くの臣下は恐れおののいて、以後けっしていつわって表面をかざることをしなくなり、諸侯も斉の国威におそれて、兵をおくって攻めこまなくなった。

〔六〕此四臣者、將レ照二千里一

威王與二魏惠王一會二田于郊一。惠王曰、「齊有レ寶

【訓読】威王魏の恵王と郊に会田す。恵王曰く、「斉に宝

乎。」王曰、「無レ有。」恵王曰、「寡人國雖レ小、猶有下徑寸之珠、照二車前後各十二乘一者十枚上。」威王曰、「寡人之寶與レ王異。吾臣有二檀子者一。使レ守二南城一、楚不三敢爲二寇泗上一。十二諸侯皆來朝。有二朌子者一。使レ守二高唐一、趙人不三敢東漁二於河一。有二黔夫者一。使レ守二徐州一、則燕人祭二北門一、趙人祭二西門一。有二種首者一。使レ備二盗賊一、道不レ拾レ遺。此四臣者、將レ照二千里一。豈特十二乘哉。」恵王有二慙色一。

有るか。」と。王曰く、「有ること無し。」と。恵王曰く、「寡人の国小なりと雖も、猶ほ径寸の珠、車の前後各々十二乗を照す者十枚有り。」と。威王曰く、「寡人の宝は王と異なる。吾が臣に檀子といふ者有り。南城を守らしむれば、楚敢て寇を泗上に為さず。十二諸侯皆来朝す。朌子といふ者有り。高唐を守らしむれば、趙人敢て東のかた河に漁せず。黔夫といふ者有り。徐州を守らしむれば、則ち燕人北門に祭り、趙人西門に祭る。種首といふ者有り。盗賊に備へしむれば、道遺ちたるを拾はず。此の四臣は、将に千里を照さんとす。豈特に十二乗のみならんや。」と。恵王慙づる色有り。

【語釈】〔會田〕田は狩をすること、いっしょに会合して狩をすることの意であるが、戦国当時、諸侯がいっしょに狩をするという名目のもとに、定めた場所に会合して親睦をはかった。一種の平和会議であるが、場合によると、平和会議にことよせて、いっぽうを威圧するばあいも、しばしばあった。〔郊〕町はずれ。一説に地名ともいう。〔寡人〕諸侯の自称。〔十二乘〕兵車一台を乗という。十二台。〔十枚〕十個。枚は珠玉をかぞえる数詞。〔寇〕侵入して人民をおびやかし、財物をかすめとるをいう。〔泗上〕上は付近。泗水のほとり。泗水は斉の南を流れている川。〔十二諸侯〕当時泗水のほとりに泗上諸侯といって、小さな国がいくつもあった。それをさしていったもの。〔來朝〕朝廷にやって来て貢物を奉り、臣下としての礼をとること。〔朌子〕朌は盼で、斉の将田盼のことであるという。〔東漁二於河一〕東は趙からみていったもの。当時黄河は趙と斉の境界をなしていた。趙からいえば東の国境であり、斉からいえば西の国境となる。〔燕人祭二北門一〕燕は斉の北にあり、趙は斉の西にある。燕と趙の人々は斉の侵略を恐れて、燕は北門で、趙は西門で神を祭って祈ったのである。〔慙色〕恥じる顔色。

【通釈】斉の威王はある時魏の恵王と、郊外で会合した。その時、恵王が威王に、「斉の国には何か珍らしい宝物がありますか。」と聞いた。威王は、「いや、何もありません。」と答えた。すると恵王が、じまんして、「わしの国は小国ではあるが、それでも直径一寸ばかりの珠で、これを車の上におきますと、前後十二台ずつ、計二十四台の間をかがやき照す珍しい宝物があります。」と言った。威王が言うには、「わしの宝物は王のいうのとちがっていますが、わたしの臣に檀子という者がいます。この男は南の国境の城を守らせると、彼の武勇に恐れて、楚もけっして泗水の付近に侵入してあばれることをしなくなったばかりか、十二諸侯がみな入朝して、臣下としての礼をとるようになりました。また朌子という者がおりますが、西方の高唐という所を守らせたら、趙の人々は自分の国の東の国境の黄河へ出て漁をしなくなりました。また黔夫という者がいますが、彼に徐州を守らせたところ、その威風を恐れて、燕の人は北門で、趙の西門で神を祭って、攻められないようにと祈っているありさまです。さらに種首という者がいますが、これに盗賊を取りしまらせたところ、道に落物があっても拾う者がなくなりました。この四人の臣下の威光は、まことに千里の遠くまで照すもので、どうしてただ兵車十二台を照すくらいでありましょうぞ。」と。これには恵王もまいって、すっかり赤面した。

【説話】威王が斉国の基礎を固めたあとをうけて位をついだのが宣王である。斉のもっとも盛んな時であった。この時、魏の侵入をうけた韓から救援を求めてきた。宣王は孫臏を参謀に、田忌を総大将として魏を攻めて大勝利をしめて、国威を発揚したのである。

〔七〕龐涓死㆓此樹下㆒

魏伐㆑韓。韓請㆓救於齊㆒。齊使㆓田忌㆒爲㆑將、以救㆑韓。魏將龐涓嘗與㆓孫臏㆒同學㆓兵法㆒。涓爲㆓

【訓読】魏韓を伐つ。韓救を斉に請ふ。斉田忌をして将為らしめ、以て韓を救ふ。魏の将龐涓嘗て孫臏と同じく兵法魏將軍、自以ニ所能不一レ及、以レ法斷ニ其兩足一而黥レ之。齊使至レ魏、竊載以歸。至レ是臏爲ニ齊軍師一、直走ニ魏都一。涓去レ韓而歸。臏使下齊軍入ニ魏地一者　爲ニ十萬竈一、明日爲ニ五萬竈一、又明日爲中二萬竈上。涓大喜曰、「我固知ニ齊軍怯一、入ニ吾地一三日、士卒亡者過半矣。」乃倍レ日幷レ行、逐レ之。臏度ニ其行一暮當レ至ニ馬陵一。道陜而旁多レ阻、可レ伏レ兵。乃斫ニ大樹一、白而書曰、「龐涓死ニ此樹下一。」使ニ齊師善射者、萬弩夾レ道而伏一、期下暮見ニ火擧一而發上。涓果夜至ニ斫木下一、見ニ白書一、以レ火燭レ之。萬弩倶發。魏師大亂相失。涓自頸。曰、「遂成ニ豎子之名一。」齊大破ニ魏師一、虜ニ太子申一。

を学ぶ。涓魏の将軍と為り、自ら所能の及ばざる以て、法を以て其の両足を断ちて之を黥す。斉の使魏に至り、竊に載せて以て帰る。是に至って臏斉の軍師と為り、直に魏都に走く。涓韓を去って帰る。臏斉の軍の魏の地に入る者をして十万竈を為り、明日は五万竈を為り、又明日は二万竈を為らしむ。涓大いに喜んで曰く、「我固より斉軍の怯なるを知る、吾が地に入ること三日にして、士卒の亡ぐる者過半なり。」と。乃ち日を倍し行を幷せて之を逐ふ。臏其の行を度るに、暮に当に馬陵に至るべし。道陜くして旁に阻多く、兵を伏すべし。乃ち大樹を斫り、白くして書して曰く、「龐涓此の樹下に死せん。」と。斉の師の善く射る者をして、万弩道を夾んで伏せしめ、暮に火の挙るを見て発せよと期す。涓果して夜斫木の下に至り、白書を見、火を以て之を燭す。万弩倶に発す。魏の師大いに乱れて相失す。涓自頸す。曰く、「遂に豎子の名を成せり。」と。斉大いに魏の師を破り、太子申を虜にす。

【語釈】〔所能〕才能、能力。〔以レ法斷ニ兩足一、而黥レ之〕孫臏をにくんで法律にひっかけて、アシキリの刑に処して足のすじを切り、そのうえ額にいれずみの刑（黥）をほどこした。こうして罪人あがりとして、世の中へ出られぬようにした。〔至レ是〕いままでほかのことを述べていたのを、本論にかえって、「さて……」といい出す趣きの語。〔爲ニ齊軍師一〕斉の軍の参謀長となった。〔爲二十萬竈一〕行軍の際、兵食を作るかまどを十万個つくった。これが翌日は五万になり、翌々日は二万になったということは、兵力が半分ずつ少なくなったことを示す。龐涓をだましたのである。〔倍レ日幷レ行〕一日に二日ぶんの道のりを歩き、また十里歩くところを二十里歩くというように昼夜兼行で急ぐこと。〔多レ阻〕けわしいところが多い。〔可レ伏レ兵〕兵をひそませるに都合のよい場所だ。〔萬弩〕弩はイシユミで、ばねしかけで矢や石を射るようにしたもの。〔期下暮見二火擧一而發上〕日没に敵が白書を見るために火を高くあげるにちがいないから、それが見えたら矢を射かけるようにと、手はいをきめた。期は約束すること。〔燭レ之〕白書を照らす。〔相失〕味方同志が互にわからなくなった。混乱して逃げ散った。〔自剄〕自分で首切って死ぬ。頸動脈を切って死ぬことをいう。〔成二豎子之名一〕豎子は青二才、小僧っ子など人を罵しる語。ここでは孫臏を罵って言った。あの青二才めに手柄をたてさせてしまった、残念だ、の意。

【通釈】魏が韓を伐った時、韓は助けを斉に求めた。斉は田忌を総大将として、韓を助けることにした。魏の将軍は龐涓であったが、彼は以前孫臏といっしょに兵法を学んだことがあるが、涓が魏の将軍となるや、自分の才能が孫臏に及ばないので、(いずれ、将軍の地位を孫臏に奪われると心配して、)策をかまえ法律にひっかけて、臏の両足のすじを切る刑に処し、そのうえ額に入れ墨をする黥の刑に処した。(こうして臏を世の中へ出られぬようにしたのである。)ところが斉の使者が魏へ行った時、これを見てあわれに思い、ひそかに臏を車に乗せてつれ帰り、客分として優遇した。さて、このたび斉が魏を伐つことになったので、臏は斉の参謀長となって、すぐに魏の都の大梁(たいりょう)へ攻めこんだ。この時、涓は韓へ出征していたが、臏が魏へ攻めこんだと聞いて、韓を棄てて大急ぎで帰って来た。孫臏は魏へ攻めこんだ斉の軍に命じて、最初は炊事の竈を十万作らせ、翌日は五万にへらして作り、翌々日はさらにへらして二万作らせ、いかにも毎日兵士が逃げて行くように見せかけた。これを見た涓は大いに喜んで、「斉軍の卑怯なのは、前からわかっていたが、わが魏へ攻めこんで三日もたたないのに、過半数の士卒が逃げてしまった。(それは竈の少なくなったのを見てもわかる。それ、追撃してみな殺しにせよ。)」と言って、昼夜兼行、大急ぎで斉軍を追いかけた。臏は涓の追撃の行程を考えてみると、日暮れに馬陵に到着することになる。この馬陵というところは、道はばがせまく両がわには険わしいところが多く、兵を待ちぶせするのに適している。臏はここで涓の軍を撃滅しようと決心し、そこにある大きな樹を切り皮をはいで白くして、そこへ、「龐涓はこの木の下で戦死するだろう。」と書いた。そして射撃に巧みな者に、一万の石弓を道の両がわにならべて待ちぶせし、「日暮れに火があがったらそれを合図に射かけよ。」と手はずをきめた。はたして涓はその日の夕方、切った木の下へ来ると何か書いてあるので、火をともして照して見た。とたんに一万の石弓が一斉に射かけたので、魏の軍は互に姿を見失って逃げまどって潰滅した。涓はくやしがって、「とうとう孫浜の青二才に手がらを立てさせた。」と言って、自ら首をはねて死んだ。こうして斉は大いに魏の軍を破り、太子の申をとりこにした。

〔八〕孟嘗君好レ客

(一) 雞鳴狗盗

靖郭君田嬰者、齊宣王之庶弟也。封ニ於薛一。有レ子曰レ文。食客數千人。名聲聞ニ於諸侯一。號爲ニ孟嘗君一。秦昭王聞ニ其賢一、乃先納ニ質於齊一、以求レ見。至則止囚、欲レ殺レ之。孟嘗君使下人抵ニ昭王幸姫一求上レ解。姫曰、「願得ニ君狐白裘一。」蓋孟嘗君嘗以獻ニ昭王一、無ニ他裘一矣。客有下能爲ニ狗盜一者上。入ニ秦藏中一、取レ裘以獻レ姫。姫爲言得レ釋。即馳去、變ニ姓名一、夜半至ニ函谷關一。關法、雞鳴方出レ客。恐ニ秦王後悔追レ

【訓読】靖郭君田嬰は、斉の宣王の庶弟なり。薛に封ぜらる。子有り文と曰ふ。食客数千人。名声諸侯に聞ゆ。号して孟嘗君と為す。秦の昭王其の賢を聞き、乃ち先づ質を斉に納れ、以て見んことを求む。至れば則ち止め囚へて、之を殺さんと欲す。孟嘗君人をして昭王の幸姫に抵りて解かんことを求めしむ。姫曰く、「願はくは君の狐白裘を得ん。」と。蓋し孟嘗君嘗て以て昭王に献じ、他の裘無し。客に能く狗盗を為す者有り。秦の蔵中に入り、裘を取つて以て姫に献ず。姫為に言ひて釈さるるを得たり。即ち馳せ去り、姓名を変じ、夜半に函谷関に至る。関の法、雞鳴きて方に客を出だす。秦王の後に悔いて之を追はんことを恐る。

之。客有下能為二雞鳴一者上。雞盡鳴。遂發レ傳。
出。食頃、追者果至。而不レ及。孟嘗君歸、怨レ
秦、與二韓魏一伐レ之、入二函谷關一。秦割レ城以和。
孟嘗君相レ齊。或毀二之於王一。乃出奔。

客に能く雞鳴を為す者有り。雞尽く鳴く。遂に伝を発す。出でて食頃にして、追ふ者果して至る。而も及ばず。『孟嘗君帰りて秦を怨み、韓・魏と之を伐ち、函谷関に入る。秦城を割きて以て和す。孟嘗君斉に相たり。或ひと之を王に毀る。乃ち出奔す。

【語釈】〔靖郭君〕田嬰のおくり名。〔薛〕山東省滕県の西南にある。〔庶弟〕父の妾に生れた弟。〔昭王〕昭襄王のこと。〔食客〕この頃、一技一能にすぐれながら、時勢にあわず不遇な者が、お客待遇で有力者のやっかいになっていた。そのかわり、事ある時は、主人公のために大いに働くのである。これを食客という。わが国のいそうろうとは少しちがう。〔質〕人じち。〔幸姫〕お気にいりの婦人。姫は婦人の美称。〔抵〕いたる、行きつくこと。〔狐白裘〕狐のわきの下の白い毛をあつめて作った、美しい皮ごろも。たくさんできないので貴ばれた。史記に「価千金、天下無雙。」とある。〔狗盗〕犬のなきまねをして、人をたぶらかし、その間にしのびこんで盗みをする、こそどろぼうをいう。〔函谷関〕旧関と新関がある。ここは旧関でいまの河南省洛道霊宝県の南にある関所。両岸がそびえ立ち、函のようであるので、この名があるという。〔出レ客〕ここの客は旅客の意味。食客ではない。〔発レ伝〕伝は伝車のことで、宿場から宿場へ、次々に人や荷物を送る馬車。あるいは旅行証明書ともいう。〔食頃〕一度食事をする間。ごく短い時間。

【通釈】 靖郭君田嬰は、斉の宣王の妾腹の弟で、薛に封ぜられた。子があった名を文という。常に数千人の食客を養い、その名は諸侯に知れわたっていた。号して孟嘗君という。秦の昭王はその賢明なことを聞いて、そこでまず人じちを斉に送って、会見を申しこんだ。しかるに孟嘗君が行くと、獄に閉じこめて殺そうとした。驚いた孟嘗君は逃れたいものと考えて、人を秦王のお気にいりの婦人のところへやって、秦王にうまくとりなしをして、獄から出してもらうようにたのんだ。婦人が言うには、「それならば、あなたの持っている狐白裘がほしい。」と。しかし孟嘗君は前にその毛皮を昭王に献上して、別のはないので困った。ところが、つれて来た食客の中に、こそどろのうまい者がいて、秦の蔵へこっそりとしのびこみ、

献上した狐白裘を盗み出して来たので、孟嘗君はこれを婦人に献上した。婦人は喜んで、孟嘗君のために弁解してくれたので、ようやく許された。孟嘗君はすぐさま秦の都を馳せ去り、姓名をかえ、ま夜中に函谷関についた。しかし関所の規則では、雞が鳴いてから旅客を通すことになっているので、まごまごしていると秦王があとで孟嘗君を許したことを後悔して、追いかけて来る心配があり、気が気でなかった。すると、食客の中に雞の鳴きまねのうまいのがいて、一声鳴くと、附近の雞が、それにつれてみな鳴いたので、役人は関所を開いて車馬や旅客を通した。まもなく心配したとおり、追っ手がやって来たが、ついに間にあわなかった。さて、ようやく逃げ帰った孟嘗君は、秦王のやり方を怨んで、韓・魏と力を合せて秦に攻撃をかけて函谷関まで攻めこんだので、秦は城をさいて与えて和ぼくした。その後、孟嘗君は斉の相となったが、ある人が斉王に、孟嘗君はむほんを計っていると、ざん言したので、孟嘗君は罪せられるのを恐れて魏に逃げだした。

【説話】孟嘗君を失って斉の力が弱まったところへ、北から燕が楽毅を大将にして攻め入って来た。斉は七十二城を奪われ、都の臨淄も陥落し、湣王は同時に南から侵入して来た楚軍のために殺されてしまった。わずかに籠城を続けていたのが、莒と即墨の二城で、即墨から田単が立ちあがって火牛の計をもって包囲を破り、謀略によって楽毅と燕王との間を離間させたので、燕軍は敗れて帰り、斉の危期は救われた。（燕の条、一三七頁を見よ。）新しく立った襄王は、孟嘗君とも手を握り、孟嘗君は食客の馮驩の力によって、薛（莒の東にある城）を領地にして小諸侯となり、平和な余生を送った。

(二) 長鋏歸來乎

襄王既立。而孟嘗君中立爲二諸侯一、無レ所レ屬。王畏レ之與連和。『初馮驩聞二孟嘗君好一レ客而來見。置二傳舍一十日。彈レ劍作レ歌曰、「長鋏歸來乎、食無レ魚。」遷二之幸舍一。食有レ魚矣。又歌曰、「長鋏歸來乎、出無レ輿。」遷二之代舍一。出

【訓読】襄王既に立つ。而して孟嘗君中立して諸侯と為り、属する所無し。王之を畏れて、与に連和す。『初め馮驩孟嘗君の客を好むと聞いて来り見ゆ。伝舎に置くこと十日。剣を弾じ歌を作って曰く、「長鋏帰来らんか、食に魚無し。」と。之を幸舎に遷す。食に魚有り。又歌って曰く、「長鋏帰来らんか、出づるに輿無し。」と。之を代舎に遷す。出づる

有レ輿矣。又歌曰、「長鋏歸來乎、無ニ以爲レ家。」孟嘗君不レ悅。』時邑入不レ足ニ以奉レ客。使ニ人出ニ錢於薛一。貸者多不レ能レ與レ息、孟嘗君乃進レ驩請レ責レ之。驩往、不レ能レ與者、取ニ其券一燒レ之。孟嘗君怒。驩曰、「令ニ薛民親レ君。」孟嘗君竟爲ニ薛公一、終ニ於薛一。

に輿有り。又歌って曰く、「長鋏帰来らんか、以て家を為す無し。」と。孟嘗君悦ばず。』時に邑入以て客を奉ずるに足らず。人をして銭を薛に出さしむ。貸る者多く息を与ふること能はず。孟嘗君乃ち驩を進めて之を責めんことを請ふ。驩往き、与ふること能はざる者は、其の券を取って之を焼く。孟嘗君怒る。驩曰く、「薛の民をして君に親しましめん。」と。孟嘗君竟に薛公と為り、薛に終る。

【語釈】〔襄王〕湣王の子、名は法章。〔連和〕同盟して和議をむすぶ。〔代舎・幸舎・伝舎〕食客を泊める上・中・下の三種の室の名。〔長鋏〕鋏は刀のツカ。ここでは長い刀のツカを擬人的によびかけたもの。〔帰来乎〕郷里へ帰ろうではないか。来は助辞。〔輿〕車のこと。〔為レ家〕家を持って生活する。〔邑入〕領地の邑からはいってくる税収入。〔不レ足ニ以奉レ客〕奉は待遇する費用をいう。食客を養う費用に足りない。〔出レ銭〕銭を民に貸し出して利息をとる。〔貸者〕借りた人。貸はカスともカルとも用いる。〔不レ能レ与〕与は、借りた銭を貸した人に与える、すなわち返すこと。借りた銭を返すことができない。〔息〕利息。〔進レ驩〕進はあげ用いること。〔券〕銭を借りた証文。

【通釈】斉の襄王が王位についた。このとき孟嘗君は斉にもつかず魏にもつかず、中立して諸侯となっていたが、襄王は恐れてこれと同盟して和議をむすんだ。』さて孟嘗君が諸侯となったについては、次のような話がある。初め馮驩という者が、孟嘗君が食客を愛するということを聞いて、やって来て面会した。孟嘗君はこれを伝舎という三等室に入れておいた。驩はこの室に泊って十日ごろ、剣をたたきながら歌って言うには、「長い刀のつかよ、帰ろうではないか、食事に魚もないから。」と。孟嘗君はこれを聞いて、幸舎という二等室にうつした。ここでは食事に魚もあったが、しばらくして、また歌って言うには、「長鋏よ、帰ろうではないか、出かけたいにも車もないから。」と。そこで孟嘗君は、一等室の代舎にうつした。ここでは外出の際、車もあった。しかるに驩はまたまた歌って言うには、「長鋏よ、帰ろう、ここにいたところで、一軒かまえて生活できるわけでもないから。」と。孟嘗君は驩のわがままなのにあきれて、喜ばなかった。』この頃、孟嘗君は領地からの税収入が少なくて、食客を養う費用に足りなかったので、人をやって薛の民に金を貸して、利息をもうけようとした。ところが、借りた者が貧乏で、ほとんど利息をおさめることができなかった。孟嘗君はそこで驩をもちいて催促させた。驩は薛へ行ってよく事情を調べ、どうしても利息のおさめられない人については、その借用証を焼いてしまった。孟嘗君は大いに怒ったが、驩は「わたくしは薛の人民に恩をかけて、君に親しみなつくようにしたのです。」と言った。はたして薛の民は孟嘗君に心服したので、孟嘗君はついに薛の君となり、一生涯を薛で終ることとなったというのである。

【説話】 さて、襄王の子の建が位につくと、母の君王后（襄王の妃）がこれを補佐したので、彼女の生存中は斉も安泰であったが、彼女が死ぬと、斉の食客たちは、秦の謀略（遠交近攻策。一四九頁を見よ。）にかかって、王に親秦政策をとらせて、秦に対する防備をおこたったので、秦王政（始皇帝）は、他の五強国を亡ぼすと、最後に一挙に斉に攻め入り、これを亡ぼしてしまった。時に、始皇帝の二十六年（BC 二二一年）であった。秦はこれで天下を統一しおえたのである。

趙

【説話】 趙は周の威烈王の二十三年（BC 四〇三）、韓・魏二氏とともに、晋を分割して諸侯に封ぜられた戦国の新国家で、七雄国の一つであった。邯鄲（いまの河北省邯鄲県）に都し、領土はいまの河北省の南西境と山西省の北半を占め、東に燕、西に秦と界を接していた。「十八史略」の記事は、この国については比較的くわしく、その前半は趙氏が晋の六卿（六人の家老）のひとりとして勢力を張りつつあった頃（春秋時代の後半期）のことで占めている。独立後はすべて戦国時代で、蘇秦・廉頗・藺相如・平原君・毛遂らのことが中心になっている。十一代、百二十八年続いて、BC 二二八年、秦王政（始皇帝）に亡ぼされた。

趙の祖先は顓頊（九頁）から出て、秦と同じく嬴氏であったが、周の穆王の時、子孫の造父という者が、功によって趙城に封ぜられたことから、趙氏を名のるようになったという。晋の臣となったのは、春秋時代になってからで、趙衰は晋の重耳について流浪し、重耳が位について晋の文公になると、その家老となって晋に覇業をなさしめた。（「晋文覇業」の条を見よ。八二頁）そこで趙氏は六卿のうちでも貴い家柄として、晋の領内に食邑（領地）をもち、大きな勢力をもち続けることとなった。

趙衰の子の趙盾が、わるい家来の屠岸賈にはかられて、その子の趙朔とともに一族すべて虐殺された。趙朔のわすれかたみの趙武も当然殺されるべき運命にあったが、朔の食客の程嬰と公孫杵臼の必死の努力によって難をのがれ、のち屠岸賈を殺して仇をうち、趙家を再興した悲壮な復讎物語がまずある。この事件は元の時代の劇「趙氏孤児」となり、ヴォルテールもその飜訳を読んでいるし、東洋的犠牲精神の強く表現された物語として有名であり、京劇では「八義図」という題でいまでも上演されている。

さて、趙武から一代をへて、趙鞅の世となるが、鞅は簡子とおくりなされた名君で、次にその話を読む。

〔一〕千羊之皮、不レ如二一狐之腋一

趙簡子有レ臣、曰二周舎一。死。簡子毎レ聴レ朝、不レ悦曰、「千羊之皮、不レ如二一狐之腋一。諸大夫朝、徒聞二唯唯一。不レ聞二周舎之鄂鄂一也。」

【訓読】 趙簡子に臣有り、周舎と曰ふ。死す。簡子朝を聴く毎に、悦ばずして曰く、「千羊の皮は、一狐の腋に如かず。諸大夫の朝する、徒唯唯を聞くのみ。周舎の鄂鄂を聞かざるなり。」と。

【語釈】 〔千羊之皮、不レ如二一狐之腋一〕腋は狐のわきの下の白い部分。皮衣として最適で、その価は千枚の羊の皮にもまさるといわれる。これから多くのつまらぬ人間よりも、ひとりの賢人のほうがよいというたとえに用いられる。〔唯唯〕はいはいと返事すること、これから人の意にさからわぬように、はいはいと返事することに用いる。〔鄂鄂〕諤諤に同じ。正々堂々と正しい意見を遠慮せずにのべること。

【通釈】 趙簡子に周舎という臣があった。（常に直言してはばからず、りっぱな人であったが、）死んだ。そののち簡子は政治をとるごとに面白くない顔をして言うには、「つまらぬ千枚の羊の皮は、一ぴきの狐のわき下の皮に及ばないというが、そのとおりである。おおぜいの大夫たちが毎日朝廷へ出仕しているが、ただ自分の言うことにははいはいと盲従するばかりで、

周舍のように正々堂々と直言する者がない。残念なことである。」と。

〔二〕 無恤誦二其辭一甚習

簡子長子曰二伯魯一、幼曰二無恤一。書二訓戒之辭於二簡一、以授二二子一曰、「謹識レ之。」三年而問レ之。伯魯不レ能レ擧二其辭一。求二其簡一、已失レ之矣。無恤誦二其辭一甚習。求二其簡一、出二諸懷中一而奏レ之。於レ是立二無恤一爲レ後。

【訓読】 簡子の長子を伯魯と曰ひ、幼を無恤と曰ふ。訓戒の辞を二簡に書して以て二子に授けて曰く、「謹みて之を識せ。」と。三年にして之を問ふ。伯魯は其の辞を挙ぐる能はず。其の簡を求むれば、已に之を失へり。無恤は其の辞を誦すること甚だ習ふ。其の簡を求むれば、諸を懐中より出して之を奏す。是に於て無恤を立てて後と為す。

【語釈】 〔二簡〕 簡は竹をけずって札にしたもの。古、紙のないころはこれにうるしで字を書いた。〔識〕 記憶。〔不レ能レ擧〕 読みあげることができない。〔誦〕 暗誦。〔諸〕 コレヲと読む。之於の音通。何不を盍とするのと同じ。〔奏〕 さしあげる。奉る。

【通釈】 趙簡子にふたりの子どもがあった。長男を伯魯といい、弟を無恤といった。簡子が戒めのことばを二枚の竹の札に書いて、ふたりに与え、「よくよく注意して、これをおぼえておけ。」と言った。三年して、これを聞いたところ、兄の伯魯はさっぱりその戒めのことばを読みあげることができない。竹の札はどうしたというと、とっくになくしてしまっている。弟の無恤はそのことばを暗記して、すらすらと述べた。竹の札を求めると、ふところから出して、これをさしだした。そこで父の簡子は無恤を立ててあととりとした。

〔三〕 以爲二繭絲一乎、以爲二保障一乎

簡子使三尹鐸爲二晉陽一。請曰、「以爲二繭絲一

【訓読】 簡子尹鐸をして晋陽を為めしむ。請ひて曰く、

乎、以爲二保障一乎。」簡子曰、「保障乎。」尹鐸損二其戸數一。簡子謂二無恤一曰、「晉國有レ難、必以二晉陽一爲レ歸。」簡子卒、無恤立。是爲二襄子一。知伯求二地於韓・魏一。皆與レ之。求二於趙一。不レ與。率二韓・魏之甲一、以攻レ趙。襄子出走二晉陽一。三家圍、而灌レ之。城不レ浸者三板。沈竈產レ鼃民無二叛意一。襄子陰與レ韓約、共敗二知伯一、滅二知氏一而分二其地一。襄子漆二知伯之頭一、以爲二飲器一。

「以て繭糸を為さんか、以て保障を為さんか。」と。簡子曰く、「保障なるかな。」と。尹鐸其の戸数を損す。簡子、無恤に謂ひて曰く、「晋国難有らば、必ず晋陽を以て帰と為せ。」と。簡子卒し、無恤立つ。是を襄子と為す。知伯地を韓・魏に求む。皆之を与ふ。趙に求む。与へず。韓・魏の甲を率ゐて、以て趙を攻む。襄子出でて晋陽に走る。三家囲んで、之に灌ぐ。城浸さざる者三板なり。沈竈鼃を産すれども、民叛意無し。襄子陰に韓と約し、共に知伯を敗り、知氏を滅ぼして其の地を分つ。襄子知伯の頭に漆して、以て飲器と為す。

【語釈】〔晉陽〕いまの山西省太原県。〔繭糸〕税金を取りたてるのに、繭の糸を取るように、取れるだけ取りつくす残忍なやりかた。〔爲二保障一乎〕保はとりで、障は垣で、ともに敵を防ぐもの。徳をもって民を治め、事ある時は主君のためにとりでとなり垣となり、一命をすてて敵に当たるようにしましょうか。〔損二其戸數一〕晋陽の戸籍の数をへらした。それだけ税金が少なくなり、民の生活が楽になるわけである。〔爲レ歸〕落ちつき場所とするがよい。〔韓・魏之甲〕甲はよろいかぶとに身をかためた兵士。〔灌レ之〕灌はソソグで、河水をせきとめて、城中に流しこみ、水攻めにすること。〔三板〕板は版と同じく、高さ二尺をいう。三板は六尺。〔沈竈產レ鼃〕水中に沈んだかまどから、かえるが生じた。長い間水中に没していたことをいう。〔漆レ頭爲二飲器一〕頭の骨にうるしを塗り杯とした。飲器を便器あるいは酒だるとする説もある。

【通釈】簡子が尹鐸に命じて晋陽を治めさせることにした。その時、尹鐸は施政方針についてたずねて言うには、「晋陽を治めるのに、税金を繭の糸をたぐり取るように、残らずしぼり取りあげて、君の富をふやすようにいたしましょうか。それとも恩徳をほどこして、国に事ある時には、身命をすて、とりでや垣となって敵を防ぎ、君を守るようにしましょうか。」と。簡子が言うには、「それは保障がよろしい。」と。そこで尹は赴任してからは、民に恩徳をほどこし、戸籍の数をへらし、税金を少なくしたので、晋陽の民は感謝した。これを見て簡子は無恤に言うには、「将来もしわが国に国難が起ったならば、おまえは晋陽を逃げ場所とするがよい。晋陽の民は、きっとおまえの保障となって、守ってくれるだろう。」と。さて、簡子が死んで、子の無恤があとをついだ。これを襄子という。このころ晋の家老のひとりの知伯が、無法にも他の家老の韓氏・魏氏に領地を分けてくれと脅迫した。韓氏・魏氏は知伯を恐れて土地を与えた。すると知伯は趙にも迫ったが、趙の襄子は拒絶した。知伯は怒って韓氏・魏氏の武装した兵を率いて攻めて来た。襄子は父簡子の言いつけどおり、晋陽に逃げた。逃げるを追って知伯・韓氏・魏氏の三家が晋陽城を囲み、河水を注ぎこんで水攻めにした。城内はすっかり水にひたされて、ただわずか上のほうが六尺だけぬれないだけであった。水に沈んだかまども長い間のこととて、おしまいには蛙がわき出るという有様であったが、民は誰ひとり襄子に叛く者がなかった。やがて襄子はひそかに韓・魏と内通し、ともに知伯を破り、その家を亡ぼして領地を分けて取った。襄子はこれでも怨みがはれなかったので、知伯の頭がい骨にうるしをぬって杯とし、これで酒を飲んだという。

【説話】 以上は、晋が自分の国内に対して統治力を失い、家老たちが捲き起こした浅ましい領地争いであったが、この争によって亡ぼされた知家に仕えていた陪臣の予譲という者が、主家の仇として趙家の当主の簡子をつけねらうことになった。

〔四〕豫譲報仇

㈠ 國士モテ報ズレ之ニ

知伯之臣豫譲、欲ス二為ニレ之ガ報ゼント一レ仇ヲ。乃チ詐リテ為リ二刑人ト一、挾ミ二匕首ヲ一、入リテ二襄子ノ宮中ニ一塗ルレ厠ヲ。襄子如キレ厠ニ、

【訓読】 知伯の臣豫譲、之が為に仇を報ぜんと欲す。乃ち詐りて刑人と為り、匕首を挾み、襄子の宮中に入りて厠を

心動。索之獲讓。問曰、「子不嘗事范・中行氏乎。知伯滅之。子不爲報讎、反委質於知伯。知伯死。子獨何爲報仇之深也。」曰、「范・中行氏、衆人遇我。我故衆人報之。知伯國士遇我。我故國士報之。」襄子曰、「義士也。舍之。謹避而已。」

塗る。襄子廁に如き、心動く。之を索めて譲を獲たり。問ひて曰く、「子嘗て范・中行氏に事へざりしか。知伯之を滅ぼす。子為に讎を報せず、反りて質を知伯に委す。知伯死す。子独り何ぞ為に仇を報ずるの深きや。」と。曰く、「范・中行氏は、衆人もて我を遇す。我故に衆人もて之に報ず。知伯は国士もて我を遇す。我故に国士もて之に報ず。」と。襄子曰く、「義士なり。之を舎せ。謹みて避けんのみ。」と。

【語釈】 〔刑人〕刑罰に処せられた罪人。古は罪人を賤業に使用した。〔匕首〕短刀。あいくち。〔廁〕音はシ、便所。〔心動〕胸さわぎする。〔范・中行氏〕ともに晋の卿。〔委質〕贄を納めて臣下となること。贄は貴人にお目どおりする時に用いる贈りもの、この場合は臣下となる時、君に捧呈する贈りもの。〔國士〕国に名あるりっぱな士。名士。〔謹避而已〕よく気をつけて、危害を加えるのを避けよう。

【通釈】 知伯の臣の予譲は、主人知伯のために仇をうとうと思い、そこでいつわって囚人の仲間にまぎれこみ、短刀をふところにし、襄子のご殿に入り、便所のかべぬりをして機会をねらっていた。それとも知らず襄子が便所へ行くと、何となく胸さわぎがしたのであたりを探し、ついに予譲を捕えて事情がわかった。そこで襄子が問うて言うには、「きみは以前范氏や中行氏に臣として仕えたではないか。しかも、知伯がその范氏と中行氏を亡ぼしたのに、きみは讎も報じないのみならず、かえって進物を贈って臣となっている。その知伯が死んだのであるが、きみはなぜ知伯のためにのみ深く仇を報じようとするのか。」と。予譲が言うには、「なるほど、わたしは范氏と中行氏の臣ではありましたが、このふたりはわたしをふつうの人として待遇するにすぎませんでした。だからわたしもふつうの人のようにむくいたまでのことです。しかるに知伯はわたしを一国のすぐれた人物として待遇しましたので、わたしも国士として、その恩義にむくいようとするのです。」と。襄子は感心して、「かれは義を重んずる勇士である。許してやれ。自分は今後注意して、かれを避けるようにしよう。」と。

(二) 何乃自苦如レ此

譲漆レ身為レ厲、呑レ炭為レ唖、行乞二於市一。其妻不レ識也。其友識レ之曰、「以二子之才一、臣二事趙孟一、必得二近幸一。子乃為レ所レ欲レ為、顧不レ易耶。何乃自苦如レ此。」譲曰、「不可。既委レ質為レ臣、又求レ殺レ之、是二心也。凡吾所レ為者極難耳。然所二以為一レ之者、将下以愧中天下後世為二人臣一懐二二心一者上也。」襄子出。譲伏二橋下一。襄子馬驚。索レ之得レ譲。遂殺レ之。

【訓読】譲身に漆して厲と為り、炭を呑みて唖と為り、行きて市に乞ふ。其の妻識らざるなり。其の友之を識りて曰く、「子の才を以て、趙孟に臣事せば、必ず近幸を得ん。子乃ち為さんと欲する所を為さば、顧ふに易からずや。何ぞ乃ち自ら苦しむこと此の如き。」と。譲曰く、「不可なり。既に質を委して臣と為り、又之を殺さんことを求むるは、是れ二心なり。凡そ吾が為す所の者は極めて難きのみ。然れども之を為す所以の者は、将に以て天下後世の人臣と為りて二心を懐く者を愧しめんとするなり。」と。襄子出づ。譲橋下に伏す。襄子の馬驚く。之を索めて譲を得たり。遂に之を殺す。

【語釈】〔厲〕らい病。〔市〕町。〔不レ識〕気がつかない。〔臣事〕臣となって仕える。〔趙孟〕氏は世々趙孟といった。ここでは襄子をいう。〔近幸〕近臣となり愛される。幸は寵幸で愛されること。〔顧〕ふりかえって深く考える、顧念と熟語になることもある。〔愧〕見苦しいおこないを人に対して、はずかしく思うこと。はじいる。

【通釈】予譲は許されはしたが、あくまで仇を報じようとして、人目をさけるために体に漆をぬり、おできだらけとなって、らい病やみのようになり、炭を呑んで声をつぶしておしのまねをし、人通りの多い町へ行って乞食をしながら、機会をねらった。顔形があまり変ったので、その妻がすれちがっても気づかぬほどであった。ところが友人が気づいて忠告して言うには、「きみの才能で趙孟氏に臣として仕えたならば、きっとお気にいりの臣として、おそばに近づけてかわいがられるだろう。きみはそこできみのしようと思うこと（襄氏を暗殺することをいう。）をしたならば、思うにやすやすとできよう。それを何で自分自身を、かように苦しめるのか。」と。譲が言うには、「それはいけない。すでに贄を納めて臣下となりながら、またそれを殺そうとすることは、二心をいだくものである。いったい自分がしようとしていることは、極めてむずかしいことである。しかし、それを敢えてしようとするわけは、天下後世の、臣下となりながら二心をいだくような人たちに、心にはじいるように、させたいと思っているのである。」と。そののち襄子が外出した時、譲は橋の下に身を伏せて待ちぶせした。すると橋をわたりかけると襄子の乗馬が、その気配に驚いて飛びあがったので、怪しいと思い付近を探しもとめて、譲を捕えた。襄は（譲の志を壮烈だとは思ったが）これを殺した。

【説話】さて、それから十七年たつと、晋の幽公は、家老の趙・韓・魏三氏に対して朝貢するという君臣逆な状態となり、さらに十二年たって趙籍の代になると、ついに韓虔・魏斯と申し合せて、周の威烈王に三国を諸侯としてみとめさせてしまった（BC四〇三）。これからは戦国の七雄国の一つとなった趙の物語となる。

独立した趙は、趙籍（烈公）から三代をへて粛公の世となった。西の強国秦の野望に対して、斉・燕・韓・魏・楚とともに、これにいかに対処すべきかが問題である。この時、現われて、合従の策（趙・韓・魏・燕・斉・楚が同盟して秦に対抗するという六国の対秦軍事同盟策）をとなえたのが蘇秦で、粛公はそのリーダーとなった。かくて戦国趙の華やかな一時期がおとずれるが、「十八史略」は、ひたすら照明を蘇秦個人にあてながら、それを説明してゆく。

〔五〕蘇秦合従

㈠ 雞口牛後

秦人恐㆓喝シテ諸侯ヲ㆒求ム㆑割カンコトヲ㆑地ヲ。洛陽ノ人蘇秦、游㆓説シテ秦ノ恵王ニ㆒不㆑用ヒラレ。乃チ往イテ説㆓燕ノ文侯ニ㆒、與㆑趙従

【訓読】秦人諸侯を恐喝して地を割かんことを求む。洛陽の人蘇秦、秦の恵王に游説して用ひられず。乃ち往いて燕

親。燕資レ之以至レ趙。説ニ肅侯一曰、「諸侯之卒、十ニ倍於秦一。并レ力西向、秦必破矣。為ニ大王一計、莫レ若ニ六國從親以擯一レ秦。」肅侯乃資レ之、約ニ諸侯一。蘇秦以ニ鄙諺一説ニ諸侯一曰、「寧為ニ雞口一、無レ為ニ牛後一。」於レ是六國從合。

の文侯に説き、趙と従親せしむ。燕之に資して以て趙に至らしむ。粛侯に説いて曰く、「諸侯の卒、秦に十倍す。力を并せて西に向はば、秦必ず破れん。大王の為に計るに、六国従親して以て秦を擯くるに若くは莫し。」と。粛侯乃ち之に資して、諸侯に約せしむ。蘇秦鄙諺を以て諸侯に説いて曰く、「寧ろ雞口と為るも、牛後と為る無れ。」と。是に於て六国従合す。

【語釈】〔洛陽〕周の都、河南省にある。〔游説〕自分の意見を述べて、諸国を歩きまわる。〔資レ之〕蘇秦に旅費を与えた。〔従親〕南北につらなる両国が連合して仲よくする。〔鄙諺〕通俗的なことわざ。〔雞口〕雞の口は小さくても、上にあるから貴い。小国の君にたとえたもの。〔牛後〕牛の尻。牛は大きくても、その尻はいやしい。大きな国の臣にたとえたもの。〔従合〕合従と同じ。韓・魏・趙・燕・斉・楚の六国が同盟を結ぶこと。従は縦に同じく、たて。南北に同盟すること。

【通釈】秦が諸侯をおどかし、領地をよこせと要求した。この頃、洛陽の人で蘇秦という者がいて、初め秦の恵王の所へ行って游説したが、用いられなかったので、そこで燕の文侯に説いて、趙と連合して秦に当たるようにとすすめた。燕はなるほどと思って、旅費を与えて趙に行かせた。蘇秦は趙の粛侯に説いて言うには、「諸侯の兵隊を合わせると秦の十倍になりますから、力を合わせて西のかた秦を攻めたならば、いかに秦が強くても、必ず破れましょう。大王のために計るのに、大王が他の国々と連合して、秦を伐ちはらうにこしたことはありません。」と。粛侯はなるほどと思って、彼に旅費を与えて、諸侯に対秦同盟を結ぶようにすすめさせた。蘇秦は諸侯に、「むしろ雞の口のように小国でも君主であったほうが名誉で、大国であってもその（秦をさす）臣となっては、大きいだけで、まるで牛の尻のようなざまで不名誉でしょう。」と言う世俗的な諺をひいて説いたので、ここに六国の対秦同盟が成立した。

㈡　豈能佩ニ六國相印一乎

蘇秦者、師二鬼谷先生一。初出游、困而歸。妻不レ下レ機。嫂不二為炊一。至レ是為二從約長一、幷二相六國一。行過二洛陽一。車騎輜重、擬二於王者一。昆弟妻嫂、側レ目不二敢視一。俯伏取レ食。蘇秦笑曰、「何前倨後恭也。」嫂曰、「見二季子位高金多一也。」秦喟然歎曰、「此一人之身。富貴則親戚畏二懼之一、貧賤則輕二易之一。況衆人乎。使三我有二洛陽負郭田二頃一、豈能佩二六國相印一乎。」於レ是散二千金一以賜二宗族朋友一。既定二從約一歸レ趙。肅侯封為二武安君一。

【訓読】 蘇秦は鬼谷先生を師とす。初め出游し、困んで帰る。妻機を下らず。嫂為に炊がず。是に至つて従約の長と為り、六国に幷せ相たり。行いて洛陽を過ぐ。車騎輜重王者に擬す。昆弟妻嫂、目を側めて敢て視ず。俯伏して食を取る。蘇秦笑つて曰く、「何ぞ前には倨りて後には恭しきや。」と。嫂曰く、「季子の位高く金多きを見ればなり。」と。秦喟然として歎じて曰く、「此れ一人の身なり。富貴なれば則ち親戚も之を畏懼し、貧賤なれば則ち之を軽易す。況や衆人をや。我をして洛陽負郭の田二頃有らしめば、豈能く六国の相印を佩びんや。」と。是に於て千金を散じて以て宗族朋友に賜ふ。既に従約を定めて趙に帰る。粛侯封じて武安君と為す。

【語釈】〔鬼谷先生〕戦国時代の縦横家といって、一種の外交政略の学を講じた人である。名は王詡というが確かでない。河南省の鬼谷というところにいたから、世の人は鬼谷先生といった。〔機〕はた織り台。〔輜重〕旅行の荷物を運ぶ車。〔昆弟〕昆は兄の意。〔側レ目〕目をそらせて、よこ目で見る。恐れいって、まともに見られないのである。〔季子〕蘇秦のあざな。〔喟然〕なげくさま。〔輕易〕軽んじあなどる。〔洛陽負郭田〕洛陽は蘇秦の郷里。郭は都の外ぐるわ。それを背におうた田というのは、城下近くの便利なよい田である。〔二頃〕一頃は百畝、わが国の二町七段八畝十歩に当たるという。

【通釈】 蘇秦は鬼谷先生を師として学び、やがて国を出て、諸侯を游説してまわったが、誰も用いる者がなく、困窮して帰った。妻ははた織り台から下りず、あによめも彼のために食事の用意もしてくれなかった。ところがこんどは六国の合従同盟の長となり、六国の宰相をひとりで兼ねるように出世し、郷里洛陽にたちよった。その堂々たる護衛の騎馬兵や、何十台と続く荷物車の行列の盛んなことは、天子の行列にそっくりであった。これを見た兄弟や妻あによめたちは、恐れいって、目をそらしてまともに蘇秦の顔を見ることもできず、平伏して食事の給仕をした。蘇秦が笑って、「なぜ前にはあんなにいばって、あとではこんなに恭しくするのか。」と言った。あによめが言うには、「あなたが位が高くなり、お金もちになったからです。」と答えた。蘇秦は人情の軽薄なのにあきれ、ため息をもらして、「前の自分も、いまの自分も、同じひとりの体で何の変りもないのに、出世すれば親戚まで畏れはばかり、貧賤になるとばかにする。まして他人はなおさらである。自分に洛陽の城下近くの田二頃ほどあったならば、(もし自分が小地主の子であったら、)生活に甘んじて、どうして六国の宰相になるように発奮しただろうか。」と言って、多くの金を散じて、一族や友人たちにわかち与えた。それから合従を成立させて趙に帰った。趙の粛侯は蘇秦の功を賞して、河南省の武安という土地を与えて武安君とした。

【説話】この同盟の成立は、秦にとっては大きな脅威となったので、秦は公孫衍(犀首ともいわれた。)を派遣して、趙と斉・魏とを仲たがいさせたので、斉・魏は趙に攻撃をかけて来た。合従は破れたわけである。そこで蘇秦は身の危険を感じて趙を逃れ、趙には危機がおとずれた。しかし粛侯の子の武霊王が勇武で、どうやらその危機をまぬかれ、次に立った恵文王は、藺相如の外交と、廉頗の将才によって、秦の圧迫を切りぬけてゆく。

〔六〕廉頗・藺相如

(一) 完レ璧而帰

趙恵文王、嘗得二楚和氏璧一。秦昭王請下以二十五城一易上レ之。欲レ不レ与、畏二秦強一、欲レ与、恐レ見レ欺。藺相如願二奉レ璧往一。曰、「城不レ入、則臣請完レ璧而帰。」既至。秦王無レ意レ償レ城。相

【訓読】趙の恵文王、嘗て楚の和氏の璧を得たり。秦の昭王十五城を以て之に易へんと請ふ。与へざらんと欲すれば、秦の強きを畏れ、与へんと欲すれば、欺かれんことを恐る。藺相如璧を奉じて往かんと願ふ。曰く、「城入らずんば、則ち臣請ふ璧を完うして帰らん。」と。既にして至

如乃給キテ取リレ璧ヲ、怒髪指スレ冠ヲ。卻ニ立シテ柱下ニ曰ク、「臣ガ頭與レ璧倶ニ砕ケント。」遣ニ従者ヲシテ懐キテレ璧ヲ間行シテ先ヅ帰ラ一、身ハ待ツニ命ヲ於秦ニ一。秦ノ昭王賢ナリトシテ而帰スレ之ヲ。

る。秦王城を償ふに意無し。相如乃ち給きて璧を取り、怒髪冠を指す。柱下に卻立して曰く、「臣が頭璧と倶に砕けん。」と。従者をして璧を懐きて間行して先づ帰らしめ、身は命を秦に待つ。秦の昭王賢なりとして之を帰す。

【語釈】〔楚和氏璧〕和氏は卞和という人。むかし、楚の卞和が荊山という山から、璞（アラタマ、まだ磨かぬ玉）を得て、楚の厲王に献じた。王はこれを玉人（玉を磨く人）に見せると石だと言ったので、怒って和の左足を斬った。次に武王が立ったので、和はまた献じたが、玉人はやはり石だという。王は怒って和の右足を斬った。つぎに文王が立ったが、試みにこの玉を磨かせたところ、はたしてりっぱな玉であった。そこでこれを和氏の璧といって、たいせつにしたという話が、「韓非子」の卞和篇にある。なおこの話は、「淮南子」「新序」にも見える。〔奉レ璧〕璧をささげ持つ。〔完レ璧〕璧を完全に持ち帰る。これから、ものの完全無欠、欠点のないことをいう。〔怒髪指レ冠〕怒ってつっ立った髪が、冠をつきあげた。ひじょうに怒ったさま。〔卻立〕あとずさりして立つ。〔間行〕近道、ぬけ道を、こっそりと行くこと。微行、間歩。

【通釈】趙の恵文王は、前から珍しい宝といわれる楚の和氏の璧を持っていたが、秦の昭王が十五城とかえてほしいと言った。恵文王は、璧を与えまいとすれば、秦が強いので、あとのたたりが恐しく、与えようとすれば、秦にだまされてむざむざ璧をとられる心配があった。その時藺相如が、わたしが璧をささげ持って行きましょう、と願いでて言うには、「璧とひきかえに十五城が手に入らないばあいには、璧は無事に持ち帰ります。」と。やがて藺相如が秦に到着して、秦王に面会して璧を献上したが、はたして秦王は璧のかわりに城をよこす気持がない。そこで相如は、璧にきずがありますから、お教えしましょう、とだまして璧をとりかえすと同時に、ひじょうに怒って、さか立つ髪は冠をつきあげんばかり、つつとあとずざりをして、柱のもとに立って、「わたしの頭も璧も、もろとも柱にうちつけて砕いてしまいますぞ。」とどなりつけた。秦王はその勢にのまれて、やむなく十五城を与える約束をした。しかし信用ならないので、こっそり従者に璧を持たせて、ぬけ道からさきに帰らせ、自分は秦王をだました罪を、いさぎよく受けようと待っていた。しかし秦王は、相如はえらい男だとほめて、趙に帰らせた。

(二) 澠池之會

秦王約二趙王一會二澠池一。相如從。及レ飲レ酒、秦王請二趙王鼓一レ瑟。趙王鼓レ之。相如復請下秦王擊レ缶爲中秦聲上。秦王不レ肯。相如曰、「五歩之內、臣得下以二頸血一濺中大王上。」左右欲レ刃レ之。相如叱レ之。皆靡。秦王爲一擊レ缶。秦終不レ能レ有レ加二於趙一。趙亦盛爲二之備一。秦不二敢動一。

【訓読】 秦王趙王に約して澠池に会す。相如従ふ。酒を飲むに及び、秦王趙王に瑟を鼓せんことを請ふ。趙王之を鼓す。相如復秦王に缶を撃ちて秦声を為さんことを請ふ。秦王肯ぜず。相如曰く、「五歩の内、臣頸血を以て大王に濺ぐを得ん。」と。左右之を刃せんと欲す。相如之を叱す。皆靡く。秦王為に一たび缶を撃つ。秦終に趙に加ふる有る能はず。趙も亦盛んに之が備を為す。秦敢て動かず。

【語釈】 〔會二澠池一〕澠池は、いまの河南省澠池県の西北に当たる。当時は韓に属していた。会は諸侯が会合する一種の平和会議であるが、実は強い国が弱い国に威力をみせつけ、おどしつける示威運動が目的であった。〔瑟〕二十五弦の大きな琴。趙の都の邯鄲では、遊女がこれをひいていたという。秦王は趙王に、遊女のひく琴をひかせて、辱しめようとしたもの。〔缶〕酒を入れる土器。野蛮な秦人は、これをたたいて調子をとりながら、下品な歌をうたっていたという。秦王にこれをたたいて歌えというのは、琴をひくよりもひどい辱しめである。〔五歩之内〕ごく間近の意。逃げようとしても逃げられぬくらい間近。生殺の権はわが手にあり、といった意味がふくまれている。〔得下以二頸血一濺中大王上〕わたしの首をはねた血で、大王を血まみれにしますぞ、というのであるが、これは、わたしも死ぬが、大王も殺しますぞ、というのを遠まわしにいったもの。〔加〕威圧を加えること。〔不敢動〕よう手だしもしなかった。

【通釈】 秦王は趙王と約束して、澠池で会合した。相如は趙王に従って行った。酒宴が始まると、秦王は無礼にも趙王に遊女のひく瑟をひけといって、辱しめようとした。趙王は秦の威力に恐れて、しかたなしに

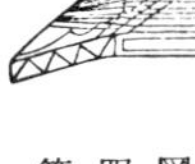

第四図　琴

瑟をひいた。すると相如が進みでて秦王に秦の缶をたたいて秦の流行歌をうたうようにと言った。秦王はもちろん承知しない。相如が言うには、「大王とわたしとの間は、わずか五歩にすぎません。もし大王が承知されないばあいには、わたしの首をはねて、そのかえり血を大王にそそぎかけますぞ。」と。秦王の左右の臣は驚いて、相如を切り殺そうとしたが、相如がこれを叱りつけると、みな草の風になびくように、平伏してしまった。そこで秦王はやむなく、しぶしぶ一回缶をたたいて歌をうたった。こうして最後まで秦は趙を屈服することができず、趙もまた盛んに警戒したので、秦もよう手だしができなかった。

缶
第五図

【説話】この澠池の会は、相如が璧を完うして帰ってから四年後のことで、周の赧王の三十六年（BC二七九年）に当たる。

(三) 刎頸之交

趙王歸、以㆓相如㆒爲㆓上卿㆒。位在㆓廉頗右㆒。頗曰、「我爲㆓趙將㆒、有㆓攻城野戰之功㆒。相如素賤人。徒以㆓口舌㆒居㆓我上㆒。吾羞㆑爲㆓之下㆒。我見㆓相如㆒、必辱㆑之。」相如聞㆑之、毎㆑朝常稱㆑病、不㆑欲㆓與爭㆒㆑列。出望見、輒引㆑車避匿。其舍人皆以爲㆑恥。相如曰、「夫以㆓秦之威㆒、相如廷㆓叱之㆒、辱㆓其羣臣㆒。相如雖㆑駑、獨畏㆓廉將軍㆒哉。顧念、強秦不㆔敢加㆓兵於趙㆒者、徒以㆓吾兩人在㆒也。

【訓読】趙王帰り、相如を以て上卿と為す。位廉頗の右に在り。頗曰く、「我趙の将と為り、攻城野戦の功有り。相如は素より賤人なり。徒に口舌を以て我が上に居る。吾之が下たるを羞づ。我相如を見ば、必ず之を辱しめん。」と。相如之を聞き、朝する毎に常に病と称し、与に列を争ふを欲せず。出でて望見すれば、輒ち車を引きて避け匿る。其の舎人皆以て恥と為す。相如曰く、「夫れ秦の威を以てすら、相如之を廷叱して、其の群臣を辱しむ。相如駑なりと雖も、独り廉将軍を畏れんや。顧念ふに強秦の敢て兵を趙に加へざる者は、徒吾が両人の在るを以てなり。今両虎共

今両虎共闘、其勢不二倶生一。吾所三以為二此一者、先二国家之急一、而後二私讎一也。」頗聞レ之、肉袒負レ荊、詣レ門謝レ罪、遂為二刎頸之交一。

に闘はば、其の勢倶には生きず。吾が此を為す所以の者は、国家の急を先にして私讎を後にするなり。」と。頗之を聞き、肉袒して荊を負ひ、門に詣つて罪を謝し、遂に刎頸の交りを為せり。

【語釈】〔上卿〕上席の卿。わが国でいえば、大名の家老の中での一番上の者に当たる。〔右〕むかしは右を尊んで上とした。其の右に出づる者なし、といえば其の上に出る者がないの意。栄転の反対に「左遷」の語があるのも、右より下の意である。なお、時代によっては、右より左が上のこともあった。〔口舌〕口さき。〔輒〕そのたびごとにの意。〔舎人〕舎は家。私人としての家に仕えているけらいや下僕。わが国の家人・用人に当たる。〔廷叱〕朝廷で叱りつける。前の澠池の会の席上で、秦の群臣を叱りつけたことをさす。〔駑〕のろい馬。おろかな人にたとえる。〔顧念〕二字でおもう。ふかく考えること。〔不倶生〕両方とも生きることはできない、どちらかが死ぬ。倶不レ生は、両方とも死ぬ、みな死ぬとなる。〔肉袒〕そでをぬいで肩をだす、肩ぬぎ。〔負レ荊〕荊はいばらで、罪人を打ついばらの木。それをおうのは、これで打ってくれという意で、わびをいう気もちを現わす。〔刎頸之交〕その友人のためならば、首をはねられても悔いないほどの交り。ひじょうに親密な交り。

【通釈】趙王は澠池の会合から帰ると、相如の功を賞して、上席の卿とした。それで相如の位は廉頗の上になった。廉頗が言うには、「自分は古くかから趙の将軍となって城を攻めとり、野原で戦うなどの手がらをたててい

第六図　京劇

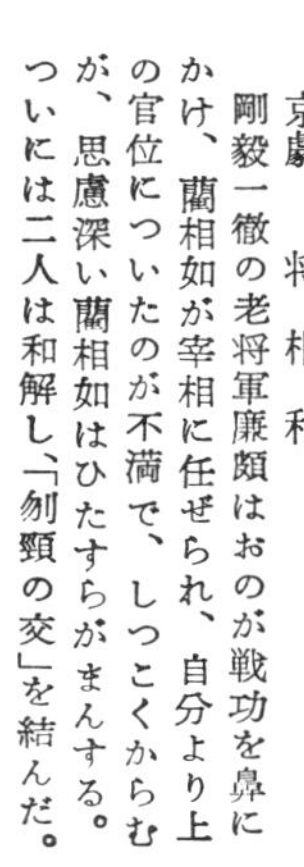

京劇　将相和

剛毅一徹の老将軍廉頗はおのが戦功を鼻にかけ、藺相如が宰相に任ぜられ、自分より上の官位についたのが不満で、しつこくからむが、思慮深い藺相如はひたすらがまんする。ついには二人は和解し、「刎頸の交」を結んだ。

る。しかるに、相如はがんらい身ぶんの賤しい人であるのに、口さきだけで出世して、自分の上にいる。自分はあんな奴の下となることを恥かしく思う。今後自分は相如に会ったならば、必ず辱しめてやる。」と。相如はこれを聞いてからは、朝廷で会議に出なければならない場合にも、いつも病気といってひきこもり、出席して朝廷で廉頗と座席の上下を争わねばならなくなることをさけた。また外出の途中で、むこうから廉頗の来るのを見かけると、そのたびごとに、車を小路へ引きこんで、さけかくれた。そこで相如のけらいが残念がって恥かしく思った。相如が言うには、「よく考えてみよ。あの秦の昭王の威力でさえも、自分は恐れることなく、これを公の席で叱りつけ、群臣を辱しめたのである。自分はいかに愚か者でも、なんで廉将軍などを恐れようや。しかし、ふかく考えてみるに、あの強い秦が軍隊をわが趙にさしむけないのは、ただわれわれ両人がいるからだ。いま二匹の虎がけんかすれば、いきおいどちらかが死ぬであろう。これと同じことで、自分と廉頗とが勢力争いをすれば、両方とも無事でおるわけにはいかない。いっぽうがかければ、秦は必ず攻めてきて、趙はあやうくなる。自分が廉頗をさけているのは、国家の危難を救うことを先にして、個人的な怨みはあとにするのだ。」と。廉頗はこれを聞いて後悔し、はだぬぎになって肩をだし、荊をせおって、相如を訪問してわびた。それからふたりはお互に、首をはねられても残念に思わぬという、深い交りを結んだ。

【説話】さて廉頗は、長平（山西省高平県）の城を固く守って秦の侵入を防いでいたが、孝成王が立つと、秦の謀略にかかって、廉頗をやめさせて、青白き机上の戦術家の趙括をそのかわりに据えたので、秦の名将白起のために長平はおとしいれられ、趙の大軍四十万が壊滅してしまった。そして、その翌々年には首都の邯鄲が包囲された。この時立ちあがったのが、孝成王の叔父にあたり、宰相をしていた平原君で、みずから楚におもむいて援軍の出兵を求めた。これについて行ったのが毛遂である。

〔七〕平原君使レ楚ニ

㈠ 毛遂自薦ム

秦攻ム二趙ノ邯鄲ヲ一。平原君求ム二救ヲ於楚ニ一。擇ビテ二門下ノ文武一

【訓読】秦趙の邯鄲を攻む。平原君救を楚に求む。門下の

備具者二十人一、與レ之倶。得二十九人一。毛遂自薦。平原君曰、「士處レ世、若三錐處二囊中一。其末立見。今先生處二門下一三年、未レ有レ聞。」遂曰、「使二遂得一レ處二囊中一、乃穎脱而出。非二特末見一而已。」平原君乃以備レ數。十九人目二笑之一。

文武備具する者二十人を択びて、之と倶にせんとす。十九人を得たり。毛遂自ら薦む。平原君曰く、「士の世に処する、錐の囊中に処るが若し。其の末立ちどころに見はる。今先生門下に処ること三年、未だ聞ゆること有らず。」と。遂曰く、「遂をして囊中に処るを得しめば、乃ち穎脱して出でん。特に末の見はるるのみに非ず。」と。平原君乃ち以て数に備ふ。十九人之を目笑す。

【語釈】〔邯鄲〕趙の首都。〔平原君〕趙の武霊王の公子、名は勝。趙の相で、食客常に数千人もいた。平原に封ぜられていたから平原君という。〔門下〕うち。〔自薦〕自分で自分を推薦する。〔穎脱〕穎は稲のノギのことだが、ここはキリのホサキ。〔備レ数〕二十人という員数に入れた。〔目笑〕目と目を見合せて笑う。人を馬鹿にしたさま。

【通釈】秦は趙の首都の邯鄲に攻撃をかけて来た。そこで平原君は楚に救を求めるために、家にいる食客の中で文武かねそなえた者二十人を選んで、それをともにつれて楚に行こうとした。十九人までは選んだが、あとひとり足りなかった。すると、食客の中から、毛遂という者が自分で自分を推薦してきた。平原君が言うには、「士たる者がこの世の中にいるのは、錐がふくろの中にあるようなもので、そのきっさきがすぐ現われて目につくものである。いま先生は、わたしの家にいること三年にもなるが、まだいちども、これはという評判を聞いたことはありません。」と。毛遂は「わたしをふくろの中におらせたら、きっさきを少し出すくらいのことではありません。柄までみな突きぬけてしまいます。」といいばった。平原君は毛遂のずうずうしいのにあきれたが、とにかく二十人の数の中に入れてつれて行くことにした。するとほかの十九人は互に目と目を見合せて、毛遂を馬鹿にして笑ったのであった。

(二)

使趙重於九鼎大呂。至楚定從。不決。毛遂按劍歷階升曰、「從之利害、兩言而決耳。今、日出而言、日中不決、何也。」楚王怒叱曰、「胡不下。吾與而君言。汝何爲者。」毛遂按劍而前曰、「王所以叱遂、以楚國之衆也。今十歩之內、不得恃楚國之衆也。王之命、懸於遂之手。以楚之强、天下莫能當。白起小豎子耳。一戰而擧鄢・郢、再戰而燒夷陵、三戰而辱王之先人。此百世之怨、趙之所羞。合從爲楚、非爲趙也。」王曰、「唯唯、誠如先生之言。謹奉社稷以從。」遂曰、「取雞狗馬之血來。」捧銅盤、跪進曰、「王當歃血定從。次者吾君。次者遂。」左手持盤、右手招十九人、歃血於堂下曰、「公等碌碌。所謂因

【訓読】楚に至りて従を定む。決せず。毛遂剣を按じて歴階して升りて曰く、「従の利害は、両言にして決せんのみ。今、日出でて言ひ、日中するまで決せざるは、何ぞや。」と。楚王怒り叱して曰く、「胡ぞ下らざる。吾而の君と言ふ。汝何為る者ぞ。」と。毛遂剣を按じて前みて曰く、「王の遂を叱する所以は、楚国の衆を以てなり。今十歩の内、楚国の衆を恃むを得ざるなり。王の命は、遂の手に懸れり。楚の強を以てせば、天下能く当たるもの莫し。白起は小豎子のみ。一戦して鄢・郢を挙げ、再戦して夷陵を焼き、三戦して王の先人を辱しむ。此れ百世の怨にして、趙の羞ずる所。合従は楚の為にして、趙の為にするに非ざるなり。」と。王曰く、「唯唯、誠に先生の言の如し。謹みて社稷を奉じ以て従はん。」と。遂曰く、「雞狗馬の血を取りて来れ。」と。銅盤を捧げて、跪き進みて曰く、「王当に血を歃りて従を定むべし。次は吾が君。次は遂。」と。左手に盤を持ち、右手に十九人を招きて、血を堂下に歃らしめて曰く、「公等碌碌たり。所謂人に因りて事を為す者なり。」と。

人成レ事者也。」平原君定レ從歸、曰、「毛先生一至レ楚、使三趙重二於九鼎大呂一。」以レ遂爲二上客一。』楚將二春申君一救レ趙。會々魏信陵君亦來救レ趙、大破二秦軍邯鄲下一。

平原君従を定めて帰り、曰く、「毛先生一たび楚に至り、趙をして九鼎大呂よりも重からしむ。」と。遂を以て上客と為す。』楚春申君を将として趙を救ふ。会々魏の信陵君も亦来りて趙を救ひ、大いに秦の軍を邯鄲の下に破る。

【語釈】〔楚〕この時期の楚の都は陳（河南淮陽）に移っていたので、趙と近かった。〔合〕合従。南北同盟して秦に当たること。〔按レ剣〕按は刀の柄に手をかけて、いまにも抜こうとするさま。〔歴階〕階段をのぼる時、一段ごとに両足をそろえるのが礼であるが、一段ごとに片足ずつかけて上ること。〔日中〕日が中するとは、正午になること。〔両言而決耳〕イエスかノウかできまる。あなたがいばっているのは、楚国の多数の軍隊をたのみにしているからだ。〔以二楚国之衆一〕衆は多くの兵隊をいう。〔豎子〕人をあなどっていうことば。小僧っこ。〔挙〕攻めおとす。〔鄢〕楚の地名。いまの湖北省宜城県。〔郢〕楚の都、いまの湖北省江陵県。〔夷陵〕楚王の歴代の墓のある所。いまの湖北省宜昌県にある。〔辱二王之先人一〕先人はなき父のこと。楚の孝烈王の亡父頃襄王が、秦の白起のために都郢を攻めおとされ、陳に逃げたことをさす。〔唯唯〕はい、はい。人のいうことに従うさま。〔奉二社稷一〕社は土地の神、稷は穀物の神。天子や諸侯は国家の繁栄を祈って、この二神をまつった。これから国家の義に用いる。〔雞狗馬〕むかし、ちかいをする時、天子は牛馬の血、諸侯は犬豚の血、大夫以下は雞の血をすすった。このばあいは、いろいろの階級の人がいるから、雞・犬・馬の血をみな用いた。すするといっても飲むのではなく、口のまわりにぬるだけである。〔碌碌〕小石のごろごろしているさま。役にたたぬさま。〔九鼎〕夏の禹王が九州（中国全土）から、銅を献上させて作った鼎で、夏・殷・周三代に伝えて宝とした。大呂は周の祖先の廟の大鐘で、その音が大呂という音階に当たったので大呂と名づけた。この二つはともに天下の宝器である。〔春申君〕楚の黄歇のこと。食客三千人を養ったという。戦国四君のひとり。〔信陵君〕彼もまた食客三千人を養ったという。やはり戦国四君のひとり。一三一頁を見よ。

【通釈】平原君は二十人の食客を従えて、楚の都へ行って趙と楚と南北合従の約束をむすぼうとしたが、楚王がためらって、なかなかきまらなかった。毛遂は刀の柄に手をかけて、とんとんと階段をかけのぼって、「合従のよしあしは、ただふたことできまるはずである。しかるに早朝から正午になっても、きまらないのは、どうしたことか。」と。楚王は怒って言うには、「無礼もの、なぜおりないか。わたしはおまえの主君と相談をしているのだ。おまえはいったい何者か。」と叱った。毛遂は少しも恐れず、さらに刀の柄に手をかけて、「王がわたしを叱るのは、楚の軍隊がおおぜいいるのを、たのみにしているのであるが、いまこのように、十歩にすぎない間近にあっては、その大軍が何のたのみになりましょう。王の命はわたしの手のうちにありますぞ。そもそも楚のような強い国が動けば、天下いかなる国もかなうものはないはずです。しかるに、秦の白起はつまらぬ小僧っ子でありながら、王の国と戦うや、最初の戦に鄢や郢をおとしいれ、二回めの戦には王の祖先の墓所を焼きはらい、三回めの戦には王の父君を破って辱しめています。このことは王の楚にとっては百代ののちまで忘れることのできない怨みであって、わが趙でさえも恥かしく思うところです。してみれば、いま楚と趙とが南北同盟をむすんで、秦に当たることは、楚のためであって、わが趙のためではありません。それをなぜぐずぐずするのですか。」と言った。さすがの楚王も毛遂の勢にのまれて、「はい、はい、ほんとうに先生の言うとおりである。謹んで国家をあげて、先生の命に従いましょう。」と言った。毛遂は、「では、合従の約束をするから、雞・狗・馬の血をもって来るように。」と言うと、楚の臣が持ってきた。毛遂は血を入れた銅盤をささげて、ひざまづいて楚王の前に進んで言うには、「王よ、まず血をすって合従の約束を誓ってください。次はわが君、次は遂がすすります。」と。三人がすすりおわると左手に盤を持ち、右手に十九人を招いて、会議堂の下で彼らにもすすらせ、「きみたちはころころした小石のようなもので、何の役にもたたない。いわゆる人の力にたよって事をなしとげるものである。」と言った。かくして平原君はめでたく合従を定めて帰って、「毛先生がひとたび楚に行かれて、わが趙を九鼎大呂よりも貴いものにしてくださった。」と言って、毛をば上席の食客として待遇した。楚は約束に従って、春申君を将として援趙軍を派遣した。またちょうど魏の信陵君もやって来て趙を応援したので、ともどもに大いに秦の軍を邯鄲の郊外でうち破った。

【説話】 かさなる趙の危機も救われた。次の悼襄王は勇将廉頗をもう一度用いて、秦に当たろうと計画したが、廉頗は老いて役にたたぬという報告があったので、北方の匈奴を破った功将李牧をかわりに起用した。次の幽繆王の世となると、はたして秦は侵入して来た。李牧がよく戦ってこれを撃破したが、秦は謀略をつかって、李牧に反意があると幽繆王にざん言したので、王は李牧を殺してしまった。秦軍はそこで、趙に侵入し、王をとりこにした。趙の士大夫たちは趙嘉を擁立したが、これも秦に破られ、ここに、趙は完全に滅亡した。烈公から十世百七十六年。邯鄲の包囲が解かれてから九年のことで、秦の始皇帝の十九年（BC二二八）であった。

魏

【説話】 戦国七雄国の一つで、初め山西省の安邑（いまの夏県）に都し、山西の南部、陝西の東部、河南の北部を領土としたが、のちには都を大梁（河南省開封）に移し、領土も河南の東北部だけにちぢまり、九代、百七十九年で、秦に亡ぼされた。（BC二二五）

周と同姓で、文王の第十五子の畢公の後裔に畢万という者があり、これが晋に仕えて魏の地におった。数代をへて桓子という者が、晋の重臣でありながら、同じ重臣の韓氏・趙氏と連合して知氏を亡ぼしてその領地を分けあい、（趙の初めの説明一〇九頁を見よ。）その孫の魏斯の時に周の威烈王の許しをうけて諸侯となり、ここに戦国時代の新興国魏が生れた（BC四〇三）。

初代の王、文公（魏斯）は明君で、多くの賢人を迎えて富強をはかったが、集まった賢士のうちには、卜子夏（論語に見える孔子の弟子）・田子方・段干木、かれらを推薦した魏成などがあり、その魏成を宰相に推薦した李克もりっぱな人物であった。

また孫子とならんで、東洋兵術家の祖といわれる呉起も、文公に用いられ、次の武公の世にも仕え、魏の軍備の充実に当たった。次にこれらについて読もう。

〔一〕亦貧賤者驕レ人耳

文侯之子撃、遇二子方于道一、下レ車伏謁。子方不レ爲レ禮。撃怒曰、「富貴者驕レ人乎、貧賤者驕レ

【訓読】 文侯の子撃、子方に道に遇ひ、車を下って伏謁す。子方礼を為さず。撃怒って曰く、「富貴なる者人に驕る

人乎。」子方曰「亦貧賤者驕レ人耳。富貴者安敢驕レ人。國君而驕レ人、失二其國一、大夫而驕レ人、失二其家一。夫士貧賤者、言不レ用、行不レ合、則納レ履而去耳。安往而不レ得二貧賤一哉。」撃謝レ之。

か、貧賤なる者人に驕るか。」と。子方曰く、「亦貧賤なる者人に驕るのみ。富貴なる者、安んぞ敢て人に驕らんや。国君にして人に驕らば、其の国を失ひ、大夫にして人に驕らば、其の家を失はん。夫れ士の貧賤なる者は、言用ひられず、行合はずんば、則ち履に納れて去らんのみ。安くに往くとして貧賤を得ざらんや。」と。撃之を謝す。

【語釈】〔謁〕首を地につけて、お目みえする。ていねいな敬礼である。〔納レ履而去耳〕履は、ハキモノ、クツ、足をクツに入れて、さっさとたち去るだけのことだ。〔安往而不レ得二貧賤一哉〕富貴になるのはむずかしいが、貧賤になるのはむずかしいわけではない。どこへ行っても貧賤を得られないことがあるものか。貧乏で暮すならどこへ行っても困らないの意。

【通釈】文侯の子の撃（他日武侯となった人）が、父の師の田子方に道であったので、車から下りて平伏して敬意を表した。しかるに子方は答礼もしない。そこで撃が怒って言うには、「富貴な者が人におごりたかぶるものであろうか、それとも貧賤な者が人におごりたかぶるものであろうか。（富貴な者がおごりたかぶるのが当然であるのに、諸侯の世継ぎである自分は、このように敬意を表しているのに、身分貧賤な先生がおごりたかぶるのは、逆ではないか。）」と。子方が言うには、「貧賤な者こそ、人におごりたかぶれるものである。富貴な者は、どうしてたかぶれようか。なぜなら、一国の君ともある者が、やたらにいばりちらしたならば、たちまち人望を失って国は亡びるであろう。大夫が人にたかぶれば、同じく家を失うようになるだろう。さて士はそれにくらべると貧賤ではあるが、自分の意見が用いられず、自分のおこないが世と合わない場合は、いつでもさっさと立ち去るまでのことである。もともと、貧賤なのであるから、どこへ行ったからとて、貧賤を得られないことがあろう。」と。撃はなるほどと思って失言をわびた。

〔二〕 家貧思二良妻一

文侯謂二李克一曰、「先生嘗教二寡人一。家貧　思二良妻一、國亂　思二良相一。今所レ相、非二魏成一則翟璜。二子何如。」克曰、「居　視二其所一レ親、富　視二其所一レ與、達　視二其所一レ擧、窮　視二其所一レ不レ爲、貧　視二其所一レ不レ取。五者足二以定一レ之矣。卜子夏・田子方・段干木、成所レ擧也。」乃相レ成。

【訓読】　文侯李克に謂ひて曰く、「先生嘗て寡人に教ふ。家貧しうしては良妻を思ひ、国乱れては良相を思ふと。今相とする所は、魏成に非ずんば則ち翟璜なり。二子は何如」と。克曰く、「居ては其の親しむ所を視、富みては其の与ふる所を視、達しては其の挙ぐる所を視、窮しては其の為さざる所を視、貧しうしては其の取らざる所を視る。五者以て之を定むるに足る。卜子夏・田子方・段干木は、成の挙ぐる所なり。」と。乃ち成を相とす。

【語釈】　〔居視二其所一レ親〕官に仕えず、家にいる時、どんな人と親しんでいるかをよく見る。〔視二其所一レ與〕どんな人に金を与えているかをよく見る。〔達視二其所一レ擧〕栄達した時、どんな人物をあげ用いるかをよく見る。〔窮視二其所一レ不レ爲〕困窮した場合、苦しまぎれにとかく道ならぬことをやるものだが、どういうことをするかよく見る。

【通釈】　文侯がその臣の李克に言うには、「先生は前にわたしに、『家が貧乏になると、内助の功を尽してくれるよい妻をほしいと思い、国が乱れると、国運を盛んにしてくれるよい大臣をほしいと思うものだ。』と教えられましたが、いま戦国の世に際して、わたしもよい大臣を得たいと思いますが、ついては魏成か翟璜のどちらかと思うが、いかがでしょうか。」と。克が言うには、「人物を見わけるには、つぎの五つの着眼点があります。まず、その人が官に仕えず家居している時、どんな人と親しくしているかを見ます。富んだ場合、どんな事に金を出し、どんな人に金を与えているかを見ます。また栄達して高位高官にのぼった時、どんな人をあげ用いているかを、よく見ます。困窮した時、とかく苦しまぎれに悪いことをやるものだが、その人は何をしているかをよく見ます。貧しい時には、取ってはならぬものでも、ともすれば取るものだが、はたして取るかどうかを見ます。この五つの事がらが、どれを大臣とすべきかを決定するでしょう。さて、卜子夏・田子方・段千木の賢人はみな魏成があげ用いたものです。（だから魏成こそ大臣たるべき人物と思います。）」と。そこで文侯は魏成を大臣とした。

〔三〕 呉起爲レ將

(一) 今又吮ニ其子一

有ニ衛人呉起者一。初仕レ魯。魯欲レ使ニ起撃一レ齊。而起娶ニ齊女一。疑レ之。起殺レ妻以求レ將、大破ニ齊師一。或曰、「起殘忍薄行人也。」起恐レ得レ罪歸レ魏。文侯以爲レ將、拔ニ秦五城一。起與ニ士卒一同ニ衣食一。卒有レ病レ疽。起吮レ之。卒母聞而哭曰、「往年呉起吮ニ其父一。不レ旋レ踵死レ敵。今又吮ニ其子一。妾不レ知ニ其死所一矣。」

【訓読】衛人に呉起といふ者有り。初め魯に仕ふ。魯起をして斉を撃たしめんと欲す。而して起斉の女を娶る。之を疑ふ。起妻を殺して以て将たらんことを求め、大いに斉の師を破る。或ひと曰く、「起は残忍薄行の人なり。」と。起罪を得んことを恐れ魏に帰す。文侯以て将と為し、秦の五城を抜く。起士卒と衣食を同じうす。卒に疽を病むもの有り。起之を吮ふ。卒の母聞きて哭して曰く、「往年呉起其の父を吮ふ。踵を旋さずして敵に死せり。今又其の子を吮ふ。妾其の死所を知らず。」と。

【語釈】〔残忍薄行〕その性質が残酷で、おこないが愛情がなくてつめたい。〔疽〕悪質のできもの。〔吮〕口をつけてすう、膿や血をすい出したのである。〔不レ旋レ踵〕踵はカガト。まわれ右をしない、うしろを向かないこと。敵にうしろを見せず、一歩もしりぞかず奮戦する。〔不レ知ニ其死所一矣〕勇ましく戦って、どこで死ぬことやら、その場所もわからないだろう。

【通釈】衛人に呉起という者がいた。初め魯に仕えていたが、魯が彼に斉を伐たせようとした。しかし起は斉の女を妻にしていたので、妻の愛に引かれて、二心をいだきはしないかと疑った。起はその妻を殺して二心のないことを示し、魯の将軍となることを願い、大いに斉の軍を破ったところが、ある人が悪口をいって、「起と言う男は残忍な心のつめたい奴だ。（大将の地位を得たいばかりに、妻さえ殺して平気でいる。こんなことでは国家に対して、どんなことをするやら。」」と言った。起はそのため罪せられようかと恐れ、魏の文侯のところへ逃げて行った。文侯はこれを用いて大将とし、秦と戦って五つの城を攻め落とした。起は大将という身分にもかかわらず、常に士卒と衣食を同じうし、その労苦をねぎらった。兵卒が悪質のはれものをやんだ時に、起はその膿をすい出してやった。士卒の母がそれを聞いて、声をあげて泣いて言うには、「先年あの子の父―自分の夫―が、はれものをやんだ時も、呉公がその膿をすってくださったので、父は恩義に感じて敵にうしろを見せず、一歩も退かず、ついに戦死した。それなのに、いままたその子の膿をすってくださったというが、あの子も恩義に感激して、きっとどこかで戦死することだろう。」と。

(二) 舟中人皆敵國也

文侯卒、子撃立。是為二武侯一。武侯浮二西河一而下。中流顧謂二呉起一曰、「美哉、山河之固、魏國之寶也。」起曰、「在レ徳不レ在レ險。昔三苗氏、左二洞庭一、右二彭蠡一、禹滅レ之。桀之居、左二河濟一、右二泰華一、伊闕在二其南一、羊腸在二其北一、湯放レ之。紂之國左二孟門一、右二太行一、恒山在二其北一、大河經二其南一、武侯殺レ之。若不レ修レ徳、舟中人皆敵國也。」武侯曰、「善。」

【訓読】 文侯卒し、子撃立つ。是を武侯と為す。武侯西河に浮んで下る。中流にして顧みて呉起に謂ひて曰く、「美なるかな、山河の固め、魏国の宝なり。」と。起曰く、「徳に在りて険に在らず。昔三苗氏は、洞庭を左にし、彭蠡を右にせしが、禹之を滅ぼせり。桀の居は、河済を左にし、泰華を右にし、伊闕其の南に在り、羊腸其の北に在りしが、湯之を放てり。紂の国は孟門を左にし、太行を右にし、恒山其の北に在り、大河其の南を経しが、武侯之を殺せり。若し徳を修めずんば、舟中の人皆敵国なり。」と。武侯曰く、「善し。」と。

【語釈】 〔西河〕黄河をいう。山西・陝西の間を流れるところを西河という。魏の国境にある。〔三苗氏〕種族の名。〔彭蠡〕

いまの鄱陽湖。〔河・済〕黄河と済水の二つの河。〔泰華〕五岳の一つである華山。陝西省にある。〔大河〕黄河をいう。

【通釈】文侯が死んで、子の撃が位についた。これを武侯という。武侯がある時、黄河の流れに舟を浮べて下ったが、中流に来た時呉起をふりかえって見て、「美事な眺めだなあ、この山と河のたたずまいは。国の堅固な要塞で、魏国の宝だわい。」と言った。呉起が答えて言うには、「一国の安泰は、山河の堅固によるものではなく、君の徳によるものです。むかし、三苗という種族は、左に洞庭湖をひかえ、右に彭蠡沢をそなえて、湖北・湖南・江西の要害を占めていましたが、有徳の聖天子の禹王に亡ぼされました。また夏の桀王の都は、河水や済水を左に、華山を右にひかえ、伊闕というけわしい要塞が南にあり、羊腸というけわしい坂が北にあったが、殷の聖天子の成湯がこれを放伐しました。殷の国は左に孟門山があり、右に太行山があり、恒山が北に聳え、太河が南を流れて、河南の要害によっていたが、紂王が暴虐であったので、周の武王はこれを殺してしまったではありませんか。もし君が徳を修めない時は、この船の中とても、みな敵国となりましょうぞ。」と。武侯は、「なるほど、起の言うとおりだ。」と感心した。

【説話】こうして、文武二公の努力によって、国力を養った魏は、三代めの恵王の世になると、積極策に出て、龐涓を将にして韓に向って侵入した。韓は救いを斉に求めたので、斉では孫臏を軍師にして魏にたち向い、馬陵道で孫臏は龐涓を破り、魏の太子はとりことなってしまった(九五頁を見よ)。ついで南では楚に敗れ、西では秦に領土を奪われたので、あわてた恵王は、にわかに天下の賢士をもとめて、国力の再建をはかることになった。孟子も出かけて行って王に説いたひとりであるが、彼の王道主義は復興を急いでいる恵王には、迂遠な考えとしかうつらなかった。このような魏の不安と動揺の時に現われて、巧みに魏を操縦しながら、実は秦のためにはかり、また一身の栄達に狂奔したのが張儀であった。

〔四〕張儀連横

魏人有二張儀者一。與二蘇秦一同レ師。嘗遊レ楚、為二楚相一所レ辱。妻慍有レ語。儀曰、「視二吾舌一。

【訓読】魏人に張儀といふ者有り。蘇秦と師を同じくす。嘗て楚に遊び、楚の相の為に辱しめらる。妻慍りて語有り。

尙在否。」蘇秦約レ従時、激レ儀使レ入レ秦。儀曰、「蘇君之時、儀何敢言。」蘇秦去レ趙而従解。儀專爲レ横、連二六國一以事レ秦。秦惠王時、儀嘗以二秦兵一伐レ魏、得二一邑一、復以與レ魏。而欺レ魏割レ地以謝レ秦。歸爲二秦相一。已而出爲二魏相一。實爲レ秦也。襄王時、復歸相レ秦。已而復出相レ魏以卒。

儀曰く、「吾が舌を視よ。尙ほ在りや否や。」と。蘇秦の従を約する時、儀を激して秦に入らしむ。儀曰く、「蘇君の時、儀何ぞ敢て言はん。」と。蘇秦趙を去りて従解く。儀專ら横を為し、六国を連ねて以て秦に事へしむ。秦の恵王の時、儀嘗て秦の兵を以て魏を伐ち、一邑を得、復以て魏に与ふ。而して魏を欺き地を割きて以て秦に謝せしむ。帰りて秦の相と為る。已にして出でて魏の相と為る。実は秦の為めにするなり。襄王の時、復帰りて秦に相たり。已にして復出でて魏に相として以て卒す。

【語釈】〔為二楚相一所レ辱〕儀はかつて楚の宰相と酒を飲んでいた時に、宰相の璧がなくなった。宰相は儀が盗んだとうたがって、むちをうつこと数百回に及んだというのをさす。〔慍有レ語〕慍は怒り悲しむ。有レ語は、文句を言うこと。史記によれば、「嘻、使三子不二遊説一、何有二此辱一。」とある。〔激レ儀使レ入レ秦〕激は激怒。蘇秦は秦王が合従を破ることを心配して、同学の張儀を秦にやって、破らせないようにするため、まず張儀をまねいておいて、わざと数日間も会はなかったので、儀はその無礼を怒った。そこで秦王に説いて、蘇秦の合従をぶちこわしてやろうと思ったが旅費がない。蘇秦はひそかに部下をして多くの金を贈ったので、儀はようやく秦王に面会することができ、用いられて大臣となった。そこでは蘇秦は、また部下をして、蘇秦が張儀を辱しめたのは、彼を発奮させせんがためであったこと、またその金も蘇秦が贈ったことを話させたので、儀は蘇秦の友情に感激して、自分の出世したのは、蘇秦のおかげによるものだ。彼がいる間は合従の防害はしまい、と言ったということである。〔横〕衡とも書く。合従の反対で、六国がいっしょになって秦に仕えるようにする政策。

【通釈】 魏の人に張儀という者があった。蘇秦と同じく鬼谷先生について学んだ。かつて楚の国へ遊説にいった時、盗みの疑いをうけて宰相に辱しめられた。妻が悲しみ怒って文句を言うと、張儀は舌を出して言うには、「おれの舌があるか、どうかよく見よ。舌さえあれば、いずれ出世してみせるから。」と。さて、蘇秦は合従の同盟を結んだ時、秦にじゃまされることを心配して、儀をうまく使おうと考えた。そこでわざと儀をいからせて秦の恵王に仕えるようにしむけ、かげで旅費その他たくさんの金をこっそり贈った。儀はそのおかげで秦王に仕えて、宰相にまで出世したのだが、蘇秦の友情に感謝して、「蘇秦君がいる間は、合従の防害はしまい。」と言った。その後、蘇秦は合従が破れたので、趙を逃げだした。そこで儀は専ら連衡をとなえて、六国が連合し秦に仕えるようにしむけた。秦の恵王の時、儀は秦の兵を率いて魏を伐ち、蒲陽という土地をとったが、恩に着せてまた魏に返した。そして魏を欺いて、お礼として土地を秦にやって感謝させた。やがて秦に帰って宰相となったが、また魏へ行ってその宰相となった。しかし、魏のために宰相になったのではなく、実は秦のためにする計であった。秦の襄王の時、また秦に帰って宰相となったが、やがてまた秦を出て魏の宰相となって死んだ。

【説話】 同じ鬼谷先生の弟子でも、人物として張儀は蘇秦に劣るように思われる。謀略は戦国の常とはいえ、魏に仕えながら秦のために謀った張儀の態度はすっきりしない。これに比べれば、ついには身を殺すことになったけれども、知伯のために仇を復しようとした予譲（一〇六頁を見よ）や、次に読む魯仲連の生き方は、いかにも美しい。

〔五〕 踏二東海一而死耳

魏安釐王立。封二公子無忌一爲二信陵君一。無忌愛レ人下レ士。食客三千人。秦攻レ趙。魏王使二晉鄙救一レ之。秦昭王欲三移レ兵先撃二救者一。王恐止二晉鄙兵一、壁二于鄴一、又使二新垣衍説一レ趙、「共尊レ秦爲レ帝。」魯仲連往見レ衍曰、「彼秦者、棄二禮義一上二首功一之國也。卽肆然帝二天下一、

【訓読】 魏の安釐王立つ。公子無忌を封じて信陵君と為す。無忌人を愛し士に下る。食客三千人。秦趙を攻む。魏王晋鄙をして之を救はしむ。秦の昭王兵を移して先づ救ふ者を撃たんと欲す。王恐れて晋鄙の兵を止め、鄴に壁し、又新垣衍をして趙に説かしめ、「共に秦を尊んで帝と為さん」と。魯仲連往て衍に見えて曰く、「彼の秦は礼儀を棄てて首功を上ぶの国なり。即し肆然として天下に帝たらば、則ち連東海を踏んで死する有らんのみ。」と。衍再拝して曰く、

則連有下踏二東海一而死上耳。」衍再拝曰、「先生天下士也。吾不三敢復言二帝レ秦矣。」

「先生は天下の士なり。吾敢て復秦を帝とすることを言はず。」と。

【語釈】〔信陵君〕信陵はいまの湖北省宜昌府帰州の東。無忌がそこに封ぜられたから信陵君という。戦国四君のひとりである。〔壁〕屯営すること。〔鄴〕魏の領内にあり。いまの河南省彰徳府内。〔新垣衍〕新垣が姓、衍が名。弁説の士。〔魯仲連〕斉の高士。〔首功〕首斬りの数の多いこと、戦功。BC二五三年には、秦の白起の軍は魏を破り、首級二十四万をあげている。〔肆然〕侈然に同じ。放肆の意で、勝手気まま。〔踏二東海一〕魯仲連の生国は斉で、斉は東海にのぞんでいる。秦王が帝になるような中国に住むのはいやだ。死んだ方がましだの意。

【通釈】魏では、安釐王が位につき、異母弟の無忌を信陵に封じて、信陵君とした。（前段の張儀の死後、二十余年後のことで、その間、魏は秦軍の侵入に苦しめられ続けていた。）彼はよく人を敬愛し、賢士をたっとんで、これに下ったので、彼のもとに身をよせる食客は三千人の多きに達していた。さて、秦が趙に侵入した。魏王は趙を救うために、晋鄙を大将にした救援軍を派遣することになった。すると、それを知った秦の昭王は、魏に攻撃をかける態勢を示した。それまで秦のしばしばの侵入によって、ある時は六十二城を奪われ、ある時は二十四万の兵をみな殺しにされて、さんざん秦にいためつけられていた魏王は、秦を恐れて、趙に向わせつつあった救援軍を、鄴に足どめさせておいて、弁舌の士新垣衍を趙に派遣して、「強秦に反抗するよりも、むしろ秦王をたっとんで、帝に仰ごう。」と説かせた。たまたま趙に来ていた斉の魯仲連が、その噂を耳にし、新垣衍の宿を訪ねて、「あの秦という国は、礼儀をすてて、ただ戦場で敵の首を多く斬ることをたっとぶ残忍な侵略主義の国である。もし、秦王が、あなた方のすすめによって、気ままにも、帝となってこの中国に君臨するようなことになったら、そんな奴の下で中国に生活しているのはいやですから、わたしは東の海上にのがれて溺れ死んだほうが、ましだと思っている。（秦王を皇帝に仰ぐことは、中国人の道義として許せません。）」と言った。新垣衍は、すっかり敬服して、ていねいにお辞儀をすると、「先生は、天下の名士です。まことにおりっぱなおことばです。（私もまったく同感で、）秦王を皇帝にしようなどとは、今後二度と申しません。」と答えた。（こうして彼も強い排秦主義者になったのである。したがって、魏王の考えは出先でつぶされてしまった。）

【説話】　魯仲連は斉（山東省）の人であったから、孔子の思想の影響もあったろう。「秦は礼義をかえりみない国である。」ということばも、そこから生れたものと思われる。のちに斉の田単（一三七頁）は、魯仲連のこのことばを伝え聞いて、彼を斉王に推薦したが、仲連は初めから仕えることを潔しとしない人であったから、それを聞くと東海に出て行方をくらましてしまった。

さて、媚秦政策がつぶれると、あくまで戦うよりほかに道はない。趙の平原君の夫人は、魏の信陵君無忌の姉に当たっていたのだ。平原君のところからは、魏王に出兵させてもらいたいという頼みの使が信陵君のところへ、矢つぎばやに出された。信陵君も趙の危急を救ってやりたいとあせって、魏王に対して熱心に説いたが、秦をおそれる王は承知しない。そこで信陵君は非常手段を講じ、独断で全軍に号令して、趙を救うべく、邯鄲（趙の都）へ向った。この時、平原君は自ら楚に出向いて楚からも春申君のひきいる救趙軍を出させたので（一一七頁を見よ）、連合軍は邯鄲の郊外に秦軍を大いに破って趙の危機は救われた。しかし魏の信陵君は、非常手段とはいえ、勝手に国軍を動かしたのであるから、王の怒りをおそれて魏に帰ることはやめた。

かくて魏は趙を救ったが、三年たつと秦は大挙して魏に侵入して来た。信陵君のいない魏はもろくも敗れて、秦の要求をいれて和を結んだ。それからまた六年たつと、秦はまた大軍をくり出して、ついに魏の首都の大梁を包囲したので、亡命中の信陵君はにわかに立ちあがって帰国し、魏軍の総大将となった。信陵君が魏にもどり決起したという報がつたわると、彼への信頼は大したもので、各国ともすすんで援軍を送ったので、魏・趙・韓・燕・楚五国の連合軍を掌握した信陵君は、黄河の岸で秦軍を破り、勢に乗じて函谷関（秦の領土の玄関口）まで追撃して凱旋した（BC 二四七）。これは秦に苦しめられ続けていた諸国にとっては大快報であった。が、それから三年で信陵君は病没した。

信陵君が死ぬと、秦はふたたび魏に向って攻撃を加え、攻撃のたびに領土を削りとって、十五年ののち、王仮が魏王の位についた二年め、秦の精兵は大梁をおとしいれて、王仮を殺し、ここに魏は亡んだ。時に始皇の二十二年、BC 二二五年である。魏は文公から王仮まで九世であった。

韓

【説話】周の武王の子の韓侯の子孫であるが、晋に仕えて六卿（六家老）のひとりとなり、やがて趙・魏二氏とともに主家の領土を分割して諸侯となったもので、戦国七雄国の一つであった。初めは陽翟（河南省禹州）に都し、河南省の中部を中心に山西省の東南部まで勢力をのばしていたが、のちには都を新鄭（河南省開封治下）に移した。昭公の時には、申不害（刑名家）を用いて、国治まり兵も強かったが、その後しだいに衰え、BC 二三〇年、秦王政（始皇帝）に亡ぼされた。

戦国の初め、聶政という侠者が、厳仲子のために、宰相の侠累を殺し、自分の顔の皮をはぎ、目をえぐって、姉に累の及ばないようにしたが、姉は、その梟首（さらし首）の場に行って、この侠者はわが弟である、自分のために弟の名が世に伝えられないのは残念だから、あえてそれを明かす。と言って自殺した話が記されている。

楚

【説話】顓頊（九頁）の後裔で、熊繹という者の時、周の成王から荊蛮（湖北湖南地方）に封ぜられたと称しているが、これは国を古く見せ、権威づけようとした作り話であろう。紀元前八世紀の終り頃、この地方に熊渠という者が現われ王と称した。春秋の初めになって、武王が立つと強大になり、次の文王（BC 六八九―六七五）の時に、郢（いまの湖北省江陵）に都し、この頃から河南平原への進出に志した。次の成王は、斉の桓公と召陵に会して覇を争い（BC 六五六）、宋の襄公とも覇を争い（宋の(1)を見よ）、晋の文公とも覇を争って城濮（山東省濮県）に戦った（BC 六三二。晋の(1)を見よ）。このように揚子江の中流の北岸にあって、しじゅう黄河沿岸への進出を企図していたのが楚で、春秋時代は南北の争覇時代であったといってよい。文公の孫の荘王（BC 六一三即位―五九一没）の時には、ついに春秋の覇者となり、周の「鼎の軽重を問う」（周の定王の条にある。）までに、強大になった。

〔一〕三年不レ蜚不レ鳴

莊王卽レ位、三年不レ出レ令、日夜爲レ樂。令二國中一、「敢諫者死。」伍擧曰、「有レ鳥在レ阜。三年不レ蜚、不レ鳴。是何鳥也。」王曰、「三年不レ蜚、蜚將レ衝レ天。三年不レ鳴、鳴將レ驚レ人。」蘇從亦入諫。王乃左執二從手一、右抽レ刀、以斷二鐘鼓之懸一。明日聽レ政、任二伍擧・蘇從一。國人大悅。又得二孫叔敖一爲レ相、遂覇二諸侯一。

【訓読】 荘王位に即き、三年命を出さず、日夜楽を為す。国中に令して、「敢て諫むる者は死せん。」と。伍挙曰く、「鳥有りて阜に在り。三年蜚ばず、鳴かず。是れ何の鳥ぞや。」と。王曰く、「三年蜚ばず、蜚ばば将に天を衝かんとす。三年鳴かず、鳴かば将に人を驚かさんとす。」と。蘇従も亦入りて諫む。王乃ち左に従の手を執り、右に刀を抽きて、以て鐘鼓の懸を断つ。明日政を聴き、伍挙・蘇従に任ず。国人大いに悦ぶ。又孫叔敖を得て相と為し、遂に諸侯に覇たり。

【語釈】 〔阜〕音はフ、岡。小山。〔不レ蜚〕蜚は飛ぶ。〔鐘鼓之懸〕鐘や鼓をつり下げるひも。

【通釈】 荘王が位についたが、三年もの間何の政令も出さず、日夜遊び楽しんでいた。そして国中に命令して、「無理に意見する者は、死刑に処するぞ。」と言ったので、誰も諫める者がなかった。ところが伍挙という臣が、「へんな鳥が岡の上にいて、三年も飛びもせず、鳴きもしませんが、いったいどうした鳥でしょうか。」と、王を鳥に譬えて諷刺した。王が言うには、「三年も飛ばずにいるのは、飛んだら最後、天をつきあげるほど高く飛ぶためだ。三年も鳴かずにいるのは、いったん鳴いたら、人をびっくりさせるためである。（ひそかに英気を養っているのだぞ。）」と、自分の気もちを答えた。蘇従という臣もまた王の前に入ってきて諫めた。王はその忠誠に感じて、左の手で蘇従の手をにぎり、右の手で刀をぬき、いままで遊びに使っていた鐘や太鼓のつりひもを断ち切って、「さあ、これから政治に励むぞ。」という決心を示し、翌日からさっそく政治をとり、伍挙と蘇従を重く任用した。楚の国民は大いに喜んだ。なお荘王は孫叔敖という賢者を得て大臣とし、ついに諸侯の覇者となった。

【説話】さて、荘王から五代をへた昭王の頃から、楚は衰え始め、さらに七代をへて戦国の末、懐王の世となると、秦の張儀（一二七頁）にだまされて、怒って戦ったが大敗を喫してしまう。「離騒」の作者として有名な屈原は、この時代の人であった。

秦に郢をおとされた楚は、都を陳（河南省淮陽県）に移し、頃襄王の次の孝烈王の時には、さらに東の寿春（安徽省寿県）に移した。秦の圧迫に堪えかねての東遷であった。

孝烈王から一代をへた哀王は楚人に殺され、秦の派遣した軍隊によって楚は亡ぼされた。時に秦王政（始皇帝）の二十四年（BC二二三）で、武王から数えて四十一世、八百七十年であった。

燕

【説話】周と同姓。周の初めに召公が封ぜられたところで、薊（河北省薊県）に都して、中国の東北角の地を占め（いまの北京付近。北京の別名を燕京という。）、北に遼東・朝鮮をひかえ、南に中原をにらんだ尚武の国であった。「十八史略」では、春秋時代の燕については少しも記さず、戦国時代に入って、文公の時に、蘇秦の合従策をいれて秦に対抗したところから説き起こしている（BC三三四）。

文公の次に易王（名は噲）が位についたが、十年たつと王位を宰相の子之にゆずり、自らすすんでその臣となった。そのために国内の秩序が乱れたので、斉では好機とばかり侵入して子之も噲も殺してしまったから、燕は亡んだも同然のありさまとなった。この時、国民の推し立てたのが太子の平で、のちに昭王となった名君で、名相郭隗と名将楽毅のたすけにより、燕の国威を輝かす。

〔一〕燕齊交戰

(一) 先從隗始

昭王弔死問生、卑辭厚幣、以招賢者。問

【訓読】昭王死を弔ひ生を問ひ、辞を卑くし幣を厚くし、

郭隗曰、「齊因二孤之國亂一而襲破レ燕。孤極知二燕小 不一レ足二以報一。誠得二賢士一、與共レ國、以雪二先王之恥一、孤之願也。先生視二可者一、得二身事一レ之。」隗曰、「古之君、有下以二千金一使三涓人求二千里馬一者上。買二死馬骨五百金一而返。君怒。涓人曰、『死馬 且買レ之。況生 者乎。馬今至 矣。』不二期年一、千里馬至者三。今王必欲レ致レ士、先從レ隗始。況賢二於隗一者、豈遠二千里一哉。」於レ是昭王爲レ隗改 築レ宮、師二事之一。

以て賢者を招く。郭隗に問ふて曰く、「斉孤の国の乱れしに因りて襲ひて燕を破る。孤極めて燕の小にして以て報ずるに足らざるを知る。誠に賢士を得て、与に国を共にし、以て先王の恥を雪がんこと、孤の願なり。先生可なる者を視せ、身之に事ふるを得ん。」と。隗曰く、「古の君、千金を以て涓人をして千里の馬を求めしめし者有り。死馬の骨を五百金に買ひて返る。君怒る。涓人曰く、『死馬すら且つ之を買ふ。況や生ける者をや。馬今に至らん。』と。期年ならずして、千里の馬至る者三。今王必ず士を致さんと欲せば、先づ隗より始めよ。況や隗より賢なる者、豈千里を遠しとせんや。」と。是に於て昭王隗の為に改めて宮を築き、之に師事す。

【語釈】〔弔レ死問レ生〕戦争で死んだ者をとむらい、生存者をいたわりなぐさめる。一説に、民に死者があれば弔問し、出産があれば祝に行くことだというがとらぬ。〔厚レ幣〕進物を厚く、ていねいにする。〔孤〕諸侯の自称。一説に、ふつうは寡人というが、喪中は孤というと。〔視〕しめすと読む。〔涓人〕官名。王の左右に仕えて、宮中の掃除やとりつぎなどをする役。近習。〔千里馬〕一日に千里も走る馬。名馬。〔期年〕一年。〔先従レ隗始〕賢者を招こうと思うならば、まず、隗から重く用いることをお始めなさいの意。いまは人にせよというよりも、おまえから始めよ、という意味に用いられる。〔築レ宮〕家をつくる。むかしは家を宮といった。

【通釈】昭王は国力の恢復をはかり、戦死者を弔い、生存者をなぐさめ、ことばを低くていねいにし、進物を厚くして、天下の賢者を招いた。ある時、昭王は郭隗に向って言うには、「斉はわたしの国の乱れているのにつけこんで、攻めてわが燕をうち破った。わたしは燕が小国で仇を報ずることのできないのを、はっきりと知っているが、しかし何とかして天下の賢明な士を得て、国政をともにおこなって先君の恥をすすぎたい、これがわたしの願いである。隗先生よ、りっぱな人を見たててください。わたしはその人を師として、仕えたいと思います。」と。隗が答えて言うには、「古の君に、近習に千金を持たせて、一日に千里も走る名馬を買いにやった者がありました。すると近習が死んだ名馬の骨を五百金で買って帰って来たので、君が怒りました。涓人が言うのに、『名馬であれば、死んだ骨でさえ大金で買うのですから、まして生きた名馬なら、どんな大金で買うだろうと世の人は思います。そのうちに生きた名馬がきっとやって来ますよ。』と答えましたが、はたして一年もたたないうちに、名馬が三頭も集まったということです。このように、賢士を招こうと思われるならば、まず、わたしのような愚か者からお用いになってください。わたしより賢い者は、なんで千里の道が遠いからといって、来ないことがありましょう。きっと先方からやってまいります。」と。昭王はなるほどと思って、隗のために、住いを改築し、師として仕えた。

【説話】郭隗の計画は見事に成功した。すなわち郭隗でさえもあんなに優遇されるという噂は、各国に拡がり、郭隗以上と自信をもった人物が、争って燕の都に集まって来た。どの国でもよい、自分を認めてくれる国に仕えて、名をなし、豊かな生活をしたいというのが、戦国士人の心であったからである。集まった者の中で、もっとも優れていたのが、魏から来た楽毅であった。ただちに亜卿として国政をまかせることになった。

さて、昭王が心中に忘れ得ないことは、燕の混乱に乗じて侵入し、父王を殺した斉への復仇である。その恨みは、またひとり昭王だけのものでなく、燕人全体の恨みでもあった。そこで、昭王は国力が恢復すると、楽毅を大将軍に立てて、斉へ向って侵入させることになった。

㈡　下二齊七十餘城一

於レ是士爭趨レ燕。樂毅自レ魏往。以爲二亞卿一任二國政一。已而使二毅伐一レ齊。入二臨淄一。齊湣王

【訓読】是に於て士争ひて燕に趨く、楽毅魏より往く。以て亜卿と為し国政に任ず。已にして毅をして斉を伐たしむ。

出走。毅乘勝、六月之閒、下齊七十餘城。唯莒卽墨不下。』昭王卒、惠王立。惠王爲太子、已不快於毅。田單乃縱反閒曰、「毅與新王有隙。不敢歸。以伐齊爲名。齊人惟恐他將來卽墨殘矣。」惠王果疑毅、乃使騎劫代將而召毅。毅奔趙。

臨淄に入る。斉の湣王出で走る。毅勝に乗じ、六月の間、斉の七十余城を下す。唯莒と即墨とのみ下らず。』昭王卒し、恵王立つ。恵王太子たりしとき、已に毅に快からず。田単乃ち反間を縦ちて曰く、「毅新王と隙有り。敢て帰らず。斉を伐つを以て名と為す。斉人惟他将の来りて、即墨の残せられんことを恐る。」と。恵王果して毅を疑ひ、乃ち騎劫をして代り将たらしめて毅を召す。毅趙に奔る。

【語釈】〔亜卿〕亜はつぎの意、卿のつぎの官。〔臨淄〕斉の都。〔莒・即墨〕ともに山東省にある。〔不レ快〕不快な感情を抱いていた。〔新王〕恵王をいう。〔反間〕間はスパイ。敵のスパイを利用して、こちらの用をさせるもの。〔隙〕不和。〔殘〕そこなうと読み、残酷なこと。

【通釈】（前章から続く。）そこで有能の士は、われさきにと争って燕に行った。楽毅は魏から行った。昭王はこれを亜卿として優遇し、国政をまかせた。やがて復仇の機会をねらっていた昭王は、毅を将軍として斉を伐たせた。毅は勇戦して斉の都の臨淄に攻め入ったので、斉の湣王は莒に出て走った。毅は勝にまかせて、たちまちのうちに七十余城を攻め落としたが、ただ莒と即墨だけが下らなかった。』そのうちに昭王が死んで、恵王が立ったが、恵王は太子であった時から、すでに毅と仲が悪かった。即墨を守っていた斉の将の田単は、これを知っていたので、逆スパイを使って、「毅は新たに王となった恵王と仲がわるく、斉を伐つのを名目として、昭王が死んだのに葬式にも帰らず、何もせずに斉に留まっている。これは斉にとってはありがたいわけで、われわれは他の将が毅のかわりに来て、猛烈残酷な攻撃をかけられるのが、一番心配だ。」と言いふらした。恵王はこの計略にひっかかって毅を疑い、そこで騎劫をかわりにやって即墨を攻めさせることとし、毅を召還しようとした。毅は罪せられるのを恐れて趙へ逃げた。

㈢　田單火牛

時齊城、惟莒卽墨不レ下。卽墨人推二田單一爲二將軍一。田單身操二版鍤一、與二士卒一分レ功、妻妾編二於行伍一。收二城中一得二牛千餘一。爲二絳繒衣一、畫二五彩龍文一、束二兵刃其角一、灌レ脂束二葦於尾一、燒二其端一、鑿レ城數十穴。夜縱レ牛、壯士隨二其後一。牛尾熱、怒奔二燕軍一。所レ觸盡死傷。而城中鼓譟從レ之。聲振二天地一。燕軍敗走。七十餘城皆復爲レ齊。

【訓読】　時に斉の城、惟莒と即墨のみ下らず。即墨の人田単を推して将軍と為す。田単身づから版鍤を操り、士卒と功を分ち、妻妾は行伍に編す。城中を収めて牛千余を得たり。絳繒の衣を為り、五彩の龍文を画き、兵刃を其の角に束ね、脂を灌ぎて葦を尾に束ね、其の端を焼き、城を鑿つこと数十穴。夜牛を縦ち、壮士其の後に随ふ。牛尾熱し、怒りて燕の軍に奔る。触るる所尽く死傷す。而して城中鼓譟して之に従ふ。声天地に振ふ。燕の軍敗走す。七十余城皆復斉と為る。

【語釈】　〔操二版鍤一〕版はどてを築く時、土どめに用いる板。鍤は土工に用いるスキやクワ。将軍自らとりでを築くため、土工に従事することをいう。〔分レ功〕功は仕事。仕事を分担した。〔編二於行伍一〕兵卒の隊列に編入した。〔絳繒衣〕赤色の絹の着物。牛が赤色を見ると興奮する習性を利用し、これを着せて敵陣に乱入させるのである。〔五彩龍文〕五色で色どった龍の模様。文は模様のこと。〔兵刃〕刀剣のこと。〔脂〕動物のアブラを脂という。植物性は油という。〔鑿〕穴をあける。城壁に穴をあけて、そこから牛を追い出した。〔鼓譟〕陣太鼓を打ちならし、トキの声をあげる。

【通釈】　（前章から続く。）その時、斉の城は、ただ莒と即墨だけが下らなかった。即墨の人々は田単を推薦して将軍とし、燕の将軍騎劫と戦うことにした。田単は将軍でありながら、兵といっしょに土かための板や、すきくわを手にし、仕事を分担して働き、妻や妾を隊伍に編入して防備を手伝わせた。また城内をたずねて牛を千余頭手に入れ、赤い絹の着物を作り、これに五色に色どった龍の模様を画いて牛に着せ、刃ものを角にしばりつけ、あぶらを葦にそそぎかけて尻尾につかね、そのはしに火をつけ、城壁に数十の穴をあけて夜のやみにまぎれて牛を放ち、そのあとに勇壮な兵士が続いて進んだ。牛の尻尾が熱したので、牛は怒り狂って燕軍に乱入し、これにふれた敵はことごとく死傷した。これを見て即墨の城中の兵は太鼓を打ちならして、これにつれて攻撃した。その声は天地もふるわさんばかりであった。燕の軍はさんざんに敗走したので、七十余城は再び斉のものとなった。

【説話】 燕では、恵王から二代をへて王喜の時代となったが、国力はもはや昔日の面影もなく、太子が秦に人質になっているという哀れな状態である。ここに、悲壮な劇的な事件を史上にのこして、燕はついに秦のために亡ぼされてしまうことになるが、その美しく、そしていとも哀れな事件は、太子の丹と秦の亡命客樊於期と、壮士荊軻によって、次のように織りなされてゆく。

〔二〕 荊軻入レ秦

㈠ 願得二將軍之首一、以獻二秦王一

燕、惠王後、有二武成王・孝王一、至二王喜一。喜太子丹、質二於秦一。秦王政不レ禮焉。怒而亡歸。怨レ秦欲レ報レ之。』秦將軍樊於期、得レ罪亡之レ燕。丹受而舍レ之。丹聞二衛人荊軻賢一、卑レ辭厚レ禮請レ之。奉養無レ不レ至。欲レ遣レ軻。軻請下得二樊將軍首及燕督亢地圖一、以獻上レ秦。丹不レ忍レ殺二於期一。軻自以レ意諷レ之曰、「願得二將軍之首一、以

【訓読】 燕の恵王の後、武成王・孝王有りて、王喜に至る。喜の太子丹、秦に質たり。秦王政礼せず。怒って亡げ帰る。秦を怨んで之に報ぜんと欲す。』秦の将軍樊於期、罪を得て亡げて燕に之く。丹受けて之を舎す。丹衛人荊軻の賢なるを聞き、辞を卑くし礼を厚くして之を請ふ。奉養至らざる無し。軻を遣さんと欲す。軻樊将軍の首及び燕の督亢の地図を得て、以て秦に献ぜんと請ふ。丹於期を殺すに忍びず。軻自ら意を以て之に諷して曰く、「願はくは将軍の首を得

獻ニ秦王一。必喜而見レ臣。臣左手把ニ其袖一、右手揕ニ其胸一、則將軍之仇報、而燕之恥雪矣。」於期慨然遂自刎。

て、以て秦王に献ぜん。必ず喜んで臣を見ん。臣左手に其の袖を把り、右手に其の胸を揕さば、則ち将軍の仇報じて、燕の恥雪がれん。」と。於期慨然として遂に自刎す。

【語釈】〔舎レ之〕舎は家にかくまうこと。〔奉養〕だいじにして仕え、不自由ないように優遇すること。〔樊将軍首〕秦では樊於期の首に、一万戸の土地と千斤の金をかけていた。〔督亢地圖〕督亢はいまの河北省通州附近にあって燕の土地では最も肥えたよい所であった。この地図を献ずるのは、土地を献ずることになる。〔自以レ意諷レ之〕自分だけの考えとして、樊於期にそれとなくいった。〔揕〕ねらって突きかかる。〔將軍仇報〕前に於期が秦を逃げだした時、秦王は怒ってその父母一族を捕えて殺し、於期の首に懸賞をかけていた。その仇をむくいるという意。〔慨然〕深く感激するさま。〔自刎〕自分で自分の首をはねる。自頸と同じ。

【通釈】　燕の恵王ののち武成王・孝王が位につき、ついで王喜の代となった。ところが喜の太子の丹は秦に人質となっていたのであるが、秦王の政は礼をもって待遇しなかったので、丹は怒って逃げ帰った。そして秦を怨んで、これにむくいようと思っていた。その時、秦の将軍の樊於期は、罪を得て逃げだして燕へ行った。丹はこれを受け入れて、家にかくまってやった。また丹は衛人荊軻の賢明なことを聞いて、ことばをていねいにし、礼を厚うして招き、ひじょうに優遇した。そして軻を秦にやって仇を報じようとした。軻は丹に願って、「秦王を喜ばせ、かつ油断させるために、どうか樊将軍の首と、燕の督亢の地図をいただいて献上したいと思います。」と言った。しかし丹はとても樊於期を殺すに忍びないので、承知しなかった。そこで軻は自分の考えとして、於期にさとして言うには、「あなたの首をいただいて、秦王に献じたいと思います。そうすれば秦王はきっと喜んで、わたくしに会ってくれます。その時、わたしは左手で秦王の袖をつかまえ、右手で王の胸をねらって突きさしたなら、それで将軍の仇も報いられますし、またわが燕の恥もすすぐことができます。」と。これに於期は、深く感激し、われとわが首をはねて死んだ。

㈡ 風蕭蕭兮易水寒

丹奔往伏哭。乃以レ函盛二其首一、又嘗求二天下之利匕首一、以レ薬焠レ之、以試レ人、血如レ縷立死。乃装遣レ軻。行至二易水一、歌曰、「風蕭蕭兮易水寒。壮士一去兮不二復還一。」于レ時白虹貫レ日。燕人畏レ之。

【訓読】丹奔り往きて伏し哭す。乃ち函を以て其の首を盛り、又嘗て天下の利匕首を求めて、薬を以て之を焠し、以て人に試るに、血縷の如くにして立ちどころに死す。乃ち装して軻を遣る。行きて易水に至り、歌って曰く、「風蕭蕭として易水寒し。壮士一たび去って復還らず。」と。時に白虹日を貫く。燕人之を畏る。

【語釈】〔利匕首〕匕首はアイクチ、短刀。よくきれる短刀のこと。〔焠〕刀を焼いて水に入れてかたくする。〔血如レ縷〕縷は糸。血が糸すじのように、少し出る。〔装〕旅行のしたくをする。〔易水〕川の名、いまの河北省易県から流れ出て、白河に入る。〔蕭蕭〕ものさびしいさま。〔壮士〕血気さかんな志ある男子。軻自身をいう。〔白虹貫レ日〕白色の虹が、太陽の表面を横ぎる。白虹は戦争のかたち、日は国君のかたちで、国君が戦争のため難にあう不吉のきざしである。

【通釈】丹は於期が自殺したと聞いて、かけつけて大声で泣いた。それから於期の首を箱に入れ、また前から天下にくらべもののない、よく切れる短刀を買い求めておいたのに、薬を刃にぬって焼きかため、人にためしてみたところが、血がごくわずか糸すじほど出ただけで、その人はすぐに死んでしまった。そこで丹は軻に於期の首とこの短刀と督亢の地図を持たせ、旅行の用意をととのえて出発させた。軻は易水のほとりで送ってきた丹と別れをつげ、歌って、「風は蕭々としてものさびしく吹き、易水は寒々として流れて、別れがいっそう悲しい。しかし燕国のために、命もいらぬと義に勇む自分は、ひとたびこの易水を渡って敵地の秦へ行けば、二度と生きては帰らない決心である。」と志をのべた。その時、白色の虹が太陽の表面を横ぎったので、燕の人々は戦乱のおきる前兆としておそれた。

㈢ 圖窮而匕首見

軻至ニ咸陽一。秦王政大喜見レ之。軻奉レ圖進。圖窮而匕首見。把ニ王袖一揕レ之。未レ及レ身。王驚起絶レ袖。軻逐レ之。王環レ柱走。秦法、羣臣侍ニ殿上一者、不レ得レ操ニ尺寸兵一。左右以レ手搏レ之。且曰、「王負レ劍。」遂抜レ劍斷ニ其左股一。軻引ニ匕首一擿レ王。不レ中。遂解體以徇。秦王大怒、益發レ兵伐レ燕。喜斬レ丹以獻。』後三年、秦兵虜レ喜。遂滅レ燕爲レ郡。

【訓読】軻咸陽に至る。秦王政大いに喜びて之を見る。軻図を奉じて進む。図窮りて匕首見はる。王の袖を把りて之を揕す。未だ身に及ばず。王驚き起ちて袖を絶つ。軻之を逐ふ。王柱を環りて走る。秦の法、羣臣の殿上に侍する者は、尺寸の兵を操るを得ず。左右手を以て之を搏つ。且つ曰はく、「王剣を負へ。」と。遂に剣を抜きて其の左股を断つ。軻匕首を引きて王に擿つ。中らず。遂に解体して以て徇ふ。秦王大いに怒り、益々兵を発して燕を伐つ。喜丹を斬りて以て献ず。』後三年、秦の兵喜を虜にす。遂に燕を滅ぼして郡と為す。

【語釈】〔咸陽〕秦の都。〔尺寸兵〕短い武器。〔搏〕手で打つ。〔負レ剣〕剣が長くて抜きにくいから、背なかにまわして、肩ごしに柄をつかんで抜くと、抜きやすい。〔擿〕なげつける。〔解体〕手足をばらばらに切りはなすこと。

【通釈】かくして軻は秦の都の咸陽に到着して、於期の首と督亢の地図を献上したので、秦王は大喜びで軻に面会した。軻は地図をささげて秦王の前に進み、それをひろげ説明したが、ひろげてしまうと、なかにかくしておいた短刀が現われた。軻はすぐさまこの短刀をにぎると、王の袖をつかんで突きさそうとしたが、まだ短刀が王の体にとどかないうちに、王は驚いて立ちあがって、袖をふり切って逃げた。軻はこれを追った。王は柱をぐるぐるまわって走り逃げた。いったい秦の法律として、宮殿で王のそばに侍する者は、短い武器でも持つことができないことになっていたので、みんな手で軻になぐりかかりながら、「王よ、剣を背なかにまわして、お抜きなさい。」とさけんだので、ようやく王も気づいてそのようにして剣を抜き、軻の左股を切りはなった。軻はこれまでと短刀を手もとにひき、勢いをつけて投げつけたがあたらず、とりおさえられた。秦は軻の手足をばらばらに切って、さらしものにして見せしめとした。秦王は大いに怒ってますます軍隊をくり出して燕を攻めたので、燕王喜は、わが子である太子の丹を殺して、秦に献じてわびた。』それで両国の間は平和をとりもどしたが、その後三年すると、秦は再び燕を攻め、ついに喜をとりこにして、燕を亡ぼし秦の郡としてしまった。

【説話】燕の滅亡は、BC二二六年であった。「易水の送別」は有名な話で、唐の駱賓王に次の詩がある。

此地別燕丹　此の地燕丹に別る
壮士髪衝冠　壮士髪冠を衝く
昔時人已没　昔時人已に没し
今日水猶寒　今日水猶ほ寒し

此地は、ここ易水のほとりをいう。燕丹は燕の太子の丹、壮士は荊軻をさす。この詩は唐の時、則天武后（三五〇頁）が李氏の唐を奪おうとしたのに対して、李敬業らが旗あげをしたが、駱賓王もそれに参加していたので、あるいは武后暗殺の計画でもあり、その時の送別の詩であったかも知れぬというが、むしろそうした人柄であっただけに、易水をわたって感慨無量のまま、口ずさんだ作と見たほうがよかろう。

秦

【説話】秦は異姓の国である。その祖先は五帝のうちの顓頊であるという。舜の時に、嬴という姓をもらった。そして周の第八代の孝王の頃（BC九〇〇年頃）は、馬を陝西省の汧水のほとりに牧し、小大名となって、秦の地におったという。幽王が犬戎に殺され（四五頁を見よ）周室が東遷した時に、周を救ったことから、諸侯にとりたてられ、陝西省の岐山の西の地に封ぜられた。これが襄公の時のことで、それから世は春秋時代となる。襄公から七代の間は平凡で、繆公の時になって、秦は初めて後年の強国へ向って第一歩をふみ出したのである。

繆公は百里奚と蹇叔とを用いて内政を固めると、武将に孟明をあげて、流浪中の晋の重耳をたすけて、これを晋に送りこんで位につかせ（重耳は文公となり覇業をなす）、自ら西戎（西方の異民族）を傘下におさめて、西方の覇者として、中原の諸侯に対して隠然たる圧力を加えうる基礎を固めた。時にBC六二三年で、春秋時代のほぼ中頃にあたる。

それから春秋時代の後半約二百年間は、秦にとって特別にかわった事件もなく、その間に十六代が経過し、中原では三晋が独立して韓・魏・趙の新興三国が生まれ、これに燕・斉・楚の旧強国を加えて、函谷関（秦の東の国境の関所）の東に六強国が覇を争う戦国の時代に入って、世はにわかに多事となった。かような時（戦国の初）に秦王となったのが孝公で、孝公は商鞅を宰相に迎え、新しい法令を定めて、秦の富強を築きあげる。

〔一〕孝公定レ令

㈠ 商鞅變レ法

秦孝公時、河・山以東强國六、小國十餘。皆以二夷狄一遇レ秦、擯不レ與二諸侯之會盟一。』孝公下レ令、「賓客羣臣、有下能出二奇計一强レ秦者上、吾其尊レ官與二之分土一。」衞公孫鞅入レ秦、因二嬖人景監一以見、說以二帝道・王道一、三變爲二霸道一、而後及二强國之術一。公大悅、欲レ變レ法、恐二天下議一レ己。鞅曰、「民不レ可二與慮一レ始、而可下與樂上レ成。」卒定レ令、令下民爲二什伍一、相收司

【訓読】秦の孝公の時、河・山以東の強国六、小国十余あり。皆夷狄を以て秦を遇し、擯けて諸侯の会盟に与らしめず。』孝公令を下し、「賓客羣臣、能く奇計を出して秦を強くする者有らば、吾其れ官を尊くし之に分土を与へん。」と。衛の公孫鞅秦に入り、嬖人景監に因って以て見え、説くに帝道・王道を以てし、三変して覇道と為り、而る後に強国の術に及ぶ。公大いに悦び、法を変ぜんと欲するも、天下の己を議せんことを恐る。鞅曰く、「民は与に始を慮るべからず、而も与に成るを楽しむべし。」と。卒に令を定め、民をして什伍を為して、相収司連坐せしめ、姦を告げざる

連坐上、不レ告レ姦者腰斬、告レ姦者、與レ斬レ敵同レ賞、匿レ姦者、與レ降レ敵同レ罰。有二軍功一者、各以レ率受レ爵、爲二私鬭一者、各以二輕重一被レ刑。大小戮レ力、本二業畊織一、致二粟帛一多者、復二其身一。事二末利一、及怠而貧者、擧以爲二收孥一。

者は腰斬し、姦を告ぐる者は、敵を斬ると賞を同じくし、姦を匿す者は、敵に降ると罰を同じくす。軍功有る者は、各々率を以て爵を受け、私闘を為す者は、各々軽重を以て刑せらる。大小力を戮せ、畊織を本業とし、粟帛を致すこと多き者は、其の身を復す。末利を事とし、及び怠りて貧しき者は、挙げて以て収孥と為す。

【語釈】〔河・山〕河は黄河。ここでは山西省境を流れている部分をさす。山は華山。陝西省の東部にある。〔擯〕しりぞける。〔會盟〕諸侯が集って盟をむすぶ会合。いまの平和会議に当たる。〔與二之分土一〕その人に領地をわけ与える。〔公孫鞅〕公孫は姓。鞅は名。衛の王の妾腹の子であった。のちに商君に封ぜられたから、後世では商鞅ともいう。〔嬖人〕身分は低いが、君の側近に召し使われているお気に入りの臣。〔景監〕人名。〔王道〕古の聖王の天下を治めた道。仁義をもととした政道。〔覇道〕仁義の道によらず、権力武力で天下を治めようとする道。〔議レ己〕自分のことを、あれこれ非難する。〔慮レ始〕最初に相談する。〔什伍〕家十軒を什といい、五軒を伍といい、これで組合をつくらせて、小さな自治組織とする。徳川時代の五人組のようなもの。〔収司〕互に監督しあって、その罪を告発する。〔畊織〕畊は耕、たがやす。織はハタをおる。〔復〕税や労役を免除する。〔末利〕農業に対して、商業工業をいう。〔収孥〕孥は妻子、妻子の身がらを官に没収してドレイとする。

【通釈】秦の孝公の時、黄河と華山から東のほうに、韓・魏・趙・燕・楚・斉の六つの強国と、このほかに、魯・宋・邾・滕などの小国が、十ほどあった。みな秦を野蛮国あつかいにして排斥して、諸侯の会合のなかまに入れなかった。』孝公はひじように残念に思い、国を強くして彼等を圧倒したいと考えて、命令を出して言うには、「他国から来ている賓客や多くの臣下のうちで、よくすぐれた計をだして、わが秦を強くする者があれば、自分は官を高くし、かつ領地をわかち与えようと思う。」と宣言した。ちょうどその頃、衛の公孫鞅が秦にやって来て、孝公のお気に入りの景監の手びきで、孝公にお目にかゝり、堯舜など聖天子のおこなった帝道と、夏の禹王、殷の湯王、周の文王・武王・周公らのおこなった王道について説いたが、孝公がまわりくどいとして用いないので、そこでさらに三たび説を変えて、斉の桓公、晋の文公らのおなこった権力武力による覇道を説き、最後に国を強くする方法を述べた。孝公は大いに喜び、すぐにも政治のやり方を変えようと思ったが、天下の人々が、自分を非難するのを心配した。そこで鞅が、「いったい人民というものは無知であるから、初めに事を相談することはできないが、できあがると、それがうまくいくことを喜ぶものでありますから、何の心配もありません。」と申しあげた。そこで孝公は、新しい法令を制定して、民に五軒と十軒の組合をつくらせ、組合員は互に監督しあい、もし一軒に罪があれば、共同責任として他の九軒も同じく罰する制度とした。そして悪事を知りながら、官に告発しない者は、腰から斬って二つにせられ、悪事を告発する者は、戦争で敵を斬ったと同じく賞し、悪事をかくす者は、敵に降参したと同じく罰する。また戦にてがらをたてた者は、一定の割合によって、爵位を賜わることにした。また個人的な争いをする者は、事がらの軽重によって刑に処せられ、おとなもこどもも力を合せ、農業やはた織りを本業とし、米や布を多く官におさめる者は、本人の租税や労役を免除し、商工業などで利益だけを追いかけている者や、なまけて貧乏している者は、妻子の身がらを官に没収して、ドレイとすることにした。

(二) 能徙者、豫二五十金一

令既具、未レ布。立二三丈之木於國都市南門一、募レ民。「有下能徙二北門一者上、豫二十金一。」民怪レ之、莫二能徙一。復曰、「能徙者、豫二五十金一。」有二一人一徙レ之。輒豫二五十金一。乃下レ令。太子犯レ法。鞅曰、「法之不レ行、自レ上犯レ之。君嗣不レ可レ施レ

【訓読】令既に具はりて未だ布かず。三丈の木を国都の市の南門に立てて民を募る。「能く北門に徙す者有らば、十金を予へん。」と。民之を怪しみ、能く徙すもの莫し。復曰く、「能く徙す者には、五十金を予へん。」と。一人有りて之を徙す。輒ち五十金を予ふ。乃ち令を下す。太子法を犯す。鞅曰く、「法の行はれざるは、上より之を犯せばな

刑ヲ。」刑ニ其ノ傅公子虔ヲ一、黥ニ其ノ師公孫賈ヲ一。秦人皆趨クレ令ニ。

り。君の嗣は刑を施すべからず。」と。其の傅公子虔を刑し、其の師公孫賈を黥す。秦人皆令に趨く。

【語釈】〔募レ民〕人民を懸賞でつのる。〔豫〕与と同じく、あたえる。〔輒〕スナハチ、そのたびごとに、たやすく、すぐにの意がある。この場合は、すぐにの意である。〔傅〕補佐役、おもり役。〔黥〕いれずみ。刑罰の一つで、額にいれずみするもの。〔趨レ令〕趨は走って行くことで、いそいで法令に従うこと。

【通釈】 法律はこうして定められたが、まだ施行せられなかった。そこで商鞅は新法律を人民に履行させるために、高さ三丈の木を、国都の市場の南門に立て、「これを北門に移した者には、十金を与えよう。」と布告して募集した。人民は怪しんで誰も移すものがない。そこでさらに布告して、「よく移す者には五十金を与えよう。」と。ある人が試みに移したところが、ただちに五十金を与えて、法の信頼できることを示した。こうしておいて新法令を発布したのである。ところが太子が法を犯した。商鞅は、「法の威信のくずれるのは、上に立つ人がこれを犯すからであるから、見のがすわけにはゆかぬ。しかし国君のあとつぎを刑することはできないから、身がわりを罰する。」と言って、そのおつき役の公子虔を刑に処し、太子の先生役の公孫賈を、いれずみの刑に処したので、人民は法の厳正に恐れて、争って法律を守るようになった。

【説話】 こうして十年たつと、「道遺ちたるを拾わず、山に盗賊なく、家々給し人々足り、民公戦に勇に、私闘に怯に、郷邑（町も村も）治まる。」ということになって、最初この新法の不便をそしっていた者も、逆に「便利だ。」と言うようになった。すると、商鞅は、ほめに来た者をつかまえて、「法律の批判をする者は、ほめる者もそしる者も、いずれも、法の威信をきずつける者である。」と言って、全部、国境地方へ流罪にしてしまった。こうなると、もう誰も言う者はなくなった。

彼はまた、租税徴集の対象である戸口をふやすために、父子兄弟いっしょに住んでいる者を、きびしく別居させた。また古い井田法をやめて、あぜ道をぎりぎりに開墾させて、作物の増収をはかり、税制を根本的に改革して、ここに秦を富国、強兵の国として、見事に築きあげた。

そこで、孝公は彼を国家興隆の大功臣として、いまの河南省の商・於の地方に封じて、商君とよぶようにした。がんらい公孫鞅（公孫が姓、鞅が名）という姓名であった彼が、今日にいたるまで商鞅とよばれているのは、これによってである。しかし彼の最後は幸せではなかった。次段によって知られたい。

〔二〕車裂以徇

孝公薨、恵文王立。公子虔之徒、告鞅欲反。鞅出亡、欲止客舎。舎人曰、「商君之法、舎人無験者、坐之。」鞅歎曰、「為法之弊、一至此哉。」去之魏。魏不受、内之秦。秦人車裂以徇。鞅用法酷。歩過六尺者有罰。棄灰於道者被刑。嘗臨渭論囚。渭水尽赤。

【訓読】　孝公薨じ、恵文王立つ。公子虔の徒、鞅反せんと欲すと告ぐ。鞅出亡し、客舎に止らんと欲す。舎人曰く、「商君の法、人の験無き者を舎すれば、之に坐す。」と。鞅歎じて曰く、「法を為すの弊、一に此に至るか。」と。去りて魏に之く。魏受けずして、之を秦に内る。秦人車裂して以て徇ふ。鞅法を用ふること酷なり。歩六尺に過ぐる者は罰有り。灰を道に棄つる者は刑せらる。嘗て渭に臨み囚を論ず。渭水尽く赤し。

【語釈】〔舎人〕宿屋の主人。〔験〕しるし、ここでは旅行証明書。〔坐〕連坐、罪のまきぞえ。〔一至此哉〕一は、ひとえに、ひたすらの意。〔内之秦〕内はいれる、ここでは、身がらを送りとどける。〔車裂〕クルマザキの刑。手足首を五頭の車馬につなぎ、むちを打って馬を走らせ、体をひき裂いて殺す刑。〔徇〕衆人の見せしめとする。〔歩過六尺者有罰〕秦の制度で、田をはかるに、六尺を一歩とし、二百四十歩を一畝とした。一歩が六尺以上であると、実際よりも面積が少なく見つもられるから、税の収入がへることになる。ゆえにこれを罰するのである。〔棄灰於道〕灰は肥料になるから道にて棄てる者を罰した。〔論囚〕囚人の罪を論断した、裁判した。〔渭水〕秦の都の咸陽（いまの陝西省にある）の南を流れる川。

【通釈】 孝公が崩じて、恵文王が位についた。すると、前に鞅のために罰せられた公子虔の一類の者が、「商鞅は謀反をくわだてています。」と訴えた。鞅は罪せられることを恐れて、秦の国から逃げ出すことにした。途中で宿屋に泊ろうとしたが、宿屋の主人が言うには、「商鞅さまの作られた法律では、旅行証明書を持たぬ者を泊めてはならぬ。もし泊めた者は、その者と同罪にする。とのことですから、泊めるわけにいきません。」とことわった。商鞅はこれを聞いて、「ああ、法律を事こまかに作る弊害は、こんなことにまでなるのか。」と言って嘆いた。そして魏の国へ行ったが、魏はかくまってくれないのみか、かって鞅にだまし討ちにされた怨みがあるので、彼を捕えて秦へ送りとどけた。秦では、鞅を車裂きの刑に処して世間の見せしめにした。いったい鞅は法律の用い方がきびしすぎた。たとえば、民の田畑を測量して、一歩が六尺以上あると、税がへるからといって罰したり、灰を道にすてると、農業を怠ける者だとして罰した。また、渭水のほとりで多くの囚人の罪を裁判したが、どしどし死刑にしたので渭水の水が赤くなってしまったこともある。

【説話】 秦の富強を築いたのは商鞅であったが、彼自身にとっては、それは憐むべき悲劇であった。彼の著といわれる「商子」がいまに伝えられて、刑名の法が書かれている。

さて、恵文王の次には、武王をへて昭襄王が位についた。王は、范雎の「遠交近攻の策」を用いて周を亡ぼす。そして戦国時代もいよいよ大詰に近づくのである。

〔三〕 遠交近攻

有魏人范雎者。嘗從須賈使齊。齊王聞其辯口、乃賜之金及牛酒。賈疑雎以國陰事告齊、歸告魏相魏齊。魏齊怒、笞撃雎、折脅拉齒。雎佯死。卷以簀、置廁中、使醉客更溺之、以懲後。雎告守者得出、更

【訓読】 魏人に范雎という者有り。嘗て須賈に従ひて斉に使す。斉王其の弁口を聞きて、乃ち之に金及び牛酒を賜ふ。賈雎が国の陰事を以て斉に告ぐるかと疑ひ、帰りて魏の相魏斉に告ぐ。魏斉怒りて雎を笞撃し、脅を折り歯を拉く。雎佯り死す。巻くに簀を以てし、厠中に置き、酔客をして更々之に溺せしめ、以て後を懲す。雎守る者に告げて出づ

姓名一曰二張祿一。秦使者王稽至レ魏、潛載與歸、薦二于昭襄王一、以為二客卿一。敎以二遠交近攻之策一。』時穰侯魏冄用レ事。雎說レ王廢レ之、而代爲二丞相一、號二應侯一。

るを得、姓名を更めて張祿と曰ふ。秦の使者王稽魏に至り、潛に載せて与に帰り、昭襄王に薦めて、以て客卿と為す。教ふるに遠交近攻の策を以てす。』時に穰侯魏冄事を用ふ。雎王に説きて之を廢せしめ、而して代りて丞相と為り、応侯と号す。

【語釈】〔范雎〕雎のあざなは、スイだといい、ショだといい、古来から議論がある。目篇ならばスイであり、目篇ならばショである。通鑑の注には、音は雖(スイ)とあるが、韓非子には范且とあることから考えると、ショがよいようにも思われるが、しばらくふつうの説に従って、スイとしておく。〔須賈〕魏の大夫。〔牛酒〕牛肉と酒。〔陰事〕秘密な事がら。〔魏齊〕魏の公子で大臣であった。〔笞撃〕竹のむちで打つ。〔折レ脅〕あばら骨を折る。〔拉〕くじく。〔佯死〕いつわって死んだふりをする。〔簀〕竹であんだスノコ。〔更〻〕かわるがわる、交互。〔溺〕小便。音はニョウ、水におぼれるときはデキ。〔客卿〕賓客として礼遇する大臣。〔遠交近攻〕遠い国と仲よくし、近い国を攻めること。はさみうちにして攻めるのである。遠い国とは、斉・楚をいい、近い国とは、韓・魏・趙である。〔穰侯〕魏冄は穰の地に封ぜられたから、穰侯という。穰はいまの河南省にある。〔丞相〕宰相。〔應侯〕范雎は応の地に封ぜられたから、応侯と号した。

【通釈】魏の人に范雎という者がいた。ある時、魏の大夫の須賈のお伴をして斉に使した。斉王が范雎の弁舌を聞き、その才に感心して、お金と牛肉と酒を賜わった。ところが賈は雎が魏の秘密を斉に告げたので、このようなほうびを賜わったのではあるまいかと疑って、帰って魏の相の魏斉に告げた。魏斉は怒って、雎をむちで打ってあばら骨を折り、歯をくだいた。雎はいつわって死んだふりをしたので、魏斉はこれをすのこで巻いて、便所の中におき、酒に酔っぱらった客にかわるがわる小便をかけさせて、あとあとの人のみせしめにした。雎は番人にたのんで、出してもらい、姓名をかえて張禄といって、かくれていた。秦の使者王稽が魏へ来て、雎の賢明なのを知って、こっそりと車にのせてつれ帰り、昭襄王にすすめて、客卿とした。雎は王に遠国と交わり、近国をはさみうちにして攻める策を教えた。この時、穰侯の魏冄が秦の政治をおこなっていたが、雎は王に説いてこれをやめさせ、自分が丞相となり、応の地に封ぜられて応侯と号した。

〔四〕綈袍戀戀

魏使須賈聘秦。雎敝衣間歩往見之。賈驚曰、「范叔固無恙乎。」留坐飲食曰、「范叔一寒如此哉。」取一綈袍贈之。遂為賈御至相府曰、「我為君先入通于相君。」賈見其久不出問門下。門下曰、「無范叔。郷者吾相張君也。」賈知見欺、乃膝行入謝罪。雎坐責讓之曰、「爾所以不死者、以綈袍戀戀尚有故人之意爾。」乃大供見、請諸侯賓客、置莝豆其前、而馬食之、使帰告魏王曰、「速斬魏齊頭來。不然且屠大梁。」賈歸告魏齊。魏齊出奔而死。』雎既得志于秦、一飯之徳必償、睚眦之怨必報。

【訓読】魏須賈をして秦に聘せしむ。雎敝衣間歩して往きて之を見る。賈驚きて曰く、「范叔固より恙無きや。」と。留め坐して飲食せしめて曰く、「范叔一寒此の如きか。」と。一綈袍を取りて之に贈る。遂に賈の為に御して相府に至りて曰く、「我君の為に先づ入りて相君に通ぜん。」と。賈其の久しく出でざるを見て門下に問ふ。門下曰く、「范叔といふもの無し。郷の者は吾が相張君なり。」と。賈欺かれたるを知り、乃ち膝行して入りて罪を謝す。雎坐して之を責譲して曰く、「爾が死せざる所以の者は、綈袍恋恋尚ほ故人の意有るを以てのみ。」と。乃ち大いに供見し、諸侯の賓客を請ひ、莝豆を其の前に置き、之を馬食せしめ、帰りて魏王に告げしめて曰く、「速に魏斉の頭を斬りて来れ。然らずんば且に大梁を屠らんとす。」と。賈帰りて魏斉に告ぐ。魏斉出奔して死す。』雎既に志を秦に得、一飯の徳も必ず償ひ、睚眦の怨も必ず報ず。

【語釈】〔敝衣閒歩〕敝は弊と同じく破れる。閒歩は人目をさけて、こそこそ歩く。〔一寒〕寒は貧乏のこと。一はひじょうにの意。〔綈袍〕綈はあらい糸で厚くおった布。袍はわた入れ。綈袍は厚いわた入れの上衣。〔御〕御者になること。〔相府〕宰相の役所。〔門下〕門番のこと。〔郷〕嚮に同じ、さきに。〔見レ欺〕見は被と同じく、受動の助動詞。〔膝行〕貴人の前にでる時は、膝でにじり進むのが礼である。〔責讓〕責も讓も、なじりせめること。〔綈袍戀戀〕わた入れの上衣をくれて、いかにもなつかしそうである。〔故人〕ふるなじみ。〔供見〕酒や食事のごちそうをだす。〔請〕招くこと。〔莝豆〕切りわらと豆。馬の食べるもの。〔馬食〕馬のように、口をつけて食べること。たくさん食べることも馬食という。ここは前者。〔屠〕みな殺しすること。〔大梁〕魏の都。〔一飯之德〕一わんの汁を恵むようなわずかな情け。〔睚眦之怨〕睚も眦もにらむこと。怒って目にかどをたててにらむこと。この程度のちょっとした怨みも、必ずしかえしをした。

【通釈】魏では須賈を使者として秦につかわした。すると須賈のためにひどいめにあった雎は、わざと破れたぼろ着物を着て、人目をさけてこっそりと歩いて須賈に会った。賈は死んだと思った雎が生きていたのを見て驚いて、「范叔よ、おまえは無事であったのか。」と言って、ひきとめすわらせて飲食させて言うには、「范叔よ、こんなにもひどく貧乏しているのか。」と。そしてわた入れの上衣をくれた。そこで雎は須賈の馬車を自分で御して走らせ、宰相の役所へ案内して、「わたしが、あなたのために宰相におとりつぎしましょう。」と門へはいって行った。しかし賈は長く待っていても、さっぱり雎が出てこないので、門番に范叔はどうしたのか、とたずねると、門番が言うには、「范叔という人はおりません。さっきの人は宰相の張禄さまです。」と。賈は初めてだまされたのに気がついて、膝行して門内に入って以前の罪をわびた。雎はすわったまま、賈をせめて言うには、「おまえが殺されずにいるのは、さきほどわたしにわた入れの上衣をくれて、いかにもなつかしそうに、むかしなじみの友情をもっていたからだ。」と。そこで大いにごちそうをだして、おりから諸侯の使者が来ていたのを招待し、その席上に賈をひきだして、馬あつかいにして、切りわらと豆を食べさせ、「おまえは帰って魏王に告げて、早く魏斉の頭を斬って持ってこい。でなければ、都大梁を攻めおとしてみな殺しにするぞと言え。」とおどかした。賈は魏へ帰って、このことを魏斉に告げたので、魏斉は恐れて国を逃げだし、やがて自分で首をはねて死んだ。雎はこうして秦で志を得て宰相にまでなったが、前から一わんのめしを恵まれたようななさけにも、必ず返礼し、ちょっと目をいからせてにらんだような怨みにも、必ずこれにむくいた。

【説話】 范雎の策は昭襄王に用いられ、その犠牲となったのが三晋――韓・魏・趙であった。毎年のように秦は三国に侵入した。戦争の犠牲者は数万にも及んだ。その頃までまだ余命を保っていた周は、赧王自ら立ちあがって被侵略者の側について同盟を結ばせ、秦に反撃を加える計画を立てた。それはいかにもありし日の周の帝王らしい生き方であったが、暴虐者の前には蟷螂の斧で、怒った秦は直接周に向って侵入した。育ちのよい赧王がそれに堪え得るはずはない。ついに名誉ある周室の最後の小領土であった三十六邑を献じて、周は亡んだ（赧王の五十九年）。武王以後、三十七世、八百六十七年であった。時にBC二百五十六年である。

さて、周の王室を亡ぼした昭襄王が死ぬと、子の孝文王、その子の荘襄王をへて、のちに始皇帝と号した政の世となった。そして政はすでに各国の条で述べたように、ついに斉・燕・韓・魏・趙・楚の六国を、わずかに十年ばかりの間にばたばたと亡ぼして、即位の二十六年めに天下を統一して、久しい乱世に終止符を打った。時にBC二二一年で、西洋ではハンニバルがアルプス山の峡を越えて、ローマに向う三年前という時期であった。

「十八史略」は、春秋戦国の時代を結ぶにあたって、次のようにまとめている。（原文略す。）

「黄帝からこのかた、中国には、方百里の国が一万もあったという。中原の地から四方のはての蛮夷にいたるまで、王の命令がとどいて、統一されていたものと思われる。「礼記」の王制篇によって調べると、冀・兗・青・徐・揚・荊・予・梁・雍の九州に千七百七十三国があったという。むかし、諸侯をおいた時には、諸侯はおのおのその国の領主となり、その民を子のように愛し、そして天子を本家として尊んでいたものである。ところが、夏と殷の世をへて周の世となると、強国は弱国を奪い、大国は小国を併呑して、春秋の時代には、おもな十二国（魯・衛・晋・鄭・曹・蔡・燕・斉・宋・陳・楚・秦）のほかには、いくらの国もなくなり、戦国の時代には、それらがまた強い国に併されたり亡んだりして、六国（秦・楚・燕・趙・韓・魏）だけとなってしまった。しかるにいまや、それもついに秦一つに併合されてしまったのである。

中篇　秦・漢・南北朝時代

秦

【説話】 秦の始皇帝がBC二二一年に中国を統一して、有史以来ずっと続いてきた氏族的封建制をやめて、中央集権的官僚制の郡県政治を実施し、長城を築き、大帝都を営み、文字・度量衡などを一つにしたことは、実に画期的の大事業であった。中国民族が一つの国民という意識を持ったのは、おそらくこの時が最初であろう。

始皇帝が築いた長城は、のちの隋の煬帝がうがった大運河とともに、中国史上における二大土木事業といわれるもので、それはいまの長城よりもはるかに北にあり、もと戦国の時に、秦・趙・燕の三国がそれぞれ各個に作って匈奴を防いでいたものを、彼がつなぎ、いっそう堅固にしたものである。この長城の築造や、大阿房宮の造営、および匈奴(北方にいた異民族)・南越(南方にいた異民族)などの討伐のために、限りなく人民を酷使したことや、書籍を焚き諸生(当時のインテリ)を阬に生埋めにしたような暴政のために、秦はまったく人望を失い、始皇帝が五十歳で死んだ(BC二一〇)直後、暴虐暗愚な君臣が政局に当たったので、圧制に対する不平が一時に爆発し、これと、もとの六国の残党が再挙をはかろうとする動きとがからんで、各地につぎつぎに叛乱が起こり、秦はその混乱のうちに亡んでいった。時にBC二〇六年で、秦の天下統一はわずかに三代十五年にすぎなかった。

秦の世系

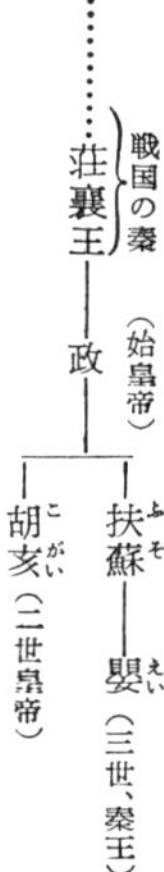

〔一〕 始皇統一

【説話】「十八史略」の秦の記事は、例によってその創始者の生い立ちから始まるのであるが、その最初の一行は、「秦ノ始皇帝、名ハ政、ハジメ邯鄲ニ生ル。」となっている。邯鄲は趙の都でいまの河北省にあり、秦の本拠は陝西省であるから、いささか腑に落ちない感がする。しかしこれには次のようなわけがあると、続いて説明している。すなわち、始皇帝となった嬴政（嬴が姓、政が名。）は、嬴氏の血統をひいた者ではなく、実は、趙の豪商、呂不韋の落し胤であるという。呂不韋は、自分の胤を宿した女を、秦の荘襄王が太子時代に趙に来ておった時に献上し、政が太子の子として生れた。やがて荘襄王が秦王となって四年で死ぬと、政が秦王の位についた。時に十三歳であったので、呂不韋が宰相となり、文信侯に封ぜられて、政をたすけて六国を亡ぼすことに努力した。が、政が二十四歳になった時、この秘密は政の知るところとなり、呂不韋は自殺したというのである。

　呂不韋にかわって宰相となったのが李斯である。始皇帝の天下統一その他の大事業は、ほとんど帝と彼の合作によるといってよい。李斯は楚の人である。若い頃に郡の小吏となり、発憤して荀卿について学んだ。荀卿は性悪説を唱え、仁義道徳よりも法律によって人間は束縛しなければならぬと考えていたので、その思想をうけついだ李斯は、秦に行って、秦王政にみとめられると、法治主義を唱え、厳酷な政治をとることになった。すると、これを嫌う人々が多くなったが、秦王の寵をうけている彼だけを攻撃するわけにゆかないので、外国から来ている者は、すべて追放したがよい、という一般的な議論として、いわゆる「逐客令」を施すべきだと奏上した。楚から来て、宰相になっている李斯にとっては、足もとをすくわれそうになったわけである。

(一) 逐客令

秦宗室大臣議曰、「諸侯人來仕者、皆爲其主

【訓読】秦の宗室大臣、議して曰く、「諸侯の人の来り仕ふる者は、皆その主の為に游説するのみ。請ふ一切之を

游説耳。請一切逐レ之。」於レ是大索逐レ客。客卿李斯上書曰、「泰山不レ讓二土壤一、故大。河海不レ擇二細流一、故深。今乃棄二黔首一、以資二敵國一、郤二賓客一、以業二諸侯一。所レ謂藉二寇兵一而齎二盜糧一者也。」王乃聽二李斯一、復二其官一、除二逐客令一。

逐はん。」と。是に於て大いに求めて客を逐ふ。客卿李斯上書して曰く、「泰山は土壤を譲らず、故に大なり。河海は細流を択ばず、故に深し。今乃ち黔首を棄てて、以て敵国を資け、賓客を郤けて、以て諸侯を業く。所謂寇に兵を藉し、盜に糧を齎す者なり。」と。王乃ち李斯に聴いて其の官を復し、逐客の令を除く。

【語釈】〔宗室大臣〕血族関係で大臣の地位にある者。〔客卿〕他国から来て大臣となっている者。〔泰山〕いまの山東平野にあり、筑波山のように聳えている。五名山の一つ。〔不レ讓二土壤一〕あらゆる種類の土をつみかさねてできている、どの土はいやだなどといわぬ。〔河海〕黄河のような大河と海。〔黔首〕黔は黒い意。頭の黒い者、すなわち人民。黎民に同じ。〔業〕助けてとくをさせる。〔兵〕武器。〔齎〕おくること。

【注意】㈠「游説」を「ゆうぜい」と読む。㈡「逐レ之」の逐は音チク。遂は音スイ。㈢「於レ是」は、「ここにおいて」㈣「業」を「たすく」と読む。「すでに」と読むこともある。㈤「所レ謂」は「いわゆる」と読む。「寇」はアダ。「冠」はカンムリ。

【通釈】秦の家つきの大臣たちが相談して言うに、「諸侯のところから、わが秦国にやってきて仕官している者たちは、みんな、それぞれ出身国の主人のために都合よいようにと思って、わが国にまで遊説に来ているだけのことだ。王にお願い申しあげて、これらのものをみんな国外に追放していただきたい。」と。そこで他国から秦に来て役人になっている者たちをさがしもとめて、追放してしまうことになった。すると、それらの中での大物で、大臣をしていた李斯が、書を王（政――のちの始皇帝）にたてまつって言うに、「あの山東平野にそびえている泰山をごらんください。あの山は、土をよりこのんだりしないで、どんな種類の土であろうと、みんなよせ集め積み重ねたから、あれだけの大きな山になっているのであります。黄河や海にしても、どんな小さな流れでも受けいれて、それを呑みこんでいるから、あれほどの深さになっているのであります。今日、外国から来ている者を追放されておりますのは、たいせつな自分の国の人民のことは考えずに、敵国である外国に利益を与えるようなことになり、大事なお客をほうり出して、諸侯に得をさせてやるようなことになります。まあ、言ってみれば、自分に害を与えようとしている相手に武器をわたし、ぬす人に米をやると、世間で笑い話に申しますが、それとちょうど同じことをしていられるのです。」と。王（あとの始皇帝）はこの上書を見て、なるほどと考えられ、李斯の言うところをきいて、彼を追放寸前にもとのように客卿にもどし、その他の者のためにも、全般的に客（外国から来ている者）を追放する命令をとり消させた。

【説話】 李斯の危機はこれで解消した。王の信頼はかえって深まったように見えたが、続いて彼にとっての第二の危機が現われた。それは韓から、かって荀卿のところで同学であり、かつ自分よりも頭脳はすぐれていると考えていた韓非が、使者となって秦にやって来て、秦王は彼の著わした「韓非子」を見て喜び、これをとどめて重用しようという気はいの見え初めたことであった。身分上からいっても、その姓によってもわかるように、韓非は韓王の血筋をひく公子（諸侯の子）である。そこで李斯は、秦王に讒言をかまえて彼をおとしいれて、獄につなぎ、さらに毒薬をおくって自殺させてしまった。李斯の人がらと、時代のきびしさを示す話である。彼はこうして兄弟子を讒言することによって身の安泰を保ったが、二世皇帝の世になると、彼自身もまた趙高の讒言によって殺された。皮肉な運命である。

李斯は、文章が上手で、書もうまく、始皇帝の巡狩（地方視察）について各地をまわった時、行く先々に建てた始皇帝の頌徳碑は、彼の作り、かつ書いたものであり、小篆という書体は彼の始めたものであった。

さて、「逐客令」のところの原文には、王という文字が使われているが、これは政がまだ秦王という身分にあり、天下を統一しない前のことであるからで、秦が六国を亡ぼしたのは、政が秦王の位についてから十七年めから十年間のことで、一七年（BC二三〇）韓を亡ぼし、一九年趙を亡ぼし、二〇年燕の荊軻が秦王を刺そうとして果たさず、二二年魏を亡ぼし、二四年楚を亡ぼし、二五年燕を亡ぼし、二六年（BC二二一）斉を亡ぼした。

このようにして、瞬く間に秦王政は天下を統一したのである。統一が完成すると、ここに政は秦王という称号をやめて、初めて秦の始皇帝と称した。

以下は、始皇帝となってからの彼の事業である。

㈡ 號二皇帝一

二十六年、悉滅二六國一、幷二天下一。自以、德兼二三皇一、功過二五帝一。更號曰二皇帝一。命爲レ制、令爲レ詔、自稱曰レ朕。制曰、「死而以レ行爲レ謚、則是子議レ父、臣議レ君也。甚無レ謂。自レ今以來、除二謚法一、朕爲二始皇一、後世以計レ數、二世三世至二于萬世一、傳二之無窮一。」收二天下兵一聚二咸陽一、銷以爲二鐘鐻金人十二一。重各千石。一二法度丈尺衡量一、徙二天下豪富咸陽一十二萬戶。

【訓読】 二十六年、悉く六国を滅し、天下を幷す。自ら以へらく、徳は三皇を兼ね、功は五帝に過ぐと。更め号して皇帝と曰ふ。命を制と為し、令を詔と為し、自ら称して朕と曰ふ。制して曰く、「死して行を以て謚と為すは、則ち子父を議し、臣君を議するなり。甚だ謂はれ無し。今より以来、謚法を除き、朕を始皇と為し、後世以て数を計り、二世三世より万世に至り、之を無窮に伝へん。」と。「天下の兵を収めて咸陽に聚め、銷して以て鐘鐻金人十二を為る。重さ各々千石。法度丈尺衡量を一にし、天下の豪富を咸陽に従すこと十二万戸。

【語釈】〔六國〕斉・韓・魏・趙・燕・楚の六国。これに秦を加えて、戦国の七雄という。〔三皇〕伏羲氏・神農氏・黄帝。みな伝説上の太古の聖天子。〔五帝〕少昊・顓頊・帝嚳・帝堯・帝舜。これも伝説によれば古の聖徳ある人君。〔命爲レ制、令爲レ詔〕任命裁可の勅命を制とし、国の内外に布告する勅命を詔とする。〔朕〕古は誰でも、自分のことをいったが、始皇帝から天子だけが用いることにした。〔謚〕生前の行によって死者に贈る名。謚は始皇が廃止したが、漢以後またおこなわれた。〔收〕とりあげる。没収する。〔天下兵〕国じゅうの武器。〔銷〕金属を鋳とかす。〔鐻〕鐘や太鼓をかける台。頭が鹿で体が龍の形をしている。〔金人〕金属で作った人像、いまの銅像。〔千石〕一石は百二十斤。

【注意】 ㈠「幷」は併に同じ。㈡「以」は音イ。意の字と同じに使い、「おもフ」と読む。その変化として「おもヘラク」——

おもうのに、となる。以一字でなく「以為」二字でも「おもフ」「おもヘラク」と読む。㈢徙は徙と別字。

【通釈】 政が秦王の位についてから二十六年めに、ことごとく六国を亡ぼして、天下を統一した。そして自ら思うに、わが徳は、古の聖天子三皇の徳を兼ね合わせ、功は五帝以上である。」と。そこで王といったのを改めて皇帝といった。また任命・裁可などの勅命を制と改め、国の内外へ布告する勅命を詔と改め、いままでだれでも使っていた朕ということばを、皇帝だけの称号とした。さらに制（みことのり）を下して、「皇帝が死んでから、生前の行為によって諡をつけるのは、これは、子が父を批評し、臣が君を批評するもので、はなはだ理に合わぬことである。今後、従来の諡法をやめ、朕を始皇帝とし、後世の皇帝は二世皇帝・三世皇帝と数をかぞえて、皇統を永久に伝えるようにしよう。」と言った。また天下の武器を全部とりあげ、これを鋳とかして、鐘や太鼓をかける台や、十二の銅像を作った。その重さはどれもみな千石もあった。また度量衡、尺貫法を一定し、都咸陽の繁栄をはかって、全国の金持ちと大きな商人を十二万戸ほど移住させた。

㈢ 置郡縣

丞相王綰等言、「燕・齊・荊地遠。不置王、無以鎭之。請立諸子。」始皇下其議。廷尉李斯曰、「周武王所封子弟、同姓甚衆。後屬疏遠、相攻擊如仇讎。今海內賴陛下神靈、一統皆爲郡縣。諸子功臣、以公賦稅、賞賜之、甚足易制。天下無異意、則安寧之術也。置諸侯不便。」始皇曰、「天下初定。又復立

【訓読】 丞相王綰等言ふ、「燕・斉・荊は地遠し。王を置かずんば、以て之を鎮むる無し。請ふ諸子を立てん。」と。始皇其の議を下す。廷尉李斯曰く、「周の武王封ずる所の子弟、同姓甚だ衆し。後疏遠に属し、相攻撃すること仇讎の如し。今海内陛下の神霊に頼りて、一統して皆郡県と為る。諸子功臣、公の賦税を以て、之を賞賜せば、甚だ足りて制し易からん。天下異意無きは、則ち安寧の術なり。諸侯を置くは不便なり。」と。始皇曰く、「天下初めて定まる。又復国を樹つるは、是れ兵を立つるなり。而して

國、是樹レ兵也。而求二其安寧一、豈不レ難哉。廷尉議是。」分二天下一爲二三十六郡一、置二守・尉・監一。

其の安寧を求むるは、豈難からずや。廷尉の議是なり。」と。天下を分ちて三十六郡と為し、守・尉・監を置く。

【語釈】〔丞相〕丞はウケル、相はタスケル。二字で君主の意思をうけ、これを助けるの意で、宰相、大臣のこと。〔荆〕楚の別名。〔下二其議一〕その意見を係りにさげて、論議させた。〔廷尉〕廷は平、公平の意で、裁判官をいう。〔神靈〕神のように賢明なお力。〔陛下〕陛は天子の宮殿の階段で、もと天子の護衛の武士のことであるが、やがて天子を直接よぶのをはばかって、この語が天子をさすようになった。これに類するものに、殿下・閣下・貴下などの語がある。〔郡縣〕周時代の封建制度をやめて、全国を郡にわけ、郡を県にわけ、それぞれ中央政府から役人をやって治めさせる制度。封建制度に対して郡県制度といい、地方分権に対して中央集権制度である。わが国とちがって郡が県より大きな行政区画となっている。〔異意〕異心、ふた心。〔立レ國是樹レ兵也〕諸侯を封じて国をつくることは、やがて各自が軍備をきそい、攻めあうようになるから、結局、兵器をおしたて、戦争を始めるもとになる。〔守・尉・監〕守は郡の長官、尉は守を助けて兵事をつかさどる官。監は郡の監督官。なお県には、令・丞・尉の官をおいた。

（注意）㈠「讎」の字は「讐」と同じ。漢字はくみあわせからなるものが多いから、二つ三つの字のくみあわせ方は、時によってちがっても、同一字である。たとえば島は山の上に鳥がとまっている形であるが、これを嶋・嶌などとも書く。秋を穐とも書く。㈡「易」を「やすし」と読む時は音イ、容易の例のように。「かえル」と読む時はエキ。貿易のように。㈢「樹」の字は木という意味のほかに、ここのようにたてる意と、また植える意がある。

【通釈】丞相の王綰らが言うのに、「燕・斉・荆の土地は、都咸陽から遠いから、王をおかなければしずめ治めることはできません。どうかお子さまたちを、その土地に諸侯として封じていただきたい。」と。始皇帝はその意見を係りの役人に下して論議させた。法務官の李斯が言うには、「周の武王が皇室の安全をはかるために、諸侯に封じた子弟や同姓の者が、ひじょうに多かった。そのため初めは仲がよかったが、のち次第に縁がうすくなって、互に仇のように攻め合いました。いま天下は陛下の賢明なお力のおかげで一統し、封建制度を廃して、みな郡県制度となりました。それゆえ、お子さまたちや功臣たちには公の租税で恩賞を与えれば、それで充分であり、かつ統御しやすいものであります。天下に異心をいだく者がなければ、これが国家がやすらかに治まる何よりの方法であります。いまさら諸侯をおくことはよろしくないと思います。」と。始皇帝は裁決して言うには、「天下はいまようやく治まったばかりである。それであるのに、またまた諸侯を封じて国をたてるのは兵乱のもとをつくるものだ。そして国家がしずかに治まるようにと願うのは、なんとむずかしいことではないか。法務官李斯の意見がよろしい。」と。そこで天下を三十六郡にわけ、守・尉・監の役人をおいた。

(四) 築長城

二十八年、始皇東行郡縣、上鄒嶧山、立石頌功業、上泰山、立石、封祠祀。』三十二年、始皇巡北邊。方士盧生入海還、奏錄圖書。曰、「亡秦者胡也。」始皇乃遣蒙恬發兵三十萬人、北伐匈奴、築長城。起臨洮、至遼東、延袤萬餘里、威振匈奴。

【訓読】　二十八年、始皇東のかた郡県を行り、鄒嶧山に上り、石を立てて功業を頌し、泰山に上り、石を立てて、封じて祠祀す。』三十二年、始皇北辺を巡る。方士盧生海に入りて還り、録図書を奏す。曰く、「秦を亡す者は胡ならん。」と。始皇乃ち蒙恬をして兵三十万人を発し、北のかた匈奴を伐たしめ、長城を築く。臨洮より起り、遼東に至る。延袤万余里、威匈奴に振ふ。

【語釈】　〔行〕めぐる。〔鄒嶧山〕嶧山または鄒山という。山東省鄒県の東南にある。〔頌〕ほめたたえる。〔封〕古、山または天を祭るために、土をもりあげて台を作ること。〔方士〕神仙の術を学んだ人。まじない師のようなもの。〔録圖書〕未来記、予言書。〔胡〕胡は始皇帝の太子の名。未来記では、秦を亡ぼす者は、始皇の太子の胡である、と言ったのだが、始皇は胡（えびす、中国の北方にいる蛮族の総称。ここでは匈奴。）と感ちがいしたのである。〔匈奴〕戦国時代から中国の北方におり、常に漢民族をなやました。〔長城〕戦国時代から、燕・趙・魏の三国は匈奴の侵入にそなえて、国境に部分的に城壁を築いて防いだ。始皇帝はそれを増築したのである。その城壁は高さ厚さともに二丈で、番兵をおいて警備した。しかしいまの長城は秦時代のものではなく、南北朝以後、千数百年の間に漸次つくられたものであって、日本里数で約七百里ある。〔臨洮〕いまの甘粛省鞏昌府。〔遼東〕いまの東北地区の瀋陽。〔延袤〕ひろさ。延は横で東西をいい、袤は縦で南北をいう。ここでは、たんに長さの意である。

【注意】(一)「上」の字はふつうに「のぼル」と読む。「あがル」と読むことは、ほとんどない。「方士盧生入レ海還、奏二録図書一」は、「方士盧生入レ海、還奏二録図書一。」と読んでもよいし、また、「遣下蒙恬発二兵三十万人一北伐中匈奴上、築二長城一。」は、「遣二蒙恬一、発二兵三十万人一、北伐二匈奴一、築二長城一。」と読んでもよい。

【通釈】二十八年、始皇帝は東のかた郡県を行幸して、鄒嶧山にのぼり、石碑をたてて自分の功績をほめたたえて刻み、つぎに泰山にのぼり石碑をたて、土をもりあげ祭壇をつくって、天を祭った。三十二年、始皇帝は北の国境を巡視した。ある時神仙の術を学んだ盧生という人が、東の海へ行っていたが、帰ってきて始皇に予言書を献上した。それには秦を亡ぼすものは胡である、と書いてあった。始皇帝は、胡を北方の蛮人匈奴と感ちがいをして、そこで将軍蒙恬に兵三十万を率いさせて、北方の匈奴を伐たせて、長城を築いて、その侵入を防いだ。長城は臨洮を起点として、遠く遼東まで続き、長さ一万里あまり、秦の威力は匈奴にふるい輝いた。

【説話】始皇が長城を築いたことを詠じた史詩は二三にとどまらないが、唐の汪遵の作をあげて参考に供する。

秦築二長城一比二鉄牢一　　秦長城を築いて鉄牢に比す
蕃戎不二敢過二臨洮一　　蕃戎敢て臨洮を過ぎず
焉知万里連雲勢　　焉んぞ知らん万里連雲の勢
不レ及堯階三尺高　　及ばず堯階三尺の高きに

大意――秦では長城を築いて、鉄の牢屋のように匈奴を閉じこめたので、臨洮よりこちらに異民族ははいって来なくなったが、そのような万里も雲につらなるりっぱな長城も、あの堯が土階三段のそまつな宮殿におって太平をいたしたこと（一一頁）にくらべると、まったく比較にもならない愚かなことであったといわねばならない。よき内治こそたいせつなことであったのだ。

(五) 焚書

三十四年、丞相李斯上書曰、「異時諸侯並争、厚招遊學。今天下已定、法令出一。百姓當家、則力農工、士則學習法令。今諸生不師今而學古、以非當世、惑亂黔首。聞令下、則各以其學議之、入則心非、出則巷議、率羣下以造謗。臣請、史官非秦記、皆燒之、非博士官所職、天下有藏詩書百家語者、皆訪守尉、雜燒之。有偶語詩書者棄市。以古非今者族。所不去者、醫藥・卜筮・種樹之書。若有欲學法令、以吏爲師。」制曰、「可。」

【訓読】 三十四年、丞相李斯上書して曰く、「異時諸侯並び争ひ、厚く遊学を招く。今天下已に定まり、法令一に出づ。百姓家に当れば、則ち農工を力め、士は則ち法令を学習す。今諸生今を師とせずして古を学び、以て当世を非り、黔首を惑乱す。令下るを聞けば、則ち各々其の学を以て之を議し、入りては則ち心に非とし、出でては則ち巷に議し、羣下を率ゐて以て謗を造す。臣請ふ、史官の秦の記に非ざるものは、皆之を焼き、博士官の職とする所に非ずして、天下詩書百家の語を蔵する者有らば、皆守尉に訪り、雑えて之を焼かん。詩書を偶語する者有らば棄市せん。古を以て今を非る者は族せん。去らざる所の者は、医薬・卜筮・種樹の書のみ。若し法令を学ばんと欲するもの有らば吏を以て師と為せ。」と。制して曰く、「可なり。」と。

【語釈】 〔異時〕いまとちがう時代。ここでは往時の意。〔遊學〕諸国をめぐり歩いて、学問をする者。〔士〕ここでは官吏をいう。〔當レ家〕家にいては。〔諸生〕多くの学生。〔非〕誹と同じく、そしる。〔黔首〕黔は黒。平民は冠をかむらず、黒い頭をだしていることから人民、民衆の意に用いる。〔秦記〕秦の歴史書。〔博士〕学者で書籍のことをつかさどる官。〔詩書〕詩経と書経。〔百家〕周の終りごろ出た老子・荘子・韓非子など、儒教以外の思想家をいう。諸子百家。〔雑焼レ之〕雑は、まぜこねる、区別なく、いっしょにする。〔偶語〕ふたりでむかいあって話をする。〔棄市〕殺して死体を町にさらす刑罰。〔族〕ひとりが罪を犯すと、一族全部を処罰する。〔卜筮〕うらない。卜は亀の甲を焼いて現われたひびで、吉凶をうらなう。筮は筮竹でうらなう。当時は何をするにも、すべて吉凶をうらなった。〔種樹〕種子をまき、苗木をうえること。農業。

【注意】㈠「已」は「すでニ」、音イ。已然形の已である。己は音コ、キ、おのれの意。自己・克己など。巳はシ。十二支のミである。三字をよく区別しておぼえておく。㈡「棄市」とか「族ス」とかいう刑のやり方はよくでてくるから、ここでおぼえておく。族は族滅とも使う。

【通釈】始皇帝の三十四年に、丞相の李斯が上書して言うには、「往年天下が乱れて、諸侯がならび立って勢力を争い、手厚く遊学している人たちを招き、その人たちにたよって富国強兵をはかった。しかし、いまは陛下のお力によってすでに天下は定まり、すべての法令は朝廷一ヵ所から出るようになった。それゆえ、人民たちは、家にいる場合には農業工業につとめ、士たる者は法令を学習すれば、それでよいのである。しかるにいま書生たちは、現在をてほんとして学ばず、古い道を学んで、現代をそしり、多くの民衆をまどわしている。そして法令が下ったことを聞くと、それぞれ、自分の学んだ学問をもととして、これを議論し、朝廷に入っては、口には出さないが心に非難し、外へ出ては町の中で批評し、多くの門下生をひきつれて、悪口を言っている。わたくしお願いしますに、どうか、歴史をつかさどる官の秦の歴史以外の蔵書は、みな区別なく焼き棄て、博士の職務以外で、天下の人で詩経・書経及び諸子百家の書を持っている者があったら、すぐ郡の大守や輔佐役のものに持参して、どれもこれもいっしょにして焼き棄てていただきたい。そして詩経・書経のことを、ふたりで話し合うものがあったら、殺して死体は町にさらして、人々のみせしめにしたい。また古い時代をよいとして、現在の政治をそしる者は、本人はもちろん、一族ことごとく死刑にしたい。ただ焼き棄てない書は、医薬に関する書と、うらないの書、および農業の書だけとする。もし法令を学びたい者があるならば、役人を師として学ぶようにしていただきたい。」と。始皇帝がこの意見を用いて、勅命を下して言うには、「李斯の意見はよろしい。このとおり実行せよ。」と。

㈥ 坑儒（こうじゅ）

三十五年、侯生・盧生相與譏㆓議始皇㆒、因亡去。始皇大怒曰、「盧生等吾尊賜㆑之甚厚。今乃誹㆓謗我㆒。諸生在㆓咸陽㆒者、吾使㆓人廉問㆒、或爲㆓妖言㆒以亂㆓黔首㆒。」於㆑是使㆓御史悉案問㆒。諸生傳相告引、乃自除。犯㆑禁者四百六十餘人、皆坑㆓之咸陽㆒。長子扶蘇諫曰、「諸生皆誦㆓法孔子㆒。今上皆重㆑法繩㆑之。臣恐㆓天下不㆑安㆒。」始皇怒、使㆔扶蘇北監㆓蒙恬軍於上郡㆒。

【訓読】 三十五年、侯生・盧生相与に始皇を譏議し、因りて亡げ去る。始皇大いに怒りて曰く、「盧生等吾尊びて之に賜ふこと甚だ厚し。今乃ち我を誹謗す。諸生の咸陽に在る者、吾人をして廉問せしむるに、或は妖言を為して以て黔首を乱る」と。是に於て御史をして悉く案問せしむ。諸生伝へて相告引し、乃ち自ら除す。禁を犯す者四百六十余人、皆之を咸陽に坑にす。長子扶蘇諫めて曰く、「諸生皆法を孔子に誦す。今上皆法を重くして之を縄す。臣天下の安からざるを恐る。」と。始皇怒り、扶蘇をして北のかた蒙恬の軍を上郡に監せしむ。

【語釈】 〔侯生・盧生〕生とは、書を読み学問をする者をいう。侯という学者、盧という学者の意。〔譏議〕あれこれと非難すること。〔誹謗〕二字ともソシルである。〔廉問〕問いただすこと。廉は察で、しらべる。〔妖言〕あやしげなでたらめ。〔御史〕官名。〔案問〕案はしらべること。二字で罪を問いしらべる。〔傳相告引〕甲は乙を、乙は丙をというように、次から次へと互に他人をひきあいにだして、罪をぬりつける。〔乃自除〕除はとりのぞくで、罪を他人になすりつけて、自分の罪をとりのぞこうとした、まぬかれようとした。〔扶蘇〕始皇の長子。始皇の死後、李斯や趙高らのために自殺した。〔誦㆓法孔子㆒〕孔子にてほんを求めて、その教を口に言うこと。儒教を信奉すること。〔上〕陛下の意。ショウと読む。〔縄〕罪をただし処分すること。〔上郡〕いまの陝西省楡林付近一帯の地。

【通釈】 三十五年に、侯生・盧生のふたりが始皇帝の政治をそしって逃げた。始皇帝は大いに怒って、「盧生らは自分がこれを尊敬し、物を与え優遇したのに、いま自分をあれこれと悪口のかぎりをつくしてそしっている。これは侯生・盧生ばかりではあるまいと思って、学者たちの咸陽にいる者をも調べたところ、はたして彼らの中にも怪しげなことを言って民衆をたぶらかしまどわしているものがある。すておくわけにはいかぬ。」と言って、検察官に命じてすっかり調べあげた。すると学者たちは互に他人をひきあいに出して、罪をぬりつけ、自分はまぬかれようとした。そこで始皇は自ら罪を犯した者四百六十余人を調べ、みなこれを咸陽で穴うめの刑に処した。始皇の長男の扶蘇が、諫めて言うには、「学者たちはみな孔子のといた法（仁義の道）を尊んで、口にとなえ身におこなっている人であります。それをいま陛下は、法律をきびしく重く用いて、その罪を処分されましたが、わたくしはかえって天下が安らかに治まらなくなるのを心配します。」と。始皇は怒って、扶蘇を咸陽から追いだして、遠く北方の上郡へやって、蒙恬の軍を監督させた。

(七) 阿房宮

始皇以爲、「咸陽人多、先王宮庭小。」乃營作朝宮渭南上林苑中。先作前殿阿房。東西五百歩、南北五十丈。上可坐萬人、下可建五丈旗。周馳爲閣道。自殿下直抵南山。表南山之顚以爲闕。爲複道、自阿房渡渭、屬之咸陽。以象天極・閣道絶漢抵營室也。阿房宮未成。成欲更擇令名。天下謂之阿房宮。

【訓読】始皇以為らく、「咸陽は人多くして、先王の宮庭小なり。」と。乃ち朝宮を渭南の上林苑中に営作し、先づ前殿を阿房に作る。東西五百歩、南北五十丈。上には万人を坐せしむべく、下には五丈の旗を建つべし。周馳して閣道を為る。殿下より直ちに南山に抵る。南山の顚に表して以て闕と為し、複道を為り、阿房より渭を渡り、之を咸陽に属す。以て天極・閣道漢を絶って営室に抵るに象るなり。阿房の宮未だ成らず。成らば更に令名を択ばんと欲す。天下之を阿房宮と謂ふ。

【語釈】〔宮庭〕宮廷に同じ、天子のご殿。〔朝宮〕政治をとるご殿。〔渭南〕渭水の南。秦の都の咸陽の南を流れて黄河に注ぐ。〔上林苑〕苑は天子の庭園、上林はその名。〔阿房〕諸説があるが、いま地名としておく。〔五百歩〕歩は六尺。五百歩は三千尺。〔周馳〕これも諸説があるが、いま周囲ことごとく（周）、まわり廊下をわたす（馳）と解しておく。〔閣道〕高い所へかけわたした廻廊。たぶん下のほうのご殿から、南山の頂上へわたした高架式の屋根のついた廊下であろう。〔表二南山之顚一〕表は目だつようにりっぱにすること。南山の頂上が遠くから見えるようにりっぱな門を作ったという。〔闕〕宮城の門をいう。左右に台を作り、その上に楼を作る。中央は闕けて人が通行できるようになっている。それで闕という。〔複道〕上下二重になった廻廊で、上は天子が通り下は臣下が通る。〔屬二之咸陽一〕屬はショクと読んで、続く、つらなるの意。廻廊が長く咸陽まで続いた。〔天極閣道絶レ漢抵二營室一〕天極、閣道、漢、営室はともに星の名。ここの閣道は廻廊ではない。漢は天漢で、天の河のことで、銀河ともいう。絶はワタルと読み、流れを横ぎってわたること。天極星から天漢星（銀河）を横ぎって、営室星にいたる間を閣道星という。ここは、阿房宮と咸陽宮とを連絡する複道のありさまを天文に象って形容したもので、阿房宮を天極星に、渭水を天漢星に、複道を閣道星に、咸陽宮を営室星になぞらえたものであろう。

【通釈】 始皇は、「咸陽は人口が多くて、先代の作られた宮殿は、いまとなっては小さくて、天子の威厳を保つことができない。」と考えて、そこで政治をとる宮殿を渭水の南にある上林苑の中に建造することにし、まず、前殿を阿房という所に作った。その規模の大きなことは、東西が五百歩、南北が五十丈もあり、ご殿の上には一万人の人を坐らせることができ、ご殿の下は五丈の旗を立てられるくらいの高さがあり、じつにすばらしくりっぱであった。そればかりではなく、いたるところに高架式の廻廊を作り、前殿から遠く南山まで歩いて行けるようにした。その南山には人目につくように、りっぱな宮門を作り、また二重の廻廊を作って、上を天子が、下を臣下が通るようにし、阿房から渭水を横ぎって咸陽へ続くようにした。これは天極星から閣道星が天漢星を横ぎって、営室星へいたる天象にかたどったものである。この阿房のご殿がまだ完成せず、いずれできあが上ったら、改めてよい名まえをえらんでつけるはずであったが、始皇が死んでしまい、やがて秦も亡びたので、天下の人は地名をとって阿房宮といった。

【説話】 さて始皇帝は、次子の胡亥と、丞相の李斯、宦官（宮内長官）の趙高を従えて、東方の巡幸に出たが、河北省の沙丘で崩じた。五十歳。秦王となってから三十七年、始皇帝と号してから十二年（それはまた天下統一後十二年ということでもある。）、ちょうどBC二一〇年のことであった。

〔二〕群雄蜂起

【説話】始皇帝が東方巡幸の途中で崩じると、李斯と趙高は、喪をかくして、遺骸を窓のついた車にのせ、屍臭をごまかすために鮑魚を積みこんで、急いで都の咸陽に帰り、初めて皇帝崩御のことを発表した。そして将軍蒙恬とともに匈奴討伐中の長子扶蘇のところへは、腹心の者をやって、扶蘇も蒙恬もふたりとも殺してしまい、暗愚な次子の胡亥を二世皇帝の位につけた。胡亥は、「一生享楽をしつくして死にたい。」と言った若者である。これに対して趙高は、「人民はできるだけ厳しい法律で取締り、古い臣下はやめさせて、新しい者をかあいがれば、安心しておすきなことができます。」と知慧をつけた。そこで二世は新法律をどしどし作り、刑罰をいよいよきびしく、遠慮なく人を死刑にしたので、一般民衆の苦しみは言語に絶することになった。ここに民衆の命がけの抵抗がはじまり、これに亡ぼされてまだ日の浅い六国の遺臣たちの祖国回復の夢がからまり、はやくも二世即位の翌年には、陳勝・呉広の叛旗がひるがえり、叛乱は燎原の火のごとく、各地にひろがっていった。

まず、陳勝と呉広の旗挙げから本文を読もう。

㈠ 燕雀安知鴻鵠之志哉

陽城人陳勝字渉。少與人傭耕。輟耕之壟上、悵然久之曰、「苟富貴、無相忘。」傭者笑曰、「若爲傭耕。何富貴也。」勝大息曰、「嗟呼、燕雀安知鴻鵠之志哉。」至是與呉廣起兵于蘄。時發閭左戍漁陽。勝・廣爲

【訓読】陽城の人陳勝字は渉。少くして人の与に傭耕す。耕を輟めて壟上に之き、悵然たること之を久しくして曰く、「苟も富貴ならば　相忘るること無けん。」と。傭者笑ひて曰く、「若傭耕を為す。何ぞ富貴ならんや。」と。勝大息して曰く、「嗟呼、燕雀安んぞ鴻鵠の志を知らんや。」と。是に至り呉広と兵を蘄に起す。時に閭左を発し漁陽を戍ら

屯長一、會二大雨一、道不レ通。乃召二徒屬一曰、「公等失レ期。法當レ斬。壯士不レ死則已。死則舉二大名一。王侯將相寧有レ種乎。」衆皆從レ之。乃詐稱二公子扶蘇・項燕一、稱二大楚一。勝自立爲二將軍一、廣爲二都尉一。大梁張耳・陳餘訪二軍門一上謁。勝大喜、自立爲レ王、號二張楚一。諸郡縣苦二秦法一、爭殺二長吏一以應レ涉。陳勝以二所レ善陳人武臣一爲二將軍一、耳・餘爲二校尉一、使レ徇二趙地一。至レ趙、武臣自立爲二趙王一。

しむ。勝・広屯長と為り、大雨に会ひて、道通ぜず。乃ち徒属を召して曰く、「公等期を失す。法斬に当る。壮士死せずんば則ち已む。死せば則ち大名を挙げんのみ。王侯将相寧んぞ種有らんや。」と。衆皆之に従ふ。乃ち詐り公子扶蘇・項燕と称し、大楚と称す。勝自立して将軍と為り、広都尉と為る。大梁の張耳・陳余軍門に訪り上謁す。勝大いに喜び、自立して王と為り、張楚と号す。諸郡県秦の法に苦しむもの、争ひて長吏を殺して以て渉に応ず。陳勝善き所の陳人武臣を以て将軍と為し、耳・余を校尉と為し、趙の地を徇へしむ。趙に至り、武臣自立して趙王と為る。

【語釈】〔陽城〕いまの河南省陽城県。〔与レ人傭耕〕与はタメニと読む。人に傭われて田を耕すこと。〔輟〕やめる。〔壟〕田のあぜ。〔悵然〕志を得ないでなげくさま。〔無二相忘一〕わしが出世しても、きみを忘れないよ。〔傭者〕やとっている人。やといぬしとも、陳勝といっしょにやとわれていたなかまとも考えられる。いまやといぬしとしておく。〔燕雀安知二鴻鵠之志一哉〕燕や雀は小鳥。小人物にたとえる。鴻はオオドリ。鵠はクグヒで大きな鳥。大人物にたとえる。小人物にはどうして大人物の志がわかろうか。〔閭左〕閭は村の入口の門。秦時代は富貴の人は閭の右に住み、貧乏人は閭の左に住んだ。閭左は貧乏人の意。〔蘄〕湖北省蘄県。〔戍〕ある土地に兵をとどめて守ること。なお、戊は音ボ、つちのえ。戌は、音ジュツ、いぬ。戍は音ジュ。まもる、武器をとって国境を守る。〔漁陽〕郡の名、河北省にある。〔屯長〕兵営の長。〔王侯将相寧有レ種乎〕帝王も諸侯も、大将も大臣も、なんで別種属の人であろうや。われわれと同じ人にすぎない。〔壮士不レ死則已、死則挙二大名一〕男子たるもの、死なぬならばそれまでのことで、別に問題はないが、死ぬと決心した以上は、りっぱな名をあげて死のう。〔公子〕身分の尊い家の子、帝王や諸侯の子をいう。〔扶蘇・項燕〕扶蘇は始皇帝の長子。二世皇帝胡亥の兄である。賢明であったが、始皇帝が死んだのち自殺した。民衆に人望があった。項燕は楚の名将。よく士卒をかわいがったので、人望があった。陳勝と呉広が、それを利用したのである。〔上謁〕謁はいまの名刺で、名刺を上つる、面会するの意。〔張楚〕張はさらに大きくするの義で、楚をいっそう大きくするという意味で張楚といった。〔長吏〕郡や県の長官。〔武臣〕武は姓、臣は名。〔校尉〕兵事をつかさどる官。〔徇〕攻めとり、威武を示すこと。攻略する。

【通釈】陽城の人の陳勝はあざなは渉という。若い時に貧乏で、人にやとわれて田を耕したが、やめてあぜにのぼり、ひと休みして、長いあいだなげいていたが、やとい主にむかって、「もしも、わたしが出世をしたら、あなたのことを忘れずに、恩がえしをしますよ。」と言った。やとい主が笑って、「おまえは日やといになって、田を耕しているくせに、なんで出世などするものか。」と言った。勝は大息して言うには、「ああ、燕雀のような小人物に、どうして鴻鵠のような大人物の志がわかろうか。」と。勝はこのように若い時から、大望を持っていたが、いよいよ秦の始皇が死んで、天下が乱れたのに乗じて、そこで呉広とともに兵を蘄に起こした。その兵を起こしたきっかけは、秦で村の入口の門の左に住んでいる貧乏人を徴発して、漁陽を守らせることになり、勝と広はその駐屯軍の隊長であったが、とちゅう大雨にあって道が通せず、期日までに漁陽に到着できそうもなくなった。そこで部下を集めて言うには、「きみたちは期日におくれてしまった。これは軍法によると斬罪に当たる。男子は死なないならば、それまでのことであるが、死ぬときまった以上、大きな名をあげて死のう。帝王といい、諸侯といい、また大将大臣といっても、何んで別の種属であろう。同じ人間にすぎない。われわれも努力すれば、いくらでもえらくなれるぞ。」と。部下はみなこれに従った。そこで陳勝・呉広のふたりは、民衆の人望を得るために、いつわって、「秦の公子の扶蘇と、楚の将軍項燕である。」と宣伝し、国号を大楚といい、勝は自立して将軍となり、広は校尉となった。大梁の張耳と陳余とが軍門に来て面会を求めた。勝は大いに喜び、こんどは自立して王となり、国号を張楚と改めた。その頃多くの郡や県の民衆は、秦のきびしい法律に苦しんでいたので、みな争ってその長官を殺して、陳勝にみかたをした。そこで陳勝は、自分と仲のよい陳人の武臣を将軍とし、張耳と陳余のふたりを校尉として、趙を攻めとらせ、大いに威武を示した。しかるに武臣は陳勝の部下となるのをきらって、自立して趙王となった。

【説話】秦末の騒乱は、こうして陳勝と呉広によって、口火が切られた。続いて、沛からは劉邦が立ちあがった。呉の地からは、項梁と甥の項籍（項羽のこと）が立った。斉では、亡ぼされた田氏の後えい田儋が自立して斉王と称した。燕では、趙王武臣の派遣した将軍韓広が自立して燕王となった。魏では、楚の将の周子というものが蹶起して、梁の公子を迎えて魏王とした。これらの叛乱軍に対して、秦では、勇将の章邯を派遣して、まず魏王を討伐させた。これに対して斉と楚が救援軍を送ったが、斉王の田儋も、魏王もまたそれを擁立していた周子も、すべて敗れて死んだ。最初に叛旗をあげた陳勝も呉広も、趙王になった武臣も、みんな部下に殺されてしまった。叛軍――革命軍の中で、のこった有力なものは、劉邦と、項梁・項籍（項羽）だけで、この両者のうち、いずれが大秦帝国を亡ぼすことになるか。まず、項梁・項籍（項羽）の旗挙げから読んでゆこう。

(二) 書足以記姓名而已

項梁者、楚將項燕之子也。嘗殺人。與兄子籍避仇呉中。籍字羽。少時學書不成。去學劍。又不成。梁怒。籍曰、「書足以記姓名而已。劍一人敵、不足學。學萬人敵。」梁乃敎籍兵法。』會稽守殷通欲起兵應陳渉、使梁爲將。梁使籍斬通、佩其印綬、遂擧呉中兵、得八千人。籍爲裨將。時年二十四。』居鄛人范增、年七十、好奇計。往說項梁

【訓読】項梁は、楚の将項燕の子なり。嘗て人を殺す。兄の子籍と仇を呉中に避く。籍字は羽。少時書を学びて成らず。去りて剣を学ぶ。又成らず。梁怒る。籍曰く、「書は以て姓名を記するに足るのみ。剣は一人の敵のみ、学ぶに足らず。万人の敵を学ばん。」と。梁乃ち籍に兵法を教ふ。』会稽の守殷通兵を起して陳渉に応ぜんと欲し、梁をして将たらしむ。梁籍をして通を斬らしめ、其の印綬を佩び、遂に呉中の兵を挙げて、八千人を得たり。籍裨将と為る。時に二十四。』居鄛の人范増、年七十、奇計を好む。往きて項梁に説きて曰く、「陳勝事を首め、楚の後を立てず

曰、「陳勝首レ事、不レ立二楚後一而自立。其勢不レ長。今君起二江東一。楚蠭起之將、爭附レ君者、以三君世世楚將、必能復立二楚之後一也。」於レ是項梁求三得楚懷王孫心一、立爲二楚懷王一、以從二民望一。

して自立す。其の勢長からず。今君江東に起る。楚の蠭起の将、争ひて君に附く者は、君が世世楚の将にして、必ず能く復楚の後を立つるを以てなり。」と。是に於て項梁楚の懐王の孫心を求め得て、立てて楚の懐王と為し、以て民の望に従ふ。

【語釈】〔呉中〕江南の地。〔書〕文字。〔印綬〕官印についているひものことで、官につくことをいう。〔裨将〕副将。〔首レ事〕首はハジメる。最初兵を起こしたことをいう。〔楚後〕楚の子孫。〔蠭起〕蠭は蜂に同じ。蜂の一時に飛びたつように、むらがりおきる。〔立為二楚懐王一、以従二民望一〕楚の懐王は、前に秦に殺されたので、楚人は憐れに思っていた。そこで懐王の孫に当たる心を立てて楚王とし、懐王と名のらせて、人民の心に添うようにしたのである。

【通釈】 項梁は楚の将軍項燕の子である。以前人を殺して、兄の子の籍と共にかたきうちされるのをさけて、呉中に逃げていた。籍はあざなは羽といい、少年のころ文字を学んだが、うまくならなかった。そこで書道を棄てて剣道を学んだが、これもまたうまくならなかったので、梁が怒った。籍が言うには、「字は自分の姓名が書ければ、それでたくさんだ。剣道はひとりを敵とする術にすぎない。こんなものは、学ぶ必要がない。それよりも、万人をあいてとするような戦術を、学びたいものだ。」と。そこで梁は籍に兵法を教えた。さて陳渉が自立したとき、会稽の太守の殷通が、兵を起こして陳渉のみかたをしようとして、梁を大将とした。すると梁は籍に命じて通を切り殺し、自分がかわって会稽の太守となり、ついに呉中の兵を集めて八千人を得た。そして籍はその副将となった。その時、年二十四であった。』居鄛の人の范増は年七十であったが、人の思いもつかぬような計画を好んだ。項梁が兵をあげたことを聞いて、たずねて行って項梁に説いて言うには、「陳勝は最初に兵をあげたが、楚王の子孫を立てないで、自分が王となった。こんなことでは、その勢力も長続きはしないだろう。いまあなたは江東地方に立ちあがったが、楚のいちどにむらがり立った多くの将軍たちが、争ってあなたにつき従ったのは、あなたの家が代々楚の将軍であって、やがてまた楚の子孫を王にもり立てるだろうと思っているからだ。」と。そこで項梁は楚の懐王の孫の心という人を探しだして、立てて楚の懐王として、人民の希望にそうたのである。

【説話】こうして叛乱軍の勢力が日ごとに高まりひろまっていっている時、秦の都では、どのような事がおこなわれていたか。宰相の李斯と宦官の趙高との対立が深まり、趙高は李斯の長男が叛乱軍と通謀していると讒言して、李斯一族を皆殺しにしてしまった。そしてさらに彼は、ある時、鹿を二世に献じて、「馬でございます。」と申しあげた。二世は笑いながら、「そんなことがあるものか。」と言って、近臣に、「どうじゃ。」と問うた。趙高の権勢を恐れてだまっている者もあり、「鹿でございます。」と正直に答えた者もあった。趙高は、鹿と答えた者を記憶しておいて、おりをみて厳しい法律にひっかけたので、それからはもう誰も彼に反対する者はいなくなった。各地の叛乱についても、彼は、「たいしたことはございません。」と申しあげていたが、秦軍の敗戦が続くので、いつかは二世に実情が知れて、自分の立場が危いと考え、ついに二世皇帝を殺し、扶蘇の子の嬰を立てて皇帝とした。ところが間もなく嬰は、趙高の専横を怒って一族を皆殺しにしてしまった。こうして李斯も趙高もいなくなった秦王子嬰（三世に当たる）の身辺には、これといって役に立つ重臣はいなくなっていた。

そこへ、叛秦軍のほうでは、いよいよ秦のむかしから本拠である関中（秦の都の咸陽のある陝西省の地方）に進撃すべき軍議が始められていた。

㈢ 定關中者王之

初楚懐王、與諸將約、「先入定關中者、王之。」當時秦兵强、諸將莫利先入關。獨項羽怨秦殺項梁、奮願與沛公先入關。懐王諸老將皆曰、「項羽爲人慓悍猾賊。獨沛公寛大長者。可遣。」乃遣沛公。張良從沛

【訓読】初め楚の懐王、諸将と約す、「先づ入りて関中を定むる者は、之に王たらん。」と。当時秦の兵強くして、諸将先づ関に入ることを利とするもの莫し。独り項羽は秦の項梁を殺ししを怨み、奮って沛公と先づ関に入らんことを願ふ。懐王の諸老将皆曰く、「項羽は人と為り慓悍猾賊なり。独り沛公は寛大の長者なり。遣はすべし。」と。乃ち沛

公ニ西ス。沛公大イニ破ツテ二秦軍ヲ一入リレ關ニ、至ル二覇上ニ一。秦王ノ子嬰、素車白馬、繫クルニレ頸ヲ以テシレ組ヲ、出デテ降ル二軹道ノ旁ニ一。秦自リ二始皇二十六年併セテ二天下ヲ一、三世ニシテ而亡ブ。稱スルコトレ帝ヲ止十有五年ノミ。

公を遣はす。張良沛公に従って西す。沛公大いに秦の軍を破って関に入り、覇上に至る。秦王の子嬰、素車白馬、頸に繫くるに組を以てし、出でて軹道の旁に降る。秦は始皇の二十六年、天下を併せてより、三世にして亡ぶ。帝を称すること止十有五年のみ。

【語釈】〔關中〕いまの陝西省の地。東に函谷関、西南に散関、南に武関、北に蕭関と、周囲に四ヶ所の関所があるので、関中という。〔慓悍〕すばしこく、あらあらしい。〔猾賊〕わるがしこくて、人を害しそこねる。〔長者〕徳の高い温厚な人。〔張良〕もと韓の人で、韓を亡ぼした始皇を怨み、博浪沙でこれを殺そうとしたがはたさず、姓名をかえて下邳にかくれ、兵法を研究し、留県で沛公にあって臣となり、ともに討秦のことに志した。〔覇上〕覇水のほとり。覇水は秦の都の咸陽の郊外を流れている河。〔素車白馬〕白色の車と白い馬。白は死を意味する。〔組〕天子の印のひも。〔軹道〕亭の名。亭は宿場町。

（注意）㈠「なし」と読む字には「無・罔・亡・微・末」などあるが、「莫」は非常に強い否定で、絶対に無い意である。㈡「爲レ人」は一つの成語で、「人となり」と読み、それだけで名詞と思うがよい。生れつき、性質、人物などの意。㈢「可レ遣」の可は……した方がよい。やるべきである意。遣を通例「つかハス」と読む。音はケン。派遣という熟語がある。遺は音イ。「のこス」意である。「おくル」とも読む。㈣「繫レ頸以レ組」の以という字は、英語の with の意である。

【通釈】楚の懐王が、反秦軍の諸将と約束して言うには、「まず誰でも、関中に攻め入った者を、そこの王にしよう。」と。その時は、秦の兵がまだ強かったので、諸将は誰も関中に攻め入ることをとくとする者がなかったが、ただ項羽だけは、おじの項梁が秦に殺されたのを怨んでいたので、奮起して沛公とともに、関中を攻めたいと願った。懐王の諸将はこれを聞くと、みな言うには、「項羽は、性質がすばしこくあらあらしく、わるがしこく人をそこねるから――一口にいえば乱暴者だから、関中へやるのはよくない。それよりも、沛公は、心がひろく有徳の人であるから、彼をやるのがよろしい。」と。そこで懐王は沛公をやった。張良も、沛公のおともをして西のかた関中攻撃について行った。沛公は大いに秦の軍を破って、東南から（正面の函谷関は破りにくいから、これは避けた。）関中に入り、覇水のほとりまで軍を進めた。すると秦王の子嬰は、白い馬にひかせた白い車に乗って、死を覚悟したいでたちで、くびに、天子の印のひもをかけて、都を出て、軹道亭のかたわらまで来て降参した。かくて秦は亡びた。秦は始皇帝の二十六年に、中国を統一して、始皇帝は秦の皇帝の位を万世につたえたいと思ったが、わずかに三世で亡んでしまったわけである。そして皇帝の位はたった十五年しか、たもてなかったのであった。

【説話】 秦王の降服は、BC二〇六年で、秦はそれで亡んだわけであるが、沛公劉邦が、完全に中国の統治者になるまでには、なおそれから四年かかっている。その間が、いわゆる漢・楚争覇の時期である。「鴻門の会」「垓下の覇王別姫」「烏江の自決」など、項羽を中心とした有名な事件は、その間のことで、これらは漢の建国途上の事件として、「十八史略」では、漢の部の初めに収めている。

西漢

【説話】 BC二〇六年に劉邦（高祖）の立てた国で、陝西省の長安（いまの西安）に都し、AD八年に、王莽にうばわれるまで、十四世、二百十年続いた。劉秀の後漢に対して前漢ともいい、後漢の都が東の洛陽に移ったのに対して、西漢ともいう。東漢（後漢）をあわせると、前後ほぼ四世紀が「漢」の世であった。西漢は、漢民族発展の第一期をなすもので、内においては学術文化の発達を見、外においては匈奴・朝鮮・西域・西南夷地方にまで領土をひろげ、漢文化をひろめた。内治において

西漢世系表（算用数字は在位年数を現わす）

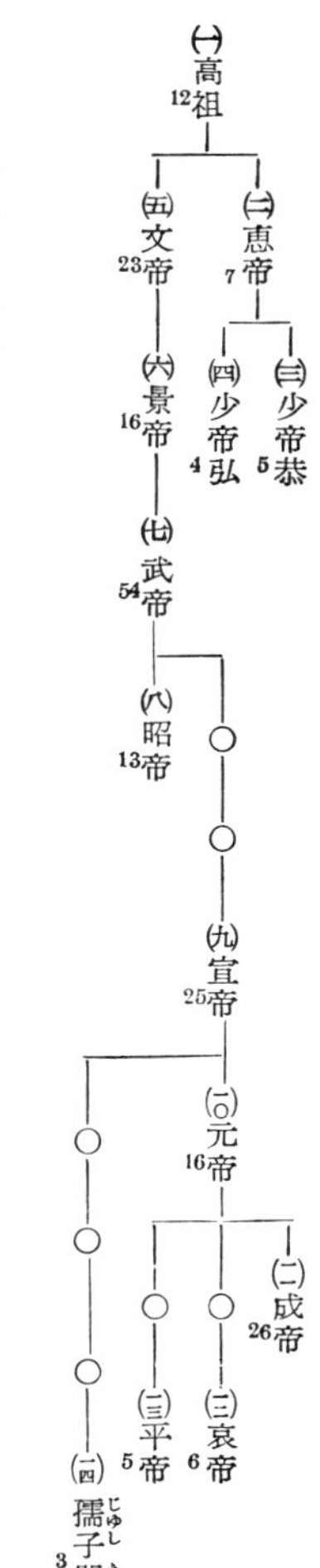

は、文・景二帝、外征においては武帝が有名であるが、末期は外戚の専横によって次第におとろえ、孺子嬰にいたって外戚の王莽にうばわれて亡んだ。

〔一〕 沛公定レ秦

【説話】 西漢の記事は、創始者劉邦（高祖）の生いたちから書き出してある。ところが、その劉邦のことは、すでに戦国時代の秦のところで、彼が兵を挙げたこと、叛秦軍の諸将たちから「寛大の長者なり。」と尊敬されていたこと、張良を従えて関中にむかい、ついに秦王子嬰を降服させたことまでが、記されているから、ここではあらためてその出身から詳述して、秦を降服させた直後のことへと筆を進めている。もちろん、彼が漢の高祖として即位したのは、秦を降してから五年後のことで、その間に、項羽との争覇戦がはさまっている。

(一) 大丈夫當レ如レ此

漢太祖高皇帝、姓劉氏、名邦、字季。沛豊邑中陽里人也。隆準而龍顔、美鬚髯。左股有二七十二黒子一。寛仁愛レ人。意豁如也。有二大度一。不レ事二家人生産一。及レ壮為二泗上亭長一。嘗繇二役咸陽一、縦二観秦皇帝一曰、「嗟乎、大丈夫當レ如レ此矣。」單父人呂公、好相レ人。見二劉季状貌一曰、「吾相レ人多矣。無レ如二季相一。願季

【訓読】 漢の太祖高皇帝、姓は劉氏、名は邦、字は季。沛の豊邑中陽里の人なり。隆準にして龍顔、美鬚髯あり。左股に七十二の黒子有り。寛仁にして人を愛す。意豁如たり。大度有り。家人の生産を事とせず。壮なるに及び泗上の亭長と為る。嘗て咸陽に繇役し、秦皇帝を縦観して曰く、「嗟乎、大丈夫当に此の如くなるべし。」と。単父の人呂公、好く人を相す。劉季の状貌を見て曰く、「吾人を相すること多し。季の相に如くは無し。願はくは季自愛せよ。吾息

自愛。吾有二息女一。願為二箕帚妾一。」卒与二劉季一。即呂后也。

女有り。願はくは箕帚の妾と為さん。」と。卒に劉季に与ふ。即ち呂后なり。

【語釈】〔太祖高皇帝〕ふつう高祖という。〔沛〕いまの江蘇省徐州府沛県。〔隆準〕準はセツと読んで、ハナのあたま。ジュンと読んではいけない。鼻ばしらが高い。〔龍顔〕劉季の母がある時、大きな沢で休んでいるうちに、うとうとと眠ってしまった。おりしも大雷雨で、天地がまっくらになったので、父太公が心配して、さがしに行ったところ、龍が妻のねている上へ、まいおりてくるのを見てふしぎに思った。やがて生れたのが劉季で、その顔は龍に似ていたという話がある。〔美鬚髯〕うつくしいあごひげと、ほほひげ。〔黒子〕ほくろ。〔意豁如〕心がからりとさっぱりしていること。〔大度〕度量が大きい。〔不レ事二家人生産一〕家人は家の意、生産は職業。家業を少しもしない。〔壮〕三十歳前後の元気さかりをいう。〔亭長〕秦の制度に、十里ごとに亭（旅行者をとめる宿場）をおき、亭には亭長をおいてとりしまった。〔繇役〕官が人民にわり当てる労役賦役。〔縦観〕自由に見る。〔単父〕江蘇省にある地名。〔相レ人〕人相をみる。〔自愛〕自分のからだをたいせつにする。〔息女〕むすめ。〔箕帚妾〕箕はちりとり、帚は掃で、そうじ。そうじをする女。

【注意】㈠「季」という字は、四季（春・夏・秋・冬）などで、よく使う字であるにもかかわらず、「李」と書きちがえる者がある。李白を季白と書く者さえある。なお杜甫を社甫を書いたりする者さえある。項羽も頂羽と書きちがえたりする。すべて文字をよく見ないで、うろおぼえすることから生れるあやまりである。㈡「豁如」という副詞が使われているが、何々如というふうに、如の字を形容詞の下につけて副詞にすることがよくある。「晏如タリ」などその例。㈢「嗟乎」は「ああ」と読む。前段には「嗟呼」と書いてあった。

【通釈】漢の太祖の高皇帝は、姓は劉氏で、名は邦、あざなは季といった。沛県の豊邑の中陽里の人である。その顔かたちは、鼻が高く、龍のような顔で、美しいあごひげほほひげがあって、りっぱであった。また左のももに七十二のほくろがあった。彼の性質は心がひろく、なさけぶかく、人を愛し、気もちがからりとしていて、家業などはすこしもしなかった。壮年になって、泗水のほとりの宿場の長となった。ある時、咸陽へ賦役に出て、秦の始皇帝の行幸を、まのあたりによくよくながめて言うには、「ああ、男とうまれたからには、かくありたいものだ。」と。さて、単父というところに、呂公という人があって、人相を見ることがじょうずであった。劉季のすがた顔つきを見て、「自分は人を多く見ているが、劉季の人相にまさるものはいない。どうか、からだをたいせつにしなさいよ。ついては自分にむすめがいるが、どうか、きみのそばにおいて掃除女に使ってくれないか。」と言った。そして、むすめを劉季に妻としてくれた。これがのち、劉季が高祖となった時の皇后の呂后である。

【説話】 さてこの段に続いて、劉邦（あざなは季。十八史略では、あざなでよんでいる。）が工事に動員された囚徒を、陝西省の驪山に護送する途中、逃亡者がたくさん出たので、これでは自分の役めが果されず、責任を問われて殺されるにちがいないと考えて、思いきって残りの囚徒を解放したことと、夜、酒をのんで、路上の大蛇を斬ったところ、のちに老婆がそこに現われて、わが子は白帝の子であったが、赤帝の子に斬られたと言って、泣いていたという話を伝える者があり、彼は帝王になる人であろうという噂がひろまった。ついに陳渉の旗挙げ（一六八頁を見よ）とともに、彼も沛（江蘇省北部にある町）に兵をあげ、旗さしものには赤色を使ったことが記され、「楚の懐王、沛公を遣す。秦を破り、関に入り、秦王子嬰を降す。」という前章末尾の文句が、またくり返されて次段に移る。

(二) 約二法三章一

沛公既定レ秦、悉召二諸縣父老豪傑一、謂曰、「父老苦二秦苛法一久矣。吾與二諸侯一約。先入二關中一者王レ之。吾當レ王二關中一。與二父老一約。法三章耳。殺レ人者死。傷レ人及盜抵レ罪。餘悉除二去秦苛法一。」秦民大喜。

【訓読】 沛公既に秦を定め、悉く諸県の父老豪傑を召し、謂ひて曰く、「父老秦の苛法に苦しむこと久し。吾諸侯と約す。先づ関中に入る者は之に王たらんと。吾当に関中に王たるべし。父老と約す。法三章のみ。人を殺す者は死せん。人を傷け及び盗するものは罪に抵さん。余は悉く秦の苛法を除き去らん。」と。秦の民大いに喜ぶ。

【話釈】〔父老〕地方の年とった有力者。〔苛法〕きびしい法律。〔王レ之〕関中の王としよう。（一七三頁を見よ。）〔三章〕三ヵ条。〔抵〕当たる。

【通釈】沛公はこうして秦を平定し、ことごとく秦の多くの県の父老や豪傑たちを召して、「きみたちは、秦のむごい法律に長い間苦しんできた。自分は諸侯と、まずさきに関中に入った者が王となろうと約束したのであるから、自分が関中の王となる。ついてはきみたちと、法律を次の三ヶ条にすることを約束しよう。すなわち、人を殺す者は死刑にする。それから人を傷けたり、あるいはぬすみをした者には、それぞれの罪にあてて処分する。これ以外の秦のむごい法律はみな廃止しよう。」と。秦の民はこれを聞いて、大いに喜んだ。

〔二〕 鴻門之会

【説話】劉邦（沛公）が先に関中に入り、秦王子嬰を降服させて、首都咸陽の人気を得ているところに、項羽が、関中の東正面玄関の函谷関からはいって来る。しかも項羽は、精鋭四十万の大軍をひきつれているので、劉邦との間に問題が生じた。すなわち、全反秦軍の目的であった秦を倒すという点からいえば、劉邦はそれをなしとげた殊勲者であり、かつ反秦聯合軍の首脳者会議で、「先きに関中に入った者をそこの王としよう。」という約束になっているから、公平に見れば劉邦が関中王となり、項羽は一足遅れたのであるから、東に帰り去るべきである。しかし、秦が滅んでしまったいまでは、誰が中国の新しい統率者（皇帝）になるかという新しい問題に直面している。それはもはや理屈ではなく、実力が決定する問題である。ここに、先きに秦を滅ぼす功をあげたとはいえ、掌中の兵はわずか十万しかない劉邦にとっての大きな弱みがある。項羽とここで戦えば、敗けるにきまっている。彼としては、何とかして当面の危機から、まずのがれなければならぬ。こうして有名な鴻門の会が持たれることになる。以下数段は、その劇的な経過を物語る。

(一) 其志不レ在レ小

項羽率二諸侯兵一、欲二西入一レ関。或説二沛公一、

【訓読】項羽諸侯の兵を率ゐて、西のかた関に入らんと

守ニ關門一。羽至。門閉。大怒攻破レ之、進至レ戲。期ニ旦撃ニ沛公一。羽兵四十萬、號ニ百萬一。在ニ鴻門一。沛公兵十萬、在ニ霸上一。范增説レ羽曰、「沛公居ニ山東一、貪レ財好レ色。今入レ關、財物無レ所レ取、婦女無レ所レ幸。此其志不レ在レ小。吾令ニ人望ニ其氣一、皆爲ニ龍成ニ五采一。此天子氣也。急撃勿レ失。」

す。或ひと沛公に説きて、關門を守らしむ。羽至る。門閉づ。大いに怒り攻めて之を破り、進みて戲に至る。旦に沛公を撃たんと期す。羽の兵四十万、百万と号す。鴻門に在り。沛公の兵十万、霸上に在り。范增羽に説きて曰く、「沛公山東に居りしとき、財を貪り色を好む。今関に入りて、財物取る所無く、婦女幸する所無し。此れ其の志小に在らず。吾人をして其の気を望ましむるに、皆龍と為り、五采を成す。此れ天子の気なり。急に撃ちて失ふこと勿れ。」と。

【語釈】〔關〕函谷関。〔戲〕川の名、流れて渭水にそそぐ。〔旦〕明朝。または、夜あけがた。〔號〕称する、となえる。〔鴻門〕地名、戲水の西岸にある。〔幸〕かわいがる。〔令ニ人望ニ其氣一〕人をやってその雲気を見させた。〔五采〕采は色。赤・青・黄・白・黒の五色。（次頁の説話を参考にされたい。）

【注意】㈠「率」をひきいてと読んでいるが、送り仮名はワ行のヰである。「率イテ」ではいけない。㈡「西ノカタ」のように、方角のときは、ノカタという送り仮名をつけて読む。㈢「或」をあるひとと読み、ヒトを送る。

【通釈】楚の項羽は諸侯の兵をひきいて、西のかた函谷関に攻め入ろうとした。すると、ある人が沛公にすすめて、函谷関の門を厳重に守った。やがて項羽が来たが、門はしまってはいれないので、大いに怒って攻めて門をうち破り、（史記によれば、当陽君の黥布という項羽の勇敢な先鋒部隊長が、破ったことになっている。）進んで戲水まで来た。そして明早朝沛公の軍をうち破ろうと決心して、用意をととのえた。この時項羽の兵は四十万で、百万であると称して鴻門に陣をかまえた。沛公の兵は十万で、霸上に陣をかまえていた。さて項羽の相談役の范增が、項羽に説いて言うには、「沛公が前に山東にいた時は、欲がふかくて、財貨をむさぼり、美人を愛し、民に怨まれたが、いま関中に入ってからは、財物は少しも取らず、婦人も愛していない。これを見ても彼の志は小さいところにあるのではない。きっと天子になろうという大きな志をもっているにちがいない。自分が人をやって、彼のまわりの雲気を遠くから見させたところ、みな龍のかたちをし、それが五色にかがやいていた。これは天子となる雲気であるから、急いでうち破り、逃がしてはなりませんぞ。」と。

【説話】 項羽と劉邦（沛公）とは、どうしても最後には争わなければならぬ運命のもとにおかれていた。なんとなれば、反秦軍の将軍の中で、秦にかわって王となるべき者は、ただひとりに限っていたからである。そのふたりがいまや激突しそうになったわけである。いずれかいっぽうが他を殺すほかに道はない。平和な宴席のように見える鴻門の会に、殺気がみなぎることになるのも当然である。この段で注意すべきは、沛公の軍が函谷関を固めて項羽を入れまいとしたことで、これが項羽を怒らせ、沛公が（樊噲も）いくども弁解をしなければならぬことになった会談の山である。「気」というのは、科学の発達した当今の人々には理解しがたい現象であるが、一種の目に見えないかげろうのようなもので、当時の観気術を心得た者には、その予言的意義をもった「気」が見えるものと信じられていたことを、無条件に承認するよりほかない。また、この「十八史略」では省略されているが、史記によれば、沛公の部下に、曹無傷（曹が姓）という人があって、これが沛公の目をかすめて項羽のところへ密使を送り、「沛公は関中王となるつもりです。その証拠に、秦の財宝婦女を自分のものとし、降参した秦王子嬰を殺さずに大臣にとりたてています。」と注進している。これも項羽を怒らせた理由になっている。本書の一八三頁「今者有二小人之言一」や、一八五頁「将軍聴二細人之説一欲レ誅二有功之人一。」は、そのことを指す。

(二) 有レ急亡不義

羽季父項伯、素張良善。夜馳至二沛公軍一、告レ良、呼与倶去。良曰、「臣従二沛公一。有レ急亡不義。」入具告。因要レ伯入見。沛公奉二卮酒一為レ寿、約為二婚姻一曰、「吾入レ関、秋毫不二

【訓読】 羽の季父項伯は、素より張良に善し。夜馳せて沛公の軍に至り、良に告げ、呼びて与に倶に去らんとす。良曰く、「臣沛公に従ふ。急有りて亡ぐるは不義なり。」と。入りて具さに告ぐ。因りて伯を要して入りて見えしむ。沛公卮酒を奉じて寿を為し、約して婚姻を為して曰く、「吾

敢有所近。籍吏民、封府庫、而待將軍。所以守關者、備他盜也。願伯具言臣之不敢倍德。」伯許諾曰、「旦日不可不蚤自來謝。」伯去具以告羽、且曰、「人有大功、擊之不義。不如因善遇之。」

関に入りて、秋毫も敢て近づくる所有らず。吏民を籍し、府庫を封じて、将軍を待つ。関を守る所以の者は、他の盗に備ふるなり。願はくは伯具さに臣の敢て徳に倍かざるを言へ。」と。伯許諾して曰く、「旦日蚤く自ら来り謝せざるべからず。」と。伯去りて具さに以て羽に告げ、且つ曰く、「人大功有り、之を撃つは不義なり。因りて善く之を遇するに如かず。」と。

【語釈】〔季父〕おじ。父の末弟。〔要レ伯〕いやがるのにむりにつかまえる。まちかまえてつかまえる。〔巵酒〕巵はさかずき。さかずきについだ酒。〔為レ寿〕貴い人にさかずきを奉って、長寿を祝うこと。〔秋毫〕ごくわずか。ごく小さいこと。毫はけだものの毛が、秋に毛がわりして、新しくはえたごく小さな毛をいう。この毛をあつめて作った筆のことも毫という。字を書くことを揮毫というのは、これにもとづく。〔籍〕戸籍につけること。籍は帳簿のこと。〔封〕封印をする。〔倍〕そむく。背と同じ。〔旦日〕明朝。

【通釈】　項羽のおじの項伯は、前から張良と仲がよかったが、この時、張良は沛公の臣として、いっしょに覇上にいた。そこで項伯は張良が沛公とともに戦死するのを気のどくに思い、夜、馬を沛公の陣にとばせ張良をよびだして、明朝項羽の攻めてくることを知らせ、自分といっしょに逃げよとすすめた。良が言うには、「自分は沛公の臣としておともをしているのである。しかるに急な危険がせまっているのに逃げるのは、道にそむくものだ。沛公の室へ行ってくわしく話さねばならぬ。」と。そしていやがる項伯をむりにひっぱり、沛公の室に行って面会させた。沛公は明朝項羽の攻めよせることを聞いて驚き、項伯にさかずきを献じて健康を祝福し、子ども同士の結婚を約束して親戚となり、そして言うには、「自分は関中に入ってから、ごくわずかも財貨などを身につけてはおりません。また役人や人民の数を調べて戸籍簿に書きつけ、財貨や武器を入れた倉庫を封印して、ひたすら羽将軍のおいでになるのを待っていました。なお、函谷関を守っていた理由は、ほかの悪者の侵入にそなえたのであります。どうか、項伯よ、わたしがけっして項羽将軍の恩徳にそむかないことを、くれぐれも申しあげていただきたい。」と。項伯は承知して言うには、「明朝早く、あなたみずから鴻門まで来て、項羽にわびを言わなくてはいけません。」と。そして項羽は、また馬をとばせて陣に帰り、この事情をくわしく項羽に話して、さて言うには、「いま人が大きなてがらがあるのに、ほめもしないで、かえって攻めるのは、道義にそむくものである。むしろよく待遇するにこしたことはない。」と。

【説話】 夜中に項伯が沛公の陣に馬を走らせて行ったとあるが、両陣営の間の距離はどのくらいであったかというに、史記によれば四十里という。漢の一里は、仏人グレナールによれば四二〇メートル、独人ヘルマンによれば四〇〇メトールであり、周の一里は中山久四郎博士によれば約三九〇メートルである。かりに四〇〇米として計算すれば、両者の間は、十六キロ（日本里数で四里）ということになる。

㈢ 留沛公與飲

沛公旦從百餘騎、見羽鴻門。謝曰、「臣與將軍戮力而攻秦。將軍戰河北、臣戰河南。不自意、先入關破秦、得復見將軍於此。今者有小人之言、令將軍與臣有隙。」羽曰、「此沛公左司馬曹無傷之言。」羽留沛公與飲。范增數目羽、擧所佩玉玦者三。羽不應。增出使項莊入前爲壽、請以劍舞、因擊沛公。項伯亦拔劍起舞、常以身翼蔽沛

【訓読】 沛公旦に百余騎を従へて、羽を鴻門に見る。謝して曰く、「臣将軍と力を戮せて秦を攻む。将軍は河北に戦ひ、臣は河南に戦ふ。自ら意はざりき、先づ関に入りて秦を破り、復此に将軍に見ゆるを得んとは。今者小人の言有り、将軍と臣とをして隙有らしむ。」と。羽曰く、「此れ沛公の左司馬曹無傷の言なり。」と。羽沛公を留めて与に飲す。范増数々羽に目し、佩ぶる所の玉玦を挙ぐること三たびす。羽応ぜず。増出でて項荘をして入り前みて寿を為し、剣を以て舞はんことを請ひ、因りて沛公を撃たしめんとす。項伯も亦剣を抜きて起ちて舞ひ、常に身を以て沛公を翼蔽す。荘撃つことを得ず。張良出でて樊噲に告ぐるに事の

公ヲ。荘不レ得レ撃ツコトヲ。張良出デテ告グ二樊噲ニ一以テス二事ノ急ナルヲ一。——急なるを以てす。

【語釈】〔且〕アシタと読む。翌早朝。日の出ごろ。〔戮〕合わせる。〔意〕思う、予想する。〔河北・河南〕河は黄河。黄河の北方と黄河の南方。〔隙〕不和、なかたがい。〔左司馬〕軍事をつかさどる官。〔玉玦〕玉で作って腰におびる装飾品。環状をして一ヵ所がかけている。玦と決とは音が同じなので、玦を示して、沛公を早く殺せと、決心をうながしたのである。〔項荘〕項羽のいとこ。〔翼蔽〕親鳥がつばさをひろげて、ひなをかばうように、立ちふさがってかばう。〔樊噲〕沛の人。勇気があり強く、沛公の護衛役をつとめていた。もと犬殺しが商売であったという。

【注意】㈠「不ニ自意一」の意は「おもフ」と読む。「こころ」と読むこともある。こころから、それを動詞にしておもうということになる。なお、この句（三字）がどこまでかかっているか、その結びとして「得ントハ」となっていることに注意。㈡「見」は「みル」と「まみユ」と二とおりに読む。㈢「今者」は二字で「いま」と読む。「昔者」は二字で「むかし」、「頃者」は二字で「このごろ」と読む。㈣「数」は「しばしば」で、右下に「〻」印をつける。「屢〻」「各〻」「愈〻」など、みなこの例。㈤「三タビス」という読み方に注意。漢文では「三度」とは書かない。「たび」は送り仮名になる。

【通釈】沛公は翌早朝百余騎を従えて、項羽と鴻門で会見して、わびをいって言うには、「わたしは将軍と力を合わせて、秦を攻めたのでありますが、将軍は黄河の北がわで戦い、わたしは南がわで戦いました。しかしわたしが第一に関中に攻め入って秦を破り、またここで将軍にお目にかかろうとは、思いもよりませんでした。いまつまらぬやつでざん言する者があって、将軍とわたしとをなかたがいさせました。ほんとに残念なことです。」と。項羽は怒りもとけたらしく、「そうであったのか。しかし、それはきみの臣の左司馬の曹無傷が言ったのだ。」と言った。さて項羽は沛公をひきとめて、いっしょに宴会を開いた。しかし、范増はこの機会を失っては沛公を殺す時はないと思い、しばしば項羽に目くばせして、腰につけた玉玦を三回もあげてあいずをしたが、項羽は応じない。そこで范増は宴会場の外へ出て、項荘をよびよせ、おまえは沛公の前へ行って、健康を祝福し、余興に剣舞をしたいと願って、それにかこつけて沛公を殺せと命じた。項荘は剣舞を始めたが、これを見た項伯も、剣を抜いて舞いながら、常に自分のからだで沛公をおおいかくすようにしてかばったので、項荘は沛公を斬ることができなかった。沛公のおともをしてこの席にいた張良は、これはたいへんだと思って、いそいで席をはずして、護衛役の樊噲に、事情がせっぱつまっていることを話した。

㈣ 臣死且不避

噲擁レ盾直入、瞋レ目視レ羽。頭髪上指、目眥尽裂。羽曰、「壮士、賜二之卮酒一。」則与二斗卮酒一。「賜二之彘肩一。」則生彘肩。噲立飲、抜レ剣切レ肉啗レ之。羽曰、「能復飲乎。」噲曰、「臣死且不レ避。卮酒安足レ辞。沛公先破レ秦入二咸陽一。労苦而功高如レ此。未レ有二封爵之賞一。而将軍聴二細人之説一、欲レ誅二有功之人一。此亡秦之続耳。切爲二将軍一不レ取也。」羽曰、「坐。」噲従レ良坐。

【訓読】 噲盾を擁して直に入り、目を瞋らして羽を視る。頭髪上指し、目眥尽く裂く。羽曰く、「壮士なり、之に卮酒を賜へ。」と。則ち斗卮酒を与ふ。「之に彘肩を賜へ。」と。則ち生彘肩なり。噲立ちながら飲み、剣を抜き肉を切りて之を啗ふ。羽曰く、「能く復飲むか。」と。噲曰く、「臣死すら且つ避けず。卮酒安ぞ辞するに足らん。沛公先づ秦を破りて咸陽に入る。労苦して功高きこと此の如し。未だ封爵の賞有らず。而して将軍細人の説を聴き、有功の人を誅せんと欲す。此れ亡秦の続のみ。切に将軍の為に取らざるなり。」と。羽曰く、「坐せよ。」と。噲良に従ひて坐す。

【語釈】 〔目眥尽裂〕目眥は目じり、大きく目をむいてにらんだので、目じりがさけた。はなはだしく怒るさま。〔斗卮酒〕一斗はわが国の一升強。一升入りのさかずき。〔彘肩〕子豚の肩の肉。上肉である。〔封爵之賞〕てがらをほめて、領地を与えて諸侯とし、爵位を与えて官をのぼすこと。論功行賞。〔細人〕小人。つまらぬひと。〔亡秦之続耳〕亡びた秦の二のまい、あとつぎ。

【注意】 ㈠「瞋レ目視レ羽」の視は注視・視察などというように、気を集中して見るのである。見はふつうに見る。看は看板でもわかるように、見に同じ、むしろ見える意。観は観光でもわかるように、あちらこちら見る意。㈡「能復飲乎」の乎は疑問の終尾詞。能は可能。復は二度、かさねての意。「もう一杯飲めるか」ということになる。㈢「死且」の送り仮名に注意。

㈣「安足レ辞」の安は「どうして」の意で反語。辞はことわる。辞退の辞である。㈤「聴」は耳をかたむけてきく意。自然に耳にはいって来る意の聞ではない。

【通釈】 噲は主君沛公の急を聞いて盾を持ってすぐに宴席に入り、目をむいて項羽をにらみつけた。その頭髪はさか立ち、目じりはことごとく裂けるという、ものすごいさまであった。項羽はこれを見て、「勇ましい男だ。彼にさかずきをやれ。」と言ったので、おそばの臣が、一升入りのさかずきをやった。また項羽は、「子豚の肩の肉をやれ。」と言ったので、生の子豚の肩の肉をやった。噲は立ったままで、酒を飲みながら、剣を抜いて生肉を切ってたべた。項羽が言うには、「おまえは、まだこのうえ飲めるか。」と。噲が言うには、「わたしは主君のためなら、死ぬことすら、さけないのである。まして酒などなんで辞退しましょうや。いくらでも飲んでお目にかける。がんらい、わが主君沛公が、まず秦を破って咸陽に入ったのである。その苦労はたいへんなものであり、その功績ははなはだ高いのである。それなのに、領地を与え爵位をのぼすようなほうびがないのみか、将軍はつまらぬ小人の言うことを聞いて、功労のある人を誅しようとしている。これは亡びた秦の二のまいをするにすぎない。こんなへたな方法は、将軍のために絶対にとりたくないと思う。」と。項羽がなるほどと思って、「まあ、すわるがよい。」と言ったので、噲は張良のそばにすわった。

㈤ 豎子不レ足レ謀

須臾沛公起如レ厠。因招レ噲出、閒行趨二覇上一。留レ良謝レ羽曰、「沛公不レ勝二桮勺一。不レ能レ辭。使下臣良奉二白璧一雙一、再拜獻二將軍足下一、玉斗一雙、再拜奉中亞父足下上。」羽曰、「沛公安在。」良曰、「聞二將軍有レ意三督二過之一、

【訓読】 須臾にして沛公起ちて厠に如く。因りて噲を招きて出で、閒行して覇上に趨る。良を留め羽に謝せしめて曰く、「沛公桮勺に勝へず。辞すること能はず。臣良をして白璧一雙を奉じ、再拝して将軍の足下に献じ、玉斗一雙、再拝して亜父の足下に奉ぜしむ。」と。羽曰く、「沛公安くに在る。」と。良曰く、「将軍の之を督過するに意有りと聞き

脱レ身獨去。已至レ軍矣。」亜父抜レ剣、撞二玉斗一而破レ之曰、「唉、豎子不レ足レ謀。奪二将軍天下一者、必沛公也。」沛公至レ軍立誅二曹無傷一。

き、身を脱して独り去る。已に軍に至らん。」と。亜父剣を抜き、玉斗を撞きて之を破りて曰く、「唉、豎子謀るに足らず。将軍の天下を奪ふ者は、必ず沛公ならん。」と。沛公軍に至りて立ちどころに曹無傷を誅す。

【語釈】〔須臾〕しばらく、まもなく。短い時間。〔厠〕便所。〔不レ勝二桮勺一〕桮は杯、さかずき。勺はヒシャク、酒をくむ器。もうこれ以上、酒がのめない、もうお酒のあい手ができないの意。〔再拝〕ていねいに敬意を表すること。〔白壁一雙〕白壁は白い環状の玉。一雙は一対。〔亜父〕亜は次で、父に亜ぐ者、父がわりということで、ひじょうに信頼する人の称。項羽は范増を自分の父のように信頼していた。〔足下〕その人を直接にさすのは失礼であるから、その足の下にいる人をさして敬意を表するというのである。陛下・殿下・閣下・貴下・足下・机下などみな同じ。〔玉斗〕斗は酒をくむヒシャク。大きなのを斗といい、小さいのを勺という。〔督過〕督はタダスと読む。あやまちを正す。〔唉〕アアと読む。くやしく無念に思って、なげく声。〔豎子〕人をけいべつして、ののしる語。小僧っ子、青二才。項羽をののしって言った。

【通釈】 まもなく沛公は立って便所へ行き、それを機会として噲をまねき項羽の陣をぬけ出し、ぬけ道を通って覇上へ大急ぎで帰り、張良だけあとにのこし、項羽におわびを言わせるには、「わが主君沛公は、もうこれ以上、おあいてができず、酔っておいとまごいの挨拶もできません。それでわたくしに命じて、この白壁一対をうやうやしく項羽将軍に献上し、玉斗一対をつつしんで亜父范増足下に献上するようにとのことであります。」と。項羽が言うには、「いま沛公は、どこにいるのか。」と。張良が答えて言うには、「項羽将軍が沛公の過失を、このうえまだおせめになられるらしいので、ぬけだしてひとりで帰りました。もう覇上の陣についたでしょう。」と。これを聞いて亜父は無念のあまり、剣を抜いて玉斗をつきこわして、「ああ残念な、あれほど言ったのに、沛公を逃がすとは。この項羽の青二才は、天下の大事を相談するにはたりない。項羽将軍の天下をうばう者は、きっと沛公であろう。」と言った。さて、沛公は陣に帰るや否や、すぐさま曹無傷を殺した。

【説話】 以上が「鴻門の会」のてんまつで、史記によれば会の座席も、「項王項伯東嚮（東に向って）坐、亜父南嚮坐。亜父者、范増也。沛公北嚮坐、張良西嚮侍。」とあって次の図のとおりきまっていた。ここで范増の計が成功して劉邦

（沛公）が殺されていたなら、漢の世とはならず、「漢文・漢字」などのことばもうまれず、あるいは「楚文・楚字」などということばを、いまのわれわれが使っていたかもわからない。また鴻門の会に関しては、幾多の詩があるが一首だけ挙げておこう。

鴻門高（こうもんたかし）　　秋山　玉山

鴻門高鴻門高
天曆數指顧中
謀臣不レ語目數々動
劍舞双々闘二白虹一
屠兒一入四座傾
巵酒彘肩腥風生
君不レ見俎上肉飛生レ翼
却望二天際一成二五色一

鴻門高し　鴻門高し
天の暦数指顧の中
謀臣語らず目数々動き
剣舞双々白虹を闘はす
屠児一たび入って四座傾き
巵酒彘肩腥風生ず
君見ずや俎上の肉飛んで翼を生じ
却て天際を望めば五色を成すを

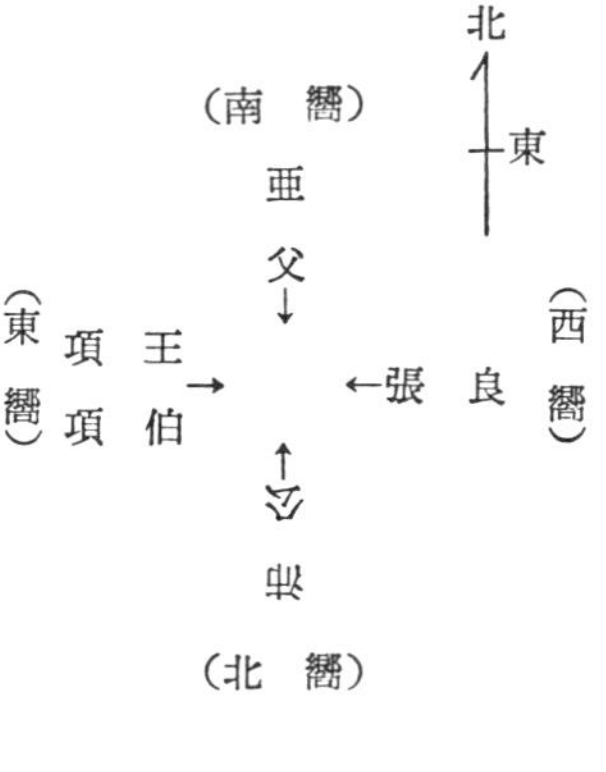

北↑　東→
（西嚮）　良　←張
（南嚮）　亜父↓
王　項伯→
項　項（東嚮）
↑沛公
（北嚮）

鴻門の会座席図

大意――高い高い鴻門から望めば、咸陽はもう目と鼻のさきに見えている。そこに入って中国の統率者となるのももうすぐだ。ここで競争者たる沛公を殺してしまえば、天下に恐るべき英雄はいない。天子の位はだまっていても項羽のものとなるのだ。そこで謀臣范増はしばしば目くばせして、殺しておしまいなさいという意味をつたえたが、項羽は動こうとしない。しかたなく第二の手段として、項荘に命がつたえられた。剣舞にことよせて沛公を殺せというのである。だが、項伯というじゃま者がのこのこと出て来て、これも剣を抜いて舞い始めた。二本の剣の光は、白い虹がたたかっているかのように思われた。急を知って、かつての屠殺業者の樊噲がおどりこんで来て、一座は彼に圧倒されてしまった。さされた大杯の酒、豚の肩肉。いまにも恐ろしいことが起こりそうな生血のにおいが座に満ちた。見よ、俎上の肉と思われた沛公は、つばさができたかのように、その場から脱走してしまった。そして遠く彼の逃れ去った覇上の方を眺めると、五彩の気が天にたちのぼっているではないか。彼が天子になるのだ。いま一息と思った項羽の運命は、この時をさかいに、一転してしまったのだ。

(六) 沐猴而冠

居數日、羽引兵西、屠咸陽、殺降王子嬰、燒秦宮室。火三月不絶。掘始皇冢、取寶貨婦女而東。秦民大失望。韓生說羽、「關中阻山帶河、四塞之地、肥饒。可都以覇。」羽見秦殘破、且思東歸、曰、「富貴不歸故鄉、如衣繡夜行耳。」韓生曰、「人言、『楚人沐猴而冠。』果然。」羽聞之烹韓生。

【訓読】 居ること数日、羽兵を引ゐて西し、咸陽を屠り、降王子嬰を殺し、秦の宮室を焼く。火三月絶えず。始皇の冢を掘り、宝貨婦女を取りて東す。秦の民大いに望を失ふ。韓生羽に説く、「関中は山を阻て河を帯び、四塞の地にして肥饒なり。都して以て覇たるべし。」と。羽秦の残破せるを見、且つ東帰を思ひて曰く、「富貴にして故郷に帰らざるは、繡を衣て夜行くが如きのみ。」と。韓生曰く、「人言ふ、『楚人は沐猴にして冠す。』と。果して然り。」と。羽之を聞きて韓生を烹る。

【語釈】 〔屠〕攻めて人民を殺すこと。〔冢〕はか。〔関中〕もとの秦の地。いまの陝西省である。〔阻〕ヘダツと読む。さえぎりへだてる。〔四塞〕四方が山でふさがっている土地。〔残破〕めちゃめちゃに荒れはて、こわれていること。〔衣レ繡夜行〕繡はシシュウのあるきれいな着物。これを着て夜あるいても、誰も見てくれる者がないように、大きなてがらをたてても、見しらぬ他国にいたのでは、誰もほめてはくれぬ。〔沐猴而冠〕沐猴は猿のこと。猿は人なみに冠をかむってしゃれても、おちつきがなく乱暴で、すぐぬいでしまうように、項羽が粗暴でおちつかず、将来みこみのないのをそしったのである。

【通釈】 項羽はこの会合から数日たって、兵をひきつれ西に進み、秦の都咸陽を攻めおとして、多くの人民を殺し、降参した秦王の子嬰をも殺し、秦の宮殿を焼きはらい、その火は三ヵ月も消えなかった。さらに始皇帝の墓をあばいて、その死体をはずかしめ、宝物貨財や美人をうばったのち、東へたち去った。秦の人民はこれを見て、ひじょうに失望した。韓生という者が、項羽に説いて言うには、「関中は山で他国とへだてられ、河が帯のようにその間を流れ、四方がふさがれ、敵を防ぐにつごうがよく、土地もこえて農産物も多いから、ここに都を定めて、諸侯のはたがしらとなるのがよいでしょう。」とすすめた。しかし項羽は、戦のために秦の地が、めちゃめちゃに荒れはてたのを見て、それに長い戦争で郷里をるすにしていたので、東の楚へ帰りたいと思い「富貴になって故郷へ帰らないのは、ちょうど、ししゅうのあるきれいな服を着て、夜行くようなもので、誰が見てくれよう。」と言った。韓生が言うには、「世間の人が、楚人は猿が冠をかぶっているようなものだ、と言っているが、やっぱりそのとおりである。」と項羽をそしった。項羽はこれを聞いて怒って、韓生をかまゆでの刑にして、殺してしまった。

【説話】 先秦の書籍が亡びたのは、秦の始皇帝の暴挙のためだけではない。始皇帝が焼いたのは、民間にあったものだけで、中央政府には保存されていたわけであるから、項羽のこの宮殿焼打ちが、それら保存されていた書籍まで焼いてしまったことになり、文化史的には、項羽もまた大きな罪人であるといわねばならぬ。

さて、東に向った項羽は、江蘇省の彭城（銅山県）に都をおいて、西楚の覇王と称して、反秦軍に参加した諸将を、楚と漢の間に領地を与えて分封した。そしてこれからは、漢・楚の争覇戦となる。（当時、もとの楚の地を三分して、首都のあった郢のあたりを南楚といい、呉の地方を東楚といい、彭城のあたりを西楚といった。）

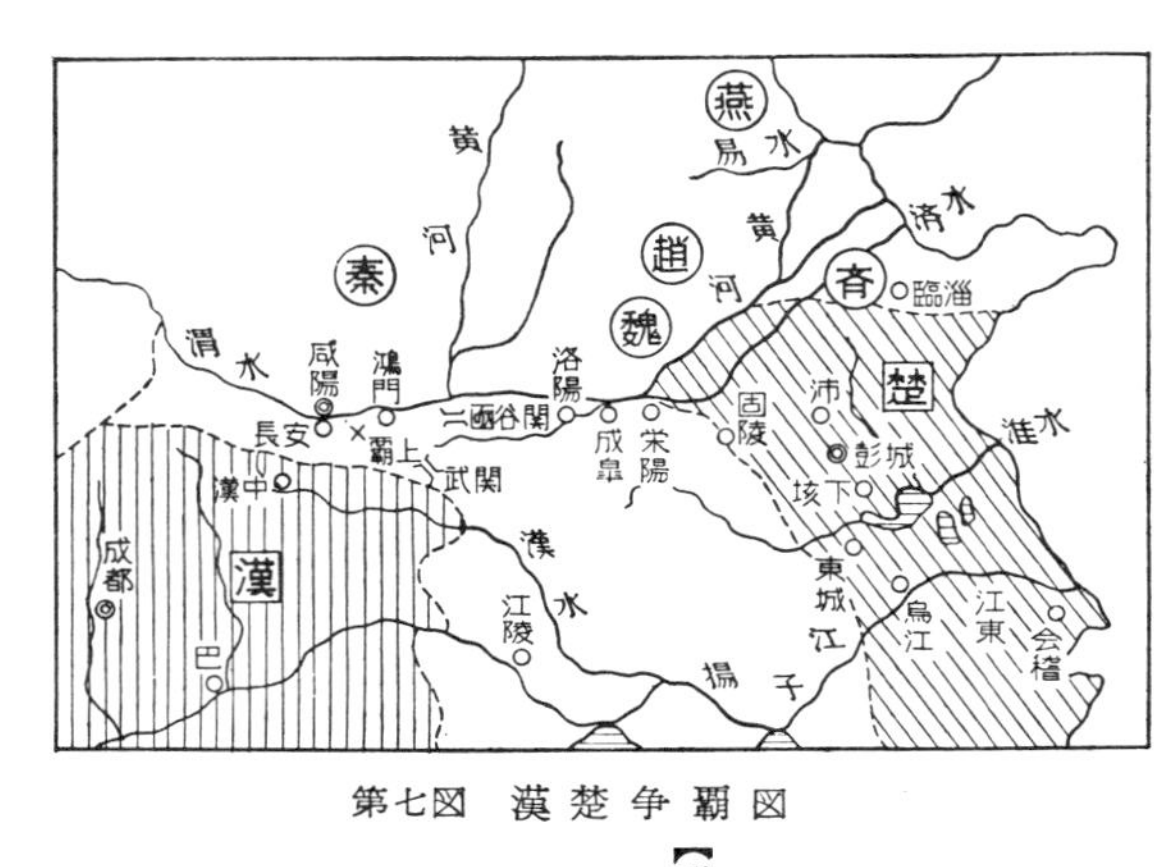

第七図　漢楚争覇図

〔三〕漢・楚争覇

【説話】 項羽は、秦の亡んだことを、反秦連合軍の盟主として立てている懐王のもとへ報告した。すると懐王からは、「約束のように、最初に関中に入った者を関中王とせよ。」という返事が来た。これでは劉邦（沛公）の功績をみとめることになるので、彼としてははなはだ不満である。「懐王はわが叔父の項梁が王に立ててやった者ではないか、べつだん戦功がある者でもないくせに、」と怒り、それでも表面だけは尊んで「義帝」とよぶことにして、ずっと遠方の湖南省の郴に都させることにした。文字どおり敬遠したわけである。そうして自分は「西楚の覇王」と称して、江蘇省の彭城（いまの銅山県）におって、戦功のあった諸将を各地に分封した。そのうちでも問題は、劉邦に対する処置であるが、彼はこれに漢王という名を与え、「巴蜀（いまの四川省の地方）だって秦の直轄の領内であったから、関中といえる。」というへりくつをつけ、巴蜀の地に封じて、咸陽附近（渭水盆地）のほんとうの関中の地は、これを三分して秦の降将の章邯ら三人に与え、おのおの王と称させて、四川省（巴蜀）から漢王（劉邦）が出て来る道をふさがせることにした。この処置に対して、劉邦は大いに怒ったが、彼の名臣の蕭何の「ひとまず項羽のいうとおりになって、そこへ行ってまず国力を養い、それから三秦の地（渭水盆地）へ進出することにしたほうが将来のためです。」と言う意見に従い、おとなしく四川省へ向い、そうして蕭何を丞相（総理大臣）にして、将来の戦力の蓄積に専心することになった。軍の総司令官として韓信が起用されたのは、この時のことである。

　これからは、西楚の覇王項羽と、漢王劉邦と、いずれが天下を最後に自分のものにするか、いわゆる漢楚争覇の時期に入る。そこで、まず、漢の総大将になった韓信とは、どんな経歴をもった人物か、そこから本文に入る。

㈠ 俛出二胯下一

淮陰韓信、貧釣二城下一。有二漂母一、見二信饑一、飯レ信。信曰、「吾必厚報レ母。」母怒曰、「大丈夫不レ能二自食一。吾哀二王孫一而進レ食。豈望レ報乎。」淮陰屠中少年、有二侮レ信者一。因衆二辱

【訓読】淮陰の韓信、貧しくして城下に釣す。漂母有り、信の饑えたるを見て、信に飯せしむ。信曰く、「吾必ず厚く母に報ぜん。」と。母怒りて曰く、「大丈夫自ら食すること能はず。吾王孫を哀みて食を進む。豈報を望まんや。」と。淮陰の屠中の少年、信を侮る者有り。因りて之を衆

之曰、「若雖長大好帯剣、中情怯耳。能死刺我。不能出我胯下。」信熟視之、俛出胯下蒲伏。一市之人皆笑信怯。

辱して曰く、「若長大にして好みて剣を帯ぶと雖も、中情は怯なるのみ。能く死せば我を刺せ。能はずんば我が胯下より出でよ。」と。信之を熟視し、俛して胯下より出でて蒲伏す。一市の人皆信の怯を笑ふ。

【語釈】〔淮陰〕いまの江蘇省にある。〔漂母〕せんたくおばさん。〔王孫〕青年を尊んでよぶことば。公子と同じ。若さま。〔屠中〕牛馬を殺すことを業とする者の住んでいる町。〔中情〕心の中。本心。〔能死〕よく死ぬ勇気があるなら。あるいは死は殺と同じく、能くコロサバと読むのだともいう。〔蒲伏〕はらばいになる。

【通釈】初め淮陰に韓信という人がいたが、家が貧乏なので（乞食をしていたが、それもことわられたので、）町はずれで釣をしていた。するとせんたくばあさんが、信のうえているのを見て、かわいそうに思い、めしを食べさせてくれた。信は喜んで、「わたしがやがて出世したら、必ずおばさんにお礼をするよ。」と言った。ばあさんは怒って言うには、「男のくせに自分で食べることもできないので、わたしはあなたをかわいそうに思って、食事をあげたのだ。何でお礼などのぞみましょう。」と。その後、淮陰の牛馬を殺す人たちの住む町の少年に、信をばかにする者がいて、おおぜいをたのみにして、信を辱しめて言うには、「おまえはなりが大きくて、好んで剣をさげているが、本心はいくじなしにきまっている。よく死ぬ勇気があるならわしを刺してみよ。できなければわしのまたをくぐれ。」と。信はじっとその人の顔を見ていたが、やがてからだを伏せ、はらばいになって、またの下をくぐった。町中の人はみな信の卑怯なのを笑った。

【説話】「韓信の股くぐり」という話はこれであるが、その後の韓信はどうしたか。淮陰にいた韓信は、項羽に従っていたが、項羽がみとめてくれないので、逃亡して劉邦の軍に移った。初めは治粟都尉（兵站部長）であったが、参謀長の蕭何にみとめられて、漢軍の総大将となった。

関中王におしこめられていた漢王（劉邦）は、機が熟すると、後方を蕭何にゆだねて、函谷関を出て河南平野へ急進し、洛陽を占領した。この時、項王（項羽）は義帝を殺したので、漢王は義帝の喪に服するとともに、各地の諸将に対して、問罪の檄を飛ばした。集まって来た兵が五十余万。漢王はこの聯合軍を率いて、楚の居城彭城（江蘇省の北部にある）を攻め落した。斉（山東省）を親征中であった項王はこの知らせをうけると、急遽反転して、三万の精兵をもって睢水のほとりで、五十余万の大軍の中へ突きこんだ。聯合軍はひとたまりもなく、死者二十万人、睢水は死屍のために流れがとまったほどの被害をうけ、漢王もわずかに数十騎に守られて脱出して栄陽城（洛陽の東）に逃げこんだが、太公と呂后は項王の軍に捕えられてしまった。漢王にとっては鴻門の会に次ぐ危機であった。

この頃、河北に派遣した韓信は、魏を降し、趙の軍を破り、燕も平定したので、黄河以北は漢のものとなった。南方では九江（江西省）にいた楚の勇将黥布（函谷関討ち入りの隊長）を味方につけ、さらに陳平（鴻門の会の時には項羽方であった。）の計によって、項王と范増との間を離間させたので、亜父は故郷に帰る途中、せなかにふきでものができて死んだ。かくて項王はたいせつな知慧者の謀臣も失ってしまったのである。

さて、項王は破竹の勢いをもって、栄陽に逃げこんだ漢王を囲んだが、漢王はかろうじて西門から脱走して、第三回めの危機をのがれた。こうして漢王は、黄河を渡って趙（山西省）に入り、韓信の三万の軍を自分の掌中におさめ、南下して楚軍と広武（河南省河陰県）で、渓流をさしはさんでふたたび対峙した。

こうした間に斉の地は韓信に占領された。そこで項羽は、漢・斉・楚の三国で天下を三分しようと申しこんだ。韓信の謀臣の蒯徹（二〇九頁を見よ）は、その説をうけいれよとすすめたが、漢王に懐柔されていた韓信はきかない。項羽はそこで第二案として、天下を二分し、鴻溝（栄陽の下の大堀割）を境界にして西を漢、東を楚とし、漢の太公と呂后は返還するという条件で、漢王と和を結んだ。

漢王が西に帰ろうとすると、謀臣の張良と陳平が反対し、「いまや食糧にこまっている楚を、一挙に亡ぼすべき好機である。」と主張したので、漢王は心機一転、和議を破って、項王の軍を追撃することになり、固陵まで進むと、韓信・彭越の軍も加わったので、漢の軍勢はとみにあがり、形勢逆転した項羽は垓下へと逃げこんだ。有名な「四面楚歌」の段は、こうして始まったのである。

㈢ 四面楚歌

羽至垓下。兵少食盡。信等乘之。羽敗入壁。圍之數重。羽夜聞漢軍四面皆楚歌、大驚曰、「漢已皆得楚乎。何楚人多也。」起飮帳中。命虞美人起舞。悲歌慷慨、泣數行下。其歌曰、「力拔山兮、氣蓋世。時不利兮騅不逝。騅不逝兮可奈何。虞兮虞兮奈若何。」騅者羽平日所乘駿馬也。左右皆泣、莫敢仰視。

【訓読】 羽垓下に至る。兵少く食尽く。信等之に乗ず。羽敗れて壁に入る。之を囲むこと数重なり。羽夜漢軍の四面皆楚歌するを聞き、大いに驚いて曰く、「漢已に皆楚を得たるか。何ぞ楚人の多きや。」と。起ちて帳中に飲す。虞美人に命じて起ちて舞はしむ。悲歌慷慨して、泣数行下る。其の歌に曰く、「力山を抜き、気世を蓋ふ。時利あらず騅逝かず。騅の逝かざる奈何すべき。虞や虞や若を奈何せん。」と。騅とは羽が平日乗る所の駿馬なり。左右皆泣き、敢て仰ぎ視るもの莫し。

【語釈】 〔垓下〕地名。いまの安徽省霊壁県にある。〔楚歌〕楚の国の俗謡、はやり歌。〔帳中〕帳は室の入口にかけるトバリ。カーテン。帳中は室内。〔虞美人〕項羽の愛妾。虞は姓、美人は婦人の美称。あるいは官名ともいう。〔悲歌〕悲しみ歌うこと。〔慷慨〕いきどおりなげく。〔泣數行下〕泣はなみだ。行は列のこと。涙がいくすじも流れおちた。〔時不レ利兮〕時は運。兮は音のちょうしを整えるための字で、詩や韻文に用いる。〔騅〕毛の色が青みがかかった白い馬。毛の色をそのまま馬の名としたもの。〔不レ逝〕進まない。

【通釈】 項羽はおちのびて垓下まで来たが、兵も少なく兵糧も尽きてしまった。韓信らはこれにつけこんで攻めたので、羽は破れて城壁の中へ逃げこんだ。漢の軍は、いくえにも取り囲んだ。項羽は、夜、周囲をとり囲んでいる漢軍が四方から、自分の郷里である楚の国の俗歌を歌っているのが聞えたので、驚いて言うには、「漢はもはやみな楚の地をとって、楚人を兵として自分を囲ませているのであろうか。なんと楚人の多いことだろう。」と。項羽はわが運命もこれまでと覚悟して、立ってとばりの中へ入り、最後の宴会をひらき、愛妾の虞美人に舞をまわせ、自分はいきどおりなげいて涙がはらはらとほおを流れた。そして歌って言うには、「わが力は重い山をひき抜くほどもあり、わが意気は広い世の中を覆わんばかり大きいが、時の運が不利で、どうすることもできなくなり、愛馬の騅も疲れはてて一歩も進まない。この騅をいまさらどうして進ませることができよう。それよりも虞美人よ、虞美人よ、おまえをどうしたらよかろうか。」と。騅というのは羽がへいぜい乗っていたすぐれた馬のことである。左右の臣はこれを見て、みな男泣きに泣いて、誰も項羽を仰ぎ見る者がなかった。

【説話】項羽の「虞兮虞兮」の歌に対して虞美人の和した歌というのが、「楚漢春秋」（漢初の陸賈の作といわれ、わずかに佚文がのこっている。）にのっている。すなわち、

漢兵已略レ地　四方楚歌声　大王意気尽　賤妾何聊レ生

というのである。大王は項羽をさし、賤妾は虞美人自身をいったものである。何ぞ生を聊ぜん。というのは、どうして安閑として生きておられましょう。というので、自決の決意を示したものである。この詩は伝説であって、おそらくは後世の偽作であろう。それよりも有名なのは宋の曾鞏の作という七言二十句の古詩、「虞美人草」である。さて、詩に曰く、鴻門の玉斗紛として雪の如し　十万の降兵夜血を流す　咸陽の宮殿三月紅なり　覇業は已に煙燼に随って滅ぶ」　剛強なるは必ず死し仁義なるは王たり　陰陵に道を失ふは天の亡ぼすに非ず　英雄本万人の敵を学ぶ　何ぞ用ひん屑々として紅粧を悲しむを」三軍散じ尽きて旌旗倒れ　玉帳の佳人座中に老ゆ　香魂夜剣光を逐ふて飛び　青血化して原上の草と為る」　芳心寂寞寒枝に寄す　旧曲聞き来って眉を斂むるに似たり　哀怨徘徊愁へて語らず　恰も初めて楚歌を聴きし時の如し」　滔々たる逝水今古に流る　漢楚の興亡両つながら丘土　当年の遺事久しく空と成る　樽前に慷慨して誰が為にか舞ふ」と。

㈢ 非二戰之罪一

羽乃夜從二八百餘騎一、潰レ圍南出、渡レ淮。迷失レ道、陷二大澤中一。漢追及レ之。至二東城一。乃有二二十八騎一。羽謂二其騎一曰、「吾起レ兵八歲、七十

【訓読】羽乃ち夜八百余騎を従へ、囲を潰して南に出で、淮を渡る。迷ひて道を失ひ、大沢の中に陥る。漢追ひて之に及ぶ。東城に至る。乃ち二十八騎有り。羽其の騎に謂ひて曰く、「吾兵を起してより八歳、七十余戦、未だ嘗て敗れ

餘戰、未嘗敗也。今卒困此。此天亡我。非戰之罪。今日固決死。願爲諸君決戰、必潰圍斬將、令諸君知之。」皆如其言。

ざるなり。今卒に此に困しむ。此れ天我を亡ぼすなり。戦の罪に非ず。今日固より死を決す。願はくは諸君の為に決戦し、必ず囲を潰し将を斬り、諸君をして之を知らしめん。」と。皆其の言の如し。

【語釈】〔潰〕ついゆ、ついやす。つき破ること。または総退却すること。〔大澤〕大きな水たまり。大きな池。沼地。〔東城〕いまの安徽省烏江県の北。〔起兵八歳〕歳は年、項羽は二十四で兵を起こし、この時三十一。この間八年である。

【通釈】羽はその夜、八百余騎の兵を従え、漢軍の囲みを破って南の方へおちのびて、淮水を渡ったが、迷って道がわからなくなり（陰陵という所で）、大きな沢へおちこんで、進むも退くもできなくなったので、漢は追いついた。羽はこれをきりぬけて東城についた。その時、部下はわずか二十八騎であった。羽は兵士に言うには、「自分は兵を起こしてから、ちょうど八年になる。その間、七十余たび戦って、まだいちどもまけたことはない。いまついにここに苦しむのは、これは天が自分を亡ぼすのであって、戦のへたの罪ではない。今日はもちろん死を覚悟しているから、諸君のために決戦して、必ず囲みをつき破り、敵将を斬り殺し、諸君に自分のことばが、うそでないことを知らせたいと思う。」と。そして言ったとおり、敵の囲みを破り将を斬り、大いに戦った。

(四)　何面目復見

於是欲東渡烏江。亭長檥船待曰、「江東雖小、亦足以王。願急渡。」羽曰、「籍與江東子弟八千人渡江而西。今無一人還。縱江

【訓読】是に於て東のかた烏江を渡らんと欲す。亭長舟を檥して曰く、「江東小なりと雖も、亦以て王たるに足る。願はくは急に渡れ。」と。羽曰く、「籍江東の子弟八千人と江を渡りて西す。今一人の還るもの無し。縦ひ江東の父兄

東父兄、憐而王レ我、我何面目復見。獨不レ愧ニ於心一乎。」乃刎死。

憐みて我を王とすとも、我何の面目ありてか復見ん。独り心に愧ぢざらんや。」と。乃ち刎ねて死す。

【語釈】〔烏江〕川の名。安徽省和県の東北にある。項羽の戦死した所は烏江浦という。〔亭長〕宿場の長。一七七頁を見よ。〔艤〕出帆の用意をする。〔面目〕ここでは世間に対してのていさい。あわすかお。〔籍〕自分で自分の事をいう時は本名をいう。

【通釈】そこで項羽は東の烏江を渡って逃げようとした。烏江の亭長が舟を用意して言うには、「江東の土地はせまくはあるが、しかし王となって天下を支配することのできる所です。どうか大急ぎでお渡りください。」と。羽が言うには、「自分は初め江東の若者八千人と、揚子江を渡って、西にむかって、進軍したのに、いまひとりも生き帰る者がない。たとい江東の父兄があわれんで自分を江東の王にしてくれても、自分は何の面目があって二度と顔を合わせることができよう。また父兄がこどもたちのことを言わなくても、自分はどうして心に恥じないでおられよう。」と。言いおわって、われとわが首をかき切って死んだ。時に項羽は三十一歳であった。

【説話】烏江における項羽の死は、哀れであった。そこで後人はここに項羽を祭り、烏江廟といった。詩人の詩を題する者が多いが、その中で唐の杜牧の作を付記しておく。

烏江廟　唐　杜牧

勝敗兵家不レ可レ期　勝敗は兵家も期すべからず
包レ羞忍レ恥是男児　羞を包み恥を忍ぶ是れ男児
江東子弟多ニ豪俊一　江東の子弟豪俊多し
巻土重来未レ可レ知　巻土重来未だ知るべからず

大意——項羽は戦術家であり将軍であった。しかしそうした専門家でも戦争の勝敗はあらかじめ計りにくいもので、敗けると思ったものが勝つこともある。されば、亭長のすすめに従って、恥をしのんで江東に渡った方がむしろほんとうの男児としての生き方だったのではあるまいか。江東の若者の中にはできのよい豪傑も多かったであろうから、大風が地をまいて行くように、ふたたび楚の地から敵に向ってまきかえし、天下を掌中に収めることができたかもわからない。ここ烏江で項羽が自決したことは、まことに惜しいことであった。

【説話】 楚の地がすべて漢に降ると、劉邦は洛陽に諸侯を集めて大宴会を開いた。時にBC二〇二年。漢の帝王（高祖）となった劉邦は、この宴席で、張良・蕭何・韓信こそ、漢の天下を建設した功臣であると披露するが、この一段は、いわば漢楚争覇のしめくくりである。

〔四〕 創業ノ功臣

(一) 評ス三傑ヲ

高祖置二酒洛陽南宮一。帝曰、「徹侯諸將、皆言下吾所三以得二天下一者何、項氏所三以失二天下一者何上。」高起・王陵對曰、「陛下使二人攻レ城掠一レ地、因而與レ之、與二天下一同二其利一。項羽不レ然。有レ功者害レ之、賢者疑レ之、戰勝而不レ與二人功一。得レ地而不レ與二人利一。」帝曰、「公知二其一一、未レ知二其二一。夫運二籌帷幄之中一、決二勝千里之外一、吾不レ如二子房一。鎭二國家一、撫二百姓一、給二餽餉一、不レ絶二粮道一、吾不レ如二蕭何一。連二百萬之衆一、戰必

【訓読】 高祖洛陽の南宮に置酒す。帝曰く、「徹侯諸将、皆吾が天下を得たる所以の者は何ぞ、項氏の天下を失ひし所以の者は何ぞやを言へ。」と。高起・王陵対へて曰く、「陛下人をして城を攻め地を掠めしむれば、因りて之を与へ、天下と其の利を同じくす。項羽は然らず。功有る者は之を害し、賢者は之を疑ひ、戦勝ちて人に功を与へず。地を得て人に利を与へず。」と。帝曰く、「公は其の一を知りて、未だ其の二を知らず。夫れ籌を帷幄の中に運らし、勝を千里の外に決するは、吾子房に如かず。国家を鎮め、百姓を撫し、餽餉を給し、粮道を絶たざるは、吾蕭何に如

勝、攻必取、吾不レ如二韓信一。此三人者、皆人傑也。吾能用レ之。此吾所三以取二天下一。項羽有二一范増一、而不レ能レ用。此其所三以為二我禽一也。」羣臣悦服。

かず。百万の衆を連ね、戦へば必ず勝ち、攻むれば必ず取るは、吾韓信に如かず。此の三人の者は、皆人傑なり。吾能く之を用ふ。此れ吾が天下を取りし所以なり。項羽は一の范増有れども、而も用ふること能はず。此れ其の我が禽と為りし所以なり。」と。羣臣悦服す。

【語釈】〔置酒〕酒宴をひらく。〔洛陽〕いまの河南省洛陽県。高祖は初め洛陽に都したが、間もなく長安に移った。〔上〕ショウと読んで、陛下の意。ジョウと読むと上・下の上の意。〔徹侯〕列侯または諸侯に同じ。〔高起・王陵〕高起は都武侯に封ぜられた人であるが、伝記はよくわからぬ。王陵は沛の人、安国侯に封ぜられ、のち大傅となった。〔知二其一一、未レ知二其二一〕半面は知っているが、まだ他の半面を知らぬ。〔運二籌帷幄之中一〕籌は、はかりごと。帷幄は、帷は前面にたらしたまく、幄は四方にまわしたまく。つまり戦場では天幕をはって陣屋とするのである。それで陣中策戦の場所をいう。〔子房〕張良のあざな。〔鎮〕しずめる。よく治めること。〔餽餉〕兵糧を送ること。〔不レ絶二糧道一〕粮は糧に同じ。兵糧の輸送を絶やさぬ、つぎつぎと物資を送ってやること。〔禽〕擒と同じくトリコ。ここでは項羽の戦死をいう。

【注意】㈠「所以」を二字で「ゆえん」と読み、「わけ」という意味である。

【通釈】高祖はある日、洛陽の南宮という宮殿で宴会をひらいた。そして高祖が言うには、「諸侯や諸将よ、みな、自分が天下をとったのはなぜか、項羽が天下を失ったのはなぜか、を言ってみよ。」と。高起と王陵が答えて言うには、「陛下は部下に城を攻め、土地を攻めとらせると、それを功績によって与え、天下の民と利益を同じくされる。ところが項羽は、そうではありません。功のある者は将来を心配してこれを殺し、賢者はこれを疑ひ、戦に勝ってもその人の功労を賞せず、地を攻め取ってもその人に利益を与えない。だから部下の信頼を失って、天下を失ったのであります。」と。帝が言うには、「きみたちは、半面の理由は知っているが、他の半面を知らない。いったい、はかりごとを陣中にいろいろと考え、この策略を実際に用いて、千里もある遠い所で勝をきめることは、自分はとても張子房にはかなわない。国家をよく治め、人民をかわいがり、兵糧を送り、その輸送路を確保して、たやさないようにすることは、自分はとても蕭何には及ばない。また、百万の大軍をひきつれて、戦えば必ず勝ち、城を攻めれば必ず取るという実戦の強さは、自分はとても韓信に及ばない。この三人はいずれも豪傑である。自分はこの三人を信頼して用い、その長所を発揮させたのであるが、これが自分が天下を取った理由である。項羽は范増という知者がいたが、そのひとりの范増すら信用して用いることができなかった。これが戦に破れてわがとりことなった理由である。」と。多くの臣はみな喜んで、高祖の意見に服した。

【説話】高祖はこうして洛陽で即位したが、同年、斉人の婁敬の建言をいれて、関中に都を移した。長安がそれで、いまの陝西省の西安である。「十八史略」は、この記事のあと、功臣たちの始末をしばらくのせる。その中からまず張良のことを読む。

(二) 孺子可レ教

留侯張良謝レ病辟レ穀。曰、「家世〻相二韓一、韓滅、爲レ韓報レ讎。今以二三寸舌一、爲二帝者師一、封二萬戸侯一。此布衣之極。願棄二人間事一、從二赤松子一遊耳。」『良少時於二下邳圯上一遇二老人一。墮二履圯下一、謂レ良曰、「孺子下取レ履。」良欲レ毆レ之。憫二其老一、乃下取レ履。老人以レ足受レ之曰、「孺子可レ教。後五日、與レ我期二於此一。」良如レ期往。老人已先在。怒曰、「與二長者一期後、何也。」復約二五日一。及レ往老人又先在。怒復約二五日一。良

【訓読】留侯張良病と謝し穀を辟く。曰く、「家世々韓に相となり、韓滅びて韓の為に讎を報ず。今三寸の舌を以て、帝者の師と為り、万戸侯に封ぜらる。此れ布衣の極なり。願くは人間の事を棄て、赤松子に従ひて遊ばんのみ。」と。『良少き時下邳の圯上に於て老人に遇ふ。履を圯下に堕し、良に謂ひて曰く、「孺子下りて履を取れ。」と。良之を殴たんと欲す。其の老いたるを憫み、乃ち下りて履を取る。老人足を以て之を受けて曰く、「孺子教ふべし。後五日、我と此に期せよ。」と。良期の如く往く。老人已に先づ在り。怒りて曰く、「長者と期して後るるは何ぞや。」と。復五日を約す。往くに及びて老人又先づ在り。怒りて復五

半夜往。老人至。乃喜授以一編書。曰、「讀此可為帝者師。異日見濟北穀城山下黄石、即我也。」旦視之、乃太公兵法。良異之、晝夜習讀。』既佐高祖定天下。高祖封功臣、使良自擇齊三萬戸。良曰、「臣始與陛下遇於留。此天以臣授陛下。封留足矣。」後經穀城、果得黄石焉。奉祠之。

日を約す。良半夜に往く。老人至る。乃ち喜びて授くるに一編の書を以てす。曰く、「此を読まば帝者の師と為るべし。異日済北の穀城山下の黄石を見ば、即ち我なり。」と。旦に之を視れば、乃ち太公の兵法なり。良之を異とし、昼夜習読す。』既にして高祖を佐けて天下を定む。高祖功臣を封ずるとき、良をして自ら斉の三万戸を択ばしむ。良曰く、「臣始め陛下と留に遇ふ。此れ天臣を以て陛下に授くるなり。留に封ぜらるれば足る。」と。後穀城を経たるに、果して黄石を得たり。之を奉祠す。

【語釈】 〔留〕いまの江蘇省沛県の東南にある地。張良は留に封ぜられたから留侯という。〔謝レ病〕病気であるといって、世間のうるさいことをことわる。謝は謝絶。〔辟レ穀〕穀物を食べることをさけた。仙人の術をおさめたので、深呼吸をして空気を体内にみちびき、心を静め欲をたつ修行をしたというのである。辟は避と同じくさける。〔三寸舌〕弁舌の意。張良は韓信のように戦場に働いたのではなく、参謀総長として高祖のそばにいて、はかりごとを言いつけていたから、三寸舌というのである。口さき三寸と同じ。〔布衣〕平民。ふつうの人。〔人閒〕ジンカンと読み、人の世、世間のこと〔赤松子〕むかし神農氏時代にいたといわれる仙人。ここではただ仙人の意。〔下邳〕いまの江蘇省邳県。〔圯〕土橋。〔孺子〕人をののしっていうことば。青二才、小僧っ子。〔毆〕うつ、なぐる〔濟北〕いまの山東省の西部一帯の地。〔穀城山〕いまの山東省東阿県の東北にある山、黄山ともいう。〔黄石〕この老人は黄石公という仙人で、黄色い石となっていたもの。〔太公兵法〕太公望の兵法。太公望は名を呂尚といい、周の文王・武王の師となって、天下を平定した兵法家。〔擇二齊三萬戸一〕斉の国内で自分のほしい土地で、三万戸ある所をえらばした。

【注意】 ㈠「世」を「よよ」と重言するときは「〻」印をつける。

【通釈】留侯張良は、病気といって世間の雑事いっさいをことわり、穀物を食べず、仙人の修行をして言うには、「自分の家は代々韓の大臣であったが、韓が秦に亡ぼされたので、祖国韓のために、高祖に従って秦を亡ぼして仇をとった。しかも自分は戦場の功があるわけではなく、口先三寸で計略を立てて、帝王の師となり、一万戸の領地に封ぜられた。これは一平民として最上の出世である。これからは世間の事を棄てて、仙人といっしょに静かに世を終りたいと思う。」と。これについては、次のような話がある。すなわち、張良がまだ若い頃、秦の始皇に鉄丸を投げつけて殺そうとしたが失敗して、下邳という所に身をかくしていたことがある。そしてある日土橋の上でひとりの老人に出あった。老人がはきものを土橋の下へ落し、良に言うには、「小僧、おりてはきものを取って来い。」と。良は無礼な老人を、なぐろうとしたが、年とっているのをかわいそうに思って、そこでおりて、はきものを取って来た。すると老人は、足でこれを受けとって言うには、「小僧、教えるにたるやつだ。のち五日したら、わしとここで会うことを約束しよう。」と。良は約束どおりに行ったら、老人が先きにいて、怒って言うには、「年長者と約束しながら、おくれるとは何ごとか。」と。そしてまた、五日たったら来い、と約束した。五日して行くと、老人がまた先きにいた。怒ってまた五日たったら来い、と約束した。そこで良は、こんどこそ遅れまいと思って、ま夜なかに行くと、しばらくして老人が来た。そして喜んで、一冊の本をくれて言うには、「この書を読むと、将来帝王の師となれる。他日済北の穀城山のふもとに黄色い石があるだろうが、それがわしである。」と。張良は夜があけてからその本を見ると、それは太公望の兵法の書であった。良はふしぎに思い、昼夜けんめいに勉強した。やがて良は高祖を補佐して天下を平定したのである。高祖が功臣を諸侯に封ずる時、良に斉の土地で、三万戸ある所を自由にえらばせたが、良が言うには、「わたしが初めて陛下にお会いしたのは、留であります。してみれば、この留はわたしを陛下に授けてくれた因縁の深い土地であります。だから留に封じていただけば、けっこうであります。」と。のち良が穀城山を通った時、さきに老人の言ったように、黄色い石を見つけた。そこで老人の身がわりの黄色い石をおまつりした。

【話説】張良（あざなは子房(しぼう)）について、唐の李白が圯橋(いきょう)をへて彼を追想した詩が、「唐詩選」に収められ、人口に膾炙(かいしゃ)している。

経二下邳圯橋一懐二張子房一　下邳の圯橋を経て張子房を懐ふ　　唐　李白

子房未二虎嘯一
破レ産不レ為レ家
滄海得二壮士一
推レ秦博浪沙
報レ韓雖レ不レ成
天地皆震動
潜匿遊二下邳一
豈曰レ非二智勇一
我来二圯橋上一
懐レ古欽二英風一
唯見二碧水流一
曾無二黄石公一
嘆息此人去
蕭条徐泗空

子房いまだ虎嘯せざりしとき
産を破って家をなさず
滄海に壮士を得て
秦を推す博浪沙
韓に報じて成らずといへども
天地みな震動す
潜匿して下邳に遊ぶ
あに智勇にあらずと曰はんや
我圯橋の上に来って
古を懐うて英風を欽す
ただ碧水の流るるを見る
曾つて黄石公なし
嘆息すこの人去って
蕭条として徐泗の空しきを

大意——張良がまだ名を挙げない前は、家ももてないありさまであったが、それでも祖国韓のために、復仇すべく、壮士を求めて、ともに博浪沙で始皇帝を鉄丸で殺そうとした。それは成功しなかったけれども、天下にひびく大ニュースとなった。秦の役人の追捕を巧みに逃れて、下邳にかくれたということは、勇ある者でなければできないことであり、智ある者でなければばきでないことであった。いま圯橋のほとりに来て、遠くその時代を追想し、張良の偉大さにいまさらのように心うたれたが、眼下に見えるものはただエメラルド色の水の流ればかりで、彼に兵書を与えた黄公も見られない。ああ、この張良以後、この地方には彼以上の人物は見いだせないのである。

【説話】 張良に次いでの功臣は蕭何である。かれは長年にわたり、高祖と労苦をともにし、内政の重任を果し、高祖をして後顧の憂なからしめた功労は大きい。その功を認めた高祖の見識もさすがである。

㈢ 發縦指示者人也

高祖剖レ符封二功臣一。酇侯蕭何食邑獨多。功臣皆曰、「臣等被レ堅執レ鋭、多者百餘戰、少者數十合。蕭何未三嘗有二汗馬之勞一。徒持二文墨一議論、顧反居二臣等上一何也。」上曰、「諸君知レ獵乎。逐二殺獸一者狗也。發縦指示者人也。諸君徒能得二走獸一耳。功狗也。至レ如二蕭何一、功人也。」羣臣皆莫二敢言一。

【訓読】 高祖符を剖き功臣を封ず。酇侯蕭何食邑独り多し。功臣皆曰く、「臣等堅を被り鋭を執り、多き者は百余戦、少なき者も数十合。蕭何は未だ嘗て汗馬の労有らず。徒だ文墨を持して議論し、顧反つて臣等の上に居るは何ぞや。」と。上曰く、「諸君は猟を知るか。獣を逐殺する者は狗なり。発縦して指示する者は人なり。諸君は徒能く走獣を得るのみ。功は狗なり。蕭何の如きに至りては、功は人なり。」と。羣臣皆敢て言ふもの莫し。

【語釈】 〔剖レ符〕符はわりふ、剖は割る。木や竹の一片を二つに割って、一つは手もとにおき、一つは相手にわたしておく。他日合わせたときに、ぴったり合えば、まちがいないことがわかる。諸侯に任命する時も、半分をわたして、任命した証拠とする。一種の信任状である。〔酇〕地名。いまの湖北省光化県の北方地方。蕭何はこの地に侯として封ぜられた。〔食邑〕領地。封土。〔被レ堅執レ鋭〕堅固なよろいかぶとで身をかため、鋭利な武器を手にとって。武装し武器をとって戦うこと。〔數十合〕合は敵と武器を合わせることで、戦うこと。数十回も戦った。〔汗馬之勞〕馬を汗かくまで戦場を走らせて戦う苦労。〔持二文墨一〕文書や筆墨を持つということで、帳面をつけたり、字を書いたり。実戦の苦労に対して、内政面の仕事をいやしんでいう。〔顧反〕二字でカヘッテと読む。〔發縦〕犬をつないだひもをといてはなってやる。〔指示〕さしず。〔得二走獸一〕走りまわる獣を捕える。

【通釈】高祖はわりふを授けて功臣にそれぞれ領地を与えたが、酇侯の蕭何だけが特に領地が多かった。功臣たちが不平をいって言うには、「われわれは多年にわたり、よろいかぶとに身をかため、鋭利な武器をとって戦争に従い、多いものは百余戦、少ないものでも数十回は戦っている。しかるに蕭何はまだ一回も馬に汗をかかせて戦場を走りまわったという苦労はしておりません。ただ帳簿をつけたり議論したりという楽な仕事をしているにすぎません。そのくせわれわれの上にいるのはどうしたわけでしょうか。」と。すると、高祖が言うには、「諸君は猟を知っているだろう。けものを追っかけて殺すのは犬であるが、その犬をひもから解き放って、さしずして捕えさせるものは人間である。こんどの功名手がらも猟にたとえてみれば、諸君は人間（蕭何）にさしずされて、逃げまわる獣を捕えたにすぎない。功労は功労でも犬の功労である。蕭何の功労ときては、犬（諸君）を使いまわした人間としての功労である。」と。これには羣臣はみなぐうの音も出なかった。

【説話】次は高祖の三大功臣の第三、韓信のその後についての物語である。韓信は前に述べたように、漢の総大将に任命された、攻城野戦の大功労者である。

(四) 多多益〻辨ズ

高祖嘗從容 問二信將能將レ兵多少一。帝曰、「如レ我能將二幾何一。」信曰、「陛下不レ過二十萬一。」帝曰、「於レ君何如。」曰、「臣多多益〻辨。」帝笑曰、「多多益〻辨、何以爲二我禽一。」曰、「陛下不レ能レ將レ兵、而善將レ將。此信之所三以爲二陛下禽一也。且陛下天授、非二人力一也。」

【訓読】高祖嘗て従容として信に将の能く兵に将たるの多少を問ふ。帝曰く、「我の如きは能く幾何に将たる。」と。信曰く、「陛下は十万に過ぎず。」と。帝曰く、「君に於ては何如。」と。曰く、「臣は多多益々弁ず。」と。帝笑ひて曰く、「多多益々弁ぜば、何を以て我が禽と為りし。」と。曰く、「陛下は兵に将たる能はざれども、而も善く将に将たり。此れ信の陛下の禽と為りし所以なり。且つ陛下は天授にして人力に非ざるなり。」と。

【語釈】〔従容〕ゆったりとくつろいださま。〔多多益〻辨〕弁は理と同じく、よく事を処理すること。多ければ多いほど、うまく事を処理するの意。いまは多ければ多いほどよい、の意味につかわれている。〔天授〕天から自然に授けられる。

【通釈】高祖がある時、うちくつろいだようすで、韓信に諸将がどのくらいの兵士の将となる能力をもっているだろうかとたずねて、さて、「自分はどのくらいの兵に将となれるだろうか。」と言った。信が言うには、「陛下はせいぜい、十万の兵に将となれるでしょう。」と。帝が言うには、「では、きみはどうか。」と。信が言うには、「わたしは多ければ多いほど、うまく使いこなします。」といばった。帝が笑って言うには、「多ければ多いほど、うまく使いこなすならば、なぜまえに陣でわがとりことなったのか。」と。信が言うには、「陛下は兵士の将となることは、へたであるが、しかし将軍たちの将となる力をもっていられます。これがわたしのとりこになったわけです。そのうえ、陛下は天がこの世に授けて、人君とされたお方であって、人間の力で人君となったのではありません。」と。

【説話】この話は、時間的には、次の㊄の本文の次にあるもので、韓信が淮陰侯であった時の高祖との会話である。従って「禽にせらる」という言葉は、㊄の雲夢において、高祖にとらえられたことをいう。

㊄　狡兎死シテ走狗烹ラル

【説話】韓信の軍功が高かっただけに、危険な人物と考えられたこともやむを得まい。功によって楚王に封ぜられたが、項羽という強敵のなくなったあとでは、もはやその必要はなくなっていた。そこに韓信の悲劇があったといわなければならぬ。

高祖六年、人有三上書告二楚王韓信反一。諸將曰、「發レ兵阬二孺子一耳。」上問二陳平一。平危レ之曰、「古有三巡守會二諸侯一。陛下第出、僞遊二雲夢一、會二諸侯於陳一、因禽レ之、一力士之事耳。」上從レ之、告二諸侯一、「會レ陳、吾將レ遊二雲

【訓読】高祖の六年、人上書して楚王韓信反すと告ぐるもの有り。諸将曰く、「兵を発して孺子を阬にせんのみ。」と。上陳平に問ふ。平之を危みて曰く、「古巡守して諸侯を会すること有り。陛下第出で、偽りて雲夢に遊び、諸侯を陳に会し、因りて之を禽にせば、一力士の事のみ。」と。上之に従ひ、諸侯に告げて、「陳に会せよ、吾将に雲夢に遊ばんとす。」と。陳に至る。信上謁す。武士に命じ信を縛

夢。」至レ陳。信上謁。命二武士一縛レ信載二後車一。信曰、「果若二人言一。狡兎死走狗烹、飛鳥盡良弓藏、敵國破謀臣亡。天下已定。臣固當レ烹。」遂械繫以歸、赦爲二淮陰侯一。

して、後車に載す。信曰く、「果して人の言の若し。狡兎死して走狗烹られ、飛鳥尽きて良弓蔵せられ、敵国破れて謀臣亡ぶと。天下已に定まる。臣固より当に烹らるべし。」と。遂に械繫して以て帰り、赦して淮陰侯と為す。

【語釈】〔高祖六年〕漢王になった時から数えて六年めのこと。皇帝の位についてからは、二年めである。〔阬二孺子一〕小僧っ子を穴うめにしてやろう。阬は穴うめの刑。〔巡守〕巡狩とも書く。天子が諸侯の領地を視察すること。〔第〕タダと読む。ただ、なんということもなしに、の意。〔雲夢〕雲夢沢という湖。いまの湖北省陸安県の南にある。〔上謁〕天子にお目にかかること。謁は名刺。名刺をだしてお目にかかる。〔後車〕そえぐるま、副車。不意のばあいに使う用意の車。〔人言〕ある人の言ったことば、の意。ある人とは蒯徹のことで、彼はかつて韓信に、漢王は将来きっときみをうたがって罪するから気をつけるようにと言い、「野獣已盡、而猟狗烹」と注告したことがある。くわしいことは「史記」淮陰侯伝にある。〔狡兎〕すばしこい兎。狡兎から謀臣亡までのことばは、黄石公が著した「三略」の中にあることば。〔蔵〕不用になったため庫の中に入れてしまっておかれること。〔械繫〕械はカセ。手かせ足かせをかけて、しばる。

【通釈】高祖の六年に、ある人が手紙を奉って、「楚王の韓信がそむきました。」と申しあげた。諸将は、「兵をくりだして、あの小僧っ子を捕えて、穴うめにするまでだ。」と言って、いきりたった。そこで陛下は陳平に、「どうしたものだろうか」と問うと、平はこの計画がうまくいくかどうか、とあやうんで、「むかしは天子が諸侯の領地を巡視して、これを一カ所に集めたものであります。だから陛下もただ巡視するということにして、雲夢に遊ぶと言い、いつわって諸侯を陳に集め信もきっと来ましょうから、そこでこれをとりこにするならば、軍隊などの必要はなく、一力士だけでじゅうぶんです。」と言ったので、陛下もこれに従い、諸侯に命令して、「自分は雲夢に遊ぼうと思うから、おまえたちもみな陳に集まれ」と言った。こうして高祖は陳に来た。韓信も諸侯のひとりとして陳に来て、高祖にお目にかかったが、武士に命じて信をしばり、あとの副車にのせた。韓信は驚いて「はたして蒯徹（かいてつ）の言ったとおりだ。すばしこい兎がとり尽くされると、犬はもう用がないから煮て食われ、空飛ぶ鳥もとり尽くされると、よい弓も倉庫にしまわれる。これと同じく敵国が亡びてしまえば、それまではかりごとを立てて働いた臣も、いらないとして殺されてしまう、と言ったが、いまは秦も亡び、項羽も亡びて、天下が平定されたのだから、自分は不要な人として、煮殺されるのも当然であろう。」と言った。高祖はついに信を手かせ足かせでしばりあげて帰ったが、のち許して楚王の地位を奪って、あらためて淮陰県に封じて淮陰侯とした。

【説話】 こうして、いち度は、無事にすんだ韓信の危機も、ついにそのままではすまないことになった。「十八史略」は、この段のあとに、前段の「多多益〻辦」をのせて、さらに次のように記している。四年後のことである。

高祖の即位十年、代（山西省北部）という国の家老の陳豨（ちんき）が反いた。帝はみずから将として、これを伐った。そのるすに、淮陰侯韓信のある家来の弟が、「韓信は陳豨と連絡してひそかに謀反を計画しています。」と上書した。そこで高祖の皇后の呂后（りょこう）は、丞相の蕭何と相談して、いつわって豨はもはや戦に敗けて死んだといい、信をあざむいて戦勝祝賀の挨拶に朝廷に来させ、武士に命じて信をしばり、これを斬り殺した。死ぬ時、信は、「独立をすすめてくれた蒯徹の謀（はかりごと）を用いないで、こんな女こどもにだまされたのは残念だ。」と言ってくやしがった。呂后はついに韓信の一族をみな殺しにした。

蒯徹は韓信の謀臣であった。かつて韓信が魏（ぎ）を破ったのち、斉（せい）に向わんとした時、漢王は酈食其（れいいき）を派して斉王に説かせ、斉は戦わずして降った。それを聞いた蒯徹は韓信に、「あなたはもう漢の将軍をやめさせられたのですか。」とアジって斉に侵入させ、やがて漢王に対して自分が斉王になりたい希望を申し込ませた。蒯徹としてはあくまで韓信に天下を取らせ、それによって自分も宰相に出世したかったものと思われる。韓はこれに誤まられたものといってよい。しかも誤まられた韓信は殺され、韓信を不幸な死にいたらしめた蒯徹は救われたのである。運命の皮肉を思わざるを得ない。次にその始末を読もう。

㈥ 秦失ヒ二其ノ鹿ヲ一、天下共ニ逐フ

十一年、帝破レ豨還。詔捕二蒯徹一。至。曰、「秦失二其鹿一、天下共逐。高材疾足者先得レ之。當時獨知二韓信一。非レ知二陛下一。天下欲レ爲二陛下所一レ爲者甚衆、力不レ能耳。又可二盡烹一邪。」帝赦レ之。

【訓読】十一年、帝豨を破りて還る。詔して蒯徹を捕ふ。至る。曰く、「秦其の鹿を失ひ、天下共に逐ふ。高材疾足の者先づ之を得。当時独り韓信を知る。陛下を知るに非ず。天下陛下の為す所を為さんと欲する者甚だ衆きも、力能はざりしのみ。又尽く烹るべけんや。」と。帝之を赦す。

【語釈】〔失二其鹿一〕鹿を帝位にたとえる。秦が亡びて天子がいなくなったので、天下の豪傑（項羽・劉邦を初め陳渉・呉広など）が、われこそ天子となろうとして、その帝位を追いかけたのである。「逐鹿」は帝位を争うこと。いまは選挙に当選しようとして争うことを逐鹿戦ともいう。〔高材疾足〕りっぱな才能をもった人。足の早い人。（才能すぐれた人にたとえた。）高材逸足ともいう。〔陛下所レ為〕高祖が天子となろうとしてやったこと。〔可二盡烹一邪〕全部煮殺すことができましょうか。恐らくできないでしょう。

【通釈】十一年に高祖は陳豨の軍を破って凱旋したが、（韓信の最後のことばで、蒯徹が韓信に謀反をすすめたことを知り、そこで）詔してこれを捕えた。徹が高祖の前にひき出された。そして言うには、「秦が帝位を失い、天下の豪傑はみなこれを得ようとして戦ったが、才能のあるす早い者（高祖）がまずこれを得て天子となったのであります。それまではまだ誰が天子ともきまっていないうえに、わたしとしては、ただ韓信だけを知っていて、陛下を知らなかったのですから、韓信を応援して天子となるようにすすめたからとて、何の悪いことがありましょう。当時、天下に陛下のなさったこと（天下を統一して天子となる事業）をしようと思う者は、おおぜいいたのだが、ただ力が足りなかっただけのことであります。しかるに、それらをみな捕えて、ことごとく煮殺すことができましょうか。それをわたしひとりだけを殺すのは、理に合わない話です。」と言ったので、高祖もなるほどと思って許した。

【説話】高祖は、建国の大功臣韓信を殺した。その韓信とともに、「同功一体の人」といわれた黥布・彭越も殺された。北方の辺境を守っていた陳豨も殺された。すなわち武功のあった有力な人物は、ほとんど最期をまっとうしなかった。後漢の光武帝が、功臣の老後をみな幸せに送らせたのと、きわめて対蹠的である。さて、こうして用兵の有力者がつぎつぎに殺されている時、北の国境外からは匈奴の圧力が強く漢の上にせまっていた。

(七) 大風歌

十二年、高祖破黥布還、過魯以太牢祠孔子。過沛置酒、召宗室故人飲。酒酣上自歌曰、「大風起兮雲飛揚、威加海内兮帰故郷。安得猛士兮守四方。」令沛中子弟習歌之、以沛為湯沐邑。

【訓読】十二年、高祖黥布を破りて還り、魯に過り太牢を以て孔子を祠る。沛に過りて置酒し、宗室故人を召して飲す。酒酣にして上自ら歌ひて曰く、「大風起り雲飛揚し、威海内に加りて故郷に帰る。安ぞ猛士を得て四方を守らしめん。」と。沛中の子弟をして習ひて之を歌はしめ、沛を以て湯沐の邑と為す。

【語釈】〔黥布〕淮南王であったが、同僚の韓信・彭越らの殺されたのを見て、自分もやがて罪せられるのではなかろうかと疑い、高祖にそむいた。〔太牢〕祭のとき神にそなえる牛・羊・豚の三種の犠牲をいう。最上のそなえもの。〔宗室〕同族全部。〔湯沐邑〕湯は体を洗うこと、沐は髪を洗うことで、その地からあがる税を沐浴の費用にあてるという意味から、天子や諸侯の直轄地をいう。徳川時代の天領。

【通釈】十二年、高祖は淮南王の黥布を破って帰り、途中で魯にたちより、孔子の廟に、牛・羊・豚のおそなえものをして祭った。また故郷の沛にたちより、宴会をひらいて一族旧友を招待して酒を飲んだ。酒宴がまっさかりになって、高祖は自ら歌を作り、うたって言うには、「大風が吹き起こって、雲が大空にとびちるように、自分も兵をあげるや、たちまち天下の乱を平定した。今やわが威力は天下にゆきわたり、このたび皇帝として錦をきて故郷に帰ったのである。このうえは勇猛の士を召しかかえて、国の四方を守らせたいものである。」と。沛中の青少年にこの歌をうたわせ、沛を皇室の御料地とした。

【説話】 この「大風歌」のうちの、「四方を守らしめん」ということばには、高祖の悲しい経験が裏に含まれている。それはこの時より五年前（BC二〇〇）、中国の北にいた匈奴の冒頓単于が大軍をひきいて、侵入して来た時のこと、山西省の太原（当時の晋陽）が囲まれてしまったので、高祖は自ら兵に将として救援に向い、山西省大同県の東（平城）まで進んだところ、大風雪となった。冒頓は巧みに漢軍を誘い、精兵四十万をもって、高祖の軍を白登（大同県の東）に包囲すること七日に及びほとんど全軍陥落する運命にあったところを、陳平の計によって、単于の妻閼氏（匈奴の皇后）に厚く賄を贈り、ために囲みの一角を解かせ、やっと脱れ帰ることができた。その後も、匈奴はしばしば北辺に侵入したので、九年には、劉敬を派遣して和を結ばせ、宮女を高祖の娘にしたてて公主（天子の娘）と称して、単于に妻わせ、兄弟の約束をむすび、毎年、絮・帛・酒・米などを贈って機嫌をとることになったのである。八代の元帝のとき、絶世の美人、王昭君が嫁いだ哀話も、これが先例になったものである。この過去の経緯を知って、この詩を読むと、雄壮の気の底に一脈の悲痛な嘆きがただよっていることを感得するであろう。そしてこの高祖のし残した仕事をつぐ者として、武帝が前代の貯えを基礎に思いきった外征の師をおこした心情も、うなづけるであろう。

清の沈徳潜に、「歌風台」の詩がある。

登レ台歌二大風一　　台に登って大風を歌ふ
亭長作二天子一　　亭長天子と作る
韓彭安在哉　　韓彭安くに在りや
徒勞思二猛士一　　徒労猛士を思ふ

高祖が沛の亭長から出兵して天子となり、あの大風の歌をうたったことは、さぞや得意であっただろうが、韓信や彭越のような猛将を自らの手で殺しておきながら、また猛士を得て四方を守らしめんなどとうたったことは、大きな矛盾ではなかったろうか、というのである。創業の功臣に対する彼の処置に痛烈な批判を加えた作ということができよう。

〔五〕文帝・景帝之治

【説話】 高祖は即位後六年で没した。太子盈が位をついで恵帝となった。崩じて子がないので、太后の呂氏(高祖の妻)は他人の子をとって位をつがせ、自ら朝廷で政事を決裁した。これから呂氏一族が専横をきわめるようになり、ために漢室も一時は危機におちいったが、陳平・周勃らの働きによって無事乗りきった。いわゆる呂氏の乱である。

こうして代王恒が迎えられて帝位をついだ。これが文帝である。帝は鋭意政治に励んだので、国基は次第に固まり、ついで景帝は、呉楚七国の乱を平定し、これを機として国力は大いに充実し、漢代随一の黄金時代を築きあげたのである。

(一) 廷尉天下之平也

文帝三年、張釋之爲二廷尉一。上行二中渭橋一。橋下走。乘輿馬驚。捕屬二廷尉一。釋之奏、「犯レ蹕當二罰金一。」帝怒。釋之曰、「法如レ是。更重レ之、是法不レ信二於民一。廷尉天下之平也。一傾、天下用レ法、皆爲レ之輕重。民安所レ措二手足一乎。」帝良久、曰、「廷尉當、是也。」其後、人有レ盗二高廟玉環一。得。下二廷尉一治。釋之奏、當二棄市一。上大怒曰、「人盗二先帝器一。吾欲レ致二之族一。而廷尉以レ法奏レ之。非下吾所三以共二承宗廟一意上也。」釋之曰、「盗二宗廟器一而族レ之、

【訓読】 文帝の三年、張釈之廷尉と為る。上中渭橋を行く。橋下より走る。乗輿の馬驚く。捕えて廷尉に属す。釈之奏す、「蹕を犯すは罰金に当す。」と。帝怒る。釈之曰く、「法是の如し。更に之を重くせば、是れ法民に信ならず。廷尉は天下の平なり。一たび傾かば、天下の法を用ふるもの、皆之が為に軽重せん。民安くに手足を措く所あらんや。」と。帝良々久しくして曰く、「廷尉の当、是なり。」と。其の後、人高廟の玉環を盗むもの有り。得たり。廷尉に下して治せしむ。釈之奏す、「棄市に当す。」と。上大いに怒つて曰く、「人先帝の器を盗む。吾之を族に致さんと欲す。而るに廷尉法を以て之を奏す。吾が宗廟に共承する所以の意に非ざるなり。」と。釈之曰く、「宗廟の器を盗ん

假令愚民取ラバ二長陵一抔ノ土ヲ一、何ヲ以テ加ヘン二其レニ法ヲ一乎ト。」
帝許スレ之ヲ。

で之を族せば、仮令愚民長陵一抔の土を取らば、何を以て其れに法を加へんや。」と。帝之を許す。

【語釈】〔張釋之〕南陽の人、文帝の功臣。〔廷尉〕刑罰・監獄をつかさどる官、法務大臣。〔中渭橋〕渭水にかけた橋が三つある。その中間の橋。〔乘輿〕天子の乗物。〔蹕〕天子の行列の先頭を警備する行列。〔屬〕引きわたす。〔當ニ罰金一〕罪が罰金に該当する。漢の法律では、蹕を犯したものは罰金四両と定められた。〔天下之平〕天下のもっとも公平を期する官である。〔高廟〕高祖の霊廟。〔玉環〕腰におびる環状の玉。〔得〕捕らえた。〔治〕罪を調べる。〔棄市〕殺してその屍を見せしめのために町にさらす刑。〔族〕父・母・妻子を殺す刑。〔共承〕うやうやしく奉仕する。〔宗廟〕先祖の霊をまつった廟。〔取ニ長陵一抔土一〕長陵は高祖の墓をいう。高祖の墓の土をひとすくい取るとは、高祖の墓をあばくことを、はばかって言ったもの。抔は音ホウ。手ですくいとること。杯は音ハイでサカズキ、混同せぬように。

【通釈】文帝の即位三年に、張釈之が廷尉となった。ある日、文帝が長安郊外の中渭橋を通ったとき、ひとりの男が突然橋の下から走り出たので、帝の車の馬が驚いてとびあがった。捕えて廷尉に引きわたしたが、釈之が申しあげて、「行幸の行列を乱したものは、その罪、罰金に該当します。」と言った。文帝は処分が軽すぎると怒ったが、釈之が言うには、「法律にこのように定めてあります。それを勝手にさらに重く罰しますと、法律は人民に信用されなくなります。そもそも廷尉は天下のもっとも公平に物事を処置する官であります。いちどでもどちらかに傾いて、公平を失ったならば、天下の法律を用いる役人たちは、自分勝手に重くしたり軽くしたりして、公平が保てなくなります。そうなったら、人民はどうして安心して生活することができましょうや。」と。文帝はこれを聞いて、しばらく考えていたが、「いかにもそのとおりである。廷尉の処置は正しい。」と言った。そののち高祖の霊廟にあった環玉を盗んだものがあった。その犯人がつかまったので、廷尉にわたして判決させた。釈之は、「棄市の刑に処すべきであります。」と申しあげた。文帝は大いに怒って言うには、「先帝のお墓の品物を盗む奴は、自分は父母・妻子一族ことごとく殺すべきだと思うのに、廷尉は一片の法律そのままに、棄市にすべきだという。こんな軽い処罰では、わたしが祖先の霊廟にうやうやしく仕えようとする気もちに添わない。」と。釈之が答えて言うには、「ご祖先の霊廟の器物を盗んだことで一族ことごとく死刑に処するならば、もし愚かな者がいて、先帝のお墓の土をひとすくい盗むような不敬を働いたなら、どんな法律で罰しようとなさいますか。族以上の処罰はないではありませんか。」と。帝はなるほどと思って、釈之の判決を許可された。

(二) 示レ朴爲二天下先一

帝在位二十三年。賜二田租一、除二肉刑一、宮室苑囿、車騎服御、無レ所二増益一。嘗欲レ作二露臺一、召レ匠計レ之。直百金。帝曰、「中人十家之産也。何以レ臺爲。」身衣二弋綈一、所レ幸愼夫人、衣不レ曳レ地。示レ朴爲二天下先一。呉王不レ朝。賜以二几杖一。張武受二賂金錢一。更加二賞賜一、以愧二其心一。專以レ德化レ民。當時公卿大夫、風流篤厚、恥レ言二人過一、上下成レ俗。是以海内安寧、家給人足、後世莫二能及一。

【訓読】 帝在位二十三年、田租を賜ひ、肉刑を除き、宮室苑囿、車騎服御増益する所無し。嘗て露台を作らんと欲し、匠を召して之を計らしむ。直百金なり。帝曰く、「中人十家の産なり。何ぞ台を以て為さん。」と。身弋綈を衣、幸する所の愼夫人、衣地に曳かず。朴を示して天下の先と為る。呉王朝せず。賜ふに几杖を以てす。張武賂の金銭を受く。更に賞賜を加へ、以て其の心を愧しむ。専ら徳を以て民を化す。当時公卿大夫、風流篤厚、人の過を言ふを恥ぢ、上下俗を成す。是を以て海内安寧にして、家々給し人々足り、後世能く及ぶもの莫し。

【語釈】 〔賜二田租一〕田畑の租税を免除する。取るべき税を免ずるから賜ふという。〔肉刑〕入れ墨、鼻きり、足きりなど肉体の一部を傷つけ切りとる刑。〔苑囿〕花や樹木を植え、禽獣をはなし飼いにする天子の広い庭園。〔車騎〕車馬。〔服御〕天子の衣服。〔露臺〕屋根のない台。台は土を高く積みあげた物見台。露は露出、むき出しの意で、屋根のないことをいう。

〔匠〕大工。〔直〕値に同じ。アタイ。〔中人〕中流生活の人。〔弋綈〕弋は黒色。綈はあらい太い糸で、厚く織った絹、つむぎのこと。〔不レ曳レ地〕着物が短くて地面を引きずらない。質素なことをいう。〔朴〕質朴。〔爲二天下先一〕率先して天下の模範となった。〔呉王〕高祖の兄の仲の子、名は濞。文帝の伯父に当たる。呉王の子の賢が、文帝の皇太子（のちの景帝）とすごろくをして遊んだとき争いになり、太子は怒ってごばんを投げて賢を殺した。呉王はこれを怨んで、四十年間も入朝しなかったという。文帝が几杖を賜うたのは、このときである。しかしのち景帝のとき、乱をおこして亡ぼされた。これが七国の乱である。〔几杖〕几は脇息、すわってもたれかかって、体を休めるもの、杖はツエ。〔賂〕わいろ。〔風流〕人格が上品で風雅なこと。〔篤厚〕温厚篤実。〔安寧〕安らかにおだやかである。

【通釈】 文帝は在位二十三年であった。よく善政をしいて、田畑の租税を免除し、残酷な肉刑をやめ、宮殿や庭園、乗用車、衣服など従来どおりとし、新しく増し作ることをしなかった。あるとき屋根のない物見台を作ろうとし、大工をよんで見積らせたところが、費用が百金もかかるという。帝は、「百金といえば、中流階級十軒分の財産である。どうしてむだな台を作れようか。」と言ってやめさせた。自身も粗末なつむぎの着物を着、気に入りの慎夫人の着物も、すそが地面を引きずらないほどの短いものを着て、質朴な模範を示して天下の先導者となった。また呉王が朝廷に不快の念をもっていて、病気と称して朝廷に伺わなかった。帝はわざと（老いて朝廷に参入できないものをいたわって、几杖を賜わる例があった。）脇息と杖を賜わって、これを慰問した。また張武という官吏がわいろの金銭をもらったとき、そのうえわざと褒賞金を賜わって、その心を恥じさせ反省を求めたこともある。このようにひたすら徳をもって民を教化した。だから当時の公卿大夫の上級官吏は、みな人格が上品風雅であり、しかも温厚篤実、人の欠点をいうのを恥とするようになり、これが上下通じての風習となった。こんなわけで、国家は安らかに治まり、どの家も不自由なく、どの人も生活に満足し、後世でもこの時代に及ぶものがなかった。

㈢ 人給家足

自二漢興一、掃二除繁苛一、與レ民休息。文帝加以二

【訓読】 漢の興りしより、繁苛を掃除し、民と休息す。文

恭儉。至景帝遵業、五六十載之間、移風易俗、黎民醇厚、國家無事。人人給家家足、都鄙廩庾皆滿。而府庫餘貨財、京師之錢、累鉅萬、貫朽而不可校。太倉之粟陳陳相因、充溢露積於外、紅腐不可勝食。爲吏者長子孫、居官者以爲姓號。故有倉氏・庫氏。人人自愛而重犯法。然罔疏民富、或至驕溢。兼幷之徒、武斷鄉曲、宗室有土、公卿以下、奢侈無度。物盛而衰、固其變也。

帝加ふるに恭倹を以てす。景帝業に遵ふに至りて、五六十載の間、風を移し俗を易へ、黎民醇厚にして、国家無事なり。人々給し家々足り、都鄙の廩庾皆満つ。而して府庫に貨財を余し、京師の銭、巨万を累ね、貫朽ちて校すべからず。太倉の粟陳陳相因り、充溢して外に露積し、紅腐して食ふに勝ふべからず。吏と為る者は子孫を長じ、官に居る者は以て姓号と為す。故に倉氏・庫氏有り。人々自愛して法を犯かすを重かる。然れども罔疏に民富み、或は驕溢に至る。兼幷の徒、郷曲に武断し、宗室有土、公卿以下、奢侈度無し。物盛にして衰ふるは、固より其の変なり。

【語釈】〔繁苛〕こせこせとした細かくうるさい法規。ここでは秦時代の繁雑苛酷な法律をさす。〔掃除〕とり除く。〔遵レ業〕王業を遵守する、継承する。〔黎民〕人民。黎は黒色で、一般人民は冠をつけず、黒髪のままでいるからという。〔醇厚〕醇はまぢりけのない上酒純朴で人情に厚いことをいう。〔廩庾〕米ぐら。屋根のあるのが廩、屋根がなく囲いの中に野積みにするのが庾。〔府庫〕政府の倉庫。〔貨財〕金銭財貨。〔鉅萬〕ひじょうに多いこと。〔貫朽而不レ可レ校〕貫は穴あき銭をつなぐ縄。校はかぞえ調べる。銭を長い間積みあげたままにしておいたので、ぜにさし縄がくさり、銭がばらばらになって勘定することができない。〔太倉〕朝廷の米倉。〔陳陳相因〕陳陳は古いこと。古い米が重なって下積みになる。〔重レ犯レ法〕重はハバカルと読み、恐れはばかる、注意し自重する。〔罔疏〕罔は網で、法網、法律。疏はあらい。法律が寛大となりゆるむこと。〔驕溢〕おごりたかぶり、身分を越えてわがままになる。〔兼幷之徒〕他人のものを横領するものをいう。〔武ニ断郷曲〕武断は物事を思うままに勝手に処理すること。郷曲は部落・田舎の意で、ここでは富豪連中が威力にまかせて郷里の事をわがまま勝力に処理することをいう。〔有土〕領地を持っている諸侯をいう。〔奢侈無レ度〕華美ぜいたくを極め、限度がない。無レ度は、際限がないの意。

【通釈】漢がおこって天下を治めてから、繁雑で苛酷な法律をきれいさっぱりとやめ、人民と長い戦乱のあとを休息した。そのうえ文帝は謹みふかく倹約であったので、国の基礎は次第にかたまった。こうして景帝が帝業を継承するにいたるまでの五六十年の間は、悪い風俗を改め、人民は人情純朴で厚く、国家は無事太平で、人々は不自由なく家々は生活豊かで、都会も田舎もみな米倉にも野外の貯蔵所にも米が溢れた。そして役所の倉庫には財貨がはいりきらず、朝廷に集まった銭は何億万という莫大なもので、長い間積み重ねておいたので、銭さしひもが腐って数えることもできない。朝廷の米庫も、穀物が上へ上へと積み重ねられ、はては外にまではみ出し野積みにしたので、ついに赤く腐って食べることができなくなった。また、いちど役人となった者は、その子どもが成長するまでその職におり、あまり長く同じ職にいるために、ついにその官職を自分の姓とする者が現われるようになった。ゆえに倉氏とか庫氏とかいうようなのがある。人々はおこないを謹んで法にふれるようなことをしなかった。しかし、無事太平になれて、法律はゆるみ、人民が富んだので、おごりわがままをする者も現われるようになり、貧乏人の土地を買い占めた富豪連中は、村でわがまま勝手なことをし、皇族から諸侯・公卿以下にいたるまで、おごりぜいたくをして限度がなかった。いったい物事が盛んになると、やがて必ず衰えるのは当然の変化であって、免れることのできない運命である。

〔六〕武帝外征

(一) 雄材大略

【説話】BC一四一年に位についた武帝は、その剛邁（ごうまい）な性格により、高祖が白登で匈奴に恥辱的な和を結んだことが忘れられず、文・景二帝の蓄積の力をかって、匈奴を伐つとともに、周辺の異民族に対して、積極的に働きかけて、境域をひろめ、漢の国威をいやがうえにも輝かした。次はその大勢の概説で、あわせて匈奴討伐中の有名なエピソードである蘇武の物語。

武帝雄材大略、承二文景豐富之後一、窮二極武事一。嘗謂、「高帝遺二平城之憂一。」思レ如三齊襄公復二九世之讎一、數征二匈奴一、盡二漢兵勢一。匈奴遠遁、莫南無二王庭一。斥レ地立二郡縣一、置二受降城一。又通二西域一、通二西南夷一、東擊二朝鮮一、南伐レ粵、軍旅歲起。

【訓読】武帝は雄材大略、文・景豊富の後を承け、武事を窮極す。嘗て謂ふ、「高帝平城の憂を遺す。」と。斉の襄公が九世の讎を復するが如くせんことを思ひ、数々匈奴を征し、漢の兵勢を尽す。匈奴遠く遁れ、莫南に王庭なし。地を斥きて郡県を立て、受降城を置く。又西域に通じ、西南夷に通じ、東のかた朝鮮を撃ち、南のかた粵を伐ち、軍旅歳ごとに起る。

【語釈】〔窮二極武事一〕思う存分に戦争をした。〔平城之憂〕高祖の七年に匈奴が国境をおかしたので、高祖は兵三十万を率いて征服したが、平城（いまの山西省大同県）で匈奴の王の冒頓単于の兵四十万に囲まれ、捕えられようとして七日ののちかろうじて逃げたことがある。高祖はこれを一生涯、残念がった。〔齊襄公復二九世之讎一〕斉の襄公九代の祖先は哀公という。ところが、紀侯が哀公のことを時の天子の周の夷王にざん言したので、夷王は哀公を煮殺した。のち襄公は紀侯を伐って哀公のあだをむくいた。〔匈奴〕匈奴については前に述べたが、この頃は、匈奴はその領地も広く、東は朝鮮から西はチベットに及んだ。漢では高祖が平城で囲まれてから、匈奴に対し下てに出て、これをまるめこもうとする策略をとったので、かえって匈奴はばかにして、しばしば国境を侵したので、武帝は代々の恥をすすごうと、たびたび衛青・霍去病らを将軍として征伐し、ついにこれをゴビの沙漠の北へ追いはらって、いまの内蒙古あたりまで進出した。〔莫南無二王庭一〕莫南はゴビの沙漠の南の意で、ゴビの沙漠以南、万里長城以北の地で、いまの内蒙古地方。王庭は匈奴王の一家。〔斥レ地〕斥はヒラクと読む。土地を開拓する。〔受降城〕匈奴の降服して来るのを、受け入れる城。匈奴が漢に降ろうと思っても、道が遠くて不便なので、国境外に城を築いて降服者を受け入れたのである。〔西域〕いまの中央アジア地方をいう。〔西南夷〕貴州・雲南・四川省の地方の異民族。〔粵〕エツと読む、広東・安南地方。〔軍旅〕旅は五百人の軍隊をさすが、軍旅で軍隊、または戦争の意に用いる。ここでは戦争の意。

【通釈】 武帝はすぐれた才能と大きな計略を持っていて、そのうえ、文帝・景帝の豊かな財力のあとをついだので、思う存分に戦争をやった。ある時、武帝は、「わが祖先の高祖は、匈奴と戦って平城で捕えられようとした恥辱を、いまに残しておられる。」と言い、「むかし、斉の襄公は九代前の祖先の仇を伐ったが、自分もそのようにしたい。」と考え、しばしば匈奴を征伐して、漢の兵力の全部をくり出して戦った。それで匈奴は遠くへ逃げて、ゴビの沙漠の南方には、匈奴王の一族はいなくなった。武帝はその地を開拓して郡県とし、受降城をおいて、匈奴の投降者を受け入れた。また、西域地方を征服して、これと交通し、西南の蛮族とも交通し、さらに東は朝鮮を伐ち、南は粤を伐つというぐあいで、戦争は毎年続いた。

【説話】 武帝が西南夷を伐ったのは、張騫が夜郎（貴州省にあった国）をへて身毒国（いまの印度）に行けると考えたからである。南粤は南嶺以南の地方で、路博徳・楊僕らをやって平定させ、九郡を置いて治めた。朝鮮は時の衛右渠が驕慢で漢使を殺し、漢の命令をきかなかったので、武帝は楊僕を将として、山東省から海陸の大軍を進発させて勝ち（BC 一〇八）、真番（瀋陽省の東部）・楽浪（平安・黄海二道）・臨屯（江原道）・玄菟（咸鏡南北道）の四郡をおいた。

匈奴に対しては、まず将軍衛青を派遣して河套地方を領有して朔方郡を置いた。ついで元狩二年（BC 一二一）には、将軍霍去病が一万の騎兵をつれて、隴西から焉支山（燕脂山、いまの甘粛省甘州）をすぎ、祁連山（天山）にいたって匈奴の渾邪王を降し、同四年には両将軍が道を分けて進み、霍居病は狼居胥山（外蒙カルカ）から翰海（ゴビ沙漠北方）まで行ったので、単于（匈奴の王）は遠くへ逃れて、砂漠以南には匈奴の姿が見えなくなり、武威・張掖・酒泉・燉煌の四郡をおき、燉煌から輪台（天山南路）にいたる間に、さかんに漢人を移して屯田させたので、漢威は天山南路の諸国にも及んだ。

当時の漢人はいまの甘粛省の西部廸化および新彊・回などの地にあった小国二十余と、葱嶺以外の大国七、八を総称して西域といっていた。そのうち大宛・康居・大月氏などは、アム河の北にあった。大月氏は匈奴の冒頓単于におわれたトルコ種が西に走って中央アジアに入り、バクトリヤ国を亡ぼして立てた国で、匈奴を怨んでいると考えた武帝は、当時の大探険家張騫を派遣して、これと結んで匈奴を夾撃しようとしたが、大月氏は肥沃の地に安住してその意志がないので、十三年めに帰国した張騫から西域の事情をくわしく聞いた武帝は、烏孫と同盟することを考え、従孫を烏孫王に嫁がせた。張騫のことは、「十八史略」ではわずかに彼をやって滇国と通じたとだけしか書いていない。

こうして武帝時代に西域との交通が開けたので、西域からは葡萄・柘榴・苜蓿・孔雀・獅子・駝鳥などが中国に入り、中国からは絹・生糸・鉄などが中央アジアへ送られ、いわゆるシルクロード（Silk Road）が開拓されたのであった。

(二) 羝乳乃得帰

武帝天漢元年、遣中郎將蘇武使匈奴。單于欲降之。幽武置大窖中、絶不飲食。武齧雪與旃毛、幷咽之。數日不死。匈奴以爲神、徙武北海上無人處、使牧羝曰、「羝乳乃得歸。」』二年、遣李廣利、擊匈奴。別將李陵敗降虜。四年、李廣利伐匈奴。不利。征和三年、匈奴寇五原・酒泉。遣李廣利擊之。廣利降匈奴。

【訓読】武帝の天漢元年、中郎将蘇武を遣はし匈奴に使せしむ。単于之を降さんと欲す。武を幽して大窖中に置き、絶えて飲食せしめず。武雪と旃毛とを齧み、併せて之を咽む。数日死せず。匈奴以て神と為し、武を北海の上人無き処に徙し、羝を牧せしめて曰く、「羝乳せば乃ち帰ることを得ん。」と。』二年、李広利を遣はし、匈奴を撃たしむ。別将李陵敗れて虜に降る。四年、李広利匈奴を伐つ。利あらず。征和三年、匈奴五原・酒泉に寇す。李広利を遣はし之を撃たしむ。広利匈奴に降る。

【語釈】〔天漢〕武帝の時から年号を始めた。在位中、十一たび改元しているが、天漢はその七番めの年号。元年はBC一〇〇年に当たる。〔中郎将〕朝廷に宿直して天子を護衛する武官の長。官は将軍の次。〔使二匈奴一〕元狩四年に匈奴から献上物があったので、漢としても軍を起こさず、蘇武を派遣したわけである。〔幽レ武〕蘇武を幽へいする。閉じこめる。〔窖〕あなぐら。〔旃毛〕毛織物のしきもの。〔神〕ふしぎな力、威力をもっているもの、超人的存在。〔北海〕いまのシベリアバイカル湖。〔羝〕おすの羊。〔乳〕乳を出すこと。〔李広利〕漢の将軍。〔別将〕別動隊の将。〔李陵〕漢の騎都尉として、兵五千を率いて、匈奴を伐ち、初めは大いに勝ったが、匈奴の大軍に囲まれ、力尽きて降った。単于の娘を妻とし、匈奴に仕えて、右校王となった。いること二十余年で死んだ。〔征和〕武帝の十番めの年号。〔五原〕山西省の北にある。漢の郡。〔酒泉〕甘粛省にある。漢の郡。

【注意】㈠「武齧二雪与二旃毛一」という句は、「我折二花与一レ枝」と同じ形である。このばあい「花ト」のトは、花の右下に送り仮名としてつけ、次の「枝トヲ」のトは「与」をトと読み、送り仮名はヲだけにする。㈡「徙」は「うつス」徙とは字形も音も意味もちがう。㈢「羝乳乃得レ帰」の乃は、そこでの意。得はできるの意。蘇武のがわからいってできるので、匈奴のがわからいえば、「帰らせてやる」の意になる。㈣「寇」と冠の字とを混同しないこと。

【通釈】武帝の天漢元年に、中郎将の蘇武を全権大使として匈奴に使いさせた。匈奴の王の単于は、蘇武を降服させたいと思い、大きな穴ぐらにおしこめて、いっさい食べ物を与えなかった。蘇武は雪としきものの毛布とをまぜて食べ、それをまる呑みにして、数日間命をつないで死ななかった。匈奴は、人間わざでないふしぎな力をもっている人だと思い、バイカル湖の付近の人のいない所へ移し、おす羊をかわせて言うには、「おす羊が子どもを生んで乳を出すようになったら、おまえを漢へ帰してやろう。」と。（とても帰る機会はないものと思えの意である。）』天漢二年、漢では李広利将軍をやって、匈奴を伐たせた。別動隊の将であった李陵は、匈奴の軍に破られて、えびすに降参してしまった。一年おいて、天漢四年に、また李広利が出かけていって匈奴を攻撃したが、うまくゆかなかった。征和三年になると、匈奴のほうから、漢の五原と酒泉に対して侵入した。そこで、またもや李広利をやってその侵入軍を攻撃させたが、李広利はまけて匈奴に降ってしまった。

㈢ 蘇武守レ節

昭帝始元六年、蘇武還レ自二匈奴一。武初徙二北海上一、掘二野鼠一、去二草實一而食レ之。臥起持二漢節一、節旄盡落。李陵謂レ武曰、「人生如二朝露一。何自苦如レ此。」陵與二衛律一降二匈奴一、皆富貴。律

【訓読】昭帝の始元六年、蘇武匈奴より還る。武初め北海の上に徙り、野鼠を掘り、草実を去めて之を食ふ。臥起に漢節を持し、節旄尽く落つ。李陵武に謂ひて曰く、「人生は朝露の如し。何ぞ自ら苦しむこと此の如き。」と。陵衛律と匈奴に降り、皆富貴なり。律も亦屢々武に降を勧

亦屢〻勸ニ武降一。終不レ肯。漢使者至。匈奴詭言、「武已死。」漢使者知レ之言、「天子射ニ上林中一得レ雁。足有ニ帛書一云、武在ニ大澤中一。」匈奴不レ能レ隱。乃遣レ武還。武留ニ匈奴一十九年。始以ニ强壯一出、及レ還鬚髮盡白。拜爲ニ典屬國一。

む。終に肯ぜず。漢の使者至る。匈奴詭り言ふ、「武已に死す。」と。漢の使者之を知りて言ふ、「天子上林中に射て雁を得たり。足に帛書有りて云ふ、武は大沢の中に在り」と。匈奴隠す能はず。乃ち武を遣りて還す。武匈奴に留まること十九年。始め強壮を以て出で、還るに及びて鬚髪尽く白し。拝して典属国と為す。

【語釈】〔去〕集めるに同じ。〔漢節〕節は天子が将軍や全権大使を任命するとき、その証として与える一種の旗である。飾りに旄（カラ牛）の尾の毛がついている。〔如ニ朝露一〕朝露が、日が出るとすぐ消えるように人生は短くはかない。この句は漢魏時代の人々がよくいったことばである。〔衛律〕まえにあった大将軍衛青のいとこ。〔上林〕上林苑のこと。漢の天子の御苑。〔帛書〕帛は絹。絹に書いた手紙。〔鬚髪〕あごひげと、頭の毛。〔典属国〕野蛮国や属国のことをつかさどる官。

【通釈】昭帝の始元六年に、ようやく蘇武は匈奴から帰った。どうして帰れたかというと、武は初めバイカル湖の付近に移ってから、野鼠を土からほって捕えたり、草の実をとり入れて貯蔵したりして食べて、命をつないだ。そして寝るにも起きるにも、武帝から授けられた全権大使としてのしるしである節を手からはなさず持っていたので、節についていたカラウシの尾の毛がすっかりすり切れて落ちてしまった。蘇武の旧友の李陵は、とっくに匈奴に降服したのであるが、武に言うには、「人の一生は朝露のように短くはかないものであるから、楽に暮したほうが得である。しかるにきみはなんでこんなに苦しむのか。」と降服をすすめた。陵は漢の将の衛律といっしょに匈奴に降服して、みな富みかつ身分も貴くなっていたのである。その律もたびたび武に降服をすすめたが、武はきかなかった。のち漢の使者が匈奴へ来て、武をひきわたしてほしいと要求したが、匈奴はいつわって、「武はとっくに死んでしまった。」と言ったが、漢の使者はいつわりであることを知っていたから、「わが天子が上林苑で狩をして、一羽の雁を射おとしたら、その足に絹布に書いた手紙がしばりつけてあった。その手紙に、蘇武は生きて大きな沢の中にいる、と書いてあったから、必ず生きているにちがいない。」と強く言ったので、匈奴もかくすことができず、そこで武を送り返したのである。武は匈奴にとどまっていること実に十九年であった。初め強壮な体で出かけたのであるが、帰る時には、あごひげも頭の毛もまっ白になっていた。武帝は蘇武を任命して典属国の官とした。

【説話】 蘇武については古来幾多の詩人がうたっているが、ここに唐の李白の「蘇武」と題した五古をあげよう。

蘇武在二匈奴一　蘇武匈奴に在り
十年持二漢節一　十年漢節を持す
白雁上林飛　白雁上林に飛び
空傳一書札　空しく伝ふ一書札
牧レ羊邊地苦　羊を牧して辺地に苦しみ
落日歸心絶　落日帰心絶ゆ
渇飲二月窟水一　渇しては月窟の水を飲み
飢餐二天上雪一　飢えては天上の雪を餐ふ
東還沙塞遠　東に還れば沙塞遠く
北愴二河梁別一　北のかた河梁の別を愴む
泣把二李陵衣一　泣いて李陵の衣を把り
相看涙成レ血　相看て涙血を成す

大意――蘇武は十年も匈奴にとらわれ、足に手紙をつけた雁をその間いくたび飛ばしたか知れない。羊を牧して辺地に苦しみ、夕日を見てはもはや帰れないとあきらめたときもあった。身は匈奴の地にあって、のどがかわけば水、飢えれば雪をたべて、心は匈奴に染まず、生き通して来た。いま、沙漠の中のとりでを遠くはなれて、漢に向って帰ることになり、北地の河のほとりに李陵との別れをおしむ。たがいに泣きながら、衣をとりあって、涙は血もにじまんばかりだ。

同じく唐の温庭筠の「蘇武の廟」と題した詩は、帰った蘇武がそれほどに優遇されなかったことを気の毒に思って作った詩である。

蘇武魂消漢使前
古祠高樹兩茫然
雲邊雁斷胡天月
隴上羊歸塞草烟
廻日樓臺非㆓甲帳㆒
去時冠劍是丁年
茂陵不㆑見封侯印
空向㆓秋波㆒哭㆓逝川㆒

蘇武魂消す漢使の前
古祠高樹両ながら茫然
雲辺雁は断ゆ胡天の月
隴上羊は帰る塞草の烟
廻日の楼台甲帳に非ず
去時の冠剣是れ丁年
茂陵見ず封侯の印
空しく秋波に向って逝川に哭す

大意——漢の使者が迎えに来た時には、蘇武は魂も消えんばかりに喜んだにちがいないが、いま、この廟とその前の高い樹を見ると、何もかもはかないものと思われてならない。雲間に鳴く雁の彼方にえびすの地の月を望み、岡のほとりから羊を牧して帰れば、とりでのあたりの草には夕もやがただよう。そうした歳月を十九年も送った彼であるから、漢にもどった時には、楼台は武帝の時のありさまとはちがい、出発した時二十歳の青年として冠剣をつけて出た身がいまは白髪である。これほどの苦労をした彼にもかかわらず、封侯の身となって茂陵に葬られる身とはならず、わずかに典属国になっただけ。いま、廟の前を流れる河の水に対して、ゆく時の速かなのに驚き、あらゆるものを押し流してゆく人生のすがたと思うことといと深いものがある。

【説話】　武帝の事業は、外征にあったといってよい。しかしその内治もまた、彼の雄大な性格が反映して、よい意味にも悪い意味にも、大きな仕事をなしとげている。

その第一は年号を始めたことで、これは今日にいたるまでうけつがれて、東洋文化の一つの象徴となった。

第二に彼が董仲舒のすすめに従って、儒教をもって政教の基としたことは、そののち久しく中国の政教を規定する出発点となった。その動きは、すでに文帝の時にあったけれども、これをはっきり打ち出して実行に移したのは彼で、ここにも創始者としての彼の面目がある。

第三に彼は文学を起こした。春秋から戦国へ、さらに秦へと、為政者の中には、真に文学を好んだ人物はいなかった。武帝の世には、史家として司馬遷を生み、賦家（詩人）として司馬相如をうみ、東方朔をうんでいる。時代を修飾し、後世に大きな記録をのこすこのような人々を生んだこともまた、おのずと彼の雄大な性格によるものといえよう。

しかし、彼が方士を信じて、山嶽を祭り、宮殿をおこし、ついには不死の薬を求めたことは、けっして賞賛さるべきことではない。しかも連年にわたる外征と造営の出費のために、さしも充実した国庫も空にしてしまい、種々な苛税その他の奪取の手段を講じたことは、外征によって多くの生命を失ったこととともに、彼のもっとも大きな失政であったといってよかろう。晩年わずかに反省の意を示したけれども、その罪は許されるものではあるまい。

〔七〕武帝之治

(一) 有三代之風

漢興、雖自惠帝已除挾書之禁、文帝已廣游學之路、然儒學終未盡盛。至帝世、董仲舒・公孫弘、皆以春秋進、兒寬亦以經術飾吏事。又有孔安國等出。表章六經、實自帝始。文章亦至帝世始盛。司馬相如特以詞賦得幸。人以爲有三代之風焉。

【訓読】 漢興り、恵帝より已に挟書の禁を除き、文帝已に游学の路を広むと雖も、然れども儒学終に未だ尽く盛んならず。帝の世に至り、董仲舒・公孫弘、皆春秋を以て進み、児寛も亦経術を以て吏事を飾る。又孔安国等の出づる有り。六経を表章する、実に帝より始まる。文章も亦帝の世に至りて始めて盛んなり。司馬相如は特に詞賦を以て幸せらるるを得たり。人以て三代の風有りと為す。

【語釈】 〔挟書之禁〕挟書は、書物をわきにかかえる、書物を持つ意で、書物を読んで勉強することである。秦の始皇帝が、学者が書物を読むことを禁じたのをいう。蔵書禁止の法律。〔春秋〕孔子の著。魯の史記をもととして作った歴史の書。〔兒寛〕人名。兒は倪と同じく、ゲイと読む。〔以二經術一飾二吏事一〕経術とは、儒教の学問をいう。道徳的な儒学で、形式的な官吏の事務にうるおいを与え、りっぱにすること。〔六經〕詩経・書経・易経・礼記・春秋・楽記の六種の経書。〔表章〕章は彰に同じ。あらわし、あきらかにする。うずもれていたものを世中へ出して、その価値を広く知らせる。〔三代〕夏・殷・周の三代。夏の禹王・殷の湯王・周の文王・武王の治世は、道がよく行われ、後世帝王政治の理想といわれた。

【通釈】 漢が起こってからのち、恵帝の時から蔵書禁止の法令を廃止し、文帝の時には諸国へ勉学に出かける道を広めたが、しかし儒学はまだじゅうぶん盛んにはならなかった。ところが、武帝の世になってからは、董仲舒や公孫弘は孔子の著した春秋を研究し、これに通じていることで朝廷に用いられ、兒寛も儒教の学問を官吏の政務に利用してりっぱにした。のちまた孔安国らの学者も現われた。こうしていままで世にうずもれていた儒教の教典ともいうべき詩経・書経・易経・礼記・楽記春秋の六の経書を、天下に現わすことは武帝から始まった。また文章も帝の時から初めて盛んになった。たとえば司馬相如のごときは、特に詞賦をもって帝に愛された。それで人々は武帝の世をほめて、夏・殷・周三代の遺風があるといった。

【説話】「三代の風あり。」といったのは、武帝の内治の明かるい面のみを見たもので、その裏には、次のような陰影があったことも見のがせない。

㈡ 幾不レ免レ為レ秦

外軍旅歳起、内事二土木一、數巡幸崇二祠祀一修二封禪一。國用不レ給、賣二武功爵級一、造二鹿皮幣・白金一。桑弘羊・孔僅之徒、作二均輸平準法一、興レ利以佐レ費。置二鹽官一、算二舟車一、造二緡錢一。天

【訓読】 外には軍旅歳ごとに起り、内には土木を事とし、数々巡幸して祠祀を崇め封禅を修む。国用給せず、武功の爵級を売り、鹿皮の幣・白金を造る。桑弘羊・孔僅の徒、均輸平準の法を作り、利を興し以て費を佐く。塩官を置き、

下蕭然トシテ、末年ニハ盜起ル。徼カリセバ輪臺ノ一詔、漢幾ンド不レ免レ爲ルコトヲレ秦。

舟車を算し、緡銭を造る。天下蕭然として、末年には盗起る。輪台の一詔微かりせば、漢殆んど秦為ることを免れず。

【語釈】〔封禅〕天子が天を祭ること。〔武功爵級〕軍事上の功績があって与えられる爵の段階。十七段あった。最下級を銭十七万銭で売り、最上級は三千余万銭であった。漢代の売爵は恵帝の世にもあったが、武帝はそれを大々的にやった。〔鹿皮幣〕宮中に飼ってあった白鹿を殺して皮を一尺四方に切り、ふちを絹で縫って、一枚を四十一万銭にきめて、貨幣のかわりにした。〔白金〕銀や錫をまぜた金貨で、それだけ金が少なくてすむ悪貨。〔均輸法〕輸送をあまねくする法で、均輸官というものを郡（地方にある政府の直轄地）・国（諸侯王の封ぜられている領地）に置き、これを大農の官（農林省）に所属させ、甲郡にあまっている物を、それのない乙郡に輸送させて、お互に有無相通じ、両方とも利益を得るようにする方法で、たとえば東国が豊年で西国が凶年であるときは、東国の民は米が安くて苦しみ、西国では逆に米の値が高くて苦しむので、そんなときに東国の均輸官は、人民の請求によって米を西国の均輸官に輸送し、西国の均輸官はそれを受取ってその地の人民に売りわたす。こうすると両国の人民はそれによってともども利益をうる。官もそれによって多くの手数料をとるから、これももうけるというのである。〔平準法〕いろいろな商品を、時によってひどく高値だったり、ひどく安値だったりさせない方法である。平準官を都におき、これも大農の官に所属させ、世の中の商品が安い時にはこれを買い入れ、高い時に売り出し、官の方で多少の利益をとり、大商人に勝手に大もうけをさせないようにする法で、物価の平均をはかる法である。岩波文庫に「史記」の「平準書」の訳が収められている。〔塩官〕塩の専売官。中国の内地は海に遠いから、塩を運んで売ることは大きな利益になる。そこでそれを官の手でやるのである。別に酒・鉄の専売もおこなった。その利は莫大であった。〔算二舟車一〕算は、かぞえる、調べる。武帝の元光六年に、天下の舟と車の数をしらべ、これに一年に百二十文ずつの税金をかけた。〔緡銭〕さしに貫ぬいた銭で、漢では一千銭を一緡ときめ、緡ごとに二十銭の税をかけた。これは商人に対する所得税である。緡は銭の穴をとおす縄。〔蕭然〕騒然に同じ。平穏でなくなること。〔輪臺一詔〕輪台はいまの新疆省にある国の名。その国の沃野に兵を移動して、屯田させることを、桑弘羊が建議したが、それは、西域を威赫しようという計画だったが、それをやめるという詔をくだし、かつ、いままで外征が多く、民力を疲弊させたことや、方士を信じすぎたことなどを、天下にわびた。武帝死前二年の処置であるが、これで人心がおちついた。〔微〕ナカリセバと慣習的には読んでいる。もしなかったならばの意で、仮定のときに用いる字である。

【通釈】ほかには毎年のように軍事行動を起こし、内には土木事業をやり、そのうえ地方には何回となく巡幸して、神仙のほこらをあがめてお祭りをし、高い山に登っては天を祭った。こんなふうだから内外ともに費用がかさんで、不足をつげると、武功によって授けられる爵位を、功がなくても金で買わせるようにしたり、宮中に飼ってある鹿を殺して、その皮で代用貨幣をつくったり、宮中にある銀や錫をまぜた質の悪い金貨を発行したり、また桑弘羊・孔僅といった連中の意見によって、均輸法・平準法の制度をつくって官の収入を増加させ、それによって入費をまかなわせた。塩の専売官をおいたり、舟や車に税金をかけたり、緡銭をつくって一緡ごとに税金をかけたりした。そこで年をふるとともに世の中は不穏になり、武帝の晩年には各地で盗賊が起こった。これは、ちょうど秦末の状況とそっくりであった。そこで、帝の死ぬほんの少し前に、輪台に出兵することをやめるという詔勅を出して、その中に自分のいままでのやり方は悪かったと反省のことばがしるされたが、もしこの詔勅が出なかったら、それこそ秦のように、地方に群盗が現われて、それによって漢は亡んでしまっていたかもわからない。

【説話】武帝の土木事業では、柏梁台を立て、承露盤を作ったこと。方士が神仙は楼居を好むといったのを信じて、通天茎台を作ったり、建章宮を造って太液池を掘り、池の中に蓬萊・方丈・瀛州といった名の島を築いたことなど、後世の文学にその名が現われる（例えば長恨歌には太液池が詠みこまれている）から附記しておく。

㈢　董仲舒（とうちゅうじょ）對策

【説話】董仲舒は武帝の諮問に答えて、儒道を政教の中心として、異説を禁じたがよいと主張し、大学を起こして文化の中心とすべきことを述べた。かくて大学には五経博士がおかれ、詩・書・易・礼・春秋の講義が始められ、弟子五十人が採用された。

武帝擧賢良・方正・直言・極諫之士、親策問之。廣川董仲舒對曰、「事在强勉而已矣。强勉學問、則聞見博而智益明。强勉行道、則德日起而大有功。」』又曰、「陛下行高而恩厚、知明而意美。愛民而好士。然而敎化不立、萬民不正、譬琴瑟不調。甚者必解而更張之、乃可鼓也。爲政而不行。甚者必變而更化之。乃可理也。」』又曰、「養士莫大乎太學。太學者、賢士之所關也。敎化之本原也。願興太學、置明師、以養天下之士。」帝善其對、以爲江都相。

【訓読】 武帝賢良・方正・直言・極諫の士を挙げ、親ら之を策問す。広川の董仲舒対へて曰く、「事は強勉に在るのみ。強勉して学問すれば、則ち聞見博くして智益々明かなり。強勉して道を行へば、則ち徳日に起りて大いに功有り。」と。』又曰く、「陛下行高くして恩厚く、知明かにして意美なり。民を愛して士を好む。然り而して教化立たず、万民正しからざるは、琴瑟の調はざるに譬ふ。甚しき者は必ず解きて之を更め張り、乃ち鼓すべきなり。政を為して行はれず。甚しき者は必ず変じて之を更め化す。乃ち理むべきなり。」と。』又曰く、「士を養ふは太学より大なるは莫し。太学は、賢士の関する所なり。教化の本原なり。願はくは太学を興し、明師を置き、以て天下の士を養はん。」と。帝其の対を善しとし、以て江都の相と為す。

【語釈】〔賢良・方正・直言・極諫〕みな官吏採用試験の科目の名で、才徳ある者、品行方正なる者、正しいことをまっすぐにいう者、少しも恐れず上にむかって諫める者。〔策問〕いまでいう論文試験である。漢の制度は官吏を採用するのに、政治の得失や経学の意義などの問題を出すのを策問という。策は竹の札で、古は紙のかわりにこれに字を書いた。また答案も策に書く。これを対策という。後世紙を用いるようになっても、策問・対策の語は残った。〔廣川〕いまの山東省臨淄県。〔董仲舒〕若いときから学問に励み、とくに春秋の学を極めた。人格も謹直で進退態度すべて礼に叶ったという。漢代一の学者である。〔强勉〕勉強に同じ。つとめ励む。〔教化〕教育し感化すること。〔更張〕あらためて張る。いままで緩んでいたものを張りなおす。〔譬ニ琴瑟不レ調〕 譬は似ているの意。琴や瑟の調子が合わないようなものだ。琴は古は五弦、のち七弦で、長さ三尺六寸。瑟は古は五十弦のち二十五弦にあらたまる。弦ごとに柱があり、これを移動して音の清濁音低を定める。〔鼓〕 ここでは弾ずる。ひく。〔太学〕 天子直轄学校で都に一つある。貴族の子弟や高官の子弟の俊才を教育した。

【通釈】 武帝は（即位の初めに）賢良・方正・直言・極諫の四科目を設定し、それに相当する士をあげて、帝自ら論文試験をおこなった。その時広川の薫仲舒の答案は次のようであった。すなわち、「何事も勉強が第一である。努力勉強すれば見聞が広く知識がますます明らかになる。また勉強して道徳に精進すれば、道徳が日に盛んになり、人格を完成するのに効果があります。」と。』 また言うには、「陛下は徳が高く、恩恵も厚く、賢明でしかもお心持が美しくいらっしゃる。しかるに教育感化の道が少しも立たず、万民の心が正しくないのは、ちょうど琴と瑟の合奏に調子が合わぬようなものである。ひどく調子が合わぬばあいには、必ずその弦をといてこれを改めて張りなおして、初めて弾くことができるのである。政をおこなって、ゆきわたらないばあい、とくに悪いところは根本から変えておこなうと、そこで初めてりっぱになるものです。」と。』またさらに言うには、「士を養成するには、太学ほどたいせつなものはありません。太学は賢士のよって出るところであり、教化の本源であります。どうか太学をりっぱにおこし、賢明な教師をおき、そして天下の人材を養成していただきたい。」と。帝はその答案をりっぱな意見であるとして用い、彼を江都の相とした。

(四) 公孫弘對策

菑川公孫弘對策曰、「人主和ニ徳於上一、百姓和ニ合於下一。故心和則氣和。氣和則形和。形和則聲和。聲和則天地之和應矣。」策奏。擢爲ニ第一一、待ニ詔金馬門一。』齊人轅固、年九十餘。亦以ニ賢良一徵。弘仄レ目事レ之。固曰、「公

【訓読】 菑川の公孫弘対策して曰く、「人主上に和徳あれば、百姓下に和合す。故に心和すれば則ち気和す。気和すれば則ち形和す。形和すれば則ち声和す。声和すれば則ち天地の和応ず。」と。策奏す。擢んでて第一と為し、金馬門に待詔せしむ。』斉人轅固、年九十余なり。亦賢良を以て徴せらる。弘目を仄てて之に事ふ。固曰く、「公孫子正

孫子務ㇾ正學ㇾ以言。無ㇾ曲學以阿ㇾ世。」——学を務めて以て言へ。曲学以て世に阿ること無かれ。」と。

【語釈】〔菑川〕いまの山東省寿光県。〔公孫仲〕年四十にして春秋雑説を学び、六十の時、武帝に召されて博士となり、信任深く累進して丞相となり、平津侯に封ぜられた。しかし表面をかざり、人の気に入るようにうまく立ちまわるところがあったという。轅固が、「曲学以て世に阿ねること無かれ。」と言ったのも、それを戒めたものであろう。〔和徳〕すべてにおだやかで中庸を得た円満な徳。これを中和の徳ともいう。〔百姓〕人民。〔天地之和應〕天地人すべて一体であるから、わが心が正しければ天地の中和の徳がこれに応じて、ここに天地もおだやかに人民も安らかに、天下太平となる。〔待ㇾ詔金馬門ㇾ〕金馬門は漢の未央宮という宮殿の前にあった門。武帝が西域の大宛から馬を得、その銅像を未央宮の前にたてたので、金馬門といった。待詔とは詔を待つで、正式の任官の命令のあるのを待つの意。〔轅固〕斉の儒者で詩経を修め、景帝の時、博士となった。清廉潔白で直諫をはばからない人格者で、このたび武帝に召されたのである。〔仄ㇾ目〕仄はソバダツと読み、おそれて正視せず横目で見る。〔正学〕正しい学問。ここでは儒学をいう。〔曲学以阿ㇾ世〕正しくない学問を修めて、世間の人気にこびへつらう。

【通釈】菑川の公孫弘が策問に答えて言うには、「人主が上に立ち、中和の徳がありますと、下の人民はそれに感じて中和の人となり、心がやわらぐようになる。このように心がやわらぎ和すると、心の働きである気分もやわらぐと、気分が形に現われた容貌もおだやかにやわらぐようになる。容貌がやわらげば、その人の声までやわらぐ。気分がやわらぐでがやわらぐようになれば、天地もこれに応じて天下太平の世の中となるのであります。」と。この答案を武帝に申しあげたところ、（百余人もあった中から）第一等にぬき出されて、宮中の金馬門に任官命令を待つようにとのことであった。そのとき斉の人で轅固という人がいて、年は九十あまりであったが、賢良の科に及第して召された。公孫弘は轅固をおそれはばかって、まともに見ずに横目で見るようにして仕えた。轅固が言うには、「公孫君よ、きみは正しい学問を修めて言論するようにしなさい。よくない学問をして、世間にこびへつらうことはしないように。」と。

㈤ 汲黯以レ嚴見レ憚

武帝所レ用丞相、初惟田蚡稍專。帝嘗謂レ蚡曰、「卿除レ吏盡、未。吾亦欲レ除レ吏。」後皆充レ位而已。』汲黯獨以レ嚴見レ憚。數〻切諫、不レ得レ留レ內。爲ニ東海守一。好ニ清淨一、臥ニ閤內一不レ出、而郡中大治。入爲ニ九卿一。帝方招ニ文學一。嘗曰、「吾欲ニ云云一。」黯曰、「陛下內多欲、而外施ニ仁義一。奈何欲レ效ニ唐虞之治一乎。」帝怒、罷レ朝曰、「甚矣、黯之戇也。」他日又曰、「古有ニ社稷臣一。黯近レ之矣。」淮南王安謀レ反。曰、「漢廷大臣、獨汲黯好ニ直諫一。守レ節死レ義。如ニ丞相孫弘等一、說レ之如レ發レ蒙耳。」

【訓読】武帝用ふる所の丞相、初め惟田蚡のみ稍専なり。帝嘗て蚡に謂ひて曰く、「卿吏を除すること尽くするや、未だしや。吾も亦吏を除せんと欲す。」と。後は皆位に充つるのみ。』汲黯独り厳を以て憚からる。数々切諫して、内に留まるを得ず。東海の守と為る。清浄を好み、閤内に臥して出でず、而して郡中大いに治まる。入りて九卿と為る。帝方に文学を招く。嘗て曰く、「吾云云せんと欲す。」と。黯曰く、「陛下内多欲にして、外仁義を施す。奈何ぞ唐虞の治に效はんと欲するか。」と。帝怒りて朝を罷めて曰く、「甚しいかな、黯の戇なるや。」と。他日又曰く、「古社稷の臣有り。黯之に近し。」と。淮南王安反を謀る。曰く、「漢廷の大臣、独り汲黯直諫を好む。節を守りて義に死せん。丞相孫弘等の如きは、之を説くこと蒙を発するが如きのみ。」と。

【語釈】〔専〕専横。自分の思うままにすること。〔除レ吏〕官吏を任命すること。〔盡、未〕全部任命してしまったか、それともまだか。〔充レ位〕ただその位をふさいでいるだけで、何の実権もない。〔不レ得レ留レ內〕内は朝廷。〔東海守〕（山東省）東海郡の太守となった。〔好ニ清淨一〕老子の主義によって、世俗のわずらわしさをさけて、心を清く安らかに持つことを好んだ。〔閤內〕寝室。〔爲ニ九卿一〕九人の大臣のひとりとなった。〔云云〕かくかくしかじかという意。ここでは堯舜のような仁政をさしている。〔唐虞〕唐の堯、虞の舜をいう。ともに古の聖天子。〔罷レ朝〕朝は天子が政治をとるご殿である。政務をとることをやめること。〔戇〕ばか正直、愚直。〔社稷臣〕社稷は国家の意。国家と運命をともにする重臣をいう。〔如レ發レ蒙〕蒙は物のおおいのこと。物のおおいを取りのぞくようにわけもない。〔淮南王安〕安は高祖の孫にあたる。父励王が謀反して死んだので、これを怨んで反したのである。

【通釈】 武帝は政権をにぎって臣下にまかせなかった。武帝の用いた丞相では初め田蚡がやや政権をほしいままにしたが、（帝は不愉快に思い）ある時蚡にいって言うには、「きみは官吏を全部任命しつくしてしまったか、それともまだ多少の空席があるか。自分もまた任命したいと思う官吏があるのだが、どうだろう。」と。これは蚡の専横を諷したのである。こんなわけで、その後の大臣は、ただ位にいるというだけで、何の実権もなかった。』ところが、汲黯だけは忠諫を好んだので、帝にけむたく思われていた。彼はしばしばきびしく諫めたので、帝にきらわれて朝廷に留まることができず、ついに東海郡の太守になって転出した。心が無欲で清浄潔白を好み、室内に閉じこもったまま一歩も外へ出なかったが、郡内は大いに治まった。やがてまた朝廷に召されて九卿のひとりとなった。ちょうど帝は学者を招いて聖賢のことを学んでいたが、あるとき黯に言うには、「かようかようにしようと思う（堯舜のような仁政をおこなおうと思う）。」と。黯が言うには、「陛下は内心欲が深いくせに、表面だけ仁義の政治をなさろうとする。そんなことで、どうして堯舜の政治のようにやれましょうや。」と。あまりひどいことを言うので、帝は怒って政務をやめて、「黯のばか正直にもほどがある。」と言ったが、他日また言うには、「むかしは国家と運命をともにする社稷の重臣というものがあったが、汲黯はそれに近い忠臣である。」と。淮南王の安が謀反（むほん）したが、そのとき言うには、「いまの漢の朝廷の大臣など、つまらぬ奴ばかりであるが、ただ汲黯だけは、正しいことをまっすぐに諫め、節義のために命を惜しまぬおそるべき人物である。これからみると丞相の公孫弘などは、これを説きふせるのは、物のおおいをはねのけるようなもので、何もむずかしいことはない。」と。

〔八〕宣帝中興

【説話】 武帝の死後、子の昭帝が八才で即位したので、大司馬大将軍であった霍光（かくこう）（霍去病（きょへい）の異母弟）が遺詔をうけて摂政（せっせい）となった。時に武帝暴政のあとをうけて、国内は人口不足にまでなっていたから、彼は何よりもまず貧民を救うこと、賦役をかるくして民を休息させることにつとめた。在位十三年の間に、その施政の成果は次第に現われて、文・景二代の世には及ばないが、国力はだいたいの回復を見ることができた。昭帝が崩じて、あとつぎが無かったので、霍光は群臣と相談して、武帝の曾孫にあたる病已（へいき）を民間から迎えて位につけた。これが宣帝である。その治世の間、中央には魏相・丙吉・黄覇・于定国らの賢相があいつぎ、地方官には趙広漢・朱邑・龔遂・尹翁帰・韓延寿・張敞などがあり、みな民治に大きな功績をあげたので、宣帝は後世から「前漢中興の主」と仰がれている。

(一) 良二千石（せき）

帝興二於閭閻一、知二民事之艱難一、厲レ精爲レ治。樞機周密、品式備具。拜二刺史・守・相一、輒親見問。常曰、「民所下以安二其田里一而無中歎息愁恨之聲上者、政平訟理也。與レ我共レ此者、其惟良二千石乎。」以爲、「太守吏民之本。數〻變易、則民不レ安。」故二千石有二治理之效一、輒以二璽書一勉厲、增レ秩賜レ金。公卿缺、則選二諸所一レ表、以レ次用レ之。漢世良吏於レ是爲レ盛。

【訓読】 帝閭閻（ていりょえん）より興（おこ）り、民事（みんじ）の艱難（かんなん）を知り、精（せい）を励（はげ）まし治（ち）を為（な）す。枢機周密（すうきしゅうみつ）にして、品式備具（ひんしきびぐ）す。刺史（しし）・守（しゅ）・相（しょう）を拝（はい）するとき、輒（すなわ）ち親（みずか）ら見て問（と）ふ。常（かつ）て曰（いわ）く、「民其（たみそ）の田里（でんり）に安（やす）んじて歎息愁恨（たんそくしゅうこん）の声（こえ）無き所以（ゆえん）の者（もの）は、政（まつりごと）平（たいらか）に訟（うったえ）理（おさ）まればなり。我（われ）と此（これ）を共（とも）にする者（もの）は、其（そ）れ惟（ただ）良（りょう）二千石（せき）か。」と。以為（おも）へらく、「太守（たいしゅ）は吏民（りみん）の本（もと）なり。数々変易（しばしばへんえき）すれば、則（すなわ）ち民安（たみやす）んぜず。」と。故（ゆえ）に二千石治理（せきちり）の效（こう）有（あ）れば、輒（すなわ）ち璽書（じしょ）を以（もっ）て勉励（べんれい）し、秩（ちつ）を増（ま）し金（きん）を賜（たま）ふ。公卿（こうけい）欠（か）くれば、則（すなわ）ち諸（もろもろ）の表（ひょう）する所（ところ）を選（えら）び、次（じ）を以（もっ）て之（これ）を用（もち）ふ。漢（かん）の世（よ）の良吏（りょうり）是（ここ）に於（おい）て盛（さか）んなりと為（な）す。

【語釈】〔閭閻〕閭は村の入口の門、閻は村の中の門。民間またはいなかという意。宣帝は名は病已といい、武帝の曾孫であるが、父が罪によって獄につながれ、病已もまた獄に入れられたことがある。こうして少年時代は、民間でいろいろ苦労をなめた。〔民事〕人民の生活。〔枢機〕枢はクルル、戸の開閉の軸になるところ。機はイシユミのハジキ。ともに重要なところであるので、政治の要所の意にたとえる。〔周密〕用意のよくゆきとどくこと。万事手ぬかりのないこと。〔品式〕規則や法式をいう。〔刺史〕刺は不法や不正を検挙すること。史は使で、諸国を巡って視察する役をいう。〔守〕郡・県の長官。〔相〕諸侯の家老をいう。〔常曰〕常は嘗と同じくカッテと読む。〔田里〕村里のこと。〔訟理〕裁判ごとが正しく順調におこなわれること。〔良二千石〕二千石は、郡・県の太守や、相の年俸である。これからよい地方長官のことをいう。〔璽書〕天子の印をおした詔書。〔表〕表彰すること。

【注意】㈠「輒」は「そのたびに」という意味をもつ。㈡「常」を「かつテ」と読む場合がある。㈢「所以……者…」の者は「ことがら」をさす。わけはと訳すればよい。次の「与レ我共レ此者」の者は、人間をさす。㈣「変易」はヘンイと読んではならない。易をイと読めば、容易の易で、やさしい意。変わる意のときは、貿易・交易などのように、エキと読む。

【通釈】宣帝は民間から身を起こしたから、民の生活の苦労をよく知っており、精力をはげまして政治をおこなった。そして政治の要所には、用意がよくゆき届いて手ぬかりなく、規則法律なども完備していた。刺史や守や相を任命するにも、いつでも自身で会って施政方針などをたずねた。あるとき言うには、「人民が村里に安心して生活し、嘆息したり心配したり飢えたりする声がないのは、政治が公平であり、裁判が正しくおこなわれているからである。そしてこれを自分といっしょにおこなう者は、ただ善良な地方長官だけである。」と。また帝が思うには、郡県の太守は役人や人民の根本である。それをたびたび変更すると、民は安心して生活できないと。ゆえに地方長官で民を治める功績があると、いつも御璽をおした詔書を与えてこれをはげまし、俸給をまし、賞金を与えた。公卿に欠員があると、多くの表彰した役人の中から適当の人を選んで、順次これを用いた。こんなわけで、漢代において善良な役人は、この時代にもっとも盛んに出た。

【説話】なお宣帝の時のことで記憶すべきは、はじめて西域都護府が置かれたことである。当時、塞外では、匈奴が漠北地方にあって西域をしたがえ、漢の同盟国である烏孫を苦しめていたので、宣帝は烏孫をたすけて大いに匈奴を撃破した。そこで匈奴についていた西域の三十余国は、ふたたび漢に降ることになったので、宣帝はいまの新疆省の庫車の東にあたる烏塁城に西域都護府をおいて西域を統御させた。初代都護には鄭吉が任ぜられたが、BC 六〇年のことであった。

〔九〕王莽簒レ漢

【説話】西漢は外戚にうばわれて亡んだ。その前兆はすでに遠く呂氏の乱（二一二頁）に現われたが、当時は幸いになお建国の旧臣が生きのこっていて無事にすんだ。しかし宣帝中興の後、病弱な元帝をへて、成帝にいたると、外戚の伯父王鳳に政治をゆだねて自分は酒色にふけったので、ここに王氏一門の専横が始まった。王鳳の死後は、王音・王商・王根と次々に大司馬になり、一門の行動には目にあまるものが現われてきた。それと共に有識の国民の間にもこれに対する反感が次第に高まり、まず南昌（江西省）の尉であった梅福が上書して帝の注意をうながそうとしたが、これは王商の手に握りつぶされてしまった。しかし、あいついでその後も各方面から上書が宮中に入ったので、成帝の耳にも入ることになった。酒色にふけっていた帝も、少年時代は経書に親しんだ人であっただけに、その少年時代の師傅（先生）であった老臣の張禹の邸に出向いて、人払いをしたうえで、「近年こうした上書がしきりに届くが、はたしてどうだろうか。」と問うた。もし張禹が硬骨の人であったら、王氏は亡び、漢室の命脈はなお延びたであろうが、年老いた彼は卑怯にも、「事実無根でございます。」と返事した。成帝はそれで安心して宮中にもどり、王氏の専権に疑いをさし挿まなかった。その直後である。槐里の令の朱雲が、「直接帝にお目にかかって申しあげたいことがあります。佞臣を斬らなければなりません。」と上書したのは。

㈠ 朱雲直諫

故槐里令朱雲、上書求レ見。「願賜二尚方斬馬剣一、断二佞臣一人頭一、以厲二其餘一。」帝問、「誰也。」対曰、「安昌侯張禹。」帝大怒曰、「小臣居レ下、廷二辱師傅一。罪死不レ赦。」御史将レ雲

【訓読】故の槐里の令朱雲、上書して見えんことを求む。「願はくは尚方の斬馬の剣を賜はり、佞臣一人の頭を断じて、以て其の余を厲まさん。」と。帝問ふ、「誰ぞや。」と。対へて曰く、「安昌侯張禹なり。」と。帝大いに怒りて曰く、「小臣下に居り、師傅を廷辱す。罪死赦さず。」と。御史雲

下。雲攀二殿檻一。檻折。雲呼曰、「臣得下下従二龍逢・比干一、遊中於地下上足矣。未レ知二聖朝何如一耳。」左将軍辛慶忌、叩頭流レ血争レ之。帝意乃解。及レ当レ治レ檻、帝曰、「勿レ易。因而輯レ之、以旌二直臣一。」

を将ゐて下る。雲殿檻を攀づ。檻折る。雲呼んで曰く、「臣下龍逢・比干に従ひて、地下に遊ぶを得ば足らん。未だ聖朝の何如を知らざるのみ。」と。左将軍辛慶忌、叩頭して血を流して之を争ふ。帝の意乃ち解く。当に檻を治むべきに及びて、帝曰く、「易ふること勿れ。因りて之を輯めて、以て直臣を旌さん。」と。

【語釈】〔槐里〕地名。いまの陝西省興平県の東南。〔佞方斬馬剣〕佞方は天子の使用する器物を作る官の名。佞方の官で作った剣。斬馬剣は、馬を斬ることのできるような、するどい剣の意で、暗に佞臣を馬にたとえたもの。〔佞臣〕口さきがうまくて、こびへつらう臣。〔廷辱〕朝廷で多くの大官のいる前で辱しめること。〔御史〕多くの官吏の罪をただす官。〔殿檻〕宮殿の上の手すり。ランカン。〔龍逢〕夏の桀王を諫めて殺された忠臣。〔比干〕殷の紂王を諫めて殺された忠臣。〔叩頭〕額を地べたにたたきつけて、おじぎをする礼。〔輯〕ばらばらになっているものを集めて作りあげること。〔旌二直臣一〕旌はアラワスと読み、はっきりと示すこと。表彰すること。直臣は、正しいことを恐れはばからず申しあげて諫める臣。

【注意】㈠「求レ見」を「まみエンコトヲもとム」と読んでいるのは、相手が目うえの天子であるからである。対等、または目したのときは「見ンコトヲ」と読む。

【通釈】以前、槐里の長官であった朱雲が、上書して帝にお目にかかりたいと願った。帝が会ってみると、朱雲は、「どうか佞方の官の作った斬馬の剣を拝借して、ある悪がしこくこびへつらう臣の頭を切りはなって、他の多くの官吏の見せしめにして、これをはげましてやりたいと思います。」と言った。帝が問うて言うには、「それは誰か。」と。朱雲が答えて言うには、「安昌侯の張禹であります。」と。帝は大いに怒って言うには、「地位の低いおまえが、いやしくも、天子の補佐指導官を、朝廷で辱しめた。その罪は死刑にしてもまだ許すことはできない。」と。御史が朱雲をひきずって宮殿をさがろうとしたが、朱雲は宮殿の手すりにしがみついてはなれない。むりにひきおろそうとしたので、手すりが折れた。雲は大声で叫んで言うには、「わたしは、死んで、むかしの忠臣の龍逢や比干といっしょにあの世で会うことができれば、本望である。ただ、わが漢の皇室が、将来どうなるかが心配でなりません。」と。これは、龍逢、比干の諫めを用いないで亡びた夏の桀王や殷の紂王のように、わが漢もやがて亡びるのではあるまいか、という朱雲の真心の叫びであった。この時、左将軍の辛慶忌が朱雲の忠誠に感激して、額を地面にたたきつけ血を流して、朱雲を殺さぬようにと諫めたので、帝の怒りもようやくとけた。他日、折れた手すりを修繕しようとすると帝が言うには、「手すりを新しくとり変えてはならない。折れたのを集めて修繕し、永く忠義な直臣を表彰しよう。」と。

【説話】朱雲の命がけの直諫は、左将軍辛慶忌を動かした。人生、身魂をかけて主張すれば、誰か味方になるものである。それにしても、この直諫に対して、「折れた欄干を修理するな。」と言った成帝もさすがである。しかし、スクラムを組んだ血縁の力には帝の力も抗しかね、王氏一門はますます権勢を増すばかりであった。間もなく成帝は崩じて、そのあとに哀帝が立った。これよりさき、王根は自分の後任（大司馬の役）に王莽をあげたが、王莽は哀帝の世には遠ざけられ、六年で哀帝が崩ずると、迎えられて大司馬となり、尚書の事もおこなうようになった。軍政と内政の実権を握ったわけである。彼は哀帝のあとに幼い九才の平帝を迎え、その后に自分の娘を入れ、周初の事蹟にちなんで自分を伊尹・周公に比し、宰衡と称して諸侯の上に立って諸政を親覧した。彼は人心収攬の目的から、宣帝の子孫三十六人を一時に列侯にし、漢の宗室および功臣の子孫百余人を王侯に封じ、大学の博士の員数を増し、数千人の学者を都に迎えたりしたので、世はあげて彼をほめそやし、彼の徳をたたえた上書をする者四十八万人におよんだ。しかも彼は平帝を毒殺し、宣帝の玄孫のまだ二才の嬰を迎えて皇太子とし、自らは仮皇帝と称して、百官には摂皇帝と言わせた。そしてこの摂位にあること三年にして、ついに真皇帝の位につき、国を新と号したのである。

こうして西漢は、高祖から十三世、二百十年で亡んだのである。

㈢ 謙恭下ルレ士ニ

王莽者ハ、王曼之子也。孝元皇后兄弟八人アリ、獨リ曼一

【訓読】王莽は王曼の子なり。孝元皇后兄弟八人あり、

早死不レ侯。莽幼孤、群兄弟皆將軍。五侯子、乘二時侈靡一、以二輿馬聲色一、佚游相高。莽折レ節爲二恭儉一、勤レ身博學、被服如二儒生一、外交二英俊一、内事二諸父一、曲有二禮意一。封二新都侯一。爵位益尊、節操愈謙。虚譽隆洽、傾二其諸父一、遂得二漢政一。哀帝崩、迎二立平帝一、五年而弑レ帝、攝レ位三年、竟簒レ位、國號レ新。

独り曼早く死して侯たらず。莽幼にして孤、群兄弟は皆将軍たり。五侯の子、時の侈靡に乗じ、輿馬声色を以て、佚游して相高ぶる。莽は節を折って恭倹を為し、身を勤めて博く学び、被服儒生の如く、外は英俊に交り、内は諸父に事へ、曲に礼意あり。新都侯に封ぜらる。爵位益々尊く、節操愈々謙なり。虚誉隆洽、其の諸父を傾け、遂に漢の政を得たり。哀帝崩じて、平帝を迎立し、五年にして帝を弑し、位を摂すること三年、竟に位を簒ひ、国を新と号す。

【語釈】〔王曼〕元帝の后王氏の弟。〔孝元皇后〕元帝の皇后。〔兄弟八人〕王鳳・王曼・王音および五侯。五侯は、王商・王譚・王立・王根・王逢をいう。〔孤〕みなしご。父をうしなった子。〔群兄弟〕多くのいとこたち。〔五侯〕兄弟八人を見よ。〔侈靡〕奢侈、淫靡。ぜいたくで女あそびをする。〔輿馬〕車に馬をつけること馬車。〔声色〕声楽や女色。歌をうたって游んだり、女あそびする。〔佚游〕佚は逸に同じ。気ままに遊びまわること。〔相高〕たがいに鼻を高くしていばる。自分の遊び方のほうが豪奢だぞとたがいに競争しあう。〔折レ節〕節はからだの関節。腰を折り膝を折り、礼儀をていねいにして目うえに仕えること。〔恭倹〕うやうやしく、つつましくすること。〔英俊〕すぐれた人物。〔諸父〕伯父さんたち。〔曲〕至れり尽せりに、ゆきとどく。〔虚誉隆洽〕虚誉は虚名と同じで、実のともなわない名誉。隆洽は、さかんに広まること。〔傾〕しのぐ意。〔簒〕うばう。奪。〔新〕王莽は新都侯に封ぜられていたので、新を国名にしたのである。

【注意】㈠「王莽者……」の者という字は、「という者は」の意。従って、「ナルモノハ」、あるいは「トハ」とも読む。まったく送仮名をつけないで、者という字を「ハ」と読んでもよい。㈡「曲」を「つぶさニ」と読むことに注意。委曲と熟語をなす。㈢「竟」を「ついニ」と読む。畢竟（ヒッキョウ）という熟語もある。

【通釈】王莽は王曼の子である。元帝の后の王氏に八人の男の兄弟があったが、そのうちで王曼だけは早く死んでしまったので、侯になっていなかった。その子の王莽は、まだ年が幼いうちに、父のない子になり、いとこたちはみな将軍となり、五侯の子どもたちは、時代がぜいたくで女遊びも盛んなのをよいことにして、馬車を乗りまわし、歌舞音曲や女遊びをして、たがをはずして遊楽し、たがいにそのぜいたく豪勢さをきそって自慢にするありさまであった。そんな風潮の中にあって、王莽は腰がひくく少しも高ぶらず、うやうやしく、ぜいたくをしないで、努力してひろく学問をし、その服装たるや（少しも豪奢でなく、まるで）儒学を学ぶ書生のように質素でまじめな風采で、外はりっぱな人物とつきあい、内は伯父さんたちによく仕え、いかにもゆきとどいた礼儀を尽した。（これはみな、彼がやがては天子になろうという大野心のための偽善的行為であったが、とうとう伯父さんたちのように侯になることができて）新都侯に封ぜられた。（しかし彼はそのくらいでは満足せず、また馬脚も現わさず、）位がいよいよ高くなるにつれて、彼の生活態度はかえってますます謙遜であったので、（彼の腹の中を知らぬ）世間では、彼をたいした人物だと言いそやし、その評判はすっかりゆきわたって、彼の伯父さんたちの上に出る評判であった。こうして彼は漢の政治を手に入れて、大司馬となった。哀帝が崩じると、自ら二才の平帝を迎えて天子に立て、五年たつとこれを毒殺して、かわりに孺子嬰を天子にして、自分は摂政として政治をおこなうこと三年、ついに漢の天子の位をうばって、ほんとうの皇帝になり、国を新と称した。

【説話】こののち、「十八史略」は、王莽のやたらに改革を好む性格が国民を苦しめ、各地に抵抗が起って、やがてその中から漢の復活を希望する声があがったことを記して、次の後漢（東漢）の興起を暗示してこの章を結んでいる。すなわち、王莽は、まだ漢の国をうばわない前から（仮皇帝と称していた時代、）官名や周代から続いている十二州の地方区劃をかえたり、とにかく彼は、何でも変えることがすきであった。そのために、ずいぶん天下はごたごたしたものである。

たとえば、通貨制度では、錯刀・契刀・大銭などという硬貨を新鋳したし、天下の田はすべて王田と称して国有として売買を禁じ、いままで田を所有した家で、男の数が八人に達しないにもかかわらず、九百畝以上の田を持っているものは、九百畝を超えたぶんだけ親戚や近辺の者に与えることにしたので、田を持たない者は喜んだ。（が、沢山の田を兼併していた大地主や旧貴族たちは恨んだ。）また、五均・司市・銭布の官を新設して、租税は職業によって（農家は穀物を、漆工は漆器を）納入させることにした。通貨はさらに改めて、金銀・亀貝・銭・布の五物、六品、二十八種という複雑なものにしたので、国民は途方に迷い、あまりにもたびたびの変更に、むかし（漢）の五珠銭を持っていたほうが安全だという感をおこしたので、持っていると罪人にした。そこで貨幣の密鋳もおこなわれ、商取引はできなくなり、密鋳すると鋳銭法にふれて檻車（罪人輸送車）にのせて都へ送られる。その数は何十万人とあり、その六・七割は死刑にされた。このように制度をあまりにもしばしば変え、政令があまりにも多くわずらわしかったので、地方の民衆は悲鳴をあげ、漢の時代のほうがよかったと、むかしにかえることを願うようになった。そこへ日照りと蝗（いなご）の害で広汎な面積が荒されたので、食えなくなった人民は、おたがいに殺しあい、あちらでもこちらでも、兵を起こして新たに反抗するようになった。

十八史略詳解（上）新装版

昭和三十四年五月三十日　初版発行
令和　七　年　六　月二十日　新装版七版発行

著　者　辛島　驍
　　　　多久弘一

発行者　株式会社　明治書院
　　　　代表者　三樹　蘭

印刷者　横山印刷株式会社
　　　　代表者　横山明弘

発行所　株式会社　明治書院
東京都新宿区大久保一―一―七
郵便番号　一六九―〇〇七二
電　話　〇三（五二九二）〇一一七（代）
振替口座　〇〇一三〇―七―四九九一

ISBN 978-4-625-66432-8